GIOVANNA VACCARO

procura-se

editora coerência

GIOVANNA VACCARO

procura-se um coração

PROCURA-SE © / GIOVANNA VACCARO

3º Edição — Editora Coerência — Brasil

Produção Editorial

Diretora Editorial	Lilian Vaccaro
Revisão	Amanda Maia Evelyn Santana
Capa	Décio Gomes
Diagramação	Bruno Lira

Dados Internacionais De Catalogação Da Publicação (cip)

Vaccaro, Giovanna;
Procura-se

3. Ed. — São Paulo — Editora Coerência 2018

ISBN: 978-85-92572-61-7

1. Literatura Brasileira. 2. Romance I. Título

CDD. 869.3

Editora Coerência
Rua Pinhancó, 12A
Parque São Rafael — SP — Cep . 08320-350
Site: www.editoracoerencia.com.br
E-mail: lilian@editoracoerencia.com.br
Tel.: (11)2011-3113

Texto de acordo com as normas do Novo Acordo Ortográfico da Língua Portuguesa (1990), em vigor desde 1º de Janeiro de 2009.

editora coerência

Luigi.

Eu te odeio.

Mas também te amo.

— Playlist —

· Shawn Mendes — Never Be Alone ·

· Ed Sheeran — Give Me Love ·

· Coldplay — The Scientist ·

· The Chainsmokers — Closer, Feat. Halsey ·

· Jonas Blue — Mama, Feat. William Singe ·

· Sia — To Be Human, Feat. Labirinth ·

· Zedd — Stay, Feat. Alessia Cara ·

· Martins Garrix — There For You, Feat. Troye Sivan ·

· Ariana Grande — Everyday, Feat. Future ·

· Chord Overstreet — Hold On ·

· MØ — Final Song ·

· Harry Styles — Sign of the Times ·

· Calvin Harris — Feels, Feat. Pharrell Williams, Katy Perry & Big Sean ·

· Imagine Dragons — Thunder ·

· Marshmello — Silence, Feat. Khalid ·

· Calum Scott — Dancing On My Own ·

· Isaiah — Its Gotta Be You ·

· Niall Horan — Slow Hands ·

· Steve Aoki — Just Hold On, Feat. Louis Tomlinson ·

· Zedd — Get Low, Feat. Liam Payne ·

· ZAYN — sHe ·

· Gavin James — Nervous ·

· Katy Perry — Save As Draft ·

· Shawn Mendes — Mercy ·

· Ed Sheeran — Afire Love ·

· Sam Smith — Too Good At Goodbyes ·

· ZAYN — Dusk Till Dawn, Feat. Sia ·

· Chord Overstreet — Homeland ·

· Alex & Sierra — Little Do You Know ·

· The Script — Rain ·

· LANY — Super Far ·

· Justin Bieber — Friends ·

· Maroon 5 — What Lovers Do, Feat. SZA ·

· Kodaline — All I Want ·

· Sleeping At Last — Chasing Cars ·

· Ed Sheeran — Hapier ·

· Demi Lovato — Two Pieces ·

· One Direction — They Dont Know About Us ·

· Little Mix — Secret Love Song, Feat. Jason Derulo ·

· Camila Cabello — I Have Questions ·

VOCÊ PODE OUVIR NO SPOTIFY:
"PROCURA-SE | GIOVANNA VACCARO"

"Não confunda destino com... Muita má sorte."

Spencer Hastings, Pretty Little Liars.

01

"Por mais que doa, preciso da minha dor. Ela faz de mim quem eu sou."

(Once Upon A Time)

— Você vai se atrasar! — A voz irritada de meu pai ricocheteava em meu ouvido, fazendo-me revirar os olhos. — Quanto tempo você ainda vai demorar para chegar até aqui?

— Não muito, uns vinte minutos, eu acho. — Minha voz saiu rouca por causa do frio. — Já cheguei à Estação de metrô.

Ouvi, pelo celular, pessoas conversarem animadamente por cima da música da festa.

— Já está todo mundo aqui, Ari — continuou ele —, quero te apresentar a uma pessoa.

Meus ombros caíram de tédio, eu já sabia o que estava acontecendo.

— É mais uma *amiga*? Porque, se for, me avise logo. Preciso me preparar psicologicamente para conhecer mais uma.

Eu não gostava quando meu pai me apresentava a uma nova *amiga* — eu sabia que não eram simplesmente amigas, e sim mulheres que, no fim, se aproveitavam da boa vontade do meu pai. Odiava o fato de ele querer substituir minha mãe, mas tentava lidar com isso com boas doses de sarcasmo, coisa que minha irmã considerava ser meu comum mau humor.

— Você é muito exagerada. — Escutei a risada de meu pai, enquanto abotoava meu casaco azul-marinho. — Não fique chateada comigo, sei que as outras vezes não foram o que nós esperávamos, mas vou te contar tudo o que estiver acontecendo desta vez.

Suspirei.

— Não precisa me contar *tudo.* — Forcei uma risada, sentando-me no banco frio de madeira, me lembrando de seus antigos relacionamentos malsucedidos. — Só me avisem quando marcarem o casamento.

— Não seja ridícula! — Gargalhou ele, tossindo em seguida. — Só... Só chegue logo, tudo bem? Vamos cantar os parabéns para seu irmão daqui a pouco e você precisa estar aqui. — Então desligou.

Por um momento, fiquei escutando a linha muda, visualizando em minha mente as noites em que passei explicando para minha irmãzinha o quão forte era o amor de nosso pai por nós e que não era porque ele estava namorando — mais uma vez — uma desconhecida que deixaria de nos amar.

Voltei à realidade quando ouvi o barulho dos freios do vagão, que parou bem diante de mim.

Guardei o celular no bolso do casaco e abracei a mim mesma, como se ajudasse a superar o frio. O vento gélido batia contra meu rosto pálido e fino, então levantei-me e esperei até as portas do vagão se abrirem.

Atrás de mim, havia um garoto, que devia ser só alguns anos mais velho do que eu, segurando um skate, e duas mulheres conversando alegremente sobre como o novo cara da administração era gato.

Assim que as portas se abriram, entrei e sentei-me no acento próximo à janela. Em menos de três segundos, vi as luzes da estação de metrô desaparecerem depois de adentrarmos algum tipo de túnel escuro.

Já era tarde, estava voltando de uma feira de maquiagem à qual minha melhor amiga, Callie, havia me obrigado a ir, então o vagão não estava muito cheio. Por isso coloquei meus fones de ouvidos e dei *play* em uma *playlist* aleatória, só para depois escolher a música que realmente queria ouvir.

Por um instante, eu quis estar em casa, na festa de aniversário do meu irmão mais velho, Matt, que estava fazendo trinta e dois anos, já tinha esposa e até filhos, mas que adorava — sempre — comemorar seus aniversários na casa de nosso pai. Não precisava me conhecer muito bem para descobrir que eu achava meu irmão uma pessoa fora dos eixos, já que o meu maior sonho era, finalmente, me formar no colegial e me inscrever para uma universidade que ficasse o mais distante possível de minha vida atual.

Eu não estava reclamando de minha vida, só que tudo era muito normal — considerando os meus problemas de saúde — e pacato. Eu queria ser alguém imprevisível e independente, como minhas personagens literárias preferidas eram. Apenas um capricho que eu queria realizar.

02

“Prefiro ler um livro à minha vida social.”

(Orange Is The New Black)

Quando abri a porta da frente, revirei os olhos.

Tudo igual, de novo.

Mais um aniversário idêntico ao do ano anterior.

Era exatamente *disto* que eu queria fugir. Queria viver uma vida inesperada, fazer coisas inusitadas e diferentes, não reviver as mesmas coisas de sempre.

Mas as coisas eram como diziam ser. Às vezes, a vida era mesmo melhor como estava agora.

Peguei meu celular e tirei meu casaco, pendurando-o no gancho que ficava ao lado da porta, deixando à mostra minha camiseta do *The Big Bang Theory*.

Quis tampar meus ouvidos e sair correndo escada acima quando me dei conta de que a música que preenchia o local era algum tipo de música *indie*. O gosto musical de Matt era uma das únicas coisas que me irritavam, já que não passávamos muito tempo juntos, pois ele morava em Manhattan — o que, na verdade, era impressionante, considerando o quão afetivo ele era.

O ar cheirava a doce, o que me permitiu meu primeiro sorriso da noite. Eu amava comer, era um fato.

Várias pessoas que eu não conhecia vieram me cumprimentar, deixando-me sem graça por não saber quem eram. Eu estava no sétimo aperto de mão sem motivo quando Becky apareceu ao meu lado.

— Pensei que não ia chegar hoje. — Minha irmã mais nova fez um biquinho, colocando as mãos na cintura.

Eu ri, porque Becky era a única pessoa capaz de fazer aquilo comigo. Ao contrário da maioria dos irmãos, nós não brigávamos. Sempre fomos muito ligadas. Ela era a minha única justificativa para não ir embora e viver as coisas que eu tanto queria viver. Sem supervisão.

— Onde eu passaria a noite se não voltasse para casa? — Olhei para Becky, sorrindo.

Ela deu de ombros.

— Não duvido de nada quando sei que vem de você, Ariane. — Minha irmã abriu os braços, então curvei-me e dei-lhe um abraço, ouvindo-a sussurrar: — Oi.

— Oi, B.

No mesmo instante meu celular começou a vibrar no bolso de minha calça jeans. Endireitei-me e peguei o aparelho. Estranhei quando vi que a chamada vinha de um número desconhecido, estava prestes a atender quando a ligação caiu.

— Quem era? — perguntou Becky, fitando-me.

Balancei a cabeça.

— Deve ser a Callie — foi a única explicação que encontrei, já que era muito difícil algum número desconhecido me ligar —, vou ligar de volta

Deixei minha irmã sozinha no meio de toda aquela multidão sem nome enquanto discava os números que correspondiam à minha melhor amiga e caminhava em direção à cozinha.

— E aí? — Minha amiga atendeu no terceiro toque.

— Você me ligou? — perguntei, sem rodeios.

Ouvi uma risada sussurrada do outro lado da linha enquanto me sentava em um dos bancos altos que ficavam em frente a um dos balcões da cozinha, onde meu pai fazia — o terrível, mas comível — café da manhã.

— Não, amada — respondeu Callie. — Você quer alguma coisa?

Franzi a testa, confusa.

— Não, por quê?

— Eu estava um pouco ocupada aqui… — Callie abafou o riso, mas pude ouvir a risada de mais alguém. — Estou na casa de Harry, depois a gente se fala, amada, beijinho!

Suspirei. Não era Callie que havia me ligado, já que estava passando a noite na casa de seu namorado — que eu achava ser um grande idiota, mas que não deixava (nem ferrando) minha amiga saber.

Coloquei o celular sobre o balcão preto e me levantei.

— Aí está você! — Ouvi a voz grossa de Matt atrás de mim.

— Oi — falei, sorrindo. — Feliz aniversário!

— Valeu — ele respondeu. — E meu presente?

Sorri.

— Eu ia comprar. Tinha até reservado um dinheiro e tal, mas vi o box daquela saga de livros que eu estava louca para ler, sabe? — expliquei, corando. — Foi mais forte do que eu, Matt, juro!

Meu irmão jogou as mãos para cima e gargalhou.

— Você é inacreditável — falou, piscando um dos olhos.

Um homem que eu não conhecia surgiu por trás de Matt e os dois começaram a conversar sobre algum tipo de política que não daria certo para o país ou coisa assim, então aproveitei e saí dali.

Estava prestes a subir a escada, quando senti uma mão grande em meu ombro direito. Virei-me e dei de cara com meu pai, que estava mais casual do que nunca, com sua camiseta preta e calças jeans simples.

Desci os dois únicos degraus que havia subido e esperei meu pai brigar comigo por ter demorado tanto para chegar em casa. Em minha mente, eu já estava tentando bolar alguma desculpa melhor do que "A Callie se perdeu no meio dos estandes de batons", o que era verdade, mas não aceitável.

— Bom, a Hillary acabou de me ligar, avisando que o filho está passando mal — começou ele, colocando as mãos nos bolsos da frente da calça, como se estivesse com vergonha. — Então não será hoje que vocês se conhecerão.

— Quem é Hillary? — eu me ouvi perguntar

— A minha *amiga* — ele frisou a palavra, como eu sempre fazia.

Balancei a cabeça, forçando um sorriso.

— Fica tranquilo. Ainda vamos nos conhecer. — Mostrei os polegares, afirmando minha ironia.

Meu pai aquiesceu e sorriu, então virou-se para conversar com o mesmo cara que havia me livrado da conversa com Matt.

Talvez eu mandasse um cartão de agradecimento a ele depois.

O fato era que eu não queria conhecer aquela tal de Hillary e também não queria que ela e meu pai namorassem.

A história era simples, embora parecesse que não.

Meu pai queria seguir em frente e eu o entendia. Ele queria ter uma vida feliz e normal depois que minha mãe nos abandonou e foi morar em Los Angeles com um cara chamado: Fred-sem-sobrenome — como o havíamos apelidado, já que não sabíamos nada sobre ele, a não ser o primeiro nome.

Eu entendia meu pai e daria força para ele continuar, se não soubesse o que aconteceria no final. Depois de todo o escândalo com minha mãe indo embora, ele tivera sete relacionamentos.

Dentre esses sete, quatro terminaram sem que eu e o resto da família soubéssemos o porquê, dois porque elas não queriam ter que "cuidar" dos filhos dos outros e o último porque ela decidiu mudar de vida, indo morar com outra mulher em Ohio.

Depois de toda essa experiência, eu já estava apta para entender que meu pai ficaria muito arrasado depois do término e, como a vida do meu pai era pacata, sabia que terminaria logo.

Queria muito que ele encontrasse o amor novamente, mas também esperava que fosse do jeito certo, não no *Tinder*.

A festa terminou tarde, então quando o relógio marcou 03h40, subi a escada e tomei um banho. Coloquei meu pijama de frio e me enrolei nas cobertas pesadas que eu tanto amava, e, antes que eu percebesse, já estava dormindo.

Acordei assustada. Meu celular estava tocando em cima da escrivaninha, mas quando o alcancei já tinha parado de tocar. Na tela havia um número desconhecido.

Estranhei, eu tinha quase certeza de que era o mesmo número que havia me ligado na noite anterior.

Espreguicei-me, verificando se havia alguma mensagem ou notificação no Facebook. Curti duas fotos em que eu havia sido marcada por Matt, mostrando todo o meu humor de "uau, vamos curtir essa festa" de ontem.

Olhei para o relógio e quase saltei da cama.

Eu nunca me atrasava para a escola, no entanto, hoje só havia quinze minutos para me arrumar, tomar café da manhã e chegar à prisão... Quero dizer, escola, que ficava a três quarteirões de distância, apenas.

Corri para o banheiro e percebi que eu não teria tempo para tomar banho, então só escovei os dentes e lavei o rosto. Corri para o quarto e vesti aquele uniforme horrível que não me deixava nem um pouco bonita, ao contrário de Callie, que ficava linda com qualquer coisa no corpo, inclusive o uniforme da escola.

No reflexo do espelho eu via uma garota magra, cabelos na altura do pescoço castanho-claros, pele clara, olhos azul-turquesa e horrorosas olheiras.

Só deu tempo de passar o rímel, então desci a escada correndo, o que fez meu coração acelerar, precisei parar no pé da escada para respirar. Aquela correria toda não fazia bem ao meu nada saudável coração. Esperei minha pulsação desacelerar enquanto andava em direção à cozinha. Peguei uma maçã verde na fruteira e voltei a correr quando percebi meu coração calmo.

Já estava quase fora de casa quando ouvi a voz de meu pai.

— Está treinando para as Olimpíadas ou você quer morrer mesmo?

Revirei os olhos.

— Vai começar de novo... — sussurrei, virando-me para encará-lo.

Meu pai estava com os cabelos ainda bagunçados, com as mãos na cintura, mostrando indignação.

— Pegou o *Salvador*? — ele questionou, com os olhos cansados.

Assenti com a cabeça, tossindo sem querer.

— É que... — Respirei fundo, acalmando meu coração novamente. — ... estou atrasada.

— Quer que eu te leve de carro para a próxima aula? — ele perguntou, andando em direção à cozinha.

— Não. Tenho prova na primeira. — Abri a porta, saí e gritei: — Tchau!

Eu nem sabia quais seriam as aulas do dia, muito menos se haveria alguma prova surpresa. Torci para que não houvesse, já que não tinha estudado nada durante o fim de semana.

O fato era que, no fundo, eu gostava de ficar atrasada, da adrenalina que aquilo me oferecia, não que correr três quarteirões fosse "nossa, que aventura!", mas, para mim, que não tinha um coração totalmente em forma, era como se estivesse em *Maze Runner*.

Cheguei exausta à escola. Eu podia muito bem me comparar ao Thomas (o corredor dos livros e dos filmes), mas, com certeza, não era.

Os alunos estavam entrando no prédio quando ouvi a voz estridente de Callie:

— Meu Deus, Ariane! — Ela riu por cima do burburinho de vozes. — Você está parecendo um panda!

— Pelo menos pandas são fofos. — Eu ri, não entendendo a referência.

Callie arregalou os olhos, se aproximando de mim.

— Jesus, de perto é bem pior! — ela reclamou, abrindo a boca.

Franzi a testa.

— Não, não, não! — exclamou ela. — Ariane, como você foi capaz de sair de casa nesse estado?

— Quê? — Curvei a cabeça.

Callie me pegou pela mão e me arrastou até o banheiro, reclamando do quanto eu era desleixada com a minha aparência.

— Como vamos arrumar um *boy* para você, se você me aparece assim na escola? — ela me questionou, quando chegamos ao banheiro.

— Eu não quero *boy* nenh... — comecei falando, mas tive que parar quando olhei para o espelho. — Meu Deus do céu, eu estou parecendo um panda!

— Foi o que eu disse — Callie levantou as mãos.

O rímel que passei, apressada demais, havia literalmente *derretido.* Meus olhos estavam completamente pretos e havia muitos riscos e manchas deformadas em minhas bochechas.

— Nossa! — exclamei.

— Nada com que eu não possa lidar — afirmou minha amiga, tirando a mochila dos ombros e colocando-a sobre a mesa da pia, abrindo-a.

Alguns segundos depois, eu estava sentada sobre a mesa, com Callie removendo todo aquele caos do meu rosto com algodão e muito demaquilante.

— Eu prefiro quando você não passa maquiagem — riu, jogando os algodões no lixo e abrindo seu estojo de maquiagem, que levava para todos os lados.

— Concordo — resmunguei, de olhos fechados.

Callie pegou seu pó compacto e espalhou em meu rosto com um pincel enorme, depois usou também para aplicar um pouco de blush em minhas bochechas.

— Já ia me esquecendo — minha amiga guardou o pincel e pegou o rímel no mesmo estojo —, deixa eu te contar uma notícia bombástica.

Balancei a cabeça, concordando, enquanto ela abria o frasco de rímel.

— Aquele cara, o Miles Bennet, lembra? — Ela se inclinou sobre mim e começou a aplicar a máscara para cílios. — Ele está voltando!

— Hmmm... Voltando pra onde? — perguntei, lembrando-me imediatamente do garoto.

Todos haviam conhecido Miles no sétimo ano. Ele era meio revoltado — considerando a idade — e um pouco estranho. Era quieto demais, não tinha amigos. Ninguém sabia nada sobre ele.

— Para de se mexer! — reclamou, seguindo meus olhos, então tentei ficar imóvel novamente. — Voltando para a escola. Lembra que ele havia se mudado para Indiana? Então, agora ele voltou para Nova York e... Ai, meu Deus, espero que termine o colégio aqui.

— Nada de interessante! — falei, com os olhos ainda fechados. — Por que está tão animada? Ele era estranho.

— Novidades! — Callie bateu palmas. — Fontes seguras disseram que os ares de Indiana fizeram bem pra ele. Agora ele está irresistível, amada! Viram o *boy* dentro de um carro ontem à noite.

— Entendi — falei, sem vontade.

— Perfeito. Está pronta para conhecer o novo Miles Bennet. — Ela estalou os dedos.

— Ah, meu Deus! — Pisquei. — Conheça-o você. Eu não tenho tempo para isso. Aliás, não preciso de namorado algum.

Callie revirou os olhos.

— Eu já tenho namorado. — Ela passou a mão pelos cabelos loiros, se olhando no espelho — O Harry me faz tão bem, amada, você deveria arrumar um também. Se quiser, eu peço para ele te apresentar algum dos lindos amigos britânicos que ele tem.

Fiz que não com a cabeça e empurrei a porta para que saíssemos do banheiro.

A verdade era que um namorado arruinaria meus planos de viver uma vida como uma personagem forte de alguma série da *Netflix*.

Então, não. Isso estava totalmente sob controle.

Prometi a mim que não manteria expectativas em relação a Miles.

Quero dizer, eu ainda tinha dignidade, não tinha?

Mas falhei. Falhei bem feio.

"A curiosidade arruína os tolos", disse algum filósofo aí.

Com certeza eu era a única tola aqui. Porque eu passei a primeira aula inteirinha pensando em como Miles poderia ter mudado.

Tá legal que eu não queria namorar, mas, qual é? Eu queria saber se o garoto tinha melhorado de aparência. As fontes de Callie disseram que sim, então podíamos confiar, certo?

Mantive a expectativa de ver Miles — agora que havia decidido que era só por curiosidade —, mas conforme o tempo passava, a esperança que existia dentro de mim foi se acabando.

Até que a porta de nossa sala de Inglês se abriu e a diretora, Srta. Sharpey, entrou, com um garoto acompanhando-a. Era Miles.

Com certeza era Miles. Eu o reconheci pelos olhos, grandes e verdes. E tive a certeza confirmada quando ouvi suspiros altos ecoarem pela sala.

Eu não acreditava... Simplesmente não dava para acreditar.

Aquilo era um tapa na cara de quem não confiava nas fontes seguras de Callie. Nunca as subestime.

Miles Bennet, o garoto do sétimo ano que não era nem um pouco bonito, agora estava lindo. Ele tinha o cabelo preto, penteado de forma desleixada, em um topete. Estava de uniforme, como todos, mas fez parecer com que todos os outros garotos daquela sala estivessem usando trapos esfarrapados, em vez de roupas. A sua pele era clara e seus olhos, verdes como esmeraldas, quase tão claros quanto os meus. Seus lábios tinham um tom rosado natural que qualquer garota daria tudo para ter. Ele estava total e incrivelmente lindo.

— Esse é Miles Bennet, turma — a Srta. Sharpey disse, apontando para ele —, quero que o recebam bem.

— Vamos recebê-lo muito bem, Srta. Sharpey — Natallie disse, enquanto tentava jogar seu charme para Miles. — Pelo menos *eu* vou.

Revirei os olhos.

Natallie era insuportável, apesar de linda. Era loira, olhos castanhos e *super* magra. Era a menina má da escola, mas isso não a impedia de ser a mais popular. Com certeza, era como a Regina George de *Mean Girls*, mas não tão diva e nem tão rica.

— Graças a Deus que tenho você, Natallie — disse a Srta. Sharpey, erguendo as mãos para cima —, pelo menos uma pessoa que realmente compreende os valores desta escola...

— Ela vai! — Callie virou a cabeça para trás e sussurrou: — Natallie vai recebê-lo *muito* bem, não é, amada?

Eu não parava de olhar para Miles, estava encantada e mal podia ouvir o que Callie dizia.

Como aquele Miles poderia ser o mesmo do sétimo ano?

As pessoas mudam, foi no que meu cérebro me fez acreditar.

— Do jeito que ele a olha — comecei a falar —, acho que não vai se importar em ser *recebido* por ela.

Miles encarava Natallie de um jeito um tanto estranho.

Era possível que ele estivesse se lembrando de todas as maldades que ela aprontara contra ele, mas achei muito mais provável que ele estivesse apenas aproveitando a vista.

Callie virou-se imediatamente para trás.

— Pensei que não estivesse se importando com ele. — Ela arqueou uma das sobrancelhas, causando-me raiva por não conseguir fazer aquilo.

— Eu não me importo — tossi. — Só estou comentando.

Callie balançou a cabeça, parecendo desconfiada, mas voltou a rir quando disse, gesticulando com as mãos:

— Você sabe o que a Natallie faz. Se ele olhar para ela por mais alguns segundos, vai entrar em combustão. Precisamos fazê-lo notar você.

Callie só podia estar brincando. Eu tinha que fazer com que ela esquecesse essa história. Eu não conseguia pensar em nada naquele momento, porque foi a hora em que Miles saiu da sala com Natallie para conhecer a escola — que ele já conhecia —, então só consegui dizer:

— Cale a boca, Callie.

03

"Infelizmente, as coisas que me fazem te odiar, me fazem te amar."

(Grey's Anatomy)

Era sábado e fui acordada por Becky às 6h40 da manhã.

— Por favor, Ariane, *acordeeee*!!! — ela repetia várias vezes enquanto me empurrava na cama. — Eu preciso de você.

Abri um dos olhos e resmunguei, me enterrando debaixo dos travesseiros novamente, o que fez com que Becky pulasse em cima de mim.

— Hoje é sábado — murmurei.

— Mas você prometeu, Ari — ela sussurrou em meu ouvido, rindo.

Peguei o travesseiro maior e joguei nela, que caiu da cama.

— Eu não prometi nada. — Arqueei as sobrancelhas.

Becky se sentou no chão e cruzou os braços.

— Prometeu, sim — voltou a falar. — Disse que me daria carona para o concurso hoje se eu dissesse para o papai que você não queria comer o café da manhã.

Revirei os olhos. Era verdade. Mas, em minha defesa, eu queria afirmar que prometeria qualquer tipo de coisa se estivesse sob a pressão de ter que comer o café da manhã feito pelo meu pai. Eu já tinha me oferecido para fazer o de todas as manhãs, mas ele insistia.

— Concurso de quê? — perguntei, me levantando da cama e pegando meu celular na escrivaninha.

— Eu já disse. — Minha irmã levantou-se do chão. — Concurso de soletrar.

Balancei a cabeça, me lembrando.

Para mim, Becky (diminutivo de Rebecca) era a criança mais incrível do mundo. Ela tinha nove anos e conseguia ser mais inteligente do que qualquer outro adolescente de quinze. Além de inteligente, também era linda, e eu não falava isso só por ela ser minha irmã, seus olhos eram castanhos, seus cabelos, lisos como os meus, mas um pouco mais claros, e sua pele era clara como a minha. Mas, acima de tudo, minha irmã era muito talentosa.

— Soletre *retrógrado.* — Suspirei, digitando uma resposta para a mensagem que Callie havia mandado, dizendo que iria fazer de tudo para eu parecer notável para Miles.

— Com quem você está falando? — Becky ignorou a palavra que eu havia lançado.

Olhei para minha irmã. Seus cabelos estavam soltos, batendo na altura dos ombros, e ela usava um vestido vermelho, que combinava com as duas presilhas de borboletas em seus cabelos.

— Com Callie, ela está me enchendo o saco. — Revirei os olhos, enviando minha resposta para minha amiga.

— Por quê? — quis saber minha irmã, sentando-se na cama

— Porque tem um garoto novo na escola e ela colocou na cabeça que deve me *apresentar* para ele — frisei as palavras.

Becky curvou a cabeça e fez biquinho, como sempre fazia quando discordava de mim.

— E ele é bonito? Como se chama?

Cerrei os olhos, notando que, talvez, Becky estivesse do lado de Callie.

— Miles. Não sei... — Ignorei meu cinismo. — Talvez, eu não reparei.

Minha irmã levantou-se da cama novamente e caminhou até a porta do quarto, então ela parou de andar e me fitou.

— R de razão, E de escola, T de tabuada, R de risada, O de ornitorrinco com acento agudo, G de gostei de você, R de rainhas são melhores do que reis, A de amor, D de doença de coração, O de o Miles deve ser muito bonito, sim — Becky falou rápido, rindo da expressão que se formou em meu rosto. — *Retrógrado.*

— Você pegou o *Salvador?* — Becky me perguntou quando estávamos no carro, indo para o concurso.

Fiz que sim com a cabeça, tentando ignorar o fato de as pessoas se importarem com minha doença mais do que *eu* me importava.

Eu só não gostava de admitir que tinha uma doença que poderia me levar à morte...

Mas não podia negar. Eu tinha uma doença.

As pessoas sempre pensam que uma doença terminal não pode *acontecer* com elas ou com as pessoas de suas famílias. Mas, no meu caso, era inevitável.

A minha família tinha um problema: a cada duas gerações, nascia alguém com problemas cardíacos, isso não tinha explicação alguma na ciência, talvez fosse apenas má sorte.

Eu tinha problemas cardíacos desde que nasci. Fui diagnosticada com doença arterial coronariana.

Os primeiros sintomas ocorreram quando eu tinha apenas seis anos de idade. Minha mãe ainda era casada com meu pai. Eu estava brincando e, de repente, senti umas pontadas no peito, lembro-me de que doía muito. Como eu era apenas uma criança, comecei a chorar e chamei pela minha mãe.

Eles ainda não sabiam que nossa família tinha esse problema — o da má sorte —, então me levaram para o hospital na mesma hora, pois eu não aguentava de tanta dor.

— A doença arterial coronariana é rara em crianças — disse o médico, com pena no olhar, para minha mãe e meu pai. — Ela ocorre quando se formam placas nas artérias que alimentam os músculos cardíacos com sangue. Essa placa estreita as artérias e aumenta as chances da formação de coágulos, bloqueando o fluxo sanguíneo, provocando ataques cardíacos.

Minha mãe começou a chorar no mesmo instante, mas eu não entendia nada do que estava acontecendo. Todos ficaram em choque porque não se podia fazer nada em relação àquilo.

No entanto, os médicos encontraram uma solução. Eles disseram para meus pais que, se eu tomasse os medicamentos certos e fizesse os procedimentos necessários, eu aguentaria mais alguns anos. Desde então eu tomava três doses de remédios por dia, e, se passasse muito tempo longe deles, as dores voltavam.

— Ah, chegamos! — Becky disse, animada, me tirando do devaneio. — Estou morrendo de medo.

— Não precisa sentir medo. — Sorri para minha irmã. — Você vai arrasar!

— Meu Deus! — Becky riu. — Você está andando muito com a Callie. Está falando igual a ela.

— Pelo menos eu falo com alguém da minha idade — retruquei, dando um tapinha de leve em sua cabeça.

Saímos do carro e eu acionei o alarme, então entramos no salão onde aconteceria o concurso.

Eu sentei na plateia e Becky foi para trás das cortinas vermelhas. E, como eu tinha dito, ela arrasou. Sabia soletrar todas as palavras citadas, inclusive *retrógrado*.

— Não acredito! — Becky gritava no assento do passageiro, ao meu lado, segurando a medalha de segundo lugar no colo. — Eu me esforcei tanto... e saí em segundo lugar!

— Você só errou uma palavra. Não precisa disso tudo, Becky — tentei consolá-la.

— Uma palavra! — ela gritou, fazendo cara de choro. — Errei uma palavra! Isso é injustiça. Eu sou... eu não... eu tentei, Ari. Aquele nerdzinho ridículo roubou, tenho certeza.

— Você não perdeu. — Franzi o cenho. — Se eu estivesse concorrendo, teria saído em sétimo lugar.

— Mas só havia seis concorrentes, Ari. — Ela me olhou, fazendo o típico biquinho.

— Isso mesmo.

04

"O mundo não é seguro para uma garota como eu. Mas talvez eu também não seja segura para o mundo."

(American Horror Story: Murder House)

Meus dias estavam sendo somente normais.

Nada de novo, nada de interessante, só os mesmos dias de sempre. A mesma rotina, as mesmas coisas para fazer. Tudo igual.

Fazia uma semana que Miles havia voltado e eu ainda não tinha conseguido trocar uma mísera palavra com ele.

Mas isso não me afetaria, não é? Eu não importava para ele, assim como ele não importava para mim.

As fontes seguras de Callie afirmaram novamente que ele havia feito amizade com a turma de Natallie, o que para mim era bem ridículo, mas para ele deveria ser o céu na Terra.

Estava imaginando que Miles estaria se sentindo a pessoa mais importante de todas, já que ele havia voltado como o Rei dos plebeus para a escola em que, antes, ele estava por baixo dos plebeus.

"Não é tão ruim...", pensei

A professora de Literatura estava escrevendo um verso conhecido de Jane Austen no quadro, mas fui incapaz de copiar em meu caderno, já que, bem nesse momento, senti as pontadas. As mesmas pontadas no coração que sentia quando não tomava o remédio na hora ou no dia certo.

A dor era tão horrível que me contorci, colocando a mão no peito. Parecia que alguém estava me esfaqueando. Curvei a cabeça na mesa e esperei. Às vezes a dor passava se eu esperasse alguns minutos sem causar alarde, mas não passou, então comecei a me desesperar, o que só aumentou a pressão em meu coração.

Eu precisava alcançar o *Salvador* — era assim que eu chamava o remédio de emergência que ficava na minha bolsa —, mas não conseguia me mexer por causa da dor. Parecia que, se eu me movesse, meus ossos poderiam pegar fogo.

Eu só conseguia pensar que, se Callie não tivesse faltado à aula, ela me ajudaria. Precisava arrumar um jeito de alcançar o *Salvador* em minha bolsa. Tentei esticar meu braço novamente, mas a dor era muito forte.

Eu precisava de ajuda, poderia ter uma parada cardíaca a qualquer instante.

Virei minha cabeça curvada para o lado com muito esforço e só consegui pensar que aquilo tudo deveria ser algum tipo de brincadeira de mau gosto que o destino estava fazendo comigo, porque Miles estava na carteira ao lado da minha, parecendo muito entediado.

Aquela não era hora para ter orgulho, então tentei chamá-lo, mas minha voz não saiu. Ousei dizer seu nome mais duas vezes, mas já estava muito fraca. Tudo o que eu poderia fazer era esperar a dor passar sozinha.

Fechei meus olhos e senti lágrimas escaparem, turvando minha visão. Quando os abri novamente, Miles se virou. Seu olhar parou bem no meu. Ele franziu o cenho, fazendo uma cara de assustado.

— Você está bem, Ariane? — ele me perguntou, alarmado.

"Ah, então ele se lembrava do meu nome...", pensei ironicamente.

Eu deveria pensar em não morrer ou alguma coisa do tipo, mas só conseguia pensar em como aqueles olhos eram lindos.

— Eu... — tentei falar, mas estava muito fraca.

Estava vendo tudo embaçado, prestes a desmaiar, então juntei todas minhas forças, levantando minha mão, apontando para o meu coração.

— Seu coração? — ele questionou, não entendendo o sinal. — Seu coração está doendo?

Juntei o último lote de força que tinha e afirmei com a cabeça, apontando para o bolso de minha bolsa.

Senti meus olhos revirarem, estavam quase se fechando.

Miles pareceu entender, então imediatamente levantou-se de sua mesa. Ele se ajoelhou ao meu lado e abriu o bolso em que estava o *Salvador*, que mais se parecia com aquelas bombinhas de ar.

Ele o pegou e colocou em minhas mãos. Levei-as em direção à boca, estavam tremendo, meu coração dançava dentro de mim.

Inalei o Salvador e respirei fundo, deixando minha cabeça cair sobre a mesa dura. Minha respiração estava entrecortada, sendo acompanhada por meu coração que batia descompassadamente.

Eu precisava descansar, porque parecia que eu havia corrido por oito quilômetros.

O remédio fazia efeito rápido, por isso eu tinha lhe dado aquele nome.

Eu ainda estava tremendo, mas a dor tinha parado.

— Obrigada — sussurrei ofegante para Miles.

Ele ainda estava ajoelhado perto de mim. Só então reparei que ele estava segurando minha mão direita, ainda envolta no *Salvador*.

— Tudo isso foi uma crise de asma? — Miles arregalou os olhos.

Sorri, sem forças, entendendo a referência ao remédio, que parecia uma bombinha de ar.

— Não, isso foi meu coração. — Levantei minha cabeça, mas não consegui desprender minha mão da dele, já que Miles estava segurando-a com força.

— Entendi. — Ele respirou fundo, soltando minha mão.

Nossa professora de Literatura sequer tinha notado o que estava acontecendo conosco no fundo da sala.

— E você está bem agora? — Miles me olhava, parecendo ainda um pouco assustado.

— Estou — suspirei rindo, dizendo a verdade.

Ele aquiesceu e sorriu, levantando-se do chão e se sentando novamente em sua carteira.

Passei o resto da aula sem conseguir me concentrar na matéria e sem conseguir olhar diretamente para Miles. Estava com vergonha.

Não sei por que, mas eu não gostava de contar às pessoas que eu tinha coronariana. Elas não precisavam saber. Não ia mudar nada.

As únicas pessoas da escola que sabiam eram: Callie, a Srta. Sharpey e a secretária do colégio.

Callie sabia porque nos conhecíamos desde pequenas. Ela sempre me via tomando os remédios e sempre me ajudava quando eu tinha crises na escola ou em algum outro lugar.

A Srta. Sharpey também sabia, pois meu pai queria mais segurança.

— Se algum dia Callie faltar, ela vai te ajudar — ele havia dito.

Mas, pensando bem, ela nunca havia me ajudado. Callie nunca faltou quando tive uma crise e, quando o fez, quem me ajudara fora Miles. Se ele não estivesse lá para me ajudar, eu não conseguiria pedir ajuda para mais ninguém, muito menos para a Srta. Sharpey.

A secretária também sabia, porque dias atrás eu tinha tido uma outra crise enquanto Callie estava no banheiro. Foi ela quem me ajudou, no final das contas.

Antigamente essas crises não existiam. Quando passaram a existir, elas ocorriam com um longo período entre elas. Eu mal usava o *Salvador*. Agora elas ocorriam com mais frequência.

Tudo isso só reforçava a certeza que eu tinha quanto à minha vida. Eu sabia que faltava pouco.

E Miles... Ele também sabia, agora.

O sinal já havia soado. Eu estava do lado de fora da escola, pronta para ir embora.

— Então o seu coração é traidor — ouvi Miles falar baixo quando parou perto de mim.

Levei um susto, então apenas balancei a cabeça e sorri, envergonhada.

Não havia muito que falar sobre isso, meu coração era mesmo um filho da mãe.

— Você não fala, Ariane? — ele questionou, rindo. — Tem problemas cardíacos e ainda é muda. Que triste.

— Eu falo — disse alto. — Só que pouco.

— Duvido. — Miles bateu de leve em meu braço, rindo comigo. — Você tem cara de quem não cala a boca. E eu já te vi tagarelar com a Callie.

— Às vezes é difícil de controlar! — exclamei.

Era minha primeira conversa com Miles Bennet desde que ele voltara e eu nem havia percebido.

— Ah! Você está aí! — gritou alguém.

Era Becky.

— O que você está fazendo aqui? — perguntei.

— O papai também está aqui. Está no carro, nos esperando. — Ela cruzou os braços, notando Miles ao meu lado. — Quem é você?

— Meu nome é Miles, e o seu?

— Eu sou a...

— Ela é minha irmã — interrompi.

Becky me lançou um olhar visivelmente irritado.

— Então você é o Miles — ela deduziu, fitando-o. — Já ouvi sobre você.

— É mesmo? — ele questionou, olhando para mim, que, por minha vez, neguei com a cabeça.

— Ela tem pouco oxigênio no sangue, fica tranquilo. — Empurrei Becky pelos ombros. — Vamos, Becky, nosso pai está esperando.

Ouvi a gargalhada de minha irmã, zombando da minha falta de jeito.

— Tchau, Miles! — ela gritou, rindo e balançando a mão direita quando nos viramos para atravessar a rua.

Só o vi acenando com a mão e sorrindo.

05

"Desde que tenhamos uma à outra, ficaremos bem."

(Gossip Girl)

Quando entrei no carro, meu pai me explicou que fora me buscar porque eu teria uma consulta com meu cardiologista.

As notícias, porém, não eram boas. Segundo o Dr. Smith, minha doença tinha progredido. Pelo visto, o *Salvador* não me ajudaria mais. Eu precisaria de muito mais para sobreviver.

Eu estava com medo, não podia negar, mas quando o Dr. Smith nos deu a notícia, eu parecia calma e forte por fora, ao contrário de meu pai, que ficou branco, como se eu fosse morrer a qualquer segundo.

Só uma leve dor já seria um sinal de que minha hora estava chegando.

Vi como meu pai ficou assustado, eu não queria que ele ficasse triste.

— Não, pai — eu disse no carro, quando estávamos voltando para casa —, estou bem. Não estou sentindo mais aquelas dores.

Eu estava mentindo, claro. As dores estavam piores.

"Tive uma crise hoje, droga!", pensei.

— Estou bem. — Eu deveria ganhar um prêmio por ser a maior mentirosa de todas.

Meu pai pareceu mais calmo, mas eu sabia que ele não estava.

Voltamos para casa ouvindo Becky contar o resumo de um livro que tinha acabado de ler. Eu não prestei muita atenção, estava pensando.

E, particularmente, eu era muito boa em me perder em pensamentos.

Estava sentada em meu quarto com o *Salvador* em minhas mãos. Olhava fixamente para ele. Estava triste, não queria morrer.

— Ah, que coisa mais deprimente! — aquela voz, que eu reconheceria em qualquer lugar, gritou. — Amada, fique alegre.

Callie me animava. Não importavam as circunstâncias, ela sempre estava lá.

Minha melhor amiga entrou em meu quarto, batendo a porta com cuidado.

— Eu não estou deprimida — foram minhas sábias palavras.

— Ah, claro! — ela disse ironicamente. — E eu usei minha bolsa da *Louis Vuitton* ontem enquanto chovia.

Callie sentou-se na cama ao meu lado e me abraçou.

— Você está com medo? — indagou, séria desta vez.

Assenti. Eu estava com muito medo.

Medo de morrer. Eu tinha uma vida, ainda era jovem, precisava viver o resto dos meus dias com todos os privilégios que tanto almejava...

— Não precisa sentir medo — ela falou me cutucando. — Eu estou aqui.

Eu ri.

— Vamos para o Shopping. — Ela se levantou da cama. — Abriu uma nova loja, super lacradora. Eu vi várias peças maravilhosas que precisamos comprar.

— Ah, é? — falei, um pouco mais animada.

— Sim! — Callie bateu palmas. — Eu vi um vestido idêntico ao da Kendall Jenner que eu preciso comprar.

Curvei a cabeça, rindo. Tudo o que Callie mais queria era ser uma *It Girl.* Então ela me ajudou a levantar e saímos.

Compramos alguns sapatos, já que o vestido da Kendall ficou *mega* estranho no corpo de Callie. Depois fomos comer. Eu já tinha almoçado, mas comida nunca é demais, não é?

Eu me sentia muito bem ao lado de Callie. Ela me animava nas piores horas. Era um talento que ela tinha e eu não. Quando alguém ficava triste, eu não sabia como agir, nem o que fazer. Eu ficava paralisada, mas Callie, não. Era o tipo de pessoa que trancava o amor dentro de si própria e só o liberava para quem realmente gostasse.

Eu me sentia mal por não estar conseguindo expressar muito bem os meus sentimentos. Enquanto Callie fazia de tudo para me ver feliz, eu só ficava lá, parada. Eu sempre seria grata por tudo o que ela já tinha feito por mim e guardaria todos os nossos momentos, todas as nossas conversas e todas as nossas risadas.

Uma vez, quando tínhamos doze anos de idade, a professora nos mandou escrever um poema que representasse o amor. Eu escrevi sobre namorados e amores mal compreendidos — coisa que qualquer garota daquela idade faria —, mas Callie, não. Ela escreveu um poema sobre amizade.

O poema falava sobre o amigo de todas as horas, principalmente as ruins. A professora perguntou quem queria ler seu respectivo poema e Callie foi a primeira a levantar a mão.

— Amizade — ela leu o título do poema.

Lembro-me de que Callie leu aquele poema como se tivesse treinado a leitura em frente ao espelho por semanas.

— A verdadeira amizade é uma pérola de amor inestimável. Cultive a amizade. Corresponda às gentilezas. Não se encolha e nem se afaste dos outros. Há muito de amor trancado em você. Procure ser o amigo das horas difíceis. Dê demonstrações de sua amizade, mas não espere ser correspondido. Compreenda que nem todos são como você. Tolere as faltas de seus amigos. — Ela parou de ler por um segundo e respirou fundo. — Tenha amizade pura e desinteressada. Não deixe que o tempo a consuma. — E concluiu: — Não pode ser amigo quem não ama incondicionalmente.

Todos os alunos aplaudiram e eu me senti bem por saber que tinha Callie ao meu lado, sabia que ela sempre seria a melhor amiga de todas.

06

"Você é boa... E eu preciso de algo bom em minha vida. Porque, sem isso, há apenas uma enorme escuridão."

(The Vampire Diaries)

No outro dia, a escola já não parecia o Demogorgon de *Stranger Things*.

Eu já me sentia bem melhor. Passar um tempo sozinha com Callie tinha me ajudado muito.

As aulas começaram normalmente — todos com sono, entediados e sem vontade alguma de aprender sobre o Holocausto. No final da aula de História, nossa professora disse, animada:

— Planejei um trabalho muito legal. Vocês sempre reclamam que todos os meus trabalhos precisam ser escritos e demoram muito para serem feitos.

Só o início de sua fala já me fez revirar os olhos. A Srta. Montezz sempre queria diversificar suas aulas, mas, no final, sempre acabavam ficando mais chatas e difíceis do que se fossem aulas normais.

— Bom, neste semestre será diferente — ela continuou falando. — Não haverá trabalho.

Todos os meus colegas da aula de História gritaram de alegria. Mas me peguei pensando de onde viriam as notas, se não tivéssemos trabalhos.

— Não fiquem tão animados assim. — A professora riu, fazendo alguns suspiros ecoarem pela sala. — Haverá um trabalho, apenas, que vai durar o semestre inteiro. Vocês vão se juntar em duplas e fazer uma sessão de fotos. A nossa cidade tem muita história. Vocês vão escolher um tema e tirar fotos do que quiserem. Toda semana haverá um tema diferente. Eu só quero fotos e uma pequena parte escrita.

Suspirei. *Não disse?* Já tinha começado a complicar...

— Só vai haver um probleminha. — A Srta. Montezz sorriu. — Eu que vou escolher as duplas.

"Droga! Achei que eu poderia aguentar essa tortura com Callie!", pensei.

A professora não esperou os alunos reagirem, então começou a andar pela sala de aula e juntar as mesas lado a lado.

— Vou juntar vocês agora para que já possam discutir sobre o assunto.

Observei a Srta. Montezz juntar as mesas de Natallie e Harry, o namorado babaca de Callie. Arqueei minhas sobrancelhas em solidariedade para Callie, que já estava vermelha de raiva.

Virei minha cabeça para o lado para ver quem seria o meu parceiro e sussurrei um palavrão. Miles me olhava com um sorriso cafajeste, já se levantando.

A professora se aproximou e escreveu algo em sua prancheta enquanto dizia:

— Ariane Sparks e Miles Bennet. Dupla número nove.

Miles arrastou sua mesa em direção à minha, com o mesmo sorriso de antes.

— Acho que nove é meu número da sorte a partir de agora — falou ele, sentando-se novamente à sua mesa, colada à minha.

— Pode ser. — Dei de ombros, fitando fixamente meu caderno em branco e torcendo para ele não perceber minha hesitação quanto àquela dupla.

Miles limpou a garganta, talvez não estivesse tão confortável quanto parecia, mas eu continuava olhando para meu caderno.

Eu simplesmente não queria ter que passar todas aquelas semanas do próximo bimestre com ele. Não porque eu o odiasse, pelo contrário, até gostava dele… Mas, sei lá, eu não me sentia confortável quando lembrava que ele sabia sobre minha coronariana.

Observei Miles pegar um lápis em meu estojo e desenhar um *emoji* feliz na ponta da folha em branco de meu caderno, depois ele colocou o lápis em meu estojo novamente e voltou para o seu lugar.

Finalmente levantei minha cabeça e olhei para ele, que esbanjou um meio sorriso e apoiou os cotovelos em minha mesa, me encarando.

— É impressão minha ou você está me evitando? — Miles curvou a cabeça.

Minhas bochechas queimaram.

— Talvez eu esteja — admiti, com vergonha, mas, ao contrário do que queria fazer, sorri do mesmo jeito que Miles sorria para mim.

Ele riu.

— E por quê?

Dei de ombros, pegando novamente o lápis que ele usara antes em meu estojo.

— Não sei bem... — Desenhei outro *emoji* perto do que ele havia feito. — Tenho vergonha.

Ele gargalhou, pegando o lápis de minha mão.

— Vergonha de mim? — questionou.

— O quê? Não — respondi, cruzando os braços, observando-o enquanto ele apagava o meu *emoji* triste e desenhava um feliz por cima. — Vergonha da minha doença.

Miles largou o lápis na mesa e me encarou.

— Se eu não soubesse, você poderia estar... — ele não terminou.

Eu ri.

— Morta?

— É. — Ele fechou os olhos.

Neguei com a cabeça.

— Já tive crises piores e não morri — justifiquei. — É só uma doença chata, não é tão perigosa assim...

Como eu podia ser capaz de ter dito cinco palavras mentirosas em uma frase de apenas dez? Isso só provava que tudo o que eu dizia era metade de uma verdade.

— Então — Miles voltou a falar —, não precisa ter vergonha da...

— Coronariana — completei.

Miles balançou a cabeça.

— Não precisa ter vergonha. Ter uma doença é normal, não é sua culpa.

Eu já tinha perdido a conta de quantas vezes ouvi um "não é sua culpa". Eu sabia que não era minha culpa. Se eu pudesse ter escolhido o rumo de minha vida, é claro que não escolheria ter coronariana.

— Mas mudando de assunto... — disse Miles, percebendo minha hesitação quanto àquilo. — O que vamos fotografar?

Quando o sinal tocou, já tínhamos decido que tiraríamos algumas fotos do Central Park. Era fácil e se enquadrava no quesito proposto pela professora.

— Então, amanhã? — perguntei, me levantando.

Miles colocou sua mochila no ombro direito enquanto balançava a cabeça negativamente.

— Não! — ele disse. — Hoje.

— Hoje?

— Pode ser? — questionou. — Quero dizer, essa foi a primeira vez que passamos um tempo juntos e eu gostei de tê-lo feito com você, Ariane. Não quero ter que esperar até amanhã.

Não consegui esconder o meio sorriso que se formou em meu rosto, de modo que fui acompanhada por Miles, que também sorriu.

— Tudo bem — concordei. — Hoje.

— Esteja no Central Park às 17h.

07

"A vida não tem que ser perfeita, só tem que ser vivida."

(Dexter)

Eram quase 16h30 e eu estava atrasada.

O Central Park não ficava muito longe da minha casa, então ignorei minha preguiça de sempre e caminhei por algumas quadras.

Cheguei vinte minutos atrasada ao local onde eu e Miles havíamos combinado para nos encontrarmos, mas não o vi.

Eu não sabia onde ele morava, então não podia especular o tempo que ele deveria demorar se estivesse indo de carro ou metrô.

Sentei-me em um banco de madeira, pegando meu celular, que tinha acabado de vibrar. Era uma mensagem de Callie.

"Já se pegaram?"

Revirei os olhos, ela era inacreditável.

"Vai procurar alguma coisa para fazer, Callie!"

Eu tinha comentado sobre o que faria naquela tarde e Callie pulou de alegria. Não sei por que ela estava querendo me juntar ao Miles. Caramba, será que não entenderia nunca que eu não queria nenhuma dessas coisas?

— Está atrasada — ouvi a voz de Miles gritando de longe.

Ele andava despreocupado em minha direção, segurando uma cesta de vinil.

— Estou aqui há mais tempo que você. — Arqueei as sobrancelhas. — *Você* está atrasado.

Miles riu.

— Eu sei, desculpa — falou —, é que me enrolei com isso aqui. — Ele balançou a cesta em sua mão direita.

— O que é isso? — questionei.

— É para mais tarde. — Ele esbanjou *aquele* meio sorriso.

Não fiz mais perguntas, de modo que Miles abriu uma pequena fresta na cesta e tirou de dentro dela uma câmera, que ele me entregou quando eu guardei o celular no bolso e começamos a andar pelo parque.

Foi um trabalho muito fácil, ainda mais ao lado de Miles, que fazia piada de tudo. Tiramos fotos dos pontos mais visitados, das estátuas mais estranhas e das pessoas praticando esportes.

Quando já tínhamos fotos suficientes para encher um álbum inteiro, falei:

— Acho que já está bom de fotos por hoje.

Miles assentiu.

— Finalmente — disse ele. — Agora podemos comer.

— Comer? — perguntei, sentindo minha barriga roncar, mas ele apenas apontou para a cesta de vinil que ainda segurava.

Eu estava prestes a perguntar o que havia na cesta, porém, ele começou a andar rapidamente, voltando para o lugar onde havíamos nos encontrado antes. Andamos em silêncio, mas eu estava curiosa para saber o que se passava na mente dele.

Segui os movimentos de Miles com os olhos quando ele passou pelo banco de madeira em que eu havia me sentado antes e continuou a andar.

Caminhamos por mais alguns minutos pela grama decorada por pedras grandiosas. Não havia rastro de uma nuvem sequer no céu, apenas o pôr do sol laranja que contrastava com o seu cabelo escuro.

— Para onde está me levando, Miles? — questionei, cansada de andar.

Ele não respondeu. Andou mais alguns metros e colocou a cesta sobre uma pedra grande. Ele se apoiou em uma pedra menor e subiu na maior, sentando-se em sua superfície, então olhou para mim e disse:

— Vai ficar aí?

— O quê? Você quer que eu suba? — Coloquei as mãos na cintura. A pedra era alta demais para mim.

— Por que não subiria? — Miles gargalhou, estendendo-me a mão, que, depois de relutar por alguns segundos, aceitei.

Apoiei-me na pedra menor, assim como ele havia feito antes, e peguei impulso para subir. A superfície da pedra, ao contrário do que pensei, era lisa, então me sentei com as pernas cruzadas.

— Então... — tentei puxar assunto quando percebi que Miles não falaria nada até que eu me pronunciasse, era difícil entendê-lo.

— Eu trouxe algumas coisas para comermos. — Ele levantou as mãos, rindo.

— Não precisava fazer isso.

Dei de ombros, acompanhando-o e me esticando sobre a pedra para olhar dentro da cesta. Tirei de dentro dela uma tigela transparente com morangos, outra tigela igual à anterior cheia de cookies e mais uma delas com sanduíches. Então Miles pegou dois copos azuis de acrílico e duas garrafinhas de suco de laranja.

Senti meu estômago roncar alto, tentei colocar a mão em cima da barriga para ocultar o barulho, mas o vi rir.

— Parece que eu precisava, sim.

Peguei a tigela com morangos, tentando não gargalhar enquanto a abria. Os morangos estavam vermelhinhos e doces, um suspiro vindo de dentro de mim ecoou, denunciando-me. De novo.

— Eu amo morangos. Como você adivinhou?

Miles balançou a cabeça.

— Só ia trazer os cookies e os sanduíches, mas minha tia chegou do mercado. Fui olhar as compras e vi os morangos, aí me lembrei de antes e trouxe. — Parecia que Miles não percebia o que dizia, como se não precisasse pensar.

— De antes? — perguntei, curiosa.

Percebi um leve rubor em suas bochechas, mas tão rápido apareceu, tão rápido desapareceu, dando lugar àquele sorriso de canto.

— De antes — ele afirmou. — Quando éramos crianças, você não se lembra?

Balancei a cabeça, negando.

Nós nos conhecíamos desde sempre. Embora Nova York fosse enorme, nosso colégio sempre fora composto pelos mesmos alunos desde sempre. Eu e Miles entramos na escola no mesmo ano e sempre estivemos nas mesmas aulas e classes. Os únicos anos que ficamos separados foram os que ele passara em Indiana. Porém, embora tivéssemos estudado juntos por toda a infância, nunca fomos muito próximos e não sabíamos nada um do outro.

— Um dia, você não sabia que eu estava escutando, mas eu estava, você conversava com a Callie — ele começou, servindo os dois copos de plástico com suco de laranja. — Uma daquelas conversas de crianças sobre comidas.

— Já sei! — gritei, rindo. — Eu sempre falo sobre comida.

— Desde pequena — completou.

— Sim — concordei. — Se tem uma coisa da qual sempre falo, essa coisa é comida. Comer é o que eu mais amo fazer.

Miles me olhou surpreso.

— Mais do que assistir séries?

Eu ri, entretida.

— Eu só assisto séries se estiver com algo para comer — falei a verdade. — Se não tiver nada para comer, não me concentro.

— Você tá zoando! — Miles gargalhou, comendo um cookie.

Peguei mais um morango.

— Não estou, não. É a mais pura verdade, Miles — falei. — Eu poderia comer para sempre, porque sempre estou com fome. E não só por causa da fome, mas também porque é muito bom...

— Tá, tá, eu entendi — cedeu ele.

— Quando o assunto é comida, eu sempre ganho, você pode ter certeza — eu disse decidida, mordendo o morango e fechando os olhos dramaticamente só para provar meus argumentos.

O rosto de Miles estava completamente relaxado, eu reparei. Seus olhos brilhavam e o sol fazia com que seu cabelo incrivelmente preto reluzisse.

— Bom, mas continuando meu monólogo... — ele voltou a falar depois de uma mordida no sanduíche. — Desde pequena você ama comer, é uma verdade. Tínhamos quantos anos? Nove? E você ficou quase a aula toda sussurrando para Callie que estava ansiosa para chegar em casa porque havia uma torta de morango para ser comida.

Gargalhei, tendo flashes de memórias.

— Meu Deus! — disparei, ainda rindo. — Você queria que eu fizesse o quê? Tinha uma torta de morango inteirinha me esperando em casa. É claro que eu estava ansiosa.

— Imagino. — Miles soou irônico.

— É verdade, seu cínico. — Sorri, bem-humorada. — Lembro que meu pai disse que depois do almoço eu poderia comer um pedaço daquela torta, mas me atrasei fazendo a lição de casa e tive que ir para a escola sem comer o pedaço. Eu estava quase morrendo de aflição.

Miles deu um gole em seu suco.

— Quando vi os morangos hoje, me lembrei desse dia e achei que você iria gostar. — Ele sorriu daquele jeito que só ele sabia, fazendo meus braços se arrepiarem.

Passei as mãos por eles, tentando espantar os pensamentos estranhos que surgiram em minha linha de raciocínio.

— O que foi, está com frio? — ele perguntou, abrindo os olhos, como se estivesse realmente preocupado.

Engoli em seco com sua reação espontânea, negando com a cabeça.

— Não é nada. — Tentei rir, mas a risada saiu trêmula. — Eu só me arrepiei.

Miles voltou à sua posição normal e terminou de beber seu suco enquanto eu pensava no quanto ele era compreensivo por entender minha doença; bem-humorado; cuidadoso, por perguntar se eu estava com frio; e terrivelmente lindo.

Por costume, peguei meu celular e o desbloqueei. Eram 18h45. Arregalei os olhos.

— Droga! — sussurrei sem perceber.

— O que aconteceu? — questionou, limpando as mãos nas calças.

Balancei a cabeça, tentando parecer calma.

— Falei para meu pai que chegaria em casa às 18h.

Miles pegou seu próprio celular para conferir as horas, como se quisesse checar por si mesmo.

— Acho que sua hora já passou — ele riu, despreocupado.

Peguei um guardanapo de papel e limpei os dedos.

— Eu tenho que ir — falei, não me importando com a despreocupação de Miles.

— Por quê? — perguntou, guardando as coisas de volta na cesta.

Levantei as mãos. *Não era óbvio?*

— Deveria estar em casa há quarenta minutos — expliquei. — Meu pai deve estar uma fera.

— Seu pai não é bravo, Ari. — Miles deu de ombros, calmo como sempre.

— É claro que ele é.

— Eu me lembro dele. — Arqueou as sobrancelhas. — Ele *não* é.

Fechei os olhos. Miles era difícil de convencer.

— Você não o conhece. Ele não é bravo, mas fica preocupado quando a filha com insuficiência cardíaca sai de casa e demora muito — falei, alterada.

Miles piscou. Abaixei a cabeça, por que eu tinha sido tão grossa?

A pedra em que estávamos sentados era redonda e consideravelmente grande, mas não o bastante para que eu conseguisse me levantar sozinha. Não queria pedir ajuda, então me equilibrei e descruzei as pernas, colocando-as para fora da circunferência lisa.

— Espere aí, eu te ajudo a descer — disse Miles, descruzando suas próprias pernas e se aproximando.

— Não precisa. Eu consigo. — Esquivei-me de suas mãos.

— Ariane, você vai se machucar. — Miles me puxou para trás.

Cerrei os punhos, nervosa.

— Segure em minha mão e estique os pés até o chão para não cair. — Ele olhou para mim.

— Não vou cair. — Eu o encarei, brava. Miles estava sentado ao meu lado na beirada da pedra, nossos rostos próximos.

— Por que está irritada? — questionou, curvando a cabeça.

Tirei minha mão da dele, cruzando meus braços.

— Não estou irritada. Você é quem não me deixa descer sozinha.

— Só não quero que se *machuque*, Ari. — Sua voz soou macia em meus ouvidos.

Isso me fez parar e olhar para ele. Estávamos próximos demais, eu conseguia sentir sua respiração fazendo cócegas em minhas bochechas. Senti minha pele esquentar. Miles pegou minha mão direita, fazendo-me estremecer por conta da corrente elétrica que percorreu meu corpo. Meu coração batia descompassado.

Pisquei diversas vezes para clarear minha visão, me afastando dele.

— Eu consigo — falei, decidida, pressionando minhas mãos na pedra dura e flexionando minhas pernas.

— Não, Ariane.

Eu estava a dois centímetros do chão quando ele me alcançou, fazendo-me soltar os braços e cair. Miles caiu em cima de mim, eu com as costas no chão, e ele com seu corpo pressionando o meu. Não doeu. Os braços de Miles estavam pressionados nos lado de nossos corpos, quase que me abraçando. Seus olhos estavam alarmados, brilhando como nunca antes, enquanto eu respirava compassadamente para acalmar meu coração.

Nunca estivemos tão perto como estávamos naquele átimo. Alguns feixes de luz do sol aqueciam meu rosto quando percebi a respiração de Miles em minha testa novamente.

— Falei que ia cair. — Ele fechou os olhos, suspirando. — Você se machucou?

Eu conseguia sentir o cheiro dele, sabão e laranja. Sua boca estava muito perto da minha. Não fui capaz de responder, então balancei minha cabeça negativamente. Meu coração estava agitado dentro do peito, mas não era como quando eu tinha crises de insuficiência, era mais como se ele estivesse *dançando* dentro de mim.

— Está tudo bem? — questionou, notando meu estado.

Aquiesci mais uma vez, engolindo em seco.

— É só o meu... — Não completei.

— Coração? — ele tentou, arregalando os olhos e saindo de cima de mim. Por um instante me senti estranha sem seu corpo perto do meu. — Droga, eu me esqueci disso!

Miles estendeu a mão, eu a peguei. Já tinha usado toda a minha cota de ignorância do dia, então sorri, meio tímida, meio que agradecendo.

— Preciso ir — foi tudo o que consegui dizer antes de me perder em seus olhos quando o olhei de verdade.

Ele assentiu com a cabeça, mas parecia hesitante.

— Quer que eu te leve?

— Não precisa — falei rápido. — Moro aqui perto, vim andando.

— Eu posso ir caminhando com você — disse ele, colocando as mãos nos bolsos da calça.

Neguei com a cabeça.

— É melhor não. Eu já estou atrasada. — Sorri, tentando disfarçar.

Conferi se tinha pegado meu celular e girei sobre meus calcanhares. Caminhei por alguns metros, tendo a completa certeza de que Miles me observava.

Eu era uma idiota. Por que sempre o tratava daquela maneira? Miles estava sendo tão gentil comigo, o que me custava ser grata?

Parei de andar, respirei fundo e virei meu corpo em sua direção. Suas mãos ainda estavam nos bolsos da calça jeans e seu rosto demonstrava curiosidade.

Eu não podia tratar Miles como vinha tratando.

— Você pode me acompanhar, se quiser, Miles — falei, morrendo de vergonha. Eu tinha certeza de que ele devia me caracterizar como uma louca total.

Miles não disse nada, apenas pegou a cesta com nossas sobras e, em quatro largos passos, já estava ao meu lado.

Minha casa ficava a duas quadras dali. Não consegui dizer nada e Miles respeitou isso. Ele deveria estar cansado de aturar minha bipolaridade.

Quase dez minutos depois estávamos em frente à minha casa.

— Obrigada. — Não soube o que dizer e, novamente, Miles me compreendeu.

Ele assentiu uma vez e sorriu.

— Tchau, Ari — falou, virando-se para atravessar a rua.

Não fiquei olhando.

Depois de alguns segundos tomando fôlego, abri a porta e entrei em casa.

"Eu não podia piorar...", pensei, fechando os olhos.

Meu pai estava me esperando de braços cruzados na sala de estar. Ele não parecia bravo, notei, mas preocupado, o que era muito pior, porque, considerando minha doença, meu pai era muito cuidadoso com cada movimento meu.

— Por onde andou? — ele questionou, me avaliando.

— Fui ao Central Park com Miles — disse sem rodeios.

Ele curvou a cabeça.

— Quem é Miles?

— Um amigo da escola. Trabalho em dupla. — Mordi o lábio inferior, pensando em como Miles podia se lembrar de meu pai depois de tanto tempo.

Não esperei sua reação, apenas cruzei o cômodo e comecei a subir a escada. No entanto, fui obrigada a parar meus movimentos quando ouvi:

— Ei! — gritou meu pai, sentando-se no sofá e pegando seu iPad, como se não se importasse. — Você está de castigo.

— O quê? — Desci alguns degraus, espantada. — Por quê?

— Você sabe das suas limitações. — Ele continuava olhando fixamente para a tela do aparelho, mas falava mais devagar agora, como se quisesse medir suas palavras. — Continue assim e qualquer dia seu coração para. Não quero que isso aconteça, Ariane.

Levantei os braços.

— Tá legal. E o que isso tem a ver com meu castigo? — perguntei, sem entender.

— Por que não levou o Salvador? — Meu pai finalmente me olhou, fazendo-me descer o resto dos degraus e parar em sua frente. Ele parecia angustiado e chateado.

Dei de ombros.

— Eu não preciso levá-lo para todos os lugares — decidi dizer.

— É claro que precisa. — Ele me encarava com os olhos extremamente abertos.

Pisquei algumas vezes.

— Eu estou melhor, pai. Não preciso mais do Salvador — menti na cara dura.

Meu pai me fitou nos olhos, procurando algum rastro de mentira, mas não encontrou, eu deduzi, já que voltou a olhar para a tela do iPad.

Dei-me como vencida e sorri internamente. De novo, estava prestes a completar o lance de escadas quando ouvi:

— Ainda está de castigo.

Revirei os olhos e entrei em meu quarto.

O assunto do qual eu menos gostava de falar era sobre o meu coração, que estava prestes a parar. Eu já sabia das minhas limitações, eu sabia o que podia ou não fazer. Ninguém precisava ficar me lembrando.

Meu pai sempre se preocupou comigo, afinal de contas, é isso o que os pais fazem: se preocupam. Ele me fazia levar o Salvador por onde quer que eu andasse. Naquele dia eu não o tinha levado propositalmente. Miles já sabia que eu tinha Coronariana, já havia me ajudado uma vez. Ele não precisava fazer isso novamente. Eu queria que ele esquecesse a minha doença.

Passei a tarde com medo de ter uma crise, mas, felizmente, tudo correu bem. Apenas uma vez ou outra eu sentia uma leve pontada no peito, mas nada grave. O máximo que meu coração alcançou naquela tarde foi quando Miles se aproximou demais e fez parecer com que ele estivesse dançando.

Tomei os remédios e fui para a cama. Não passavam das 20h, mas eu estava muito cansada. Uma vez ouvi dizer que pessoas que estão à beira da morte tendem a dormir mais. Essa era uma boa pista para saber que minha hora estava chegando.

Estava pronta para dormir quando ouvi meu celular vibrar em cima da escrivaninha. Estiquei-me para pegá-lo. Número desconhecido. Tinha quase certeza de que era o mesmo que havia me ligado na manhã em que Miles voltou para escola. Atendi.

— Alô?

— Ariane?! — Era a voz divertida de Miles. — Que bom que não errei o número dessa vez.

— Miles? Quem te deu meu número? — Minha voz saiu indelicada e me xinguei internamente quando percebi meu ato, eu havia prometido a mim mesma que seria mais legal com ele, assim como ele era comigo.

— Callie. — Ele riu, descontraído. Era a cara dele. — Eu precisava falar com você.

— Bem, pode falar. — Soltei uma risada sem querer depois de ouvir "*eu precisava falar com você*".

Se aquele número era de Miles, por que ele havia me ligado naquela manhã e, antes, na noite do aniversário de Matt?

— Já fizemos a primeira parte do trabalho — disse —, você tem alguma ideia para a próxima? Porque eu tenho.

— Eu... Bem, não pensei nisso ainda — acabei dizendo. — Ainda temos muito tempo.

— O que você acha de fotografarmos um parque de diversões popular? — Miles parecia animado, ignorando o que eu tinha dito antes. — Eu conheço um que não é muito longe. Muitas pessoas vão lá!

— Pode ser — concordei. — Depois nós marcamos.

— Não, não. — Ele foi rápido. — Vamos amanhã à noite?

— Amanhã? — perguntei, assustada.

— É.

— Mas ainda temos muito tempo, Miles — comentei. — Duas semanas.

— Minha mãe sempre falava para mim que era muito melhor fazer os trabalhos antes, porque depois ficamos livres para fazermos o que quisermos — argumentou, fazendo-me pensar se ele queria terminar o trabalho rápido para não precisar me ver por muito mais tempo e se ver livre de mim. Uma sensação estranha tomou conta de mim. — É meio bobo esse conselho, mas sempre me ajudou.

— A que horas? — perguntei, desanimada. Se ele queria se ver livre de mim, era o que teria.

— Às oito.

— Tudo bem — eu quis encerrar a conversa.

— Quer que eu te busque? — Miles parecia eufórico. Talvez eu também estivesse, se encontrasse uma maneira de parar de ter aquelas sensações esquisitas todas as vezes que pensava nele.

— Bom... Eu não sei onde fica esse parque — comecei —, pode ser.

— Até amanhã, Ari — ele sussurrou, rindo, fazendo meu pescoço se arrepiar.

— Tchau — consegui dizer.

Se Miles queria se livrar de mim, por que sempre fazia frases simples como "Até amanhã, Ari" parecerem uma declaração? A forma como ele dizia as palavras...

Balancei a cabeça, soltando o celular pelos edredons.

Meu sono havia ido embora, assim como a minha dignidade, que estava alcançando lugares cada vez mais baixos a cada conversa que eu tinha com ele.

Peguei um livro em minha prateleira e folheei até encontrar a página certa.

"— A vida é uma droga! — disse ela, ainda olhando fixamente para as estrelas.

Olhei para Olivia, curioso, aquiescendo.

— Fica melhor — respondi —, e então volta a ser uma droga.

Ela me olhou e sorriu.

— Por que a vida é uma droga? — perguntei.

Olivia deu de ombros.

— É só uma dedução — falou — Às vezes, não importa o quanto você queira ajudar alguém, simplesmente não consegue."

Fechei o livro quando meus pensamentos se embaralharam entre Miles e a relação entre Logan e Olivia. Por que eu não parava de pensar nele? Não era minha intenção.

Arregalei os olhos quando me lembrei de algo.

Eu estava de castigo. Como sairia com Miles?

08

"Os bons momentos da vida não vão ser necessariamente sobre as coisas que faz.

Eles também vão ser sobre coisas que acontecem com você."

(*How I Met Your Mother*)

Tantos dias para meu pai me castigar e ele teve que fazê-lo bem naquele sábado?

O dia estava perfeito. Quente e bonito. Eu e Becky ficamos um bom tempo no quintal dos fundos. Ela brincava na cama elástica enquanto eu olhava para o céu, deitada na grama. Eu adorava ficar somente admirando o céu. Era quando meus pensamentos se esvaziavam. Quando eu tinha um momento só para mim. Porém, naquele dia, meus pensamentos não ficaram calmos e plenos.

Eu só conseguia pensar em meu coração, que batia descontroladamente em meu peito. Pensava em como minha vida poderia ser se eu não precisasse viver com uma doença terminal. Meus pensamentos iam e voltavam ao meu coração, eu me esforçava para pensar em outra coisa, mas sempre voltava à estaca zero. Sentia-me triste e alegre ao mesmo tempo, minhas emoções estavam quase descontroladas.

Depois de me remoer, levantei-me e fui assistir à televisão. Era sábado e a programação no *E!* era composta apenas por *reprises* de *Keep Up With The Kardashians*. Eu já tinha visto aquele episódio várias vezes, então peguei meu celular e liguei para Callie. Fazia dois dias que eu não a via. Ele não atendeu.

O celular vibrou em minhas mãos, mostrando uma mensagem de Miles na tela.

"Às 20h, combinado?"

Droga!

Mesmo sabendo que eu estava de castigo, me arrumei. Talvez eu conseguisse ir. Mas eu não podia pedir para meu pai. O que ele diria? Um "Não" bem emocionante, imaginei.

Faltavam cinco minutos para às oito da noite. Tranquei a porta e avisei — ou melhor, menti — para todos que iria dormir, porque estava muito cansada.

Arrumei minha cama com travesseiros, tentando organizá-los para que parecessem uma silhueta, assim como sempre via em filmes. Nunca pensei que chegaria a esse ponto. Peguei meu celular e digitei:

"Me espere na janela. Depois te explico."

Saí pela janela às oito em ponto. A minha casa não era muito alta, só havia dois andares. Meu quarto ficava no segundo, então me apoiei na janela e tentei alcançar o rodapé que ficava mais para baixo. Eu era baixa, então foi um pouco difícil, mas acabei conseguindo. Alcancei a outra janela, a pequena passagem de ventilação do porão, e me apoiei, depois pulei meio metro até o chão.

Miles estava me esperando, apoiado em uma das janelas que davam para a cozinha, o que me fez lembrar que pedi para que ele me esperasse na janela, mas não disse qual. Ele me viu e sorriu. Estava vestindo calça jeans e uma jaqueta de couro sobre uma camisa verde, que combinaria com seus olhos, imaginei. Estava desconcertantemente lindo. Eu não tinha pensando muito no que vestir, estava mais preocupada com meu plano de fuga. Eu usava uma jaqueta jeans sobre uma camiseta do *Doctor Who* azul, uma calça preta e meu All Star roxo.

— Vamos? — falei quase que sussurrando, chegando mais perto.

— Por que mandou que eu esperasse na janela? — Miles sussurrou de volta, levantando os braços. — E por que você *saiu* pela janela?

— Estou de castigo... — comecei, sem graça.

— Saiu escondida? — ele perguntou, animado, e, depois que eu confirmei com a cabeça, falou: — Não imaginei que pudesse fazer isso.

Olhei fixamente para seu rosto. Havia curiosidade em seus olhos, mas um sorriso estava se formando.

— Você sabe muito pouco sobre mim, Miles. — Comecei a andar, deixando-o para trás.

Tenho quase certeza de que o ouvi dizer:

— Eu gostaria de saber mais, mas você não colabora.

Um segundo depois, Miles me alcançou, andando ao meu lado até pararmos em frente a um conversível azul. Era um Malibu 1965, com os bancos de couro branco. Fazia-me lembrar do carro do Damon, de *The Vampire Diaries*. Sorri internamente.

— Este é Edward — Miles disse, apontando para o carro.

Arqueei as sobrancelhas.

— Edward? — perguntei, gargalhando. Talvez aquele carro tivesse mesmo algo com vampiros. — É o nome do carro?

— É o nome dele. — Ele riu baixo, como se estivesse pensando no porquê daquele nome. — Era da minha mãe antes de... — Miles se interrompeu. — Bem, eu não sei o motivo de o carro ter esse nome, mas minha tia me disse que é esse o nome dele, então o que me custa chamá-lo assim, não é? — concluiu. — Entre.

Miles abriu a porta para que eu entrasse e deu a volta no carro. Encostei a cabeça no banco e respirei fundo. Ninguém nunca tinha aberto a porta para eu entrar antes.

— E você tem carteira de motorista? — perguntei para preencher o vazio depois que Miles entrou no carro. Achei estranho ele ter ficado tão calado depois de dizer o nome do carro.

Ele me olhou, como se minha pergunta fosse óbvia.

— É claro que eu tenho — disse com ironia. — Que tipo de monstro você acha que sou?

Dei de ombros, rindo.

Eu já tinha carteira fazia um tempo, mas dirigia muito pouco, já que não era muito boa e quase nunca precisava.

— É claro que demorou até me aprovarem nos exames — ele voltou a falar, ligando o carro. Precisei fazer quatro vezes até conseguir.

— Quatro vezes? — Gargalhei.

Miles assentiu e eu ri.

— Que tipo de música você gosta? — questionou quando parou o carro no semáforo.

— Quase todas — falei a verdade, dando de ombros enquanto o observava ligar o rádio, que era diferente dos que eu estava acostumada, já que o carro era antigo.

Ele apertou um botão aleatório e esperou. A música não tocou de imediato, então também esperei. Quando ela finalmente começou, sorri escondido. Porque no início eu não sabia qual era a música, mas depois reconheci a letra. *All About Us* do *He Is We*. Era tão linda e gostosa de ouvir que dava vontade de dançar com alguém especial. Virei minha cabeça e fiquei observando as ruas passarem enquanto a ouvia.

— Eu gosto dessa. — Ouvi Miles dizer baixinho.

— Também gosto — respondi. Mesmo no escuro, eu sabia que ele estava sorrindo daquele jeito mais uma vez.

Não demorou muito para chegarmos ao parque. Miles deixou o carro do lado de fora do estacionamento. O parque estava lotado. As luzes da montanha-russa refletiam na jaqueta dele e no verde de seus olhos. Passamos pelo portão do parque e ficamos parados por um tempo, sem saber o que fazer.

Apesar de estar lotado, aquele era um dos parques mais bonitos que eu já havia visto. A roda-gigante era imensa e reluzente. Eu conseguia ouvir os gritos das pessoas desesperadas quando a montanha-russa dava a volta completa. O céu estava escuro e com poucas estrelas, mas a lua brilhava intensamente bem no centro do céu. Os casais de namorados se abraçavam quando saíam de algum brinquedo e entravam em outro, as barracas de jogos tinham filas gigantescas, e a todo instante as crianças passavam correndo e rindo com seus pais e irmãos.

Havia tanta coisa para fotografar que eu nem imaginava por onde começaríamos.

— Quer começar por onde? — perguntei, olhando ao redor.

— Não faço a mínima ideia — falou coçando a cabeça.

Como não sabíamos o que fazer, tiramos fotos de *tudo*. Das crianças que brincavam no carrossel, dos casais de namorados abraçados, das famílias felizes sentadas no restaurante, das pessoas que passavam mal depois que saíam dos brinquedos...

Alguns minutos depois de fotos aleatórias e momentos constrangedores sem diálogos, Miles abaixou sua câmera fotográfica de — eu supus — última geração, fazendo-me esconder o celular, que era o único aparelho que eu tinha para tirar fotos, no bolso.

— Não está com fome? — eu o ouvi perguntar, mas não o olhei diretamente.

Pensei: "Eu sempre estava com fome, isso já não tinha sido provado depois da tarde no Central Park?" Mas preferi dizer:

— Eu comi em casa. — Finalmente o olhei, forcei um sorriso. — Mas você pode comer. Não me importo em esperar.

Miles negou com a cabeça, colocando sua câmera na *case*.

— Pode parar, Ari — disse, tentando soar sério —, se vou comer, você também vai.

Revirei os olhos, pronta para dizer alguma coisa como "tem como você calar a boca?", mas o cheiro de Crepe e algodão doce invadiu minhas narinas, fazendo meu traidor estômago roncar.

Não me mexi. Não tinha tempo de sobra para ficar gastando comendo. Precisava chegar em casa o mais rápido possível para que ninguém descobrisse que, ao contrário do que parecia, não era eu deitada em minha cama, e sim meus travesseiros.

— Vamos logo! — brincou Miles, tirando-me do transe, caminhando em direção às barracas de comida.

— Acho melhor continuarmos com as fotos — consegui dizer, esperando que ele concordasse e tirasse a câmera da *case*.

Foi a vez dele de revirar os olhos, mas não disse nada, apenas pegou-me pelas mãos e me puxou até as barracas.

— Será rápido — garantiu, tentando me convencer. Eu estava tão atônita com o jeito que Miles pegou em minhas mãos, que mal consegui respirar. Por que eu ficava tão estranha quando nos aproximávamos?

Pisquei duas vezes, sorrindo teatralmente. Precisava chegar em casa o mais urgente possível, mas eu não podia agir como uma idiota insegura.

— Vou querer um Crepe de chocolate — falei, com o queixo erguido, encarnando de vez aquela atriz que ficava escondida nos cantos mais remotos do meu consciente.

Miles me olhou com uma expressão divertida.

— Pensei que não quisesse comer.

— Já me viu recusar comida alguma vez na vida? — Arqueei as sobrancelhas.

Meu crepe durou menos de quatro minutos.

Depois de comermos alguns doces, eu e Miles voltamos a andar pelo parque. Avistei um garotinho de, no máximo, sete anos sentado em um banco de madeira com um enorme saco de algodão doce entre as pernas. Dei *zoom* na câmera do meu celular e tirei uma foto daquele momento. As luzes da montanha-russa refletiram em sua camiseta vermelha, então a foto devia ter ficado boa.

— Não tem mais nada para fotografar. — Dei de ombros, olhando para Miles.

— É claro que tem — falou, me olhando como se eu fosse louca e não enxergasse o mesmo que ele. — Cada pessoa que passa por nós tem uma história diferente a ser contada, Ari. É essa a mágica das fotos. Capturamos momentos que, talvez, nunca mais venham a se repetir.

— Se formos *capturar* momentos, ficaremos aqui para sempre. — Bloqueei a tela do meu celular depois de notar que minha bateria estava acabando.

— Eu sei. — Miles riu, parando ao lado do mesmo banco de madeira em que estava sentado o garotinho. — Acho que já temos o suficiente.

— Então vamos embora? — perguntei, tentando não parecer tão esperançosa quanto realmente estava.

— Queria apenas mais uma foto. — Miles curvou a cabeça para baixo, verificando as fotos que havia tirado pelo visor da câmera.

— Qual?

— Do Parque inteiro visto de cima. — Ele me fitou com os olhos brilhando.

Dei de ombros.

— Tudo bem, mas como faremos isso? — questionei.

Miles começou a andar, então o segui sem dizer nada.

— Daremos uma volta na Roda-gigante. — Ele parou de andar quando encontramos o final da fila, que não estava muito grande.

— Sério? — perguntei, desanimada. — Miles, meu pai não pode saber que fugi.

— Será rápido. — Piscou, repetindo a frase que havia usado anteriormente.

Cruzei os braços e esperei em silêncio até conseguirmos sentar em nossa cesta azul no brinquedo. De repente, a roda começou a se mover.

Restavam poucos minutos para que meu celular ficasse completamente sem bateria, então deixei Miles cuidar do serviço de tirar as fotos.

Eu deveria ter percebido que havia algo errado quando, em vez de observar as luzes do parque, só consegui ter meus olhos fixos em Miles. Devia ter percebido que havia algo errado quando observei que sua câmera, que apontava para a paisagem iluminada, estava grudada em seu olho esquerdo e o olho direito estava fechado. Ou quando notei que não havia sequer uma mancha ou marca de nascença em sua pele, que estava clara como sempre, mas com um tom rosado nos cantos superiores, como se estivesse gelada. Deveria ter percebido que havia algo errado quando, por um segundo, quis desesperadamente poder tocar na pele dele para sentir se realmente estava fria.

Eu estava me sentindo mal. Sentia-me uma filha horrível por ter fugido de casa, por estar mentindo. O que aconteceria se meu pai conseguisse entrar em meu quarto? Provavelmente surtaria. Talvez fosse melhor eu nem voltar para casa, pensei.

Eu precisava ir embora daquele lugar o mais rápido possível. Não via a hora de a roda parar para que eu pudesse voltar para casa e fingir que aquela noite nunca existiu. Então a roda parou. Mas, ao contrário do que eu queria, estávamos empacados no ponto mais alto do brinquedo.

Esperei um pouco sem falar nada, pois pensei que, talvez, a parada fizesse parte da temática do brinquedo, ou sei lá, mas continuamos parados no mesmo lugar.

— O que aconteceu? — perguntei, tentando não soar desesperada.

Miles me lançou um olhar desconfiado, percebendo a situação apenas naquele instante.

Lá embaixo, um dos funcionários que ajudava a conduzir o brinquedo pegou um megafone e disse:

— Por favor, pessoal, acalmem-se. Acalmem-se! Tivemos alguns probleminhas técnicos, mas não é nada com que vocês precisem se preocupar — ele gritava alto mesmo com o megafone quase entrando em sua boca — Um dos nossos funcionários já está resolvendo o problema. Deve ser apenas uma válvula fora do lugar, não se preocupem. Logo o brinquedo voltará a funcionar. Por ora, pedimos para que os senhores não se alarmem e não se movimentem bruscamente, sempre permanecendo dentro de suas cestas.

Meu coração batia mais forte, eu conseguia sentir. Respirei fundo.

— Eu não acredito! — disse, indignada. — Eu não tenho a noite toda, eu...

— Precisa voltar para casa — Miles completou, olhando-me com o rosto duro, como nunca tinha feito. — Eles disseram que não vai demorar. Vamos esperar um tempo.

Fechei a boca. Se ele sabia que eu precisava voltar para casa, por que havia feito com que eu entrasse naquela droga de Roda-gigante?

Respirei fundo. Eu estava começando a me irritar. Aparentemente, Miles percebeu minha inquietação, porque disse:

— Enquanto isso, podemos conversar.

Cerrei os olhos. *Como?*

— Conversar, sério? — Levantei os braços, nervosa.

— O tempo vai passar mais depressa — ele explicou, parecendo impaciente, como se não quisesse estar ali. Bom, eu também não queria.

Ter que me ver surtar e me aturar devia ser algo muito horrível para ele querer que o tempo passasse mais rápido.

Talvez eu estivesse sendo muito mais chata que o normal. Eu precisava me acalmar.

— Conversar sobre o quê? — Tentei fazer minha voz parar de tremer.

— Qualquer coisa — respondeu, piscando algumas vezes. — Hãm, vamos ver... — Ele não terminou. Pensei que havia desistido, mas me surpreendeu com uma pergunta aleatória: — Você tem namorado, Ariane? — Agora havia um sorriso malicioso estampado em seu rosto.

Tentei não xingá-lo verbalmente, então tive que me controlar para deixar todos os nomes que combinavam com Miles naquele segundo apenas em minha mente.

Estava claro que Miles queria terminar nosso trabalho o mais rápido possível para que não precisasse me ver por muito mais tempo. Tudo bem para mim. Mas isso não precisava significar que deveríamos nos odiar, não é?

Quer dizer, Miles estava chegando a um nível bem elevado de *babaquice,* naquele momento, mas eu podia compreender o porquê. A culpa era minha por estar sendo tão neurótica e chata durante toda a noite. Porque, sem contar com isso, ele sempre fora atencioso e gentil comigo.

— Não tenho namorado — respondi com cinismo, notando sua face mudar de tédio para diversão. — Não penso muito nisso. E você?

— Também não — começou — Ainda não tenho muitas escolhas.

— Então você não namora apenas porque não há centenas de meninas correndo atrás de você? — ironizei.

— Não, eu... Você não entendeu... — ele tentou.

— Eu entendi tudo, Miles Bennet. — Minha voz se elevou uma oitava. Eu estava nervosa? Por que estava nervosa? — Você é só mais um desses garotos que têm o ego ferido, coisa que só se conserta se várias meninas estiverem inteiramente apaixonadas por vocês. Você está estragando tudo, Miles!

Ao contrário do que pensei que faria, Miles ria sem se conter. Gargalhava, bem ali, olhando para mim. De novo, como se eu fosse a pessoa mais doida da face da Terra.

— Posso me explicar agora? — questionou retoricamente. Não me mexi. — Eu só não namoro porque nenhuma das meninas me interessou realmente. — Ele tinha calma para enfeitar a voz. — E o que eu estou estragando?

Cruzei os braços. Não conseguia admitir que a única coisa que Miles estava estragando era a imagem que eu havia construído de um cara perfeitinho, que agora estava se despedaçando.

Não estava se despedaçando por causa dele, mas por minha. Eu nem devia *pensar* em Miles, porque tinha até uma concepção?

— Ah! — Tentei pensar em algo para falar. — Você é gay. É por isso que as meninas não te interessam.

Miles arregalou os olhos e começou a ter o que achei ser uma crise de tosse misturada com risadas de deboche.

— Espero que esteja brincando. — Riu depois que se recompôs.

É claro que eu estava.

— Não estou. — Arqueei as sobrancelhas, sorrindo de leve. — Espero que saiba que não tenho preconceito algum. Pode se abrir comigo. — Pisquei.

Miles gargalhou.

— Você não tem jeito. — Suspirou.

— Ninguém nunca disse que eu tinha.

— Se quiser saber, eu não sou gay. — Ele voltou a sorrir.

— Que pena. — Curvei a cabeça, fingindo decepção.

— Por que "que pena"? — ele quis saber

Dei de ombros, pensando no que dizer.

— Porque você sabe que tenho uma doença cardíaca que pode me matar a qualquer segundo — falei sem rodeios. — Seria legal saber algum segredo seu.

— Eu tenho outros que você pode saber. — Miles balançou a cabeça, como se me incentivasse a perguntar quais eram.

Por um longo período, esqueci que estávamos a vários metros do chão e me esqueci de me preocupar com a culpa de ter fugido de casa.

— Eu tenho quase certeza que você me ligou duas vezes — falei.

Miles cerrou os olhos.

— Acho que te liguei mais vezes do que isso — riu.

Balancei a cabeça.

— Estou me referindo a antes de eu salvar seu contato. Antes de saber que você estava de volta. — Lembrei-me das situações passadas. — Eu estava no aniversário do meu irmão mais velho na primeira vez e a segunda foi na manhã antes do seu primeiro dia de aula.

— E como você sabe que fui eu?

— Porque meu coração pode não adiantar para muita coisa, mas minha memória é boa. — Sorri com orgulho — Quando você me ligou para combinarmos *esta* parte do trabalho, lembrei-me dos números.

Miles me olhou com cara de quem diz: "O que posso dizer? Você está certa."

— Por que me ligou? — perguntei, curiosa.

Ele deu de ombros, como se não quisesse se pronunciar.

— Não sei ao certo — acabou dizendo. — Acho que foi porque você era a única pessoa de quem eu me lembrava. Queria saber se você ainda frequentava a mesma escola.

— Só por isso? — questionei, piscando. — Vamos, Miles, fale a verdade.

Um sorriso fraco e nostálgico se formou em seu rosto enquanto eu balançava a cabeça negativamente.

— É a verdade. — Ele balançou os ombros. — Vou te contar um segredo, mas você não pode rir, tudo bem?

Aquiesci freneticamente, querendo saber os motivos.

— Não pode rir.

— Entendi — concordei, impaciente.

— Quando éramos crianças... — Ele respirou fundo. — Eu meio que tinha uma quedinha por você.

— O quê? — perguntei, séria.

Espera aí. Espera aí. Espera aí.

Eu entendi direito?

— Você sabe. — Ele fechou os olhos — Eu era o garoto mais estranho da nossa turma, ninguém falava comigo... A não ser você.

— Eu?

— Sim. — Miles riu, parecia tímido pela primeira vez, fazendo-me lembrar do garotinho do quinto ano. — Não nos falávamos muito, mas, embora fossem diálogos muito curtos, você era a única.

— Por conversar com você, virei sua paixãozinha de quinta série? — Ri alto para que não fosse possível ouvir meus batimentos cardíacos. Eu tinha certeza de que eles estavam completamente audíveis.

— Você prometeu não rir — disse Miles, rindo comigo.

— Desculpa, é que... Você podia gostar de qualquer pessoa. A Natallie, por exemplo. — Olhei atenta para ele. — Ela sempre foi linda.

Miles balançou a cabeça, com a testa franzida.

— A Natallie era a pessoa mais maldosa comigo, naquela época.

— Ela está um amor com você agora — provoquei, rindo. — Mesmo assim, ela era linda.

— Mas eu não sou esse tipo de pessoa, Ariane — concluiu.

Senti nossa cesta balançar, meu rosto queimou e meus pelos dos braços se arrepiaram. Então a Roda-gigante voltou a girar. Ouvi gritos de "Finalmente!" ecoarem, mas tudo o que eu queria era perguntar para Miles que tipo de pessoa ele era e por que ele tinha aquele efeito sobre mim.

Embora quisesse, não fui capaz de dizer nem mesmo uma palavra a Miles. Quando descemos do brinquedo, eu quis deitar no chão e gritar de felicidade. Olhei em meu celular e notei que não era tão tarde quanto imaginei que seria.

Girei meu corpo e vi que nada havia mudado, eram as mesmas barracas, os mesmos brinquedos, as mesmas pessoas reclamando da demora.

E, de repente, notei que tudo aquilo, todas as coisas erradas que eu fazia eram prejudiciais ao meu coração, mas eu não conseguia sentir que me faziam mal.

"Tudo que me mata me faz sentir mais viva", pensei.

O vento balançava meus cabelos e, embora não quisesse admitir, fazia com que eu sentisse frio. Por alguns segundos, fiquei totalmente imóvel, apenas sentindo e observando as coisas que aconteciam à minha volta. Um sorriso quase imperceptível se formou em meu rosto, porque, bem ali, no meio de toda aquela gente, ouvindo todos aqueles gritos misturados às músicas diferentes, eu conseguia me sentir *viva*.

— O que está fazendo? — Ouvi a voz de Miles.

Virei-me em sua direção, dando de ombros e falhando em esconder meu sorriso.

— Só pensando, Miles.

A viagem de volta para casa foi tranquila. Contei quatro músicas até chegarmos. Miles estacionou Edward na esquina e o desligou.

— Chegamos — anunciou.

Balancei a cabeça, tímida.

— Obrigada pela carona! — agradeci, tateando a porta em busca da tranca, pronta para sair do carro.

Várias garotas *matariam* para estar naquele carro com Miles, eu, no entanto, não via a hora de me afastar dele. Não por ele ter feito algo errado — porque não havia feito, nem mesmo uma única vez —, mas por eu me sentir *claustrofóbica* perto dele.

Embora eu sempre tenha planejado meus movimentos, o azar que me acompanhava era surreal. A maçaneta era dura demais e eu não conseguia abrir a porta.

— Essa porta está com defeito — Miles se desculpou, chegando mais perto. — Deixa que eu abro.

Prendi a respiração quando ele se debruçou sobre mim, tentando abrir a porta. Estávamos perto demais. Fechei os olhos. Tudo o que eu conseguia sentir, além daqueles arrepios ridículos, era a falta de controle se apossando cada vez mais de mim.

Miles, finalmente, conseguiu abrir a porta depois de alguns empurrões, tremores e míseros cinco segundos, que mais pareceram, minutos em minhas condições.

— Consegui! — comemorou, ainda sobre mim, olhando-me pela primeira vez desde que estacionou o carro. Miles estava tão perto que eu podia sentir seu cheiro e o calor que emanava dele.

O calor. *Meu Deus, o calor.*

— Valeu! — Esforcei-me para dizer, pousando minha mão sobre a maçaneta novamente, querendo, desesperadamente, sumir dali.

Eu tinha certeza de que ele sabia do meu desconforto naquele momento. Ele sabia, pois curvou a cabeça, que antes estava a centímetros da minha, observando minha mão empurrar a porta do carro. Miles voltou seus olhos novamente para mim, fazendo-me engolir em seco.

— Hoje foi divertido — disse ele, próximo demais.

— Dá para você sair de cima de mim? — Respirei fundo, não querendo soar irritada ou brava, mas ele me ignorou, continuando naquela posição torturante.

— É claro que eu não planejei o desastre da roda-gigante — continuou, ajeitando seus cotovelos entre minha perna e o câmbio de Edward —, quero dizer, isso nos deu tempo para conversar, não foi tão ruim, foi?

Minha respiração estava entrecortada.

— Miles, preciso sair do carro. — Usei minha cara de "*Alô!?*".

— Não, não foi tão ruim a parte da roda-gigante. — Ele riu de si mesmo, como se não conseguisse me ouvir. — Nós comemos, rimos...

— Terminamos o *trabalho*... — completei, lembrando-o de que aquilo tudo não se passava de um trabalho chato de História.

— A parte mais relevante da noite — gargalhou ele, arqueando a sobrancelha e inclinando, de pouquinho em pouquinho, sua cabeça, chegando cada vez mais perto. — Mas, para mim, o melhor momento da noite, está sendo *agora*, bem aqui.

Conseguia sentir seu coração batendo contra o meu — que estava descontrolado — e, eu juro, tive a intenção de inclinar minha cabeça para trás, apenas para esperar por ele.

Sem perceber, empurrei a porta com a perna e espalmei minhas mãos contra Miles, afastando-o. Ele cerrou os olhos, como se não entendesse os meus porquês. Antes de me dar conta do ato, eu já me encontrava do lado de fora do carro, em pé, apoiando meus braços sobre a porta aberta.

Miles estava quase que inteiramente deitado sobre o banco onde eu estava segundos atrás, olhando-me com curiosidade e um sorriso arrastado nos lábios. Precisei me controlar para não rir. Àquela distância, eu já conseguia respirar direito e encontrar algum humor dentro de mim. Embora quisesse rir da situação — o que eu acabei fazendo —, não me atrevi a falar.

— Bom... — Miles me fitou, olhando para cima. — Então boa noite!

— Boa noite! — Sorri. — E obrigada por me trazer até aqui. Acho que depois do que aconteceu com a roda-gigante, eu não teria como voltar para casa.

— Como eu disse, Ariane, foi uma noite divertida. — Ele esbanjou um sorriso, fazendo força nos braços e se levantando, sentando-se no lugar do motorista novamente.

Eu não sabia o que responder, então virei as costas e atravessei o gramado da minha casa correndo. Caminhei até a janela do meu quarto e me virei. Ele me observava de dentro do carro, apoiado no volante. Quando notou que eu o havia flagrado, sorriu, sem o menor vestígio de vergonha na cara.

Subir, literalmente, pelas paredes, foi mais difícil do que descer por elas. Levei o dobro do tempo, mas consegui apoiar meus pés nos vãos da janela do sótão e da sala de estar.

Fui recebida pelos meus travesseiros e edredons, que eu havia organizado para parecer que eu *estava* entre eles. Suspirei aliviada. Isso queria dizer que nem meu pai nem Becky tinham entrado no quarto e me descoberto. Meu coração, depois de tudo o que aconteceu naquela noite, finalmente se acalmou dentro do meu peito, exausto.

Olhei pela janela a tempo de ver Miles dando partida no carro e indo embora.

09

"Às vezes, nossas melhores decisões são aquelas que não fazem o menor sentido."

(Jane The Virgin)

Acordei assustada com as batidas na porta do meu quarto.

— Vai logo, Ariane! — Becky gritava do lado de fora. — Abre a porta.

Abri os olhos, ainda grogue pelo sono, e me levantei. Notei que ainda estava vestida com as roupas da noite anterior. Tirei a jaqueta e os sapatos depressa e os joguei debaixo da cama.

Andei cambaleando até a porta e a abri. Rebecca usava um vestido roxo, o meu preferido.

— O que foi? — perguntei, apoiada no batente da porta.

— Papai mandou eu vir te acordar — explicou, puxando um fiozinho do vestido.

— Não faz isso, vai desfiar! — Dei um tapinha em sua mão, o que fez Becky revirar os olhos. — E, pelo amor de Deus, hoje é domingo. Tenho direito de dormir.

Minha irmã balançou a cabeça, esforçando-se para não rir, eu percebi.

— São duas da tarde, Ariane — falou, rindo de mim. — Achamos que você estivesse morta, porque você foi dormir cedo.

— Estou viva — retruquei, tentando evitar o porquê de eu, supostamente, estar trancada no quarto desde às 19h da noite do dia anterior.

Rebecca colocou seu pé na porta, me impedindo de fechá-la.

Caramba, ela tinha nove anos. Como uma garotinha de nove anos consegue ser tão persistente?

— Ele quer conversar com você — falou por fim, referindo-se ao nosso pai, se virou e desceu as escadas.

Fechei a porta, temendo o pior.

Será que ele tinha desconfiado de que eu saíra na noite anterior? Se sim, o que eu faria? Estava com medo. Medo de ficar ainda mais dias de castigo.

Vesti a calça do pijama e desci a escada correndo.

A cozinha inteira cheirava a macarrão com queijo, minha comida favorita. Meu estômago roncou.

— Tenho uma proposta para você — meu pai disse, usando sua voz séria, quando passei pela porta, me dando um susto.

— Sustos em pessoas cardíacas deveriam ser considerados crimes — resmunguei, sentando à mesa.

Meu pai, por incrível que pareça, mal-humorado, riu do que eu falei, sentando-se em minha frente, ao lado de Becky.

— Diminuo seu castigo se você me prometer uma coisa. — Ele colocou a travessa com macarrão na mesa.

— O que tenho que fazer? — perguntei, animada.

— Você tem que me prometer que nunca mais *esquecerá* o salvador em casa — frisou as palavras, mostrando que sabia a verdade por trás das minhas mentiras.

Suspirei, derrotada, sem saber o que falar. Meu pai só queria o melhor para mim, eu não podia culpá-lo.

— E se acontecesse alguma coisa no parque? O que você faria? — Levantou os braços, preocupado.

— Provavelmente, morreria. — Gargalhei, acompanhada por Becky, que adorava quando eu fazia piada com minha doença. Meu pai parecia horrorizado, então chutei minha irmã por baixo da mesa, fazendo-a parar para gritar um "*Ai!*". — Pai, eu não esqueci o salvador. O deixei aqui em casa porque não gosto de levá-lo para todos os lugares. Você sabe que não gosto que as pessoas saibam sobre a Coronariana.

— Você o deixou de *propósito*? — inquiriu em tom acusatório, irritado.

— Ah! — Bufei, cruzando os braços. — Agora vai aumentar o castigo.

Ele respirou fundo, talvez se questionando sobre o que estava fazendo com seu papel de pai.

— Não — suspirou. — Você não está mais de castigo. Não é mais uma criança, não precisa disso.

— Mas... — comecei, tentando protestar.

— Você nunca mais deixará os remédios em casa. Nem de propósito, nem por "esquecer". — Ele fez aspas com os dedos.

Balancei a cabeça, animada para sair de casa.

— Nunca — prometi.

— Tudo bem — disse baixo, olhando para minha camiseta. Havia uma mancha de chocolate nela. Lembrei-me do crepe de chocolate que comi com Miles.

Cruzei os braços, tampando a mancha.

— Hã... Eu vou tomar um banho, daqui a pouco eu desço para almoçar — avisei, virando-me para subir a escada.

— Coma antes, Ariane. — Meu pai levantou os braços, mas não o respondi enquanto corria escada acima.

Entrei em meu quarto e acendi a luz. Abri as janelas e deixei o vento entrar para arejar o ambiente. Agachei-me para pegar minha jaqueta e os tênis que eu jogara embaixo da cama. Sentei-me no chão, observando os botões da jaqueta. Não havia nada de errado com eles, mas me fizeram lembrar-me da noite passada e do motivo pelo qual eu dormi com as roupas. Depois que Miles deu a partida no carro, me joguei na cama, entre os edredons e travesseiros, e respirei fundo, pensando em como ele era atencioso comigo, esperando-me entrar em casa para ir embora; em como era engraçado, às vezes; como se preocupava... Mas, acima de tudo, lembrei-me do que ele disse no carro "*O melhor momento da noite está sendo agora, bem aqui*", enquanto se aproximava cada vez mais, quase me beijando.

Meu Deus, nós quase nos beijamos!

Como pude chegar a esse ponto? Miles era o estereótipo de garoto perfeito, todos o queriam, mas poucos podiam tê-lo. Para mim, o pior era saber que, se ele tivesse se aproximado meio milímetro a mais, antes de eu chutar a porta, eu teria correspondido ao beijo.

Eu precisava parar de pensar nisso, pois minha mente era fértil e minha imaginação ia além do necessário. Dobrei a jaqueta e me levantei, mas me arrependi de tê-lo feito.

Senti as pontadas. Elas mais pareciam *explosões* dentro do meu coração. Sentei-me na ponta da cama e me curvei para frente, inclinando-me, ficando com a cabeça sobre os joelhos.

A dor era quase insuportável. Embora não houvesse forças para gritar de dor ou, nem ao menos, gemer, lágrimas escorriam pelo meu rosto.

Eu precisava do salvador.

Ele estava a dois metros de distância de mim, em minha prateleira de livros.

Eu mal conseguia raciocinar. Engoli em seco, deitando-me na cama. Com muito esforço, girei meu corpo duas vezes, até ficar próximo o bastante da prateleira e alcançar o remédio.

Inalei o medicamento e esperei. Em alguns minutos, não sentia mais nada. Às vezes parecia tão *fácil*, mas, em outras, era tão difícil e *doloroso*. Aquelas crises estavam ocorrendo com mais frequência, o que me dava muito medo, para falar a verdade.

Tomei banho pensando nisso e decidi que eu ligaria para o Dr. Smith naquele mesmo dia, para perguntar o que poderia estar agravando as crises.

Desci e almocei. Meu pai não cozinhava tão bem quanto minha mãe, mas aquele macarrão com queijo estava maravilhoso. Era a sua única especialidade. O resto dos seus pratos era até difícil de engolir, porém nunca reclamei.

Depois de comer, voltei para o quarto para ligar para o Dr. Smith. Procurei pelo número em meus contatos e liguei. Ele não atendeu, mas não desisti. Era domingo, no entanto o consultório ficava aberto quase que vinte quatro horas por dia, até mesmo em feriados estendidos.

— Consultório Smith. — Ouvi a voz de Annabel, a secretária, em meu ouvido.

— Oi, Anna, é a Ariane — identifiquei-me.

— Qual delas? — Ela riu, me provocando.

— Sparks. — Balancei a cabeça, rindo.

Eu e Annabel nos víamos todo mês desde os meus seis anos. Poderíamos até mesmo reconhecer as vozes uma da outra.

— Do que precisa, Ari? — perguntou Anna, com sua voz fina.

— Preciso falar com o Dr. Smith. — Diminuí o tom de voz para não correr risco de meu pai ouvir.

— Imaginei. — Ela riu. — Mas ele está em reunião. É muito sério?

Suspirei.

— Ainda não sei se é sério... — deixei escapar.

— Não me assusta, Ariane — Annabel falava comigo como uma verdadeira amiga. — Acho melhor marcarmos uma consulta.

— Não! — falei alto. — Nem pensar.

— Como assim? Vamos marcar, sim, Ari. Pode ser algo sério. — Sua voz foi diminuindo gradativamente.

Respirei fundo, torcendo para não ser nada grave. Eu não me importava com a Coronariana, mas não queria morrer por isso.

— Tudo bem — cedi.

— Temos horário amanhã às cinco da tarde — ela disse. — Tudo bem para você?

— Pode ser, Anna. — Dei de ombros, mesmo sabendo que ela não veria. — Estarei aí!

— Te vejo amanhã, então — encerrou. — Beijos, Ari.

Desliguei o celular e o encarei por um bom tempo.

Eu não posso morrer.

Calcei meus tênis e corri para a porta da frente para sair.

— Aonde você vai? — Ouvi meu pai questionar,

Fechei os olhos, mas então me lembrei de que havia saído do castigo.

— Para a casa da Callie.

Ele desviou os olhos do iPad e me fitou.

— Onde está o salvador?

— No meu bolso, pai — disse, batendo de leve com as mãos no bolso de trás da calça.

Era verdade. Eu estava com o salvador, mas só porque estava com medo de me ocorrer mais uma crise. Elas doíam, eu não queria sofrer, nem que fosse por alguns segundos apenas.

Tirei a bombinha do bolso e mostrei para meu pai. Ele aquiesceu e voltou a encarar o iPad.

Bati a porta e entrei no carro.

A mãe de Callie abriu a porta com um sorriso largo no rosto, como sempre fazia.

— Ariane, como você está *adorável* hoje — ela cumprimentou, me puxando para dentro de casa com um abraço e encarando minhas roupas. Eu vestia um short preto e um *cropped* com a estampa de *Supernatural*, sempre acompanhada por meu *All Stars* roxo.

Daphne, como gostava de ser chamada, tinha os mesmos traços de Callie. Seus cabelos eram loiros e não havia nem mesmo um defeito em sua pele, no entanto, elas não eram apenas fisicamente parecidas. Assim como minha melhor amiga, Daphne descrevia pessoas como "*adoráveis*" e sempre terminava as frases com o típico "*amada*".

— Tudo bem? — perguntei, animada. — A Callie está em casa?

Daphne balançou a cabeça, passando as mãos pelos meus cabelos, como sempre fazia.

— Sim. Elas estão lá em cima. — Apontou o dedo indicador para o andar de cima.

— *Elas?* — perguntei, rindo para tentar afastar a cara de incerteza. — No plural?

— Natallie também veio — falou, andando em direção à cozinha. — Suba e avise que daqui a pouco levo um lanche.

Fiz que sim com a cabeça e comecei a subir a escada devagar, pensando no motivo de Natallie estar na casa de Callie. Elas mal se falavam, eu não conseguia imaginar o que poderiam estar fazendo juntas.

Afastei esse pensamento e levei um susto quando abri a porta do quarto.

Com o rosto vermelho e inchado pelas lágrimas, Nattalie estava com a cabeça apoiada no colo de Callie, que estava sentada na ponta de sua cama. Minha amiga passava as mãos pelos cabelos de Natallie repetidas vezes, seu rosto, contorcido em indagação.

— Ariane! — ela gritou com a voz assustada ao me ver.

— Meu Deus, o que aconteceu com ela? — Apontei para Natallie com a cabeça, que não se importou nem um pouco com minha chegada.

Callie deu um empurrãozinho na cabeça da garota e se levantou, tentando continuar em sua postura gentil, embora seu rosto estivesse decoração em desespero por estar tão inerte a situação quanto eu.

Dei três passos cegos para trás e saí do quarto, acompanhada por minha amiga, que bufava a cada dois segundos.

— Gente… — ela suspirou, encostando a porta, deixando Natallie chorando copiosamente em sua cama.

— Caramba, o que houve? — questionei.

Callie deu de ombros.

— Ainda não entendi muito bem. É algo com os pais dela, sei lá. —

Levantou os braços em indignação. — Que bom que chegou, amada.

Balancei a cabeça.

— Eu vim para conversar sobre a noite doida que tive ontem, mas depois eu cont... — comecei a falar, mas Callie me interrompeu:

— Você não tá de castigo?

— Estava, eu pulei. — Dei de ombros, sorrindo, orgulhosa do meu trabalho, afinal de contas, eu não havia sido pega.

— Pulou o quê? — Observei um grande ponto de interrogação se formando no rosto de Callie.

Não consegui segurar a risada.

— A janela. — respondi.

— *Você fez o quê?!* — minha amiga gritou, espantada, empurrando-me, mas então sua face mudou de espanto para curiosidade. — Por que precisou sair durante o castigo, Ariane?

Abri a boca e a fechei em seguida.

— Desembucha, Ariane! — Callie continuou me olhando com cara de "*você não pode estar contando a verdade!*".

— Eu... saí com o Miles — sussurrei, sentindo a vergonha tomar conta da situação.

Callie colocou as mãos na cintura, batendo os pés no chão, seu sorriso se abrindo.

— Você saiu com quem? Não consegui ouvir — ela posicionou a mão no ouvido, me provocando.

Uma risada escapou sem querer.

— Com o Miles — falei mais alto, revirando os olhos.

Minha amiga começou a dar pulinhos, batendo palmas.

— Eu *sabiaaaa*! — ela gritava. — Super *shippo*.

Arregalei os olhos.

— O quê?! *Não!* — Balancei a cabeça freneticamente, negando. — Não foi assim. Não aconteceu nada, sua louca. Fomos terminar o trabalho de História.

— E terminaram? — questionou, arqueando as sobrancelhas em desafio.

Aquiesci.

— E depois se pegaram? — insistiu, voltando a pular.

Cruzei os braços, suspirando. Eu tinha uma amiga doida.

— Não! — gritei.

— O que, por quê? — Ela me encarou, atenta pela primeira vez.

Queria dizer que só não nos beijamos porque a Lei de Murphy não quis, mas não consegui.

— Porque nós não sentimos nada um pelo outro — falei, encarando meus tênis. — Somos só uma dupla de História.

Callie balançou a cabeça, repreendendo-me internamente, eu sabia. Ela estava prestes a dizer alguma coisa, porém, a porta do quarto se abriu. Uma Natallie com cara de choro apareceu no vão.

— Acho que já vou indo... — ela disse, me olhando pela primeira vez.

Eu conhecia Natallie desde meus sete anos de idade. Ela sempre fez coisas horríveis para mim e para Callie, sempre nos maltratou no colégio e sempre riu da nossa cara. O que ela estava fazendo ali? Contudo, senti pena ao ver seu rosto contorcido.

— O que houve com você, Natallie? — Indaguei, abrindo a porta do quarto.

— Descobri uma coisa hoje. — Ela engoliu em seco, fitando o chão.

— Continue — instigou Callie, adentrando o quarto.

Natallie virou-se e caminhou até a cama, sentando novamente, seu rosto entre as mãos.

— M-Meus pais me contaram que sou adotada! — gaguejou, gritando e soluçando no final da frase.

Olhei para Callie, franzindo o cenho em busca de respostas. Minha amiga me devolveu um balançar de cabeça confuso, mostrando que ela estava tão perdida quanto eu.

Não entendi muito bem o que Natallie falou, talvez ela ainda não tivesse completado a frase.

— O que você disse? — perguntei, sentando-me ao seu lado na cama.

— É horrível demais para repetir, Ariane! — gritou com a voz abafada. — Meus pais me contaram que sou adotada.

Como assim?

— Não entendi — Callie disse, simplesmente, ainda de pé.

— Qual é?! Não é tão complicado assim, Callie — Natallie falava em meio às lágrimas.

Não fazia sentindo. Todos sabiam que Natallie fora adotada. *Todos.* Não era segredo.

— Mas, Natallie... — comecei, sem jeito. — Você não sabia que era adotada?

Ela negou veementemente, como se fosse óbvio. No entanto, não era. Natallie tinha dois pais, eles a adotaram quando ela ainda era um bebê.

— Amada, seus pais são gays, como assim você não sabia que era adotada? — Callie foi direta, fazendo Natallie encará-la.

— E-eu não sei... E-eu só nunca pensei a respeito e o assunto nunca chegou — ela falava rápido, sem respirar. — Até essa manhã.

Parecia não ter lógica, por que Natallie nunca se deu conta de que era adotada? Mas, de repente, senti pena dela. Não por ser adotada, isso, de certa forma, era bom. Senti pena por ela ter descoberto de uma hora para outra, mesmo que fosse óbvio.

Então, sem perceber, toda a raiva que havia dentro de mim sumiu. Sem perceber, esqueci todas as vezes que Natallie me prejudicara, tanto na escola quanto fora dela. Esqueci-me da vez em que tirei uma nota mais alta que a dela em uma prova de Filosofia e ela grudou um chiclete em meu cabelo de propósito por estar com ciúmes. Esqueci-me das vezes que ela havia espalhado boatos falsos a meu respeito. Esqueci toda as vezes que fiquei triste por sua causa e como suas maldades me atingiram a vida toda.

Sem notar, coloquei minha mão em seu ombro para tentar acalmá-la. Agora ela havia voltado a chorar, abraçando-me e soluçando em meu ombro.

— Sinto muito — falei, meio sem graça por não saber o que dizer. Callie me olhava com as mãos na cintura, rindo em silêncio da cena. Esforcei-me para continuar séria.

— Obrigada! — Natallie agradeceu com sinceridade, levantando a cabeça para nos encarar. — Sinto muito por tudo que já fiz contra vocês. Sempre fiz coisas horríveis e, veja... São vocês que estão comigo neste momento difícil.

Callie começou a tossir para esconder as gargalhadas.

— Imagina, amada — disfarçou.

10

"Você não pode interromper o futuro, nem modificar o passado.

O único jeito de descobrir esse segredo é apertando o play."

(13 Reasons Why)

O consultório em si não era mais tão assustador como era antigamente. A sala de espera era bastante iluminada com suas luzes fluorescentes, que davam a impressão de limpeza e organização.

Meu pai sempre fora comigo a todas as consultas com o Dr. Smith, porém, desta vez, ele nem mesmo *sabia* sobre ela. Em toda minha vida doente, eu nunca marquei uma consulta sozinha, eu as odiava. Meu pai marcava todas elas e depois me obrigava a ir. Decidi não contar a ele que eu tinha marcado uma porque não queria que ele se preocupasse à toa.

As dores tinham piorado, era um fato, mas eu imaginava que, no máximo, aumentariam a dosagem dos remédios. E, ao contrário do que pudessem pensar, eu não estava com medo. Sabia que não seria nada de mais.

Annabel, a secretária do consultório, me olhava sorrateiramente uma vez ou outra e, sempre que eu a pegava no flagra, ela tentava disfarçar, fingindo mexer no computador. Nós nos conhecíamos desde que ela ainda era jovem e eu, uma criança. Quando cheguei, conversamos por alguns minutos sobre assuntos aleatórios, como, por exemplo, seus gatos, que aprenderam a subir nos balcões e sempre derrubavam seus vasos, mas, agora, eu estava sentada em uma das poltronas amarelas, fingindo ler um daqueles folhetos que ajudam a prevenir uma doença cardíaca. Perdi a conta de quantas vocês já havia lido aquele mesmo antes.

— Sparks — Anna chamou, aproximando-se de minha poltrona, depois de um tempo e quatro folhetos diferentes. — É sua vez, Ari.

— Tudo bem — respondi, serena.

— O Dr. Smith está pronto para vê-la agora — completou, passando as mãos pelos meus cabelos, em um gesto de carinho, como se estivesse preocupada comigo.

— Obrigada, Anna!

Levantei-me e segui em direção à sala do Dr. Smith, como de costume. A porta branca era gigantesca, tinha o triplo do meu tamanho, não que eu fosse alta, e era decorada com uma pequena placa de metal prata, confirmando que aquela era a sala certa, embora eu não precisasse de identificação alguma.

— Ariane... — o Dr. Smith me chamou com uma voz carinhosa quando abri a porta. — Entre. Sente-se.

— Oi — cumprimentei, sentindo minhas bochechas quentes. — Obrigada!

— Onde está seu pai? — Olhou para além da porta branca, como se esperasse que meu pai passasse por ela, atrasado ou algo do tipo.

— Eu vim sozinha, dessa vez — afirmei, segura.

— Sozinha? — repetiu, assustado. — Você nunca veio sozinha antes.

— Estou crescendo, não preciso mais da companhia do meu pai,doutor — eu disse com um sorriso falso no rosto.

— Claro — aquiesceu, desconfiado.

Desde que descobrimos minha doença, a tratamos apenas com o Dr. Smith. Sempre na mesma sala, com as mesmas perguntas de rotina. Eu não queria continuar no velho, no antigo, não queria o básico, não queria mais o normal. Eu queria mudar e achava que estava mudando.

Antigamente eu não sairia escondida do meu pai para ir a um parque de diversões com um garoto, mesmo que ele fosse Miles Bennet. Eu não marcaria uma consulta sozinha, sem a presença de meu pai para acompanhar os avanços e retrocessos da Coronariana. Eu não mentiria ou quebraria as regras. E, por mais que aquilo tudo fosse diferente e eu estivesse com um pouco de medo, havia gostado. Aquilo era novo e eu amava o *novo*.

— E qual o motivo da sua visita? — perguntou, tirando-me do devaneio.

Dei de ombros.

— Não é nada de mais — comecei, falando rápido. — Você só precisa me prescrever uma nova receita médica, com uma dosagem mais forte.

— Como assim? — O médico pendeu a cabeça para frente, apoiando o queixo na mão direita.

Respirei fundo.

— Ah! — exclamei, tentando parecer calma e rotineira. — Você sabe, as crises aconteciam antes, mas não eram tão fortes e vinham com um bom intervalo de tempo entre elas. Agora elas estão…

— Estão vindo com mais frequência e mais fortes? — deduziu, interrompendo-me.

Engoli em seco. Ele era o médico.

Assenti, calada.

— Vamos precisar fazer alguns exames — ele disse, anotando algumas coisas em um papel.

— Não… — sussurrei. Exames tomariam tempo demais e meu pai poderia perceber que eu não estava na casa de Callie, estudando, como havia dito que faria. — Pensei que só precisaria de uma dosagem mais forte do remédio.

O Dr. Smith levantou a mão, fazendo-me parar de falar.

— Fique calma, Ariane. São exames de rotina — tentou me tranquilizar. — No final, provavelmente, deverá ser algo do tipo, como precisar aumentar a dosagem.

Deixei meus braços caírem, em desânimo.

— Quando podemos fazer esses exames? — revirei os olhos, perguntando. Eu detestava exames.

— Hoje mesmo — avisou. — Vou informar Annabel e ela cuidará de tudo. Depois que terminar, conversaremos de novo.

Assenti em um sorriso sem graça, levantei e saí da sala.

Pedi a Annabel que providenciasse tudo para que eu pudesse fazer os exames o mais rápido possível. Cinco minutos depois e um folheto chamado "*O que é insuficiência cardíaca? Saiba detalhes*", ela me encaminhou a uma sala clara com três cadeiras acolchoadas e alguns encostos para braços que eram utilizados em exames de sangue.

Sentei-me em uma delas e esperei pela enfermeira.

— Ariane Sparks — uma mulher de pele escura, vestindo o pijama de enfermeira, leu meu prontuário.

— Sim?

— Vamos lá. Tem problema com agulhas? — questionou ela, amarrando um elástico amarelo em meu braço.

— Não — respondi rápido, vendo-a escolher a seringa e a agulha.

A enfermeira trouxe mais para perto de mim um dos encostos de braços, onde o posicionei melhor. Segurei o ar quando a agulha entrou em minha veia. Não doeu. O sangue corria rápido em direção ao recipiente, que ficava colado à seringa.

Depois de quatro recipientes cheios do meu sangue, a mesma enfermeira me encaminhou a outra sala, igualmente iluminada. Nela, havia equipamentos bem maiores, macas, leitos e máquinas grandes.

Um enfermeiro com sardas alaranjadas pediu para que eu me deitasse em um dos leitos. Ele ligou fios, alguns vermelhos e outros pretos, em várias partes do meu peito. Eles simulavam as batidas do meu coração e faziam com que elas aparecessem em gráficos em uma pequena tela preta ao lado da cama. Não demorou muito, mas consegui fazer o planejamento das minhas três próximas maratonas de séries.

Levaram-me para outra sala, que — *novidade!* — se parecia muito à anterior e pediram para que eu esperasse. Uma médica ruiva entrou e me mandou deitar na nova maca. Ela avisou que o próximo exame seria o ecocardiograma e que não doeria, coisa que eu já sabia, pois já havia feito milhares deles.

Durou mais tempo do que os exames anteriores. Era como um ultrassom do coração, gelado.

Eu ficaria mais confortável se a médica que fazia o exame parasse de agir de maneira estranha. O tempo todo ela olhava para o monitor e fazia uma cara de preocupação, mas não me dizia nada.

— Dra., tem algo errado? — indaguei, ansiosa por respostas.

Ela não respondeu, apenas me fitou e balançou a cabeça, negando algo.

— Eu sou apenas uma interna, querida, não tenho autorização para contar nada. — Olhou para mim, pela primeira vez, esbanjando um sorriso fraco.

Balancei a cabeça. Eu *sentia* que algo não estava certo.

— Você parece preocupada. O que tem de errado comigo? — insisti, impaciente.

A médica hesitou por um segundo, mas não me deu informação alguma, apenas murmurou:

— Sinto muito, não estou autorizada.

No monitor, minhas batidas cardíacas aceleraram o ritmo. Tentei me acalmar, mas não tive sucesso.

O folheto da vez se chamava "*Cardiopatia. Como evitar?*" Sentei em uma poltrona perto da mesa de Annabel, mas não conversamos muito. Depois de todos os exames que fiz, me mandaram esperar. Logo o Dr. Smith me chamaria novamente e diria o resultado.

Um dos pontos fortes do *Consultório Smith* era que os exames ficavam prontos no mesmo dia, já que o consultório havia se juntado com um laboratório.

Já passava das 18h e eu só conseguia pensar se meu pai estava preocupado ou não. Ele não ficaria nada bem se descobrisse que eu tinha ido ao consultório sem ele.

— Ariane — Annabel chamou minha atenção, fazendo-me virar o corpo para encará-la. — O Dr. Smith está te aguardando em sua sala. Você já sabe o caminho.

Alguns passos e suspiros depois, entrei naquela sala clara mais uma vez. Queria acreditar que o motivo pelo qual a face do Dr. Smith não me parecia ser uma das melhores era porque eu estava colocando coisas demais em minha mente e criando situações que não existiam.

O médico olhava em papéis e pastas espalhados pela mesa e, vez ou outra, via algo no computador.

— Ah! — exclamou quando me viu parada à porta. — Entre, Ariane.

Caminhei até sua mesa e sentei-me na mesma cadeira estofada de antes.

O Dr. Smith me encarou por alguns segundos, em um silêncio constrangedor, quase chegando a ser desconfortável. Ele respirou fundo e estralou os dedos, procurando por palavras, notei.

— Eu realmente preferiria que seu pai estivesse aqui — começou, sem saber onde pousar os olhos.

— Ele não pôde vir hoje — falei, impaciente, quase chegando a soar grossa. — Já tem os resultados dos meus exames?

O médico aquiesceu, fitando os papéis espalhados em sua mesa — os mesmos que ele estudava antes de me notar.

— Bom, Ariane. As notícias não são tão boas quanto esperávamos que fossem — disse, coçando o queixo.

Hesitei em perguntar o porquê.

— Eu queria muito que seu pai estivesse aqui com você — o Dr. bufou, esticando os braços.

Olhei para os lados, sem saber o que fazer. Por que ele estava insistindo nisso? Tudo o que eu queria era saber sobre os exames. Não era tão importante assim.

— Ele não está, doutor. O que está acontecendo? — Não consegui me controlar.

Eu o vi balançar a cabeça, pensativo.

— Você tem dois meses — foi só o que ele disse.

Dois meses. Dois meses. Dois meses.

Aquelas palavras se repetiam em minha mente.

Dois meses. Dois meses. Dois meses.

— O que isso quer dizer? — questionei, torcendo para que aquela conversa não virasse uma daquelas conversas de filmes, onde tudo é muito literal.

— Você terá que passar por um transplante, Ariane — disse, com um ar entristecido.

Tossi algumas vezes. Aquilo estava mesmo acontecendo?

— Transplante — cuspi a palavra, perplexa, quase querendo rir do jogo que o destino estava fazendo comigo.

Talvez seja essa droga de karma, pensei.

— Não se preocupe, querida — ele voltou a falar, tentando soar gentil, mas, àquela altura, tudo o que eu queria era sair correndo dali. — Arrumaremos um doador, uma pessoa compatível com você, e, quando isso acontecer, sua cirurgia não demorará e você estará nova em folha. Eu só preciso que você busque por... — continuou a falar, no entanto, não fui capaz de ouvir mais nada.

Meus pensamentos tomaram um rumo completamente diferente dos do médico. Eu morreria? E se não encontrasse um doador, o que aconteceria comigo?

— Você está me ouvindo, Ariane? — perguntou o Dr. Smith, com os olhos brilhando.

Assenti, muda. Meus olhos fixos na mesa de vidro.

— Olha, eu sei que é difícil. Por isso eu preferiria que seu pai estivesse presente, assim, teria um apoio neste momento. No entanto, você tomou essa decisão. — Acho que ele cansou de olhar para mim, já que começou a organizar os papéis dos meus exames.

As lágrimas queimavam meus olhos, mas não deixei que escapassem.

— Eu quero que você seja forte — ele frisou a palavra. — Muitas pessoas passam por momentos como esse. Você não é minha única paciente.

— Quantos dos seus pacientes estão vivos? — devolvi com arrogância, brava.

O Dr. Smith ouviu, em silêncio, como se já tivesse tido essa conversa com centenas de pessoas, como se estivesse acostumado com a ansiedade e desespero dos pacientes.

— Os que estão vivos, Ariane, são os que permaneceram corajosos e seguros de que, um dia, sairiam deste caos.

Caos. Era essa a palavra. Eu me sentia dentro de um caos.

— Temos que passar por momentos difíceis só para depois encontrarmos os momentos fáceis — ele disse com convicção. — Primeiro vem a chuva e depois o arco-íris. Se acostume, pois a ordem é essa.

Pisquei para afastar as lágrimas. Respirei fundo e perguntei, com o último fiapo de coragem que eu tinha dentro de mim:

— O que tenho que fazer?

— Essa é uma atitude de uma pessoa corajosa! — exclamou, usando um sorriso torto. — Vamos colocar seu nome na lista de espera para a doação de órgãos, encontraremos um coração para você. Primeiro, você deve contar ao seu pai, para que ele fique a par das notícias e te ajude.

Contar ao meu pai. O que ele faria quando descobrisse? Primeiro ficaria furioso por eu ter ido sozinha ao consultório e, depois, chocado com a notícia.

— Você deve contar a ele com calma para não assustá-lo — explicou enquanto eu assentia e marcava tudo mentalmente. — Depois disso, eu e meus parceiros ajudaremos vocês todos a passarem por esse momento.

Que momento de merda.

— Não se preocupe, Ariane, você *vai* conseguir.

Depois que o Dr. Smith me mostrou todos os exames extras que eu deveria fazer, todos os remédios que eu precisaria tomar e todo aquele negócio de alimentação saudável, eu saí do consultório e entrei no carro.

O que me restava era conseguir um coração novo. Eu deveria passar por um transplante, caso contrário, provavelmente, morreria em dois meses.

A vida pode nos derrubar, mas somos nós quem escolhemos se devemos seguir em frente ou não.

Escolhi seguir em frente.

11

"Você pode ser leal.
Ou você pode ser um idiota.
Às vezes, parece a mesma coisa."

(iZombie)

Decidi não contar nada.

Não conseguia nem imaginar como meu pai e Becky reagiriam àquela notícia. Talvez chorassem, talvez ficassem bravos, ou, quem sabe, não tivessem reação alguma, pois já esperavam por esse momento durante toda a minha vida.

A questão era que eu não sabia o que aconteceria, então decidi guardar aquilo só para mim por um tempo.

Era terça-feira e, como sempre, fui para escola. As primeiras aulas foram como de costume. Sentei à minha mesa e fiquei quieta, "prestando atenção" ao que a professora dizia, que não era pouco. Meus pensamentos iam e vinham. Não importava o quanto eu me esforçasse para parar de pensar — e me questionar sobre ele — no transplante, eu sempre acabava voltando ao ponto de partida.

Como eu era a única pessoa que sabia — e precisava saber — sobre esse assunto, Callie nem imaginava o que se passava em minha mente quando se sentou na carteira de trás.

— Você me deixou sozinha com aquela louca no domingo — disse, cutucando minhas costas com as unhas enormes.

Virei-me, esforçando-me para a frase "posso morrer em dois meses, mas, e aí, como tá a sua mãe?" não estar destacada em minha testa.

— Que louca? — Franzi o cenho.

— Natallie, quem mais? — Minha amiga levantou os braços, como se fosse óbvio. — Você me deixou sozinha com ela.

— Desculpa — tentei, desviando o olhar, prestes a mentir. — Ainda estou de castigo.

Callie revirou os olhos.

— Isso é a cara do tio Josh — reclamou, referindo-se a meu pai. — Ele sempre exagera nos seus castigos, que desnecessário.

Coitado, pensei, *dessa vez ele estava a salvo dos falatórios.*

— Bom, a *Natallie-barra-nossa-nova-amiga-doida* ficou mais duas horas chorando no meu colo depois de você ter ido embora. — Callie estava deixando claro que detestava tudo aquilo apenas com seu tom de voz.

Dei de ombros, sem saber o que dizer.

— Talvez ela tenha mudado — falei, balançando a cabeça.

— Ela já fez muita merda com a gente, não acredito nessa. — Arqueou uma sobrancelha. — Uma vez ela colou chiclete nos seus cabelos, lembra, Ari?

Callie falava como se quisesse *provar* que Natallie era a vilã da história.

— Lembro, foi horrível. — Não consegui segurar a risada, recordando a cena em que eu e Callie nos trancamos no banheiro, passando horas tentando desgrudar o chiclete. Não deu certo.

— Você tá rindo? — questionou, indignada.

— Tive que cortar o cabelo. — Voltei a rir baixinho para a professora não nos ouvir e chamar nossa atenção.

A dona da razão — mais conhecida com Callie White — aquiesceu, desviando os olhos dos meus, visivelmente irritada, o que me fez rir ainda mais.

— Você é impossível.

Algum tempo se passou e, com ele, mais duas aulas, fazendo-nos chegar ao intervalo, menosprezado por ter apenas vinte minutos.

Tudo estava tão sereno naquele dia. Os professores não pareciam irritados, as pessoas riam e não havia nada de errado acontecendo com ninguém. Para mim, apenas eu estava naquela angústia de "talvez eu morra mês que vem".

Se eu contasse a Callie, ela ficaria triste também, é claro, porém, achei ser egoísmo extremo da minha parte. Por que estragar um dos dias bons da minha amiga? Eu não faria aquilo. Guardaria aquele segredo por mais um tempo.

Esconderia tudo o que pudesse até encontrar a coragem que me faltava para falar.

Quando a aula terminou, corri para o meu armário e peguei meus pertences, a fim de sair o mais rápido possível da escola. Quando o abri, uma avalanche de livros me atingiu em cheio. Depois de resmungar sozinha por alguns segundos, abaixei-me e juntei todos os livros, colocando-os novamente em seus respectivos lugares. Fechei a pequena porta do armário com força e levei um susto ao ver Miles parado, olhando para mim com aquele mesmo sorriso torto de sempre.

— Você se assusta muito fácil, Ariane — falou, estalando a língua, como se tivesse ganhado uma aposta ou algo parecido.

Segurei o ar.

Era ridículo. Depois de Miles *quase* ter me beijado e eu *quase* ter deixado, passei quase toda a madrugada de sábado pensando nos milhares de possibilidades que teríamos juntos.

Eu podia aguentar uma paixãozinha de adolescente e podia aguentar a notícia de eu precisar passar por um transplante cardíaco. Mas não os dois de uma vez. O transplante era, infelizmente, extremamente necessário, no entanto, Miles podia ser substituído por qualquer outro cara mais para frente, contanto que eu estivesse viva até lá.

— Você está me seguindo? — Não me atrevi a fitá-lo, pegando minha bolsa no chão e andando em direção à saída.

Ele caminhou atrás de mim. Em silêncio. É claro.

Tentei ignorá-lo, mas era quase impossível. Mesmo àquela distância — um metro e meio, eu medi — era como se ele estivesse me tocando, como fez naquela noite. Perto e longe ao mesmo tempo. Próximo o bastante para me beijar e fazer o que quisesse comigo, mas distante demais para ser verdade.

Quase me dei um tapa na cara por estar, de novo, pensando em possibilidades.

Balancei a cabeça, querendo que toda aquela confusão de pensamentos saísse correndo para bem longe de mim, mas falhei. Porque Miles ainda andava ao meu lado, olhando-me de vez em quando e rindo de si mesmo — ou de mim, não sei dizer.

— Talvez você esteja em meu caminho. — Ouvi sua voz, baixa, mas forte.

Finalmente o encarei, respirando fundo e lembrando o porquê de toda aquela confusão dentro da minha cabeça: Miles era tão lindo.

— O que disse? — questionei, acalmando meus nervos internamente.

— Você perguntou se eu a estava seguindo. — Miles deu de ombros, mostrando o quão fácil era entender as coisas. — E eu respondi que talvez eu não a esteja seguindo, mas que, talvez, você esteja em todo lugar.

Senti minhas bochechas corarem.

— Quero dizer... — continuou, colocando as mãos nos bolsos da calça. — Você está em *tudo* que eu vejo.

Eu já tinha terminado todas as temporadas de *How I Met Your Mother, Gossip Girl, Grey's Anatomy, Pretty Little Liars* e até *Scandal.* Embora os enredos das séries fossem completamente diferentes, todas tinham algo em comum: o romance. O cara maravilhoso da história sempre falava para a garota igualmente maravilhosa que ele só conseguia *vê-la* porque ele só conseguia pensar *nela,* sendo assim, até uma parede branca o fazia lembrar-se *dela.*

Miles havia acabado de dizer as mesmas palavras para mim e, eu tinha certeza, elas não tinham o mesmo significado de quando proferidas nas minhas séries favoritas.

Eu estava ficando neurótica. Era isso. Minha única chance era me afastar de Miles.

— Ariane? — Sua voz me trouxe de volta à realidade, fazendo-me piscar para clarear a visão.

Tossi, limpando a garganta e ganhando tempo.

— Está tudo bem? — quis saber, aproximando-se enquanto eu dava passos para trás. — Você estava com o olhar perdido. É o seu coração?

Soltei o ar. Ele ainda conseguia se preocupar com meu coração.

Ah, Miles, se você soubesse...

— Não é nada. — Dei mais alguns passos para trás e parei a uma distância aceitável. — Eu só estou cansada.

— Ah, sim — ele aquiesceu, voltando ao normal. — Que bom.

Segurei as alças da minha bolsa com mais força, porque a cada segundo que se passava minhas memórias sobre o que — quase — aconteceu no Edward, o carro, ficavam mais nítidas.

— *Bonjour,* Miles. — Era Callie.

Graças a Deus, suspirei.

Fazia um ou dois meses que Callie havia começado a frequentar aulas de Francês. Ela simplesmente achava a língua magnífica. Desde então, sempre falava uma — ou meia dúzia delas — palavra em francês para lembrar a todos que, sim, ela estava aprendendo alguma coisa.

Miles franziu o cenho para minha amiga, encarando-a.

— E aí!

— *Comment est votre plan de séduire, Ariane?* — Minha amiga pousou as mãos na cintura, direcionando-se a Miles.

— Não sou tão bom assim em francês. — Miles mostrou os dentes, rindo.

Aproveitei o momento para respirar e ignorar aquela conversa sobre o dialeto que mais detestava. Mais do que eu odiava Francês, odiava parecer tão vulnerável aos olhos de Miles. Ele sempre estava perguntando se estava tudo bem com meu coração, mas, acima de tudo, odiava sentir-me tão atraída por alguém que eu sabia que não me levaria a lugar algum.

— Não se preocupe, *cher* — Callie voltou a dizer, revirando os olhos e pousando-os em mim, usando aquele típico e cruel olhar de "vou te colocar em uma furada". — Eu também não era tão boa antes. Tudo o que sei, aprendi com a Ari — mentiu. Descaradamente.

Comigo?

Endureci meus olhos para minha amiga. O que ela estava tramando? Eu deveria começar a reconsiderar minhas amizades.

— Com a Ariane, sério? — Miles me olhou, parecendo entretido, impressionado e um pouco duvidoso.

Neguei veementemente com a cabeça, querendo dizer que não, que a verdade era que Callie sentia prazer em assistir enquanto eu me ferrava.

— Claro, *mon amour* — minha ex-melhor-amiga disse, batendo palmas. — Acho que você poderia fazer algumas aulas com ela.

Gargalhei, nervosa.

— O quê?

— Parece legal — ele respondeu.

— Não, não, não, não, não! — disparei, com medo do rumo que aquela conversa havia tomado.

Minha amiga levantou os braços, em vitória, esfregando na minha cara quão filha da mãe ela era.

— Você tá livre amanhã à noite? — ela questionou, ignorando meus acenos frenéticos.

Miles começou a rir — era óbvio —, aquiescendo. Estava claro que ele, assim como Callie, adorava me ver presa a enrascadas.

Eu não podia deixar que aquilo acontecesse.

— O único problema é que eu não falo... — comecei, mas Callie, a dona do futuro contato excluído no meu celular, tapou minha boca com as mãos em um movimento rápido demais para ser calculado.

— Amanhã à noite, Miles — disse Callie, incentivando-o a ir embora. — *Au Revouir!*

Ele não discutiu. Apenas acenou e se virou, caminhando para longe.

— Eu não falo francês, Callie! — gritei quando vi que Miles estava longe o bastante para me ouvir.

— Vocês não vão estudar francês, *chéri* — falou, soltando minhas mãos e me olhando daquele jeito malicioso de sempre. — Com certeza Miles pensará em algo mais interessante para vocês fazerem juntos.

Como eu era capaz de chamá-la de "amiga"? Callie sempre cuidou, mais do que eu mesma, da minha vida.

— Quantas vezes vou ter que repetir que não sou como você? — Comecei a andar, batendo os pés no chão, brava. — Não quero namorar e você não vai me obrigar a ficar mais tempo do que preciso com Miles.

— Até eu encontrar alguma coisa melhor para fazer. — Tombou a cabeça. — E desde quando eu te obrigo a ficar com ele? Você faz isso sozinha.

Franzi o cenho, confusa.

— Vocês sempre estão perto um do outro, às vezes até sem perceber. Eu estou vendo de longe e aprovando tudinho! — Callie levantou o polegar, fazendo "joinha".

— O que você quer dizer com isso? — perguntei, parando de andar por um segundo.

Minha amiga deu de ombros, balançando os cabelos.

— Com você eu tenho que citar exemplos — ela suspirou. — Por exemplo, Ariane, eu estava vindo me despedir e te chamar para almoçar comigo hoje, mas, quando cheguei mais perto, os vi. Juntos. Lindos como nunca antes.

Neguei com a cabeça.

— É tudo ilusão sua, Callie, estávamos apenas conversando.

— Temos nomes diferentes para isso — começou, rindo. — Você chama de "conversa" enquanto eu prefiro chamar de "flerte".

Agora estávamos fora do prédio, então precisamos vestir nossos casacos por conta do vento gélido. O céu estava cinza, indicando uma futura tempestade.

— Você pode até não gostar, mas ele vai aparecer na sua porta amanhã à noite e... — Parei de me mover, a fim de ouvir o resto das intermináveis falas de Callie. — Como sei que você não se parece em nada comigo, não vai expulsá-lo.

Eu estava cansada de gastar minhas forças com Callie, tentando fazê-la pensar de formas diferentes, quando eu sabia que nunca seria capaz de mudar aquele seu jeito persistente.

— Eu só quero que você não se esqueça daquela história — voltei a falar depois de uma boa lufada de ar. — Quero que você se lembre de que não sou como você e não passo a metade do meu tempo procurando por um namorado.

Minha amiga revirou os olhos, fingindo tédio.

— Eu odeio essa história. — Levantou as mãos. — Você não pode transformar em lição de vida o que leu em um livro desconhecido quando era criança.

Dei de ombros.

— Vai querer que eu a repita?

— Não precisa, eu sei de cor. — Ela arqueou as sobrancelhas. — "E quando ele chegou ao castelo, a princesa já estava longe dali. Cansada de esperar na torre, ela mesma amarrou o dragão, saltou a ponte quebrada e enfrentou a floresta escura. Não precisou de cavalo branco nem de espada. Decidiu escolher, ao invés de ser escolhida, e agora não precisava do plural para escrever seu feliz para sempre".

— *Trés bien* — falei em francês, querendo provocá-la.

— O que estou querendo dizer, amiga, é que você não quer estar em um relacionamento e eu estou bem com isso. — Callie pousou sua mão direita em meu braço. — Mas, às vezes, nós somos pegos de surpresa.

Pisquei diversas vezes, tentando espantar os pensamentos estranhos que, de repente, surgiram em minha mente.

— Aproveite o dia e se prepare para amanhã. — Piscou, dando um tapinha em meu braço e virando-se para ir embora, deixando-me sozinha com minhas próprias dúvidas.

Embora eu estivesse disposta a inventar uma boa desculpa para impedir Miles de ir à minha casa na próxima noite, eu ainda não tinha feito, então cheguei em casa e corri para meu quarto. Arrumei minhas coisas, tomei um banho e coloquei roupas confortáveis.

Precisei de alguns minutos, remexendo caixas antigas, que ficavam escondidas em cima do guarda-roupas, para encontrar meus antigos livros e revistas.

Como qualquer outra menina de sete anos, meu sonho de criança era ser uma famosa estilista de moda, então minha mãe me matriculou em um curso de desenho e em num outro de francês, porque toda criança sabe que *fashionistas* ricas moram em Paris. Depois que minha mãe foi embora, saí dos cursos e escondi todas as revistas da *Vogue* o mais fundo possível nas caixas de "não preciso mais".

Empilhei as apostilas nos braços e as descarreguei em minha cama. Conectei meu celular à minha caixa de som e dei *play* em uma das minhas *playlists* favoritas do Spotify, sentando-me na cama.

Depois de cinco músicas e duas regras verbais diferentes, meu pai enfiou a cabeça pela porta, batendo duas vezes antes.

— Só vim avisar que amanhã minha amiga virá jantar com a gente — falou com o cenho franzido, como se esperasse o pior.

Hesitei em responder por um segundo, mas então me lembrei de que ultimamente eu havia escondido tantas coisas dele. Meu pai não sabia sobre o transplante, sobre eu sair escondida... Ele só tinha a mim e à Rebecca, o que lhe aconteceria se eu morresse? Eu não podia deixar que ele ficasse sozinho. Eu não conhecia nenhuma de suas amigas, mas preferia vê-lo feliz a desolado.

— Tudo bem. — Ergui a cabeça, sorri e voltei a encarar o livro.

Ouvi meu pai limpar a garganta. Peguei meu celular e pausei a música, olhando para ele.

— Está estudando? — questionou, entretido.

— *Oui* — respondi.

— Francês? — Arregalou os olhos, visivelmente espantado.

Ri alto, sem saber o que fazer. Apenas Becky tinha o costume de estudar em nossa casa.

— Feche a porta quando sair. — Balancei a cabeça. — *Sill vous plaît.*

Meu pai deu de ombros, sorrindo, talvez por pensar que eu estivesse de bom humor, e fechou a porta.

12

"Jamais se prive de conhecer alguém por causa de outras pessoas.
Existe diferença entre esperar e perder tempo."
(*Supergirl*)

— Papai — gritou Becky, sentada em minha poltrona roxa —, a que horas Hillary chegará?

— Sete e meia! — ele gritou de volta. — Ainda temos bastante tempo.

Minha irmã riu, mexendo em meu cabelo. Eu estava sentada no chão com as pernas cruzadas depois de Rebecca *implorar* para fazer uma trança em mim.

— Quero tanto conhecer essa Hillary — disse ela, puxando uma mecha de cabelo da minha franja e juntando-a com o resto da trança. — Papai me mostrou uma foto e ela é tão *lindaaaaa*!

— Imagino que seja — tentei soar gentil.

Eu não tinha visto nenhuma foto. Por que meu pai não tinha me mostrado?

Eu estava nervosa com o jantar daquela noite, mas, por outro lado, entendia todo aquele entusiasmo vindo do meu pai e de Becky. Meu pai estava ansioso para nos apresentar à nova namorada — que ele insistia em chamar de "amiga" nos quarenta e cinco minutos do segundo tempo — e Becky... Ah, minha irmã sofria muito com a ausência de nossa mãe. Rebecca era apenas um bebê quando ela nos deixou, ela chorou descontroladamente nas primeiras semanas e não comeu nem dormiu direito nos primeiros meses.

Ela ainda era uma criança de nove anos sem a mãe. Eu entendia seu entusiasmo em conhecer a Hillary. Era como se Rebecca visse um fio de esperança ao qual pudesse se agarrar.

Fiquei com aquele pensamento durante a maior parte do dia, então passei todo ele ao lado de minha irmã, sem deixar transparecer minhas emoções. Fomos ao Parque, ao Shopping e depois voltamos para casa, a tempo de nos arrumar para o jantar.

Tomei um banho mais demorado e depois sequei os cabelos. Escolhi um vestido cinza meio rodado que não era simples demais, mas também não vinha com a legenda "me esforcei para ficar bonita".

Ouvi a campainha soar, então passei um batom e saí do quarto. Meu pai e minha irmã ainda estavam em seus respectivos quartos, terminando de se arrumar, nem deviam ter escutado a campainha.

Desci a escada pensando em como deveria ser a aparência de Hillary e se ela era uma pessoa legal, boa de conversa, contrariando todas as últimas ex-namoradas do meu pai.

Abri a porta num solavanco, tentando esconder minha animação, que eu não sabia de onde estava vindo. Eu era a filha chata, o que estava acontecendo comigo?

— Se você tivesse me avisado que ia se arrumar tanto para me ver, eu teria colocado uma gravata. — Deparei-me com Miles, o que quase me fez cair para trás.

— Meu Deus! — soltei sem querer, deixando-o sem entender.

Na euforia do jantar tão especial do meu pai, passei o dia sem lembrar que a doida da Callie havia marcado aquele encontro sem nexo com Miles. Pelo menos eu tinha estudado Francês a noite passada.

Miles gargalhou, arrumando suas mangas nos cotovelos depois de tirar sua jaqueta preta.

— Eu sei, também estou lindo. — Piscou.

Limpei a garganta, sem saber direito para onde olhar, e respirei fundo.

— Me desculpa, é que eu tinha esquecido que você viria hoje. — Passei as mãos pelos cabelos, com vergonha.

Miles abriu a boca.

— Meu pai marcou um jantar com a nova namorada dele hoje e eu acabei me perdendo no meio disso — voltei a me explicar.

— Não tem problema — apressou-se a dizer. — Não quero atrapalhar. A gente marca para outro dia, pode ser?

Arregalei os olhos. *Como?*

— É claro que isso é uma crueldade da sua parte, Ariane. — Sua voz estava carregada de sarcasmo. — Você está negando conhecimento a um pobre jovem sem sorte em Francês.

Soltei uma risada.

— Longe disso. — Ergui as mãos, expressando minha defesa e abrindo caminho. — Pode entrar, hoje vamos estudar até cair.

— Minha sexta-feira não podia ser mais empolgante. — Miles deu dois passos, entrando e olhando ao redor — Então é *aqui* que você mora. — Assoviou. — Quero dizer, eu só tinha visto por fora.

Assenti, observando-o pendurar sua jaqueta em um dos ganchos perto da porta com a maior naturalidade. Era isso que me chamava a atenção em Miles. Ele era sempre tão confiante em tudo o que fazia, como se nunca pisasse em falso.

— Pode ficar à vontade — comecei, apontando a sala de estar —, eu só vou avisar meu pai que você está aqui. Eu me esqueci de dizer que você viria.

Miles levantou o polegar, balançando a cabeça e se *jogando* no sofá.

Subi de dois em dois degraus, organizando meus pensamentos e montado minhas falas. Apoiei-me em uma das paredes próximas à escada para respirar, afinal de contas, meu coração ainda estava ali, lutando para funcionar.

Rebecca saiu de seu quarto, vestindo uma camiseta branca estampada com pequenas luas, que combinava com sua saia preferida, uma rosa, pinçada.

— Ela chegou? — questionou minha irmã, parecendo mais agitada do que nunca, ela se referia à Hillary.

Neguei com a cabeça.

— É só o Miles.

Becky me olhou com aqueles olhos de "eu sei o que tá rolando" e gargalhou. Na minha cara.

— Vou dar um *oi* — disse ela, descendo escada abaixo.

Endireitei a coluna e bati duas vezes na porta do quarto de meu pai. Em meio segundo, ela já estava aberta. Meu pai vestia roupas casuais, como se não quisesse admitir que havia se arrumado para impressioná-la. No entanto, entre todos, ele era o que mais estava demorando para ficar pronto, era óbvio que se importava com sua aparência, mesmo que não fosse ceder e concordar.

— É ela? — Ele perguntou, atônito. — Ainda não terminei de me arrumar.

— Não, não é. — Eu me esforcei para não rir.

— Juro que ouvi a campainha.

— Foi isso que vim dizer — comecei, sem saber se meu pai se recordaria do garotinho esquisito do sétimo ano. — Eu esqueci que tinha marcado de estudar Francês com Miles hoje.

Meu pai respirou pesadamente.

— Você sabe onde eu guardei aquele cinto de couro? — questionou, fitando o fundo dos meus olhos. Fiz que não com a cabeça. — Tá legal, vou procurar. Mande esse Miles jantar conosco, Ariane, não precisava pedir.

Ele bateu a porta, parecendo indignado. Virei meu corpo e comecei a descer a escada. A verdade era que ninguém estava habituado a Miles. Se Callie tivesse aparecido sem rodeios, seria uma coisa totalmente diferente, todos eram acostumados com a presença dela. No entanto, Miles... Eu ainda sentia calafrios toda vez que ele me olhava *daquele* jeito.

De longe, vi Rebecca brincando com ele. Miles ria de algo que ela havia acabado de falar e minha irmã deu um soco leve em seu braço.

Eu estava prestes a me juntar quando a senti. Aquela dor incansável em meu peito. Fechei os olhos e suspirei, tentando acalmar meu pulso. Eu conseguia sentir, nitidamente, meu coração se comprimindo e se retraindo logo em seguida. Minha respiração ficou pesada e, sem querer, esbarrei na porta de vidro da sala, apoiando-me sobre ela e recebendo olhares.

— Ariane! — Ouvi a voz de Miles, fechei os olhos e, em seguida, seus braços me seguravam contra a porta.

Esforcei-me para ficar de olhos abertos, mas senti as pontadas cardíacas espalhando-se por todo meu tronco.

— Rebecca, você sabe onde está o remédio? — A voz de Miles estava distante, mas eu ainda conseguia sentir a quentura de seus braços me apertando contra seu corpo.

Percebi um "sim" fraco vindo de Becky e, então, ouvi suas perninhas correndo escada acima.

Minha cabeça estava pesada e eu sentia tudo rodar. Tentei me equilibrar e Miles firmou seus braços, apertando-me mais forte.

— Aguente só mais um pouquinho, Ari — Miles sussurrou em meus ouvidos, fazendo-os queimar. — Fique comigo.

Tudo, o toque de Miles, suas palavras, o ambiente, parecia tão longe, como se estivessem em outra dimensão e só eu fosse capaz de ouvir.

— Miles! — minha irmã gritou.

Senti uma das mãos que me abraçava me soltar e, por um momento, quis que ele não se afastasse.

— Abra os olhos, Ariane — pediu Miles com delicadeza. — Por favor!

Eu estava fraca, meu corpo tremia. Juntei o máximo de força que consegui e cerrei os olhos, tentando abri-los.

O rosto de Miles clamava por ajuda, sua expressão era desesperadora. Seus olhos estavam arregalados e suas bochechas, vermelhas. Ele levantou o *Salvador* e levou-o próximo à minha boca, fazendo-me inalar remédio o suficiente para que eu conseguisse abrir totalmente os olhos.

Meu coração começou a se acalmar, mas eu ainda sentia algumas estocadas no peito. Deixei meu corpo pender para frente, fazendo Miles me segurar com ainda mais força. Estávamos mais próximos do que nunca. Ele não disse nada, apenas respirou fundo em minha nuca, em alívio, achei.

Alguns segundos se passaram e a dor não estava mais ali, eu já conseguia enxergar e respirar, mas não queria me levantar. Não por ter que me afastar de Miles, mas porque não queria encará-lo. Embora sem dor, permaneci naquela mesma posição por mais algum tempo, apenas suspirando e arrumando coragem.

Quando fitei seus olhos, eles ainda estavam escuros. Miles ainda estava nervoso, preocupado e sem saber como agir. Lancei um breve olhar para minha irmã, que já estava acostumada com minhas crises, mas que sempre ficava com medo. Eu não podia culpá-la.

— Ai, meu Deus, eu odeio essas coisas, Ariane. — Rebecca cobriu o rosto com as mãos depois que recebeu meu olhar de "relaxa".

— Deu tudo certo, você está se sentindo melhor? — Miles parecia hesitante em suas palavras, afastando-se um pouco para me olhar nos olhos.

Balancei a cabeça.

— Obrigada e... — Fechei os olhos, não querendo ver suas expressões. — Desculpa.

— Pelo menos Miles te segurou. — Becky riu, ainda nervosa.

Eu ainda estava em seus braços. Apoiei minhas mãos em seus ombros e, com muito custo, me afastei. Miles ainda tinha uma de suas mãos em meu braço em um gesto de segurança, como se quisesse dizer que, se eu caísse novamente, ele estaria ali. Eu acreditava naquilo.

Limpei a garganta.

— Desculpa — pedi novamente.

A campainha soou bem no instante em que meu pai descia a escada, meu coração bateu descompassado.

Lancei um olhar de "pelo amor de Deus, não toquem no assunto" a Miles, fazendo-o aquiescer. Becky já sabia que eu odiava que nosso pai soubesse das crises, de modo que nem precisei avisá-la.

— Ela chegou! — Meu pai desceu os últimos dois degraus fazendo uma dancinha da vitória.

Becky riu e eu forcei o maior sorriso que consegui. Miles tentou, mas não conseguiu.

— Oi, Miles — cumprimentou meu pai antes de abrir a porta, mas não deu ouvidos à resposta, já que não hesitou em abraçar Hillary.

— Ah, Josh, já chega. — Hillary riu, dando um tapinha no ombro do meu pai.

— Essa é a Hillary — ele apresentou, nos olhando com atenção enquanto se endireitava. — E essas são minhas filhas, Ariane e Rebecca.

— Tudo bem com vocês? — Aproximou-se, abraçando minha irmã e me puxando também. — A famosa Ariane. Você é linda!

— Obrigada — agradeci, sem graça. — Esse é o Miles.

Hillary sorriu para ele, abraçando-o.

— Prazer em conhecê-lo, Miles — falou ela. — Vocês são namor...

— Amigos! — interrompi, depressa.

— Ela, sim, eu, não. — Miles deu de ombros, rindo.

O que ele queria dizer com aquilo? Fuzilei-o com o olhar.

— Ah, me desculpa. — Hillary parecia sem jeito.

Ela tinha cabelos ruivos naturais, olhos castanhos e mínimas sardas nas bochechas pálidas. Usava um vestido preto reto e um casaco, que havia acabado de pendurar ao lado da jaqueta de Miles.

Meu pai pareceu inquieto com a situação, limpando a garganta.

— Eu adorei o seu cabelo. — A boca de Rebecca fazia um "o".

— Muito obrigada, Becky, você é um doce — respondeu Hillary.

Depositei o peso do meu corpo, ainda cansado pela crise, sobre a perna direita, impaciente.

— Eu e o Miles vamos subir — avisei, virando-me sem esperar por respostas. — A gente desce para comer quando estiver pronto.

— Tudo bem. — Quem respondeu foi Hillary.

Miles andou firme atrás de mim. Quando chegamos ao meu quarto, o deixei entrar primeiro, então fechei a porta. Não ousei olhar para ele, de modo que continuei caminhando até meu armário para pegar as apostilas que eu havia usado no dia anterior.

Respirei fundo antes de me virar e encará-lo. Miles andava de um lado para o outro, de braços cruzados, ainda bufando.

— Tem alguma coisa errada? — Soei sarcástica sem querer.

Ele me fitou, sustentando meu olhar, como se quisesse dizer que eu realmente era uma louca.

— É claro que tem! — gritou, tentando controlar o tom em seguida.

Andei até a cama e joguei os livros sobre o colchão.

— O quê?

— Como "o quê?", Ariane?! — esbravejou, levando as mãos à cabeça. — Você quase me matou de susto e não dá a mínima para isso. Você trata as coisas importantes como se elas não pesassem.

Pisquei.

— Você está brigando comigo? — questionei indignada. — Está brigando comigo por eu não respeitar minha própria doença?

Miles apenas assentiu, sentando-se em minha poltrona roxa, apoiando seus cotovelos nos joelhos abertos.

— O coração é *meu*, Miles. Eu tenho essa maldita doença desde que me recordo e não é porque você é um dos poucos que sabe sobre ela que tem o direito de querer me ensinar a viver. — Cerrei os olhos, porque eu realmente não entendia o motivo daquela discussão. — Eu não entendo...

— O coração é seu, mas isso não quer dizer que você possa agir da maneira de age. — Miles moderou o tom de voz, o que me deixou mais calma, para falar a verdade. — Você vive apenas para si mesma, não se importa com as outras pessoas e não liga para o que elas acham sobre isso.

Eu não soube o que dizer.

— Sua irmã estava prestes a chorar, Ariane. Ela tem nove anos. — Colocou a mão na cabeça, como se nem mesmo ele entendesse o motivo de estar me falando tudo aquilo. — Você nem tentou acalmá-la.

— Ela já está acostumada com isso, Miles.

Ele negou com a cabeça, murmurando algo que não fui capaz de entender.

— Você se nega a compreender, não é? — perguntou retoricamente. — O que estou falando é que se você continuar a se tratar com esse desprezo, seu coração não vai durar por tanto tempo e você vai deixar pessoas que se importam com você para trás.

Escutei minha pulsação acelerada em meu tímpano e precisei me sentar. Por que Miles estava dizendo tudo aquilo? Eu já sabia sobre meus riscos.

— O que foi, está se sentindo bem? — Miles levantou em um sobressalto, chegando mais perto.

Engoli em seco.

— Eu só... — Senti um nó em minha garganta. Nós na garganta aparecem quando não conseguimos digerir as verdades ditas. — Você tem razão. Meu coração está parando e minha hora está cada vez mais próxima. Eu vou deixar minha irmãzinha e meu pai sozinhos por ignorância.

Miles sentou-se na cama, ao meu lado, próximo demais.

— Eu não disse que você faz tudo o que faz por ignorância, Ariane. — Balançou a cabeça. — Falei que não percebe que coisas acontecem e que todos estão com medo, menos você.

Respirei fundo.

— Se eu tiver medo, Miles, eu não vou conseguir me levantar todos os dias. — Pisquei para afastar as lágrimas. — Eu preciso esquecer que tenho todos esses problemas para conseguir viver minha vida como uma garota normal.

Miles pousou uma das mãos em minha nuca, fazendo meus pelos se eriçarem.

— Não era para você ter ficado chateada, me desculpa — pediu, chegando mais perto, olhando-me com algo irreconhecível nos olhos. — Eu já disse isso e vou repetir: eu me *importo* com você. Mais do que achei que poderia me importar. Eu não seria capaz de...

Franzi o cenho.

— Não seria capaz do quê? — indaguei de repente, curiosa.

— Não seria capaz de te ver indo *embora*, Ariane. — Cedeu, perdendo o brilho do olhar. — Eu preciso que você pare de agir como se nada estivesse acontecendo e comece a lutar por você mesma. Porque, se apenas eu fizer isso, você não irá perceber.

Levantei o rosto, ficando na mesma altura que Miles.

Meu coração ainda palpitava, mas agora o motivo era outro. Ele batia depressa porque sentia algo por Miles que eu ainda não era capaz de decifrar.

— Por favor, Ariane — voltou a falar. — Você não me conta nada e eu entendo suas razões, afinal, nós quase nunca estamos juntos, mas quando estamos, é como se só você existisse. — Nossa respiração se misturava, estávamos a centímetros de distância. — Neste momento, para mim, só existe *você*.

Eu estava a ponto de pedir para que ele fizesse o que fez.

Miles posicionou sua mão parada em minha nuca e, com a outra, juntou nossos corpos. Ele não esperou por acenos de cabeças ou bilhetes de *siga em frente*, apenas me beijou, sem hesitar.

Passei minhas mãos por seus cabelos, assim como queria fazer há muito tempo, e jurei nunca mais tirá-las dali. Miles me beijava com algo que eu nunca tinha experimentado, era um misto de emoções que iam desde desespero até alivio, de carinho a fúria.

Ele era tudo que eu precisava, apenas em um.

Miles passou sua mão por minhas bochechas, como se quisesse sentir a textura ou algo assim, então me segurou pela cintura e a apertou, sorrindo entre os beijos e fazendo cócegas com seu hálito.

— Confie em mim quando eu digo que me importo, Ariane, e se dê uma chance. — Ele colou sua testa na minha, fitando-me de perto. Eu era capaz de ver cada risquinho verde de suas íris.

Por um segundo, cogitei contar sobre o transplante. Talvez Miles pudesse me ajudar a enfrentar tudo aquilo. Eu tinha certeza que sim. Mas eu era covarde demais para me agarrar a falsas esperanças.

— Eu confio em você, Miles — falei por último, afastando-me dele.

Observei seu rosto se contorcer em dúvida e meu estômago se embrulhou com a possibilidade de ele não acreditar no que eu tinha acabado de dizer. Eu realmente confiava nele e em tudo que dizia. Eu sabia que ele faria tudo para me ajudar e que, se eu lhe contasse minhas verdades, ele ficaria ao meu lado. No entanto, eu ainda precisava guardar meus segredos por mais um tempo, mesmo que, para isso, significasse ver Miles com dúvida no olhar.

Ouvi o barulho de notificação soar do meu celular. Levantei-me da cama e andei devagar até a escrivaninha, pensando em todas as diferentes formas em que eu poderia aderir naquele momento para mudar de assunto com Miles.

Era Callie mandando mensagem.

"JÁ ROLOU?"

"Do que vc tá falando?"

— Vamos treinar o seu Francês? — Preferi o real motivo da presença de Miles para mudar a conversa.

Havíamos nos beijado, mas isso não significava que o clima estivesse mais leve, apenas mais claro.

— Eu vim para isso, não foi? — Gargalhou, fazendo parecer que havia se esquecido dos últimos minutos.

Meu celular voltou a vibrar em minha mão.

— Um minuto! — pedi. — Vou despistar a Callie.

"De amassos. Tô falando de amassos. Já rolou?"

"Vc não tem louça pra lavar, não? Depois eu te conto."

Bloqueei a tela do celular e o deixei na escrivaninha, assim, se Callie mandasse mais uma de suas mensagens indecentes, eu não responderia.

Miles segurava uma das apostilas e encarava uma das páginas com o cenho franzido, o que me fez rir. Era claro que ele não estava entendendo nada do conteúdo e muito menos *queria* entender.

— Não estou com a mínima vontade de decorar regras verbais — soltei, querendo desesperadamente preencher o vazio que havia se instalado entre mim e Miles.

Ele deu de ombros, soltando o livro sobre a cama.

— Eu não entendo nada — reclamou — e, depois de tudo isso, também não me interesso em aprender.

— Mas você tem que saber pelo menos o básico, não é? As provas finais não estão tão longe — falei, fingindo tristeza.

— Pelos menos esse é nosso último semestre. — Miles jogou o corpo sobre minhas almofadas, apoiando-se sobre o cotovelo, encarando-me de baixo.

Anuí com a cabeça, esbanjando um grande sorriso sem perceber. Eu realmente não via a hora de acabar o colégio e começar a me inscrever para as minhas futuras possibilidades, mais conhecidas como universidades.

— O que você quer fazer depois? — questionou quando notou que meus pensamentos voavam para longe.

— Muita coisa — eu me ouvi dizer. — Ainda não decidi o que vou cursar.

Miles balançou a cabeça em negativa.

— Não perguntei sobre a faculdade — explicou. — Me referia sobre tudo. Se quer viajar, conhecer outras pessoas...

— Ah! — foi minha brilhante resposta.

Seus olhos sobre mim ficaram mais sérios.

— Ainda não pensou sobre o que quer?

— Não é isso, é que... — Dei de ombros. — Eu quero tantas coisas que, às vezes, esqueço que posso não conseguir.

Ele não disse nada.

— Você mesmo disse — voltei a falar. — Tenho que cuidar de mim, antes de pensar em outras coisas.

Miles aquiesceu, sério, entendendo minha referência à Coronariana.

O ar pesado que eu tanto detestava havia voltado a pairar sobre nossas cabeças, me deixando desconfortável novamente.

— Bom... — Levantei as sobrancelhas, tentando provocá-lo. — ... você não acha que sabe muito sobre mim?

— Quero saber mais ainda — riu.

— Eu não sei nada sobre você. — Curvei a cabeça, chegando mais perto.

Miles entortou os lábios.

— O que você quer saber?

— Qualquer coisa. — Sacudi os ombros, ponderando. — Me conte sobre os seus pais.

Notei o brilho comum de seus olhos se perderem no caminho e quis dizer que, se ele não quisesse me contar, eu entenderia.

— Não conheço meu pai. Minha mãe disse que ele foi embora quando eu nasci, com medo de compromissos ou algo assim. — Miles piscou, tentando fingir que não se importava. — E minha mãe morreu há sete anos, em um acidente de carro com Edward. O carro era dela.

Eu quis me dar um soco no estômago por ter tocado justo naquele assunto. Miles não me olhava com aquele ar engraçado de sempre, agora eu sentia uma tristeza distante vindo dele, embora ele não parecesse se incomodar.

— Eu sinto muito, Miles, eu não... — tentei, mas ele me interrompeu, negando com a cabeça.

— Depois que minha mãe morreu, precisei ir morar com minha tia em Indiana. Alguns meses atrás, ela sentiu vontade de voltar e aqui estamos nós, mas agora Edward é meu. — Abriu um sorriso torto e perguntou rápido: — E os seus?

Tentei parecer normal, mas sempre que me lembrava de minha mãe era como se uma pedra atingisse minha cabeça.

— Você conheceu meu pai. — Sorri, esforçando-me para permanecer impassível. — E eu não vejo minha mãe há, pelo menos, uns cinco anos. Ela deixou meu pai para morar com o Fred-sem-sobrenome. Ela mora em Los Angeles agora.

Miles respirou fundo, pensativo. Achei que o que ele diria a seguir seria algo sério, mas fui surpreendida por:

— Fred-sem-sobrenome?

Antes que eu percebesse, toda a sensação ruim que eu tinha de quando eu falava sobre Raven — vulgo, minha mãe — se exauriu.

— É que minha mãe apenas arrumou as malas e disse: "sou apaixonada pelo Fred, vocês não entenderiam" — expliquei depois de uma gargalhada. — É tudo o que sabemos. Que ela é casada com um tal de Fred.

Miles ergueu as mãos.

— Nenhum dos dois tem Facebook? — questionou, curioso, ainda rindo do apelido de Fred. — Ariane, pelo menos o sobrenome você devia saber.

— Eu prefiro não saber muito sobre a vida atual dela. — Eu me referia à minha mãe, e Miles percebeu isso.

Ele diria algo mais, no entanto, Rebecca abriu a porta do meu quarto num baque.

— A Hillary é muito legal, Ari, você tem que ver o que ela faz com o nariz — minha irmã falava rápido, empolgada demais. — Ela fez batatas assadas. Eu adoro batatas assadas. Venham jantar!

No segundo seguinte minha irmã já havia sumido, deixando-me sozinha com Miles novamente.

— Eu adoro batatas assadas — imitei a voz fina de Becky para Miles, que riu de primeira.

Sentei-me entre Miles e Becky, em frente à Hillary, que mostrou pela terceira vez seu truque com o nariz — ela conseguia fazer suas narinas tremerem, o que, para mim, era estranho, mas para minha irmã, incrível.

Meu pai se sentou ao lado de Hillary, é claro, e eu me surpreendi quando percebi minha felicidade em vê-lo contente. Hillary, por sua vez, foi muito gentil com todos, contando histórias engraçadas sobre ela e o filho, Steven, que tinha a mesma idade de Becky.

Arrependi-me de tê-la julgado mal. Na verdade, Hillary era uma mulher linda, engraçada e muito inteligente. Ela contou que conheceu meu pai na fila da Starbucks — que todos sabem ser o nível mais alto dos clichês —, trocaram olhares, mas nada de mais. Um dia depois, voltaram a se ver, porém, desta vez, conversaram pelo *Happn*, um aplicativo de relacionamento que mostra as pessoas que cruzam seu caminho.

Precisei me controlar para não rir, porém, Miles não conseguiu. Ele e meu pai ficaram um bom tempo conversando sobre os *Yankees* enquanto Hillary contava sobre Steven para Rebecca. Fiquei dividida entre as duas conversas, já que eu queria saber mais sobre Hillary, mas também supervisionar os diálogos estranhos entre meu pai e Miles.

Enquanto comíamos a sobremesa, Hillary me contou que seu marido havia sofrido com câncer na tireoide durante quatro anos e morrido no ano anterior. Achei tão corajoso da parte dela seguir em frente. Eu tinha certeza de que, se perdesse alguém que amasse, seria muito provável que eu não fosse superar.

A vida prega muitas peças, porém, certas pessoas têm o poder de driblá-las.

13

"Quem eu amo nem sempre está junto a mim, mas está sempre em meu coração."

(Glee)

Naquela noite fui dormir feliz, coisa que não conseguia fazer há um bom tempo. Não que eu fosse infeliz — óbvio que não —, mas minha vida vinha sendo complicada nos últimos tempos. Eu estava guardando muitos segredos, a notícia do transplante havia me pegado de surpresa e não ter minha mãe comigo era ainda pior.

No entanto, naquela noite, fui dormir feliz. Eu não sabia exatamente o motivo da felicidade, porém, sabia que tinha a ver com meu pai estar feliz por causa de Hillary e, não havia dúvidas, por causa de Miles.

Ele simplesmente conturbou tudo o que eu achei que seria tranquilo, mas, ainda assim, eu sabia que era por ele que eu estava sorrindo.

Toda vez que eu fechava meus olhos, a lembrança do nosso beijo vinha à tona e me tirava o sono, causando-me arrepios e sensações que eu ainda não sabia nomear.

Pensar em Miles durante toda a noite contribuiu para que olheiras horrorosas se formassem e fez Callie querer chorar quando me viu, à tarde, em sua casa.

— Você sabe quantas pessoas sentem inveja da sua pele, Ariane, você sabe? — ela perguntou retoricamente, jogando-se no sofá de camurça vermelho. — Muitas! Eu sou uma delas. Mesmo sabendo disso, você deixa que essas criaturinhas estranhas se formem na sua cara!

Eu ri.

— Me desculpa, não consegui dormir… — Eu me sentei ao seu lado.

— Não imagino o porquê. — Levantou sua sobrancelha bem definida, me desafiando. — Para mandar a real, eu imagino, sim, mas quero ouvir saindo da sua boca!

Revirei os olhos, ponderando minhas alternativas.

— Você já sabe, não é? — Fechei os olhos, querendo evitar o julgamento.

— É claro que sim. — Bateu palmas, gargalhando. — Vocês se beijaram a noite *toooooda* e se esqueceram do francês.

Abri os olhos, rindo internamente. Minha amiga tinha os melhores diálogos. Não era justo.

— Não durante toda a noite — suspirei —, mas...

Callie parou de rir, piscando várias e várias vezes.

— Espera.

Eu esperei.

— Não. O quê? — ela perguntava, frenética. — Espera!

Eu continuava esperando.

— *Espera aí!!!* — gritou Callie. — Vocês fizeram o quê?

— Ai, merda. — Cobri o rosto com as mãos, envergonhada. Callie estava brincando quando disse que achava que eu e Miles nos beijamos durante toda a noite. Agora eu havia dito que realmente havíamos nos beijado e ela não estava conseguindo digerir.

— Ah. Meu. Deus — falou pausadamente, tentando respirar. — Vocês *ficaram?*

Curvei a cabeça, estudando essa palavra.

— Santa Kim Kardashian, eu não tô acreditando, amada! — Callie voltou a gritar. — Caramba! Ariane Sparks, sua safada.

— O quê? Eu, não.

— Você, sim — minha amiga riu. — Você e o Miles Bennet. Ah, meu Deus, eu *shippo* tanto...

Revirei os olhos.

— Olha, não precisava surtar, tá bom? — Enterrei-me nas almofadas do sofá. — Nós estávamos no meu quarto, brigando sobre o quão delinquente eu sou com minha doença, então...

— Calma aí. Brigando sobre a nossa outra melhor amiga, Coronária? — ela perguntou.

— Sim, eu tive uma crise antes do jantar e ele veio me ajudar. Parecia desesperado, com medo de que alguma coisa fosse acontecer — expliquei, me lembrando dos olhos alarmados de Miles.

— Jesus, e você está bem, amiga? — Callie passou as mãos em meu cabelo, como sempre fazia quando ficava preocupada.

— Sim. Foi só uma crise leve — menti, me recordando da dor excruciante e do porquê de estar mais forte do que nunca.

— Tá legal. E daí?

— Aí nós subimos para o meu quarto e ele começou a falar que eu podia morrer qualquer dia desses e deixar pessoas que me amam para trás, o que me deixou bem chateada. — Callie observava cada momento meu, como se estivesse imaginando as cenas. — Ele disse que se importava comigo e não queria me ver morrer, mas usando palavras bonitas.

Callie riu.

— Socorro, eu não aguento esse nível de OTP. — Fez uma dancinha. — Depois disso, ele te beijou?

Anuí com a cabeça, tentando reprimir o sorriso. Sem sucesso.

Callie me puxou em um abraço apertado.

— Eu sabia que esse lance daria certo — murmurou, fazendo-me levantar.

— Miles Bennet me beijou, Callie. — Olhei para minha amiga, impassível. — Isso não quer dizer que vamos ficar juntos.

Ela bateu palmas, debochando do que eu havia falado.

— Isso é o que nós veremos — falou. — É mais forte do que você pensa, Ariane, eu consigo ver nos seus olhos.

Fui pega de surpresa ao abrir a porta da frente de minha casa. Na sala de estar estavam meu pai, Becky, Matt, meus sobrinhos gêmeos — Dean e Dylan, as coisinhas mais fofas do mundo — e Hayley, minha prima que morava há anos no Japão.

— Ariane! — Hayley gritou, correndo até a porta para me abraçar.

— Meu Deus — sussurrei, abraçando-a de volta. — Que saudade, *Heyhey*.

— Não me chame assim, Ari — minha prima riu, me dando um tapinha no braço e me soltando, olhando-me com cuidado. — Você está linda!

— Valeu — disse, corando.

Hayley não era muito mais velha do que eu. Ela tinha vinte anos. Quando completou quinze anos, o tio Jack, seu pai, recebeu uma proposta de trabalho em uma empresa japonesa. Eles se mudaram para o outro lado do mundo e desde então eu só via Hayley em casamentos importantes ou velórios de parentes. Vê-la ali, em minha frente, naquele momento, foi perfeito. Eu não tinha reparado a falta que ela me fazia.

— Hayley disse que trouxe presentes do Japão, Ari. — Becky gritou do outro lado da sala.

Olhei para minha prima, que levantou as mãos, como se quisesse dizer "o que posso fazer?"

— Mas ela disse que não daria nada até que você chegasse — Matt falou enquanto tentava colocar a mamadeira nas mãozinhas de Dean. Ele estava ensinando os gêmeos, de apenas sete meses, a segurarem coisas maiores.

— Agora que Ari chegou, você já pode dar o meu — gargalhou Rebecca, fazendo Hayley rir.

Minha prima caminhou até o sofá e tirou uma caixa azul turquesa — assim como as caixas da *Tiffany*, diria Callie — de sua bolsa.

— Eu trouxe duas *Kokeshis* para você, Becky. — Ela entregou a caixinha para minha irmã, que a abriu em segundos, tirando de dentro dela duas bonequinhas japonesas. — Essas bonecas são de madeira e nunca têm braços ou pernas. Existem várias lendas sobre elas, algumas até assustadoras.

— Eu amei *muuuuuito, Heyhey*! — Rebecca agradeceu, segurando suas novas *Kokeshis*.

— Esses são para o tio Josh e para o Matt — Hayley voltou a falar, segurando duas novas caixinhas *Tiffany*.

Dentro de cada uma das caixas havia um relógio tecnológico. *Enorme*. Cobriu quase todo o antebraço de Matt quando ele o provou.

— Caramba, é gigante — gargalhou meu pai, fazendo Hayley rir.

— No Japão, todo mundo tem um desses — disse minha prima, sentando-se no sofá e remexendo em sua bolsa.

— Dá para assistir televisão, não acredito — riu meu irmão, apertando os botões do relógio.

— E agora, o melhor presente — exclamou ela, entregando-me uma caixinha bem menor.

— O que é? — questionei, tentando remover o lacre da caixa.

— Eu não vou dar *spoiler*. — Piscou.

Abri a caixinha com cuidado e esbanjei um enorme sorriso. Havia um pequeno medalhão dourado em forma de coração, pendurado em uma fina correntinha com palavras escritas em japonês entalhadas: "大きな心を持っています".

— O que está escrito? — perguntei, colocando em meu pescoço.

— Eu tenho um grande coração — traduziu, sorrindo para mim.

— Hayley... — Não fui capaz de terminar.

Minha prima sabia sobre a Coronariana e aquele colar tinha muito significado, por isso minha visão ficou turva, tentando deter as lágrimas que estavam prestes a cair.

Segurei-as e abracei Hayley. O mais forte que pude.

14

"Talvez a gente não precise que o universo nos diga o que queremos, talvez já saibamos, bem lá no fundo."

(The OA)

Arrumamos meu quarto e o deixamos confortável para que três pessoas pudessem dormir bem. Eu, Hayley e Becky dormiríamos juntas. Resolvemos que Matt e os gêmeos passariam a noite em nossa casa, pois Brenda, minha cunhada, estava viajando a trabalho. Assim, a casa ficou cheia e muito mais divertida do que de costume.

Depois que Matt conseguiu fazer Dean e Dylan dormirem, ele e meu pai foram para os seus quartos. Hayley decidiu pedir uma pizza, alegando que a de Nova York era cem vezes melhor, então, enquanto Becky fazia uma trança no cabelo escuro de Hayley, liguei para a pizzaria e encomendei nossa preferida: *pepperoni.* Eu deixaria meu celular sobre a escrivaninha para poder descontrair com as meninas, mas ele vibrou em minha mão, mostrando a foto de Callie na tela.

— *Aaaaaaaaaaaaah!* — Minha amiga nem mesmo deixou eu dizer "alô?"

— O que é isso? — Comecei a rir.

— *Harry me convidou para o baile!* — Ela continuou gritando: — *Aaaaaaaaaah!*

Gargalhei.

— Callie, ele é seu namorado. Não era a obrigação dele?

Conseguia visualizar minha amiga pulando.

— Claro que é! — Ela riu, animada. — Mas ele disse que vai até alugar uma limusine.

— *Uau!* — assoviei.

— Pois é! — gritou. — Te liguei para contar. Você foi a primeira, claro, minha melhor amiga, mas eu ainda tenho que esfregar essa na cara de quinze garotas invejosas e postar no *Twitter*.

— Tá bom — falei, não entendendo o modo de agir de Callie. Ela era tão espontânea.

— Beijo, amada!

— Tchau.

— Amanhã você me ajuda a escolher o vestido. — E desligou.

Balancei a cabeça, ainda rindo da histeria de Callie enquanto bloqueava a tela do celular, mas ele vibrou novamente. Era uma mensagem desta vez.

"Vc tá aí?"

Era Miles

Meu coração acelerou.

Fiquei brava.

Só uma mensagem dele deixava-me em estado de alerta.

"Sim. E vc, tá aí? Hahaha"

"Perguntei se está em casa."

"Ah."
"Sim."
"Por quê?"

"Daqui a dez minutos eu te conto."

Era oficial. Meu coração não batia mais.

Em minha mente, eu me sentia em *Grey's Anatomy*. Uma enfermeira do *Seattle Grace* gritava:

— Parada cardíaca no corredor, Ariane Sparks.

Meredith Grey chegou, conferindo meu prontuário.

— Desfibrilador. Carrega em duzentos. Afasta!

Senti um toque em meu ombro. Olhei para trás. Era Hayley.

— *Vamos lá, pessoal, de novo! Carrega em duzentos e cinquenta. Afasta!* — A Dra. Grey continuava a gritar em minha mente.

Hayley me sacudiu, trazendo-me de volta.

— Ariane, que cara é essa? — indagou Hayley, olhando com seriedade.

Ergui as mãos, pedindo para que ela esperasse um segundo. Desbloqueei a tela do meu celular novamente e reli a conversa com Miles. Eu tinha entendido direito?

— Você está me assuntando, Ari...

— Relaxa, *Heyhey*, às vezes ela faz isso. — Ouvi a voz de Becky atrás de mim.

Pisquei algumas vezes.

— Desculpa, Hayley — pedi. — Eu estava pensando em uma coisinha aqui.

Os olhos de minha prima estavam arregalados.

— Você é muito estranha. Pelo amor! — Ela gargalhou depois de um tempo. — Quase pensei ser uma crise cardíaca.

Antes fosse, pensei.

Se eu tinha entendido direito, dali a dez minutos Miles apareceria em minha casa.

Passaram-se, no máximo, cinco minutos. Ouvi a campainha soar e me levantei em um sobressalto.

— *Pizza!* — Hayley e Rebecca gritaram em uníssono, gargalhando.

— Eu busco — avisei, deixando-as em meu quarto.

Desci correndo, mas parei no último degrau, quando notei que estava descalça. Não voltaria para o quarto apenas para calçar as pantufas, embora precisasse, já que estava vestindo pijama. Eram short azul e uma blusa de alcinha da mesma cor, estampados com estrelinhas brancas. Olhei-me no espelho da sala de estar, meus cabelos estavam presos em um rabo de cavalo frouxo e era só isso.

Abri a porta e me contive para não revirar os olhos. Era apenas o entregador da pizza. Peguei o dinheiro na mesinha do hall de entrada e paguei pelo pepperoni, que cheirava muito bem. O entregador agradeceu, entregando-me a caixa quadrada e se virou para partir.

Eu estava fechando a porta quando vi Edward, o carro, estacionar em frente à nossa calçada. O entregador subiu na moto, sem se importar com o novo carro, e foi embora, deixando-me sozinha com Miles.

Coloquei um pé para dentro e fitei o relógio. Eram 01h47. Apaguei as luzes da sala para não correr o risco de meu pai descer e saí, fechando a porta atrás de mim. Miles havia saído do carro, estava apoiado na traseira de Edward. Entortei a boca quando pisei no concreto gelado, mas continuei, então caminhei pela grama molhada pelo sereno da noite, cheguei à calçada.

— Não está com frio? — Riu Miles, usando calça jeans clara, camiseta verde, jaqueta preta e, o que mais estava me dando inveja, tênis.

— Eu estava indo dormir — respondi num sussurro, observando o vapor sair da minha boca enquanto eu falava.

— Mas ia comer pizza antes, não ia? — questionou, entretido com a situação, indicando a caixa de pizza em minhas mãos com os olhos. — Qual é?

— Sou taurina, Miles. — Gargalhei sem querer, esfregando a mão que me sobrava pelo meu outro braço. Estava muito frio. — Pepperoni.

Miles suspirou, fumaça quente também saiu de sua boca. Ele olhou em volta, a rua estava calma, apenas as luzes dos postes acesas, então tirou a jaqueta, entregando-me. Pensei em recusar, mas uma lufada de ar gelado atingiu minhas costas, arrepiando todos os pelos de meu corpo. Entreguei a caixa de pizza a ele para vestir a jaqueta de couro, o cheiro de Miles irradiava por todos os lados depois que eu a vesti.

— Melhor? — perguntou, ainda segurando a caixa.

Aquiesci, cruzando os braços para me proteger do vento, que assoprava fios de cabelos em meu rosto.

— O que veio fazer aqui, Miles? — Eu estava curiosa, quis ir direto ao assunto.

Ele deu de ombros.

— Te convidar para o baile — respondeu simplesmente.

Engoli em seco. Tenho certeza que minha boca fazia um "o".

— Onde avisaram sobre esse baile? — perguntei, atônita. — Hoje é sábado. Só eu não estou sabendo sobre isso.

Miles colocou a mão que lhe restava no bolso.

— Você não segue o colégio no Instagram? — respondeu com outra pergunta.

— Deveria? — Gargalhei.

— É por isso que não sabe das novidades.

O perfume de Miles inundou minhas narinas quando me enterrei ainda mais em sua jaqueta. Ele me olhava com curiosidade, querendo uma resposta.

Nunca fui a baile algum. Não porque não queria, mas porque ninguém nunca havia convidado. Agora Miles havia feito e eu só conseguia pensar em perguntas como "por quê?" ou "é sério?" para usar como resposta à sua pergunta. Nós mal nos conhecíamos, embora ele soubesse mais sobre mim do que qualquer outra pessoa.

— Então você viu o *post* sobre o baile, entrou no carro e veio me convidar? — Um sorriso que eu não queria ter naquele momento pairava em meu rosto.

Miles anuiu.

— Na verdade, eu estava na casa de uns caras. Eu vi o *post* e mostrei para eles, que, então, mandaram mensagem para as pessoas que eles queriam convidar — explicou, sem hesitar nem por meio segundo, assim como sempre, mostrando que tudo o que dizia era verdade. — Eu me despedi e vim até aqui te convidar.

Respirei fundo.

— Às duas da manhã — completei.

— Sim. — Esbanjou *aquele* sorriso. — Tudo planejado. Até mesmo o seu pijama de estrelas.

Eu ri, abraçando o tecido da jaqueta, querendo — e tentando banir este desejo — que fosse Miles.

— A pizza me pegou de surpresa. — Ele curvou a cabeça, irônico. — Mas o que são convites sem imprevistos?!

Minha cabeça dizia: *Não, não, não, não, não.*

Mas respondi:

— Não sei dançar, Miles.

Ele abriu o maior sorriso da noite, mostrando tudo o que sentia.

— Eu vou estar lá. Eu posso te segurar, se você cair. — Ele se aproximou, tocando em meu braço. Mesmo com o grosso tecido da jaqueta, meu corpo se eletrizou. — Já fiz isso antes.

Miles era sempre tão cuidadoso. Nunca ultrapassava a barreira sem que eu confirmasse, sempre entendia o que eu estava sentindo e... Ah, meu

Deus, ele era tão confiante em tudo o que fazia. Era como se ele soubesse que jamais escutaria nem mesmo um só "não" vindo de mim.

Aquiesci com a cabeça, permitindo-me ceder pela primeira vez.

— Você aceita? — ele quis saber.

Assenti com mais firmeza, sorrindo, porque não sabia o que dizer. Era minha primeira vez.

Miles sorriu, acompanhando meus pensamentos, olhando dentro dos meus olhos e comprimindo seu braço no meu.

— Ariane, você é inacreditável — sussurrou, sustentando-me.

Franzi o cenho.

— Por quê?

Ele sorriu, dando mais um passo em minha direção, ocupando todo o espaço que existia entre nós.

— Porque você não percebe o quanto você é incrível! — falou, contornando minha cintura com o mesmo braço de antes e trazendo-me para ainda mais perto. A cada centímetro, eu me sentia mais perto do que eu queria.

Fiquei na ponta dos pés e olhei para cima, sentindo seu corpo quente sobre o meu. Miles me beijou, pegando em meus cabelos e puxando-os para trás. Minhas mãos passeavam por seu peito e suas costas, querendo sentir o seu calor, que era muito melhor contrastado àquele frio.

Não percebi quando o beijo, em vez de lento, tornou-se rápido e urgente. Era como se tudo aquilo ainda fosse pouco, como se quiséssemos mais proximidade.

Miles tinha os lábios macios. Ele deu uma pequena mordida em meu lábio inferior, me mostrando o quanto estava ansioso por aquilo. Cravei minhas unhas, que não estavam tão compridas, em sua nuca, querendo chegar ainda mais perto.

Era pouco. Eu só conseguia pensar que era pouco.

Meu corpo todo vibrava, minhas mãos suavam e meu coração dançava dentro do peito. Miles segurou em meu queixo, me dando selinhos colados e intensos, e se afastou alguns centímetros.

— Eu... Eu preciso... — *Preciso entrar*, era o que eu queria dizer.

Miles me deu mais um beijo demorado e cedi novamente. Ele estava me guiando.

— Preciso entrar. — Minha voz estava rouca.

— Eu *sei* — sussurrou em meu ouvido, beijando-me ali também.

— Mas não *quero* — eu me ouvi dizer enquanto sorria.

Ele se afastou, olhando-me mais atentamente. Seus olhos faiscando.

— Está frio, Ari — ele falou baixo, sua voz igualmente rouca.

Como se Miles tivesse apertado um botão, um vento gélido atingiu minhas pernas. Desenrosquei-me dele e tirei sua jaqueta, devolvendo-a.

— Pode ficar com ela. — Miles balançou a cabeça.

Meus pelos voltaram a se arrepiar e por um segundo eu quis voltar a sentir o cheiro da jaqueta.

— Eu desci só para buscar a pizza. — Pisquei, rindo e olhando para a pizza, ainda na mão dele.

Ele riu.

— *Pepperoni* é a minha preferida. — Levantou as sobrancelhas, abrindo a caixa e pegando um pedaço da pizza.

Observei, de braços cruzados, então ele fechou a caixa novamente, me entregou e mordeu seu pedaço.

Miles Bennet era louco. Isso explicava todas as minhas perguntas.

— Até mais! — despedi-me, virando o corpo.

Ele caminhou atrás de mim e me surpreendeu, fazendo-me parar. Miles deu um último beijo em meus lábios, curto demais para ser verdade.

— Você quis dizer "até logo" — sussurrou.

Não fui capaz de responder. Minhas pernas tremiam e não era por causa do frio. Corri pela grama e abri a porta de casa, olhando para trás. Miles segurava sua jaqueta nas mãos, apoiado sobre a traseira do carro, assim como quando o encontrei.

Fechei a porta, trancando-a, e subi os degraus de dois em dois, esforçando-me para esconder o sorriso que aparecia em meu rosto sem ser convidado. Na ponta dos pés, entrei em meu quarto e — a expressão certa é "*merda!*" — deparei-me com Hayley e Rebecca de braços cruzados.

— Quero nomes, endereços, redes sociais e explicações, Ariane — disse minha prima, se controlando para esconder o riso.

— E você ainda tem a coragem de chamá-lo de amigo. — Becky descruzou os braços, caminhando em minha direção e tomando a caixa de pizza das minhas mãos. — Se eu fosse o Miles, terminava com você.

Eu estava sem fala.

— Pode começar — Hayley exigiu.

— Não para pra respirar. — Minha irmã curvou a cabeça, voltando-se para mim. — Fala de uma vez.

Sentei-me no chão, pedindo por ajuda.

— Fui buscar a pizza, Miles apareceu e me convidou para o baile. Ele falou que eu sou incrível e depois me beijou. — Sorri, contente com minha explicação rápida e sucinta.

— Por vinte minutos — lembrou minha irmã.

Franzi o cenho.

— Não foi tanto tempo assim — protestei.

— Nós contamos — disse Hayley.

Segurei a risada.

Normalmente, eu mentiria ou inventaria uma explicação ilógica sobre tudo o que elas viram, mas meu corpo ainda vibrava, lembrando o toque dele, e meu cérebro ainda se recordava do cheiro de sua jaqueta.

Quinze minutos de explicações sobre Miles depois, três pedaços de pizza e cinco "ele roubou um pedaço da pizza!" da parte de Rebecca, nós três estávamos terminando de comer a pizza de *pepperoni* no chão do meu quarto.

15

"Se você não está com medo, não está se arriscando e, se você não está se arriscando, o que está fazendo?"

(How To Get Away With Murder)

Comecei meu domingo bem cedo. Programei meu despertador para tocar às 07h30, horário que achei ser mais apropriado para uma pessoa que não queria encarar sua própria prima por vergonha de ter sido pega com certo garoto de jaqueta de couro. No entanto, ao contrário do que pensei, Hayley já tinha se levantado quando acordei.

Tomei banho e lavei o cabelo. Vesti uma calça jeans preta, um moletom cinza estampado por uma enorme letra "*A*" vermelha — referência de uma das minhas séries favoritas, *Pretty Little Liars* — e meu confortável *All Star* roxo. Ainda com os cabelos molhados, saí do meu quarto e deixei Becky dormindo sozinha em minha cama.

Hayley estava deitada no sofá da sala de estar, assistindo — eu reconheci as falas, é claro — a *Gossip Girl*. Escondi as mãos nos bolsos do moletom e caminhei até o sofá sem fazer barulho, sentando-me ao seu lado.

— Não acredito que você ainda está na quarta temporada. — Eu ri, parando apenas para ver Chuck Bass vencer com suas palavras.

— Eu não tenho todo o tempo do mundo, assim como você tem — Hayley respondeu, franzindo o cenho para Dan Humphrey.

Parei de rir. Não podia contestar suas palavras porque eram verdadeiras. Eu não tinha muitas outras coisas para fazer senão "*maratonar*" séries e ler livros.

Assistimos a dois episódios — vimos Blair Waldorf sabotar os planos de Serena Van der Woodsen mais uma vez e depois pedir desculpas pelo que fez — e decidimos tomar café da manhã no *Nicco's*, que não ficava muito longe. A habilitação de Hayley só era válida no Japão, por isso sentei no banco do motorista e dirigi até nossa cafeteria preferida.

A *Nicco's* tinha o ar *vintage* que minha prima tanto amava, decorada em cores e tons pastéis, mesas com arabescos e xícaras personalizadas. Nós nos sentamos em uma mesa amarela, entre uma azul e outra rosa. Não precisamos nem conferir o cardápio, de modo que pedimos nossos especiais de sempre.

Depois que meu cappuccino, minha fatia de torta de maçã, o chá verde e os *cookies* de chocolate de Hayley chegaram, ela parou de falar sobre seus passatempos japoneses, tocando no pior assunto possível.

— Aquele *boy* de ontem... — disse ela, dando um gole em seu chá. — Eu *stalkeei* o *Instagram* dele.

Revirei os olhos, fazendo-a falar mais.

— É bonito, se deu bem! — exclamou, controlando-se para não rir alto.

— Você já pode parar de me zoar, Hayley. — Fechei a cara, comendo um pedaço da torta. — Eu não fazia ideia de que ele apareceria ontem.

— Eu acredito — continuou rindo. — Só estou te parabenizando porque, pelo que me contou, ele não só te beijou, como também te convidou para o baile.

— Talvez eu mande uma mensagem para ele, dizendo que desisti. — Dei de ombros, pensando no que Miles havia me dito ontem.

Hayley balançou a cabeça negativamente, frenética.

— Só por cima do meu cadáver! — Comeu um *cookie*, me olhando com frieza.

Bufei.

Por que, entre tantas noites, Miles teve que aparecer justo naquela? Agora eu precisava ficar explicando coisas que nem eu entendia para Hayley *e*, a pior de todas, Rebecca.

— É que, se eu fosse você, ficaria feliz com tudo isso. — Minha prima piscou, entretida.

Olhei para baixo, fitando minha xícara de café, pensando em como faria para deixar tudo o que eu achava que sentia por Miles ultrapassar minha preocupação com meu coração. Eu adorava — tinha que admitir — ficar com ele, mas quando não estávamos juntos, minha cabeça latejava, apontando somente para o pior dos meus problemas: minha doença.

— O que foi, Ari? — questionou minha prima, me lançando um olhar atento. — Eu estou irritando, não é? Me desculpa, não toco mais no assunto.

Neguei.

— Não é isso. — Abri os olhos, forçando um sorriso. — Sua função é me zoar de qualquer maneira.

— Às vezes, eu te pego cabisbaixa, prima — comentou, empurrando seu guardanapo para a esquerda. — Te vi com semblantes tristes várias vezes e cheguei ontem.

Tudo o que eu queria naquele momento era despejar meus segredos para fora, mas não podia contar sobre o transplante para Hayley, podia?

— Fico preocupada — continuou —, eu gostaria de saber se algo a estivesse incomodando, Ari, de verdade. Ainda mais porque quase nunca nos vemos.

Anuí, pensando em minhas alternativas.

— Você me contaria qualquer coisa se precisasse, não é? — certificou-se.

— Ah, Hayley... — Senti meu coração bater descompassado. — Se você soubesse...

— Pode contar — assegurou ela, entrelaçando seus dedos nos meus sobre a mesa amarela. — Confie em mim.

Senti o colar que ela me dera queimar em meu pescoço. Hayley havia me garantido através dele que eu tinha um bom coração.

— Tem que jurar segredo, porque eu ainda não tomei coragem de contar a ninguém — comecei, fazendo-a aquiescer. — Você sempre soube sobre a Coronariana, então...

Notei os olhos de Hayley escurecerem.

— Há algum tempo notei que minhas crises de insuficiências estão mais fortes, então marquei uma consulta com meu médico. Depois de vários exames e conversa fiada, o Dr. Smith finalmente me disse o que tinha de errado. — Ouvi as palavras saindo da minha boca sem minha autorização, como se quisessem se libertar. — Meu caso se agravou e, agora, eu tenho apenas dois meses de vida. *Dois meses!* Isso se não encontrarem um coração novo para mim.

— Ariane... — Hayley limpou uma lágrima discreta que descia por sua bochecha, eu não me importei.

— Meus remédios não funcionam mais — acrescentei, rindo, nervosa em sarcasmo.

— Seu nome já está na lista de órgãos? — ela conseguiu pronunciar.

— Meu médico disse que já me colocou na lista. Liguei várias vezes para o consultório, mas sempre dizem que o Dr. Smith está em reunião ou em alguma cirurgia. — Dei de ombros. — Eu tenho dois meses de vida e essas coisas demoram muito mais tempo para serem resolvidas.

Hayley piscou diversas vezes para espantar as lágrimas, mas ainda não havia dito nada.

— Eu já tinha tudo programado. — Cerrei os olhos. — Minha vida, eu quero dizer.

— Somos insignificantes. Por mais que você programe sua vida, a qualquer momento tudo pode mudar — disse, sem me olhar, apenas encarando nossas mãos unidas. — Você sabe que, se dependesse de mim, eu seria a primeira pessoa a te ajudar, não sabe?

— Eu sei — suspirei, sorrindo de leve. — Mas não há nada que você possa fazer.

— Qualquer coisa. Eu faria qualquer coisa — repetiu, usando uma expressão de culpa em seu rosto. — Eu te daria meu coração, se pudesse.

Eu ri, sem me segurar dessa vez.

— Hayley — chamei —, você já me deu muito mais do que um simples coração. Você me deu amor. É minha família e eu te amo por isso.

Ela sorriu, ainda parecendo desolada.

— Ainda não é o bastante, Ariane. Eu vou arrumar uma solução, prometo.

Eu acreditei em Hayley. Ela fazia com que eu me sentisse calma e capaz. Capaz de enfrentar esses problemas.

Ou você intimida o mundo ou o mundo intimida você.

Eu precisava intimidá-lo.

Terminamos de comer. Não conversamos muito.

Eu só conseguia pensar que ainda não eram nem 09h e que havia um dia inteiro pela frente.

16

"Até mesmo acreditar na possibilidade de ter um final feliz é poderoso."

(Friends)

Decidi não ir para a escola quando meu despertador tocou às 06h30. Estava determinada e, pelo menos desta vez, seria corajosa, enfrentaria meus medos.

Programei um novo despertador para mais tarde e voltei a dormir. Meus sonhos foram embaralhados, mas, ainda assim, nítidos.

Eu estava parada, no meio da rua, provavelmente perdida. Meus cabelos voavam com o vento gelado, deixando-me com frio. Miles apareceu como um borrão em minha frente, entregando-me sua jaqueta cheirosa; Sempre disposto a me ajudar.

Minha visão ficou embaçada e meu pulso acelerou quando eu a vi. Raven. Minha mãe. Ela me olhava de longe, sorrindo, acenando com a cabeça. Vi-me tentada a correr em sua direção, mas algo me dizia o contrário.

A rua ficou escura, coberta por uma densa nuvem chumbo. Miles se aproximou, tentando me puxar para dentro, mas me livrei de seus braços, correndo em direção à minha mãe. Ouvi um trovão e em seguida, um raio me atingiu.

Acordei num sobressalto. A música da abertura de *Orange Is The New Black* apitava em meus ouvidos. Meu coração batia descontrolado em meu peito, fazendo-me arfar.

Eram 10h30. Tomei banho e vesti uma roupa qualquer, arrumei meu quarto e desci a escada, pensando em *como* faria o que havia decidido fazer.

Passei toda a noite pensando em como contaria a meu pai sobre o transplante cardíaco. Eu não tinha ideia de como o faria, mas caminhei em direção à cozinha mesmo assim, torcendo para que encontrasse as palavras certas.

Meu pai estava sentado à mesa, segurando o jornal enquanto tomava seu café preto. Aproximei-me em silêncio e me sentei ao seu lado.

— Veio explicar o motivo de ter faltado na escola? — Meu pai me olhou por cima das várias folhas de jornal, erguendo as sobrancelhas.

— Sim. — Respirei fundo, observando-o abaixar o jornal, rindo.

Ele não se importava em me ver faltando — por isso estava rindo —, então deveria estar achando estranho eu ter ido contar o motivo.

— Preciso contar uma coisa muito importante, pai — cuspi as palavras, minha voz trêmula.

— O quê? — Franziu a testa.

— Eu... — Ah, meu Deus, eu não sabia o *que* dizer. — Acho melhor você se sentar — imitei os filmes.

Meu pai me olhou com a face contorcida, cruzando os braços.

— Eu já estou sentando, Ariane.

Fechei os olhos. Que merda.

— Ah, certo — murmurei.

— Você está me deixando preocupado, fale logo! — exclamou.

Eu estava pronta. Pronta para contar e receber a ajuda que precisava. Abri a boca, sentindo as palavras querendo sair. No mesmo instante Hayley abriu a porta da cozinha estrondosamente.

— Errr, desculpa? — pediu, com o cenho franzido.

— Recebeu mais notícias, Hayley? — questionou meu pai, virando-se para encará-la.

Suspirei.

— Não — respondeu minha prima, com o rosto entre as mãos. — Tentei ligar mais de quatro vezes, mas ninguém atende.

— O que houve? — perguntei, percebendo a tensão entre eles.

— Meus pais me mandaram uma mensagem hoje de manhã, dizendo para eu voltar para casa o mais urgente possível. — Ela levantou as mãos, mostrando que ainda não havia entendido a tal mensagem dos pais. — Fiquei confusa, porque eu combinei com eles que ficaria aqui por duas semanas.

— E agora?

— Preciso pegar o primeiro voo, tio Josh. — Hayley direcionou o olhar para meu pai. — Não posso ficar aqui esperando mais notícias.

Levantei-me, indo até minha prima.

— Hay, eles só te mandaram uma mensagem boba — tentei confortá-la. — Não quer dizer que você *precisa* voltar hoje. Você sabe como são os nossos pais. Deve ser só a saudade.

Hayley negou com a cabeça.

— Eles não sabem se expressar por mensagens — terminei. — Acho que eles quiseram dizer: "Estamos com saudade, volte logo" e não um "Ah, meu Deus, uma bomba caiu aqui em casa, volte logo!".

— Não — suspirou ela. — Estou sentindo algo estranho em relação a isso. Eu tenho que ir. Pode ser algo ruim.

— Não deve ser nada demais, Hayley — assegurou meu pai.

— Mas pode ser. — Arregalou os olhos, dava para ouvir o desespero em sua voz. — Pegarei o primeiro voo de volta para o Japão. Já reservei as passagens.

Minha prima respirou fundo, deu meia-volta e saiu pela mesma porta pela qual havia entrado.

— Bom — meu pai suspirou, pegando seu jornal novamente —, e você? — Ergueu os olhos. — O que tinha para contar mesmo?

— Eu... — De repente, toda a coragem que eu havia juntado durante toda a noite tinha sumido. — Acho melhor cuidarmos de Hayley e dos seus problemas antes — murmurei — Não era nada muito importante.

Ele hesitou por um momento, mas depois relaxou outra vez.

Aproveitei e saí dali.

O céu estava claro, mas não fazia calor.

— Você tem certeza disso? — perguntei, abraçando-a. — Está muito ansiosa. Acho melhor você ir amanhã.

— Não — Hayley disse, firme.

Estávamos do lado de fora do aeroporto. Minha prima, com suas passagens — sem reembolso, ela fez questão de nos dizer — nas mãos.

Acho que nunca tinha visto Hayley tão apreensiva. Ela sempre pensava muito antes de tomar uma simples decisão como beber café com açúcar ou adoçante — não era à toa que era libriana.

— Você ficará bem, Hayley? — certificou-se meu pai de dentro do carro.

Eu e ela estávamos abraçadas em uma das calçadas do aeroporto. Minha prima me soltou por um segundo e deu um beijo no rosto do meu pai.

— Obrigada por tudo, tio Josh — agradeceu, com a voz fraca. — Tenho certeza de que melhorarei dentro do avião. Ou então eu pare para comprar alguns calmantes.

Ele assentiu depois de hesitar por um breve segundo.

— Tudo bem, se cuide e não demore a voltar — pediu com um sorriso torto nos lábios, dando a partida no carro.

Eu ainda estava do lado de fora, ainda abraçada a Hayley.

— Eu estava com tanta saudade — falei, triste.

— Juro que volto logo. — Sorriu, sincera, estudando meu rosto. — Vai dar tudo certo, Ari — ela se referia ao transplante. — Não se preocupe.

— Eu sei — assenti, mentindo novamente. Eu não era capaz de saber sobre nada.

— Tenho que ir. — Hayley me apertou nos braços.

— Fica tranquila — tentei assegurá-la. — Aposto vinte dólares que quando você chegar em casa, sua mãe vai dizer que a emergência era que tinha acabado o papel higiênico no banheiro.

Ela gargalhou — de verdade, dessa vez — e me soltou, dando passos cegos para trás. Hayley levantou uma mão, acenando em nossa direção enquanto virava seu corpo no meio da rua.

— Ah! — ela gritou, rindo, virando-se de volta para mim. — Só mais uma coisa. Não deixe aquele Miles escapar!

Eu ri, sem jeito, aquiescendo.

Minha prima olhou para a direita, verificando se não vinham carros em sua direção e deu alguns passos, caminhando rumo à porta automática do aeroporto.

Não é estranho como momentos felizes são interrompidos bruscamente de uma hora para outra? Aquele era, de certa forma, um momento feliz. Todos nós sabíamos que, quando Hayley chegasse ao Japão, lá estariam meus tios, sentados no sofá fúcsia, assistindo Doramas — porque eles moravam no Japão, mas preferiam as novelas coreanas.

Toquei no colar que ela tinha me dado e abri um sorriso largo, porém, só tive tempo de gritar.

Foi minha única reação.

Gritar.

Meu coração desacelerou, meus pulmões pararam de inflar e meus olhos queimaram com o que viram.

Tudo pareceu acontecer em câmera lenta, me dando a impressão de que eu podia muito bem apertar um botão e voltar a dez segundos atrás.

Havia caos.

Mas também havia tranquilidade.

Eu vi o motorista que havia atropelado Hayley sair do carro em desespero, suas mãos na cabeça. Eu vi o susto que meu pai levou, seus olhos mudarem de dúvida para agonia, vi a reação das pessoas, estavam se aproximando, formando um círculo em volta dela. Por fim, vi Hayley. Minha prima, tão cheia de vida há um minuto, agora, estava estirada no chão, seus membros sangrando, sua cabeça esfolada.

Eu via tudo, mas não *sentia* nada.

Porém, tudo ficou calmo. Não pude ouvir as pessoas gritando, não percebi quando meu pai saltou do carro, não notei o motorista se agachando ao lado de Hayley, pedindo para que ela não morresse, para que ela aguentasse firme. Só conseguia ver os olhos semicerrados de Hayley olharem para mim e piscarem devagar.

Ouvi suas palavras ricochetearem em meus ouvidos tampados:

Ainda não é o bastante, Ariane. Vou arrumar uma solução, prometo.

Eu estava paralisada. Não conseguia ordenar meus pensamentos, não entendia como meu corpo funcionava, não enxergava nitidamente e só conseguia ouvir gritos abafados.

Tudo passou como um borrão, durando uma eternidade para mim, mas não se passaram segundos.

Apenas gritava. Em total desespero, eu apenas gritava.

17

"Faça suas escolhas ou não terá escolha."
(*Hemlock Grove*)

Acordei no banco de trás do carro, desnorteada. Minhas bochechas estavam molhadas e grudentas, indicando antigas lágrimas e todo meu corpo tremia de frio. Eu torcia para que tudo que eu tinha visto fosse apenas um sonho *bem* ruim.

Mas não era. Eu sentia que não.

Pelo retrovisor do carro, eu via o rosto de meu pai, seus olhos perdidos em confusão. Ele tamborilava os dedos no volante quando paramos em um semáforo vermelho, mostrando sua ansiedade.

Levantei-me rápido e me sentei no banco, sentindo minha cabeça girar. Precisei tampar o rosto com as mãos para bloquear a luz vermelha que ultrapassava a película escura do carro. Meus ouvidos ainda estavam abafados, mas eu era capaz de ouvir a sirene da ambulância.

— Pai? — chamei, grogue. Eu havia desmaiado?

— Sim, querida — respondeu com uma voz gentil, enxugando uma lágrima sutil na camisa.

Pensei em minha pergunta.

— O que aconteceu?

Ele hesitou, vi pelo espelho.

— A Hayley... — tentou dizer, mas parou.

Meu coração parou. Eu tinha certeza.

— Ela morreu? — disparei, sem rodeios, querendo uma resposta.

— Não — disse ele, reanimando meu coração em alívio. — Vamos torcer para que ela aguente firme.

Sinto muito.

Eram as duas palavras que insistiam em martelar em minha cabeça, lembrando-me, a cada cinco segundos, do pequeno monólogo da médica responsável pelo trauma.

Hayley não aguentou.

Se, pelo menos, a ambulância houvesse chegado ao hospital cinco minutos antes... Talvez minha prima ainda estivesse conosco.

Eu não sabia se o que estava sentindo era sinônimo para quando nossa ficha demora a cair ou se era medo de deixá-la ir embora.

Era como se tudo tivesse congelado. Não havia motivos para aquilo acontecer. Hayley era a melhor pessoa que eu conhecia. Como aquilo poderia acontecer?

Sentei em uma das cadeiras duras de um corredor cinza do hospital e chorei em silêncio ao lado do meu pai, que tentava manter a calma. Alguém precisava ter calma ali. Ele pegou o celular para ligar para meus tios, os pais de Hayley.

Minha mente se embaralhava vez ou outra, pensando em como meu pai contaria à mãe de Hayley sobre sua morte. Ele tinha certo dom com as palavras, mas não era o bastante para confortar pais desolados. Era tudo o que tínhamos, no entanto.

Os minutos se passavam e, em cada um deles, eu notava um novo buraco se formando em meu coração. Busquei pelo Salvador em minha bolsa. Não conseguia enxergar, as lágrimas me atrapalhavam e não me deixavam raciocinar direito.

Depois de usar o remédio três vezes seguidas, a dor em meu coração diminuiu, no entanto, não por completo. Hayley não voltaria mais. Eu segurava o pequeno medalhão dourado que ela havida me dado. *Eu tenho um grande coração,* lembrei. Era isso que Hayley pensava sobre mim. Um grande coração.

Um coração!

Eu te daria meu coração se pudesse, ela dissera.

Enxuguei as lágrimas e me levantei. Não tinha muito controle sobre meus pensamentos, nem sobre minhas decisões, porém, segui em frente com o pequeno plano que eu havia planejado nos últimos vinte segundos.

Prendi o colar no pescoço enquanto caminhava pelos corredores iluminados com luz fluorescente. Eu sabia que estava prestes a cometer um erro, sabia que havia uma grande porcentagem daquilo dar errado e também sabia que, talvez, fosse algo imprudente.

Bati em uma grande porta de correr branca.

Um médico com pequenos olhos castanhos e cabelos negros abriu a porta.

— Ariane? — o Dr. Smith questionou, coçando a cabeça, examinando-me com os olhos.

Não me esforcei para sorrir. Havia gastado todas minhas forças para chegar até ali.

Eu havia tido uma sorte imensa por ser uma segunda-feira. Segunda-feira era o dia que o Dr. Smith deixava seu consultório para fazer plantão naquele hospital. Por alguma obra do destino, o hospital mais próximo do aeroporto, naquele dia, era aquele.

— O que faz aqui? — indagou, confuso. — Marcamos alguma coisa hoje?

Engoli em seco. Pisquei algumas vezes. Respirei.

— Eu encontrei um coração.

Minha mente se dividia em "*Seria isso que Hayley teria escolhido*" e "*Você é o pior ser humano desse planeta!*".

— Você *o quê?* — ele gritou, visivelmente encabulado.

— Encontrei um...

— Não! — Levantou uma das mãos, fazendo-me parar; — Eu entendi, só não entendi *como* fez isso.

Minhas mãos tremiam, eu percebi.

— Minha prima acabou de ser atropelada. Ela... se foi. — Segurei as lágrimas, mas não por muito tempo. — Você precisa me ajudar. Não sei o que fazer quanto a isso.

— Seu pai já sabe? — Os olhos do médico brilhavam em esperança.

— Não tive a chance — menti.

Ele hesitou.

— Você tem alguns minutos para fazer isso — alertou, fechando a porta atrás de seu corpo, arrumando seu jaleco. — Qual o nome da sua prima? Vou pedir o prontuário dela para começarem os exames de compatibilidade.

— Eu... — Minha nuca suava, meus olhos turvaram.

— Vou reunir o conselho da lista de doadores para decidirmos se você é uma candidata à doação. — Suas palavras não faziam sentido em minha mente. — Se vocês forem compatíveis e te elegerem uma candidata, sua cirurgia será hoje.

Engasguei, sem saber o que pensar.

— Hoje? — cuspi.

— Um coração não aguenta muito tempo longe de um corpo — proferiu. — Temos menos de quatro horas.

Meu pai estava sentado na sala de espera, sua cabeça enterrada nas mãos. Eu precisava contar sobre o transplante, não tínhamos muito tempo.

Sentei-me ao seu lado, sem coragem.

Meu pulso estava acelerado demais.

Ele já estava sofrendo tanto, sua sobrinha havia acabado de morrer e, ainda por cima, meu pai precisou dar a notícia para os pais de Hayley.

Eu, por outro lado, estava propensa a morrer a qualquer minuto. Meu coração estava fraco demais, eu conseguia sentir suas batidas se enfraquecendo às vezes.

Talvez Hayley pudesse viver comigo pelo resto de minha vida, mas eu era muito covarde para me abrir com meu pai. As palavras não saiam de minha boca, não importava o quanto eu queria que saíssem.

Em algum momento, naquele horrível silêncio, me arrependi de ter pedido ao Dr. Smith que fizesse os exames em Hayley. Ela era minha prima, droga. Eu não tinha autorização alguma sob seus órgãos — muito menos sabia se ela era doadora ou não.

Eu estava perdida em meus próprios devaneios quando senti minha bolsa vibrar. Era meu celular. Vi a foto de Callie reluzir na tela.

— Oi — atendi, esforçando-me para falar.

— Ah, Ari... — suspirou. — Eu sinto muito.

Fechei os olhos.

— Passei na sua casa e Becky me contou — explicou, sua voz rouca. — Sinto muito. Hayley era incrível.

Era estranho ouvir Callie falando daquela forma. Ela era sempre tão animada e excêntrica.

— Obrigada — consegui dizer.

— Só te liguei para dizer isso. Talvez você queira vir dormir aqui em casa hoje, ou ao contrário...

— Acho melhor... — Eu estava falando, quando vi a sombra do Dr. Smith aparecer no final do corredor branco. — Depois a gente conversa — terminei.

— Tudo bem — soprou. — Até mais.

Desliguei o celular e o coloquei de volta na bolsa.

— Vou comprar um café, você quer, pai? — Olhei para ele, que anuiu.

Levantei-me e me segurei para não correr. Caminhei até o médico, respirando fundo.

— Contou para seu pai? — questionou o Dr. Smith quando notou minha presença. Neguei, envergonhada. — Terei que fazer isso sozinho, Ariane?

— Se reuniu com o conselho? — fui logo perguntando, ignorando a pergunta e a enfermeira com que o ele conversava antes de eu chegar.

Uma veia saltada apareceu no pescoço do médico quando ele engoliu em seco.

— Sim — afirmou, hesitante. — Conferimos os documentos de sua prima e ela é uma doadora de órgãos.

Meu coração afundou no peito.

— Porém — continuou ele, sustentando meu olhar —, vocês não são compatíveis.

Continuei encarando-o. Suas palavras não fizeram sentido para mim. Eu queria que não tivessem feito, pelo menos.

— Você receberia o coração, se fossem compatíveis, Ariane. Você é uma das primeiras da lista de receptores. — Dr. Smith pousou uma das mãos em meu ombro, as lágrimas queimavam meus olhos, mas não deixei que escapassem. — Você não fará o transplante.

Engasguei, sentindo-me horrível por não ter conseguido e ainda pior por ter usado minha prima para isso.

— Hayley é doadora — cuspi, fitando o chão limpo.

O médico aquiesceu.

— Os órgãos dela serão doados — disse, pausadamente. — Avisaremos os familiares sobre isso. Seu pai está aqui, não está?

Balancei a cabeça, perdida. Ele percebeu meu estado.

— Não se preocupe, Ariane — pediu, retirando as mãos —, encontraremos um coração para você.

Não disse nada.

— Sinto muito por sua prima — falou, se afastando e deixando-me sozinha no meio do corredor claro.

Eu estava sozinha novamente. Mais perdida do que nunca. Estava sem rumo mais uma vez. Precisava arrumar, pelo menos uma vez, um caminho.

Todos os caminhos estão errados quando você não sabe aonde quer chegar.

Dez minutos depois, observei em silêncio enquanto o médico falava com meu pai sobre os órgãos de Hayley. Minha prima havia deixado documentos que permitiam a doação de vários órgãos. Eles doariam quase todos.

Depois de meu pai assinar alguns papéis de permissão, ele finalmente me olhou nos olhos. Jurei que ele diria algo complicado, mas simplesmente falou:

— Aquele café cairia bem agora.

18

"Dizem que o tempo cura todas as feridas, mas quanto maior é a perda, maior é o corte."

(The Originals)

Becky caminhou de mãos dadas comigo até o final da cerimônia — tradicional demais para Nova York. No final, meus tios, os pais de Hayley, receberam uma urna com as cinzas da minha prima. Eles pareciam calmos, mas seus olhos os denunciavam.

— Vai doer, mas vai passar — disse minha tia, sentando-se ao meu lado depois que chegamos em casa.

— Eu sei — respondi, fitando minhas sapatilhas pretas.

O que eu mais queria naquele momento era:

a) Abraçar Hayley;

b) Colocar meus tênis.

No entanto, minhas roupas não dariam certo se eu estivesse usando meu *All Star* roxo. Eu usava um vestido preto, a sapatilha e uma jaqueta rendada, também preta. Havia várias pessoas vestidas em outras cores, o que eu condenava ser desrespeitoso a Hayley e a todas as pessoas que estavam realmente sofrendo com sua morte.

— Ela te amava muito, você sabe, não sabe? — recomeçou minha tia, entrelaçando seus dedos nos meus.

— Eu sei — aquiesci, temendo estar parecendo mal-humorada ou algo do tipo, quando quem deveria estar nesse estado não era eu e, sim, meus tios.

— Você não vai ficar com essa cara pelo resto da vida, vai? — perguntou, soltando uma risada fraca. Embora minha tia estivesse se esforçando para parecer calma, sua dor transbordava.

— Acho que vou.

— Nascemos para sorrir também — proferiu, querendo chamar minha atenção. — Hayley era uma garota contente. Ela teve tudo que quis e era feliz com isso. Não acho que ela queira te ver deste jeito.

— É que... sentirei a falta dela. Só isso. Ou tudo isso — falei sem rodeios, piscando para afastar as lágrimas.

— Moramos no Japão por muito tempo, Ariane — começou ela, afastando as mãos. — Eles celebram a vida com muito ânimo. Isso era o que Hayley mais gostava naquele país. Por isso estou te dizendo que, talvez, ela preferisse que não chorássemos, mas celebrássemos tudo o que ela fez e conquistou em sua vida.

Passei as mãos pelas bochechas e limpei as lágrimas. Dei um meio sorriso para minha tia, abraçando-a.

— Obrigada — murmurei.

— Eu também estou sofrendo muito, Ari — disse depois de eu tê-la soltado. — Mas, quando Hayley tinha uns treze anos de idade, ela disse que se alguém chorasse em seu velório, ela ficaria muito zangada e faria de tudo para atormentar essa pessoa pelo resto da vida.

Soltei uma risada verdadeira. Hayley sempre fora alegre e isso, sem sombra de dúvida, era o que eu mais amava nela.

Ainda havia algumas pessoas no andar de baixo da minha casa, mas fui para meu quarto mesmo assim. Fechei a porta e, finalmente, coloquei meu tênis.

Olhei em volta. Meu quarto estava arrumado, as almofadas em seus respectivos lugares, os livros enfileirados por cromática. Meu cérebro relembrou as últimas noites. Hayley dormiu comigo naquele mesmo quarto, fazendo-me conversar até de madrugada por causa do seu fuso-horário desacostumado.

Suspirei. Eu precisava sair dali. Não podia ficar remoendo minhas memórias em busca de conforto porque só encontraria dor.

Eram 19h. Peguei meu celular para ligar para Callie, mas notei uma nova mensagem. Toquei na tela. Era Miles.

"Sinto muito por sua prima."
"Callie me contou."

"Obrigada"

"Foi por isso q vc faltou esses dias?"

"Sim"

"Onde vc tá?"

"Quarto."
"Tem muita gente q eu ñ conheço na sala"
"Tenho que sair daqui"

"Acho que meu francês piorou kkkk"
"Quer vir me ajudar?"

"Chego em dez minutos."

Peguei minhas coisas e desci, me deparando com Hillary sentada ao lado de meu pai. Ao contrário do que achei que sentiria, agradeci internamente por ela estar com ele. Pelo menos, assim, meu pai se distrairia.

— Que bom te ver, Ari — ela me cumprimentou com um sorriso condolente nos lábios. — Esse é o Steven, meu filho. — Apontou para o menino ruivo, seu rosto era coberto por sardas fofas.

— Oi, Hillary! — Abracei-a, surpreendendo-a. — Oi, Steven, tudo bem? — O garoto balançou a cabeça, tímido.

Ele tinha a idade de Becky e vez ou outra desviava os olhos para encará-la.

— Pai — chamei sua atenção —, vou pra casa da Callie — menti.

— Tem certeza? — questionou, baixando os olhos.

Meu coração se contorceu em pena. Talvez fosse melhor cancelar com Miles. Meu pai precisava de mim.

— Josh, deixe que ela vá. É bom que ela se distraia com os amigos. — Hillary afagou os braços do meu pai.

Ele curvou a cabeça.

— Eu fico — falei, pronta para pegar meu celular e mandar uma mensagem de "foi mal" para Miles.

— Não, não tem problema. Pode ir — assegurou ele, mudando de ideia.

Passei as mãos pelos cabelos curtos antes de caminhar até a porta da sala. Estava receosa. Lancei um sorriso para eles, abri a porta e saí.

Errei ao julgar Hillary quando estava prestes a conhecê-la. Ela era uma boa pessoa e estava me ajudando sempre que podia. Não era como as outras.

Dei partida no carro e comecei a dirigir. Dois quarteirões depois, me dei conta — *que incrível, Ariane!* — que não sabia onde Miles morava. Não sei o motivo, mas, de repente, perguntar à Miles seu endereço pareceu idiotice, então liguei para Callie, que, com certeza, saberia me informar.

— Olha, Ari, eu sei que você tá passando por um momento ruim, mas me ligue depois, não quero falar com ninguém — ela disse com uma voz embargada.

Não respondi. Callie suspirava e assoava o nariz a cada dois segundos — eu contei. Ela havia chorado.

— O que aconteceu? — perguntei.

— Já disse que não quero falar com ninguém! — exclamou.

— Callie White — vociferei —, o que houve?

— Sinto muito por Hayley — ela disse depois de um tempo.

— Você já falou isso ontem — soltei rápido. — O que aconteceu, caramba?

— Não quero falar sobre isso, Ari — choramingou.

— Já tá ficando sem graça! — gritei, reparando em um taxista parado ao meu lado, me encarando, visivelmente assustado.

Revirei os olhos e fechei a janela.

— Eu terminei com o Harry — minha melhor amiga gritou do outro lado da linha.

— O quê? — questionei. — Por quê?

A ligação ficou muda por alguns segundos. Estacionei o carro no meio-fio.

— Não posso falar o motivo... É muito vergonhoso. — Pude visualizar

Callie tampar o rosto com as mãos, como se alguém fosse julgá-la.

— Para de frescura! — falei, encarando minhas unhas curtas — Pode ir contando... Não vou contar pra ninguém mesmo.

— Não estou preocupada se você vai ou não contar para alguém. Daqui a alguns dias todos vão saber — falou baixinho, dessa vez, fungando.

— Então não enrola.

— Harry estava me traindo, Ariane — falou, sua voz fraca.

Puta merda!

— Com quem? — sussurrei, perplexa.

Ela não respondeu.

— Não acredito que esse merdinha pôde fazer isso! — disparei, repetindo a pergunta anterior: — Com quem?

— Com a nossa linda amiguinha, Natallie! — gritou, nervosa. Abri a boca. *Não acredito!* — Aquela filha da... — Afastei o celular.

Não consegui encontrar palavras. Havíamos recolhido as lágrimas de Natallie duas semanas atrás.

— Eu peguei os dois juntos na aula de biologia hoje — começou relutante. — Eu fui questionar, me esforcei muito para não armar briga. Aquela coisa da Natallie teve a cara de pau de dizer que eu era a mais burra de todas já que quase todo mundo já sabia. — Fungou. — Vou adiantando que as próximas notícias podem te chocar um pouco, amada — avisou. — Faz mais de três meses, Ariane!

Eu estava boquiaberta. Três meses?

— Bom — começou, assuando o nariz —, mas não tem problema. Eu sou forte, não sou? Existem outros.

— Isso aí! — encorajei-a. — Existem milhões de pessoas que dariam tudo pra te ter. Você merece coisa muito melhor.

Para mim, o que eu tinha dito era a frase mais clichê de melhor amiga do *Tumblr.*

— Mas eu queria o Harry! — Desatou a soluçar de novo.

— Você não queria nada, não. — Segurei-me para não rir de nervoso. — Vamos parar com essa conversa aí. Você vai ver que está muito melhor sem ele.

— Você tem razão. — Suspirou.

— Eu sempre tenho.

— Ele que viva para sempre com a *the mons* da Natallie! — Callie voltou a gritar. Ela estava com raiva, muita.

— Ótimo — falei. — Agora você tem que me ajudar.

Ela resmungou, dando-me tempo de juntar um nível razoável de coragem para pedir o que precisava.

— O que você quer?

— O endereço de Miles. Não sei onde ele mora.

Silêncio.

— Eu *tô* jogada — foi o que Callie disse.

— Oi?

— Não acredito no que estou ouvindo, Ariane! — continuou. — Você está ficando com Miles Bennet.

Sacudi a cabeça.

— Não, não estou — falei, no automático.

Silêncio.

— Quantos beijos rolaram? — questionou, me provocando.

Hesitei em dizer a verdade, mas cedi.

— Dois. — Fechei os olhos.

— Isso é o dobro de beijos desde que você me contou sobre o primeiro — ponderou, sua voz soando irritante. — Quando foi o segundo?

— No domingo.

— Por quanto tempo eu dormi e porque ninguém me acordou? Minha menininha está crescendo. — Riu. — Que orgulho! Como foi?

— Eu te conto depois, tá bom? — murmurei. — Só me passa a droga do endereço.

Callie gargalhou.

— Tá, mas o que vocês vão fazer hoje? — perguntou, parando de rir. — Sem contar com a *pegação.*

Revirei os olhos.

— Francês.

— Me agradeça por essa ideia depois, amada. — Eu ignorei essa última frase.

Alguns minutos depois, Callie mandou uma mensagem com o endereço.

"New Street. Não sei o número da casa, amada."

"A casa é azul."

"Aproveite!"

19

"Algumas pessoas fazem o mundo especial só por viverem nele."

(Riverdale)

Bati algumas vezes na porta enquanto encarava meus tênis roxos. Ainda usava o vestido preto e a jaqueta rendada de antes.

— Você pediu dez minutos. — Miles abriu a porta, me observando dos pés à cabeça.

— Tive que procurar seu endereço. — Corei.

— Você podia me pedir. — Levantou os braços, rindo.

— Sou uma garota que gosta de desafios — arqueei as sobrancelhas exageradamente, mostrando que estava brincando.

— Que bom que conseguiu, então — falou, abrindo espaço para minha passagem.

Assenti e entrei.

— Não foi difícil — voltei ao assunto, olhando em volta. — Essa é a maior casa azul que eu já vi.

O rosto de Miles se contorceu.

— Minha tia é viciada em azul, não se assuste — pediu. — Se um dia ela for para a reabilitação, essa cor será o motivo.

Ri, sem saber o que significava o "não se assuste", mas precisei apenas de dois passos pela sala de estar para entender.

Por fora, a casa parecia ser muito maior do que era por dentro. Ocupava o espaço de quatro casas normais e era pintada por um azul tão vivo que, até durante a noite, se podia ver. Por dentro, a decoração podia muito bem ser chamada de rústica. Anjos de porcelana ocupavam a maior parte da sala, o sofá era enorme e — *adivinhem!* — azul. Quadros imensos decoravam as paredes azuis, não ornando com o grande lustre de cristal pendurado no teto. Ah! As cortinas também eram azuis.

— Tente pensar que esse gosto por azul não tem nada a ver comigo, Ari — sua voz implorava, fazendo-me gargalhar.

Caminhamos até a enorme cozinha. Era, sem dúvida, uma casa muito grande e exagerada, eu tinha que lembrar. Havia vários enfeites como os anjos da sala e todos os tipos e variações dos tons de azul.

— Você deve ser a Ariane. — Ouvi uma voz doce vindo de trás.

Assenti enquanto me virava para encarar a pessoa que tinha me reconhecido. Ela estava parada atrás do balcão de mármore.

— Meu nome é Esther — falou se aproximando. — Tia do Miles.

Esther me deu um pequeno abraço e um beijo em cada uma das bochechas. Sorri, sem graça. Ela parecia ser uma mulher muito graciosa e não se parecia em nada com Miles. Tinha os cabelos loiros presos em um coque desleixado, usava um vestido solto e, sobre ele, um avental azul-claro, tinha grandes olhos castanhos e pele bronzeada, como se tivesse acabado de voltar da praia.

— Vão estudar, não é? — Piscou ela, confirmando o que Miles deveria ter dito.

— Vamos, eu já disse, tia — falou Miles enquanto abria um dos armários de madeira, procurando por alguma coisa.

— Que matéria? — Esther quis saber, parecia hesitante.

Miles fez uma careta, deixando sem resposta.

— Francês — eu disse, me sentando em um banco alto no balcão de mármore, onde estava Esther.

— Ele vai te ajudar na matéria, amor? — Ela curvou a cabeça, me examinando.

Pelo canto dos olhos vi Miles enterrando o rosto nas mãos, mas não me importei com isso, já que ele voltou a fazer o que estava fazendo antes.

— Na verdade, é ao contrário — eu ri, tentando ser simpática.

— Vai ajudá-lo? — questionou ela, usando uma cara de desdém.

Balancei a cabeça, confirmando. Percebi Miles hesitando quando chegou ao meu lado.

— Que eu saiba, Miles é ótimo em francês, Ariane — explicou Esther. — Acho que perdi alguma coisa.

— Para de ser chata, tia — gargalhou ele. — Ela não é assim, Ari, só quando fica ansiosa para uma viagem. É amanhã, tia, relaxa!

— É verdade. — Esther sorriu, se sentando à minha frente. — Vou para o Marrocos com minhas amigas, Ariane. E eu fico ansiosa demais quando vou viajar de avião, me desculpe por estar parecendo chata.

Arregalei os olhos.

— Não está sendo chata coisa nenhuma, o Miles que tem complexo — forcei uma risada. — Você vai para o Marrocos. Que incrível!

— É mesmo — suspirou, pesadamente —, mas o calor não é.

— Eu imagino que não.

— As matérias mudaram e eu me atrasei um pouco, tia — Miles voltou ao assunto, pegando em meu braço.

Meu corpo estremeceu.

— Vamos?

Assenti sem dizer nada. Deixamos Esther para trás com uma cara carregada em desespero — talvez pensando no calor do Marrocos — e atravessamos a porta dos fundos, indo para o jardim de inverno.

Assim como o restante da casa, o jardim era igualmente *cheio*. O cheiro das flores invadiu minhas narinas, fazendo-me sentir dentro de um sonho. Havia uma trilha de pedras brancas e troncos cortados que atravessava todo o ambiente. Em vez de anões de jardim — como em qualquer outra casa —, eram anjos de porcelana como os da sala de estar. Aquele lugar parecia ter sido decorado exaustivamente e ter levado tempo demais até chegar àquele ponto.

Havia flores de todos os tipos, aromas e cores. Eram lindas. Um dos cantos era um espaço reservado apenas para alguns cactos — uns pequenos, alguns grandes e a maioria deles, minúsculos.

— É tão lindo! — exclamei para Miles, ainda examinando o jardim.

— Eu sei — concordou, rindo. — Eu e minha mãe o fizemos quando eu era menor.

Olhei para ele. Eu conseguia imaginar um Miles pequenininho ajudando sua mãe a plantar as flores.

— É perfeito. — Não havia outra palavra.

— Se bem que os anjos foram colocados pela minha tia. — Revirou os olhos, sentando-se em um balanço de madeira para dois.

Sentei ao seu lado, desviando os olhos para os ramos de peônias em nossa frente. Já estava ficando tarde. Meu pai provavelmente deveria estar preocupado, mas eu torcia para que Hillary o acalmasse, dizendo que — sei lá! — eu dormiria na casa de Callie?!

Nossos braços se tocaram, fazendo-me voltar a realidade. Afastei-me um pouco para conseguir pensar melhor, porque eu já tinha entendido que quanto mais próxima eu ficava de Miles, mais anestesiada eu parecia.

— Então você é ótimo no Francês, Miles Bennet? — Imitei a voz de Esther para ele.

— Em minha defesa — começou ele, fechando os olhos enquanto balançava o banco —, quero dizer que minha tia me ensinou Francês quando eu tinha doze anos, então acho que eu posso perfeitamente ter esquecido algumas coisas.

Fiz uma cara de quem não acreditava naquela história e Miles sorriu para mim. Aquele lindo sorriso que fazia qualquer um desviar o olhar só para vê-lo.

— Que pena que eu não acredito em você.

— Não? — questionou, entretido, aproximando-se. — Eu acho que sou horrível em Francês. Teremos que marcar várias e várias e várias aulas.

Olhei para ele.

— Você sabe que vou querer algo em troca, não sabe? — Tentei parecer séria.

— Por exemplo...? — Havia muitas coisas escondidas atrás daquele sorriso malicioso que Miles havia me lançado.

— Vou pensar. — Ergui as sobrancelhas. — Por enquanto, vamos ver em que nível você está.

Curvei-me para pegar um livro em minha mochila. Abri em qualquer página.

— Vamos tentar uma frase — decidi. Ele assentiu.

— *Que pensez-vous de mon sourire?* — perguntei o que ele achava sobre o meu sorriso.

— Seu sorriso? Até um cego para para ver! — garantiu.

Gargalhei.

— Não tem graça! — Cruzei os braços. — Pensei que você não soubesse *nenhuma* palavra. Não precisa de mim.

— É claro que preciso de você, Ariane. — O tom de sua voz ficou áspero, o que me fez engolir em seco enquanto o encarava.

Seus olhos estavam *dentro* dos meus e seu rosto nunca pareceu tão sério. Pisquei algumas vezes, desviando os olhos. Miles tinha esse efeito sobre mim. Era só ele dizer algo real para que eu ficasse sem chão.

Por hábito — um novo —, segurei meu pingente de coração.

— O que é isso? — Trouxe sua cabeça mais para perto, querendo ver melhor.

Balancei a cabeça.

— Hayley me deu há poucos dias — consegui dizer, revivendo as lembranças de algumas horas atrás em seu velório. Meus olhos arderam.

Miles abaixou os olhos.

— Eu sinto muito por ela, Ari, de verdade — disse, fazendo-me aquiescer. — Queria ter podido conhecê-la.

Dei de ombros. Tinha medo de abrir minha boca e soltar um soluço de choro.

— O que está escrito? — perguntou, olhando novamente para o colar.

Sorri, corando.

— Está escrito que eu tenho um grande coração.

Seu olhar se iluminou quando me fitou.

— Tem tudo a ver com você, Ariane — murmurou.

Respirei fundo.

Miles era a única outra pessoa que sabia sobre a Coronariana e, por mais incrível que parecesse, eu não me importava mais com isso. Eu conseguia, até mesmo, me sentir confortável em saber que ele sabia.

Havia a ideia do transplante que, a cada dia que se passava, ia me corroendo por dentro. Eu só havia contado para Hayley, mas parecia que, agora, ela não poderia me ajudar. Eu *precisava* contar para mais alguém. Pensei em contar a Callie, mas ela estava muito abalada por causa de Harry e Natallie.

Miles seria minha única escolha. E, talvez, não fosse uma má ideia.

— Posso te contar uma coisa? — Minha voz tremia e senti minhas bochechas queimarem de vergonha.

Ele anuiu com a cabeça, olhando-me com ainda mais atenção.

— Só a minha prima sabia sobre isso, mas agora ela... — Engoli em seco, juntando coragem. — Miles, você é uma das poucas pessoas que sabem sobre a minha doença. Já me viu até tendo as crises. — Soltei uma risada nervosa. Porque era tão difícil falar para uma pessoa que eu estava morrendo? Continuei de olhos fechados, com medo de ver sua reação: — Meu médico me disse que eu tenho dois meses. Porque meu coração está muito fraco e eu só vou sobreviver se passar por um transplante.

Vi os olhos de Miles brilharem e se apagarem repentinamente. Ele não sabia o que falar e, talvez, fosse melhor assim.

— A Hayley foi atropelada, e a ambulância a levou para o mesmo hospital onde meu médico estava de plantão — despejei, sentindo as lágrimas e me esforçando para que elas não escapassem. — Por um minuto, pensei que pudesse trocar de coração com ela. Não éramos compatíveis.

Miles abriu a boca e em seguida, fechou. Era como se ele não quisesse dizer o que precisava.

Voltei meus olhos para as peônias, sentindo meu coração cambalear dentro do meu peito. Talvez eu tivesse me precipitado em despejar toda aquela informação em cima dele. Ele não era obrigado a entender todo aquele drama e, muito menos, me compreender quando eu quis usar o coração da minha própria prima. Era tão errado assim?

Senti os olhos dele sobre mim, mas não me atrevi a fitá-lo. Quando Miles percebeu que eu não cederia, me abraçou. Minha cabeça ficou sobre seu peito e seus braços cobriram quase todo o meu tronco. Eu conseguia ouvir as batidas descompassadas do seu coração, mas em algum momento, meus soluços me atrapalharam.

Aquele abraço fez eu me sentir *segura*. Sempre, quando Miles me tocava, era como se nada pudesse me ferir. Porque ele estava ali, comigo.

— Precisamos fazer alguma coisa — sussurrou em meus ouvidos.

Remexi-me, mas não me desenrolei de seus braços. Ele continuava ali.

— Não há o que fazer — soltei, sem forças.

— Vamos encontrar algo — assegurou, passando uma das mãos em meus cabelos.

Depois de alguns minutos, me levantei. Encontrei seus olhos e sorri. Miles queria me ajudar e, dessa vez, eu não seria egoísta. Eu o deixaria me ajudar.

— Como o quê? — perguntei, esperançosa.

— Seu pai sabe? — indagou.

Neguei.

— Callie?

Neguei.

— Alguém? — Ele ergueu os braços, seus olhos se arregalando.

— Só você — cedi. — Hayley sabia, mas...

— Entendi — falou rápido, poupando minhas lágrimas. Elas pareciam não ter fim quando o assunto era a minha prima.

Era como eu tinha dito. Não havia o que fazer.

Meu nome estava na lista de transplantes, mas isso não queria dizer que eu conseguiria.

— E sua mãe? — Miles perguntou, de repente.

Não respondi. Minha mente se encheu de imagens aleatórias de minha mãe. Quase ninguém me lembrava dela.

— E-Eu não se sei é uma... — gaguejei

— Você me disse que ela foi embora para Los Angeles, morar com o Fred-sem-sobrenome — ele lembrou.

— É verdade, mas... — comecei, impressionada por ele ter se lembrado do Fred-sem-sobrenome.

— Ariane — chamou, fitando-me com os olhos perdidos —, o problema é que você pensa muito. Você tem pouco tempo, não pode se dar ao luxo de *pensar.*

Anuí com a cabeça.

Talvez pudesse dar certo. Talvez *desse* certo. Mas o que eu falaria quando chegasse em sua casa? *"Oi, mãe, lembra de mim? A filha que você abandonou. Então, eu tô morrendo e meio que eu preciso de um coração novo. Será que tem como você me arranjar um?"*

Não.

Com certeza, não.

— Não sei se é uma boa ideia, Miles — insisti, suspirando. — Além do mais, o que eu faria se conseguisse ir até lá?

— Talvez ela saiba como te ajudar — disse esperançoso. — Porque você está com medo de contar para o seu pai e você precisa de um dos seus pais para te dar apoio, Ari.

Eu só conseguia pensar no "talvez" que eu tinha.

Talvez fosse uma boa ideia. Talvez ela soubesse como me ajudar. Ou, *talvez,* eu devesse ir apenas para me despedir.

Não. Não daria certo.

Não se eu estivesse sozinha.

— Podemos voltar ao Francês? — perguntei, envergonhada.

— Claro — ele disse sem hesitar.

Senti-me melhor só de não ter que falar sobre meus problemas. Eu esperava que voltássemos a falar sobre outras coisas, então voltaríamos às risadas de antes.

— Só quero que você saiba que, se precisar de qualquer coisa... — Miles voltou a falar, ignorando meu pedido. — E quando digo qualquer coisa, quero dizer qualquer coisa mesmo, pode contar comigo.

Lancei um sorriso sincero. Eu sentia que podia confiar em Miles.

Ele colocou seu braço na lateral do banco, deixando um espaço enorme entre nós. Quis preencher aquele vazio desesperadamente. Esquivei-me no banco. Miles me olhou com curiosidade, contornando meu corpo com seus braços, voltando a me abraçar.

Fechei os olhos, apoiando minha cabeça em seus ombros. Não consegui sentir mais nada. Estava anestesiada. Não sentia nada que fosse ruim ou triste. Nem tristeza, nem dor, nem vazio.

Apenas senti o mundo girar devagar.

Acordei com a luz do sol batendo em minhas pálpebras tão forte quanto estava em meu sonho. Franzi o cenho, tentando raciocinar onde estava.

Olhei para o lado e vi peônias. Olhei para o outro lado e vi Miles, seus olhos fechados e sua boca semiaberta.

Peônias. Miles.

Eu caíra no sono na noite anterior e dormira na casa de Miles. Ou melhor, dormira no *jardim* de inverno. Tentei me levantar, mas os braços de Miles ainda estavam em torno de meus ombros.

Suspirei.

Eu precisava ligar para Callie e avisar que ela e sua mãe teriam que me acobertar, caso meu pai ligasse para elas — o que era pouco provável.

Miles abriu um dos olhos e sorriu enquanto bocejava. Saltei do banco num pulo rápido, como se eu tivesse me assustado ou, no mínimo, levado um choque.

— Meu Deus! — dei um grito fraco, tentando não fazer barulho.

Miles me olhou confuso e, então, cerrou os olhos, percebendo minha reação e o porquê dela. Ele olhou para o meu cabelo e riu. Lembrei que, talvez, eu estivesse com o cabelo em estado crítico, então levantei as mãos e o prendi com um nó.

— O que sua tia vai pensar quando descobrir que eu dormi aqui? — perguntei, boquiaberta. — Por que eu dormi aqui, Miles?

A pergunta foi mais direcionada a mim do que a ele. Era culpa minha. Não devia ter me deixado levar pelos braços dele em meu corpo ou pelo seu cheiro.

Merda!

— Caímos no sono, eu acho — ele riu, ainda sentado no balanço de madeira.

Minha cara estava denunciando meu estado de espírito. Eu nem conhecia direito a mulher e já dormia no jardim de inverno dela? Isso não era normal.

Precisava sair logo dali e ir para a casa de Callie. A mãe de Callie, com certeza me acobertaria se eu pedisse. Precisava sair logo dali. Peguei meu celular e vi as horas. Eram 6h17 da manhã. Eu não costumava acordar àquela hora, mas o sol devia ter me despertado.

— Tá, eu preciso ir — falei, colocando meu celular no bolso e pegando a mochila que eu havia levado com os livros que não usamos.

Miles deu de ombros, como se ainda não tivesse entendido o que estava acontecendo. Ele se levantou do banco e começou a caminhar comigo pelo caminho de pedras e troncos que levava até a cozinha. Ao abrir a porta, Miles deu um passo para trás e a fechou com cuidado.

— O que foi? — sussurrei.

— Minha tia já tá na cozinha — falou, cerrando os punhos, porém, se segurando para não rir. — Para que ela acorda tão cedo no sábado?

— E agora? — Fechei os olhos, querendo me dar um tapa na cara.

Ele acenou com a cabeça sinalizando para que eu o seguisse. Demos a volta no jardim e chegamos perto de uma cerca de madeira branca, que ficava perto dos cactos. Tinha mais ou menos a metade da minha altura.

— Pronto. — Abriu os braços.

Fechei a cara.

— Você quer que eu pule? — perguntei com os olhos arregalados.

Ele aquiesceu, rindo baixo para que Esther não pudesse ouvir.

— É como uma saída de emergência — continuou rindo.

— Você sabe que eu não tenho coordenação pra esse tipo de coisa — reclamei, colocando minha mochila nas costas.

— Eu te ajudo. — Piscou.

Alerta de ironia! Achei incrível como Miles estava levando toda aquela situação. *Alerta de ironia!*

Ele posicionou suas mãos em minha cintura e precisei me controlar porque meu corpo todo se arrepiou, como sempre acontecia quando ele me tocava. Antes que eu percebesse, Miles me levantou, me assustando. Apoiei um dos pés em uma das tábuas de madeira branca e me equilibrei, pulando para o outro lado.

Eu já estava na calçada, tentando lembrar onde eu havia estacionado o carro, quando ele me puxou sobre a cerca, encontrei seus olhos cravados em mim e sorri.

— Você vai voltar? — falou Miles fitando dentro dos meus olhos com ar malicioso. — Voltar para me ajudar no Francês, quero dizer.

Olhei para suas mãos agarradas em meus braços e sorri.

— Não. Você é ótimo no Francês.

Miles riu, sem se conter.

— Talvez a gente encontre outra coisa para fazer. — Piscou, criando uma confusão dentro do meu peito.

20

"Se eu matar alguém, ela é a pessoa para quem eu ligo para me ajudar a arrastar o corpo pela sala. Ela é a minha pessoa."

(Grey's Anatomy)

— Você gosta dele? — Callie perguntou de imediato quando abriu a porta e se deparou comigo.

— Não — respondi sem hesitar.

Minha amiga curvou a cabeça, me julgando internamente.

— Olha ele ali. — Ela apontou, arregalando os grandes olhos pretos e apontando para algo além de mim.

— Onde? — perguntei, ansiosa enquanto me virava para a rua, a fim de ver se realmente Miles estava ali.

Ele não estava. Só havia alguns carros na rua naquela manhã. Senti um desapontamento estranho crescer dentro de mim.

— Você gosta dele! — exclamou Callie com um sorriso no rosto. — Isso é maravilhoso!

Revirei os olhos e passei pela porta da casa dela. Pelo visto, a mãe dela ainda não tinha acordado. Não achei nada estranho, afinal, eram 7h40 da manhã e normalmente ela só ficava disposta depois das duas da tarde.

— E como foi a noite? — perguntou Callie, com aquele sorriso de "eu sei de tudo", quando entramos em seu quarto.

Hesitei em responder.

— Meu Deus! Não me diga que... — Callie começou, os olhos brilhantes.

— Callie! — gritei, já sabendo por onde os seus pensamentos vagavam.

— Como foi? — questionou ela, cruzando os braços.

— Eu ia voltar para casa, mas, sem querer, Miles e eu caímos no sono — respondi.

— Vou fingir que acredito, assim como acreditei na parte de "estudar". — Fez sinal de aspas com os dedos e continuou: — Pensei que seria mais interessante.

Deitei na cama e olhei para o criado-mudo, que combinava com a decoração rosa do quarto dela e vi um pedaço de papel meio amassado. Desamassei-o e vi um pequeno lembrete que Callie escrevera para ela mesma com sua letra desleixada.

Querido coração, há outros garotos no mundo.

Com amor, Callie.

Pelo menos ela estava seguindo em frente, pensei.

— Você já... — comecei.

— Eu ainda não vi os dois juntos — interrompeu, adivinhando minha pergunta enquanto se deitava na cama ao meu lado. — Não sei como vai ser quando isso acontecer.

Assenti.

Ela respirou fundo e gargalhou.

— Peter Harrison me chamou para sair!

— E você vai? — perguntei, hesitante. — Você acabou de terminar um relacionamento e já vai sair com outro cara?

— Vou — ela riu. — Tenho que seguir em frente e, graças a Deus, Peter é um *gato*!

Eu ainda não acreditava em como Harry havia conseguido ser tão idiota a ponto de trair Callie, que era tão linda, engraçada, inteligente...

Ele precisava sentir o que havia perdido.

— Temos que planejar uma vingança! — Soltei um suspiro, meio rindo, meio querendo dormir.

— Quem é você? — berrou, rindo. — A Ariane que conheço jamais falaria algo assim.

— Estamos passando por um caso extremo — concluí. — Vamos nos vingar!

Callie adorou a ideia, claro.

Mas *como* nos vingaríamos? Fomos procurar no *Google*. Callie digitou "*O que fazer quando o seu* boy *te trai com a loira oxigenada da escola?*".

— Você não espera encontrar alguma coisa com isso, não é? — Olhei para a minha amiga, esforçando-me para não gargalhar.

— O *Google* é muito diversificado, amada — disse, apontando para um link de um *blog* com o tema: *1001 Formas de se vingar de um ex-namorado babaca.*

— Eu ia adorar raspar a sobrancelha dele! — Callie gargalhou.

— Isso é muita crueldade!

Callie fez uma cara de "você quem me deu a ideia e agora está dando para trás?"

— Mas esse é um caso particular. E ele merece — apressei-me em dizer.

Rimos enquanto procurávamos mais formas de nos vingarmos.

Tudo bem, estávamos levando aquilo muito a sério, talvez devêssemos maneirar um pouco, mas, qual é? Harry tinha sido muito babaca, ele merecia um pouquinho de crueldade.

Fizemos uma lista das melhores vinganças e saímos de casa. Entramos no meu carro e partimos em direção à casa de Harry.

Estava quase na hora do almoço e Callie me *garantiu* que naquele horário a única pessoa que estaria em casa seria Harry, porque seus pais iam à igreja pela manhã de domingo e ficavam fora até tarde. Estacionei o carro quatro casas de distância da casa dele e andamos até lá.

Callie segurava a lista nas mãos, carregando uma mochila, onde guardava tudo o que usaríamos para a vingança.

— Por onde vou começar? — Callie se perguntava em voz alta, com *aquele* sorriso nos lábios.

A casa de Harry era uma típica casa nova-iorquina. Era branca, bem espaçosa e havia um jardim com pequenas flores delicadas na frente da casa com uma cerca branca em volta, o que me fez lembrar a noite com Miles.

O carro de Harry estava mal estacionado na frente da casa, o que indicava que ele realmente estava lá. Callie abriu a bolsa e tirou um pequeno canivete. Arregalei os olhos.

— O que você vai fazer? — sussurrei, alarmada.

— Harry adora esse carro — riu, entretida com o canivete.

Atravessamos a rua e nos escondemos em um dos arbustos. Eu não conseguia parar de rir. Callie me mandou ficar quieta, mas não teve como. Era dia, então estranhei que a rua estivesse tão pouco movimentada como estava. Callie andou, agachada, perto do conversível vermelho e *enfiou*, sem dó alguma, o canivete em um dos pneus do carro.

— Callie! — Sussurrei, abismada. — Você é louca!

Ela me ignorou, continuando a golpear todos os pneus do carro. Eu conseguia ouvi-los murchando enquanto Callie atacava mais um deles. Ela levantou e suspirou aliviada.

Deixou a ponta do canivete um pouco menor e passou por toda a lateral do carro quatro vezes, riscando a lataria. Depois escreveu em grandes letras: PENSE DUAS VEZES DA PRÓXIMA VEZ!

— Não acredito que você fez isso! — exclamei. — Ele pode te denunciar.

— Só se ele não tiver medo de perder uma das sobrancelhas.

Vendo Callie sair correndo em direção à porta da frente da casa de Harry, me dei conta de que mostrar aquele *blog* não tinha sido uma boa ideia. Apressei-me para chegar até ela.

— Vamos embora, você já riscou o carro dele, Callie — pedi, relutante.

— Ah, não! — rebateu. — Preciso esclarecer algumas coisas para que ele nunca mais faça isso com ninguém.

Assenti, insegura do que Callie poderia fazer a seguir.

— Toque a campainha quando eu mandar e faça o que combinamos.

Suspirei, lembrando-me do combinado. Aquilo ia dar muito errado.

Abaixamo-nos, espiando pela janela. Encontramos Harry na sala de estar. Ele estava assistindo a algo na TV enquanto comia alguma coisa estranha e bebia refrigerante. A casa de Harry só tinha um andar, o que facilitava as coisas para Callie.

Toquei a campainha quando ela estava posicionada no local certo e esperei. Pela janela, vi Harry se espreguiçar no sofá e se levantar devagar. Ouvi a tranca sendo aberta. Respirei fundo e arrumei os cabelos.

— Ariane? — ele perguntou, estranhando minha visita quando abriu a porta.

— Eu mesma — disse com um sorriso no rosto, parecendo muito mais animada do que de costume.

— O que faz aqui? — Cerrou os olhos, coçando a cabeça.

Fiz um sinal de "vai" com as mãos para Callie e ela deu a volta na casa de Harry para continuar com o plano.

— Eu vim te pedir um conselho — falei, abaixando a cabeça, em minha melhor atuação da Broadway.

— Um conselho? — Estranhou, curvando a boca. — Sobre o quê?

Limpei a garganta.

— Bom, estão todos falando que eu definitivamente preciso de um namorado... — comecei a falar e gesticular a história que Callie tinha inventado. — E eu queria saber se você poderia me ajudar...

— Foi mal, Ari, mas já tenho namorada! — ele disse, sem graça.

Esforcei-me para não revirar os olhos.

— Eu sei, gênio — falei com ironia, mas com um sorriso no rosto para tentar disfarçar. — O que estou querendo dizer é que... Bom, você é um menino e sabe do que eles gostam, você poderia me dizer o que eu posso mudar para eles gostarem de mim.

Eu tinha ânsia de vomito só de pensar no que Harry estava imaginando. Não acreditava que tinha dito aquilo. Agora ele pensaria que eu era uma garota mal-amada e que nenhum garoto me achava bonita. *Argh!*

Harry gargalhou.

— Ah, sim — começou. — Eu posso te ajudar. Você quer entrar?

— Não! Você pode me falar aqui mesmo. Tenho que voltar pra casa logo.

— Tudo bem — respondeu, dando de ombros, sem se importar.

No fundo da sala havia uma grande janela. Vi Callie, literalmente, *pular* e entrar na casa dele. Segurei uma risada. Callie andou na ponta dos pés, para não fazer barulho, até o sofá onde Harry estava, tirou do bolso um saquinho com um pozinho branco e despejou-o no copo com o refrigerante.

Ai, meu Deus. O que era aquilo?

— Deixar o cabelo crescer seria uma boa, Ari, eles são muito curtos. Ah, claro, você poderia emagrecer uns quilinhos — continuou Harry.

Olhei para ele, indignada. Ele havia me chamado de gorda?

— Você também poderia queimar todas as suas roupas e, talvez, pudesse passar um pouco mais de maquia...

— Tudo bem, Harry, entendi — falei, quando vi Callie pular a janela para sair da casa. — Obrigada pela ajuda, vou tentar melhorar.

— Valeu — ele riu. — Vão cair em cima de você, pode apostar.

Olhei para ele, tentando disfarçar meu desprezo e continuei a andar em direção ao meu carro. Entrei no carro e trinta segundos depois Callie sentou ao meu lado, gargalhando.

— Você vai drogar o menino? — gritei.

Callie explodiu.

— Não, amada! — falou, rindo. — Eu coloquei laxante no refrigerante.

— Não acredito! — gritei novamente, sem me conter. — Tudo bem, mas você colocou a carta de declaração na cama dos pais dele?

— Quando o senhor e a senhora Willians voltarem da igreja, vão saber oficialmente que o filho deles saiu do armário — disse, gargalhando enquanto eu dava partida no carro.

Antes de sair de casa, Callie e eu imprimimos uma carta em que Harry se assumia gay para seus pais. Eu disse a Callie que aquilo era muita maldade, já que os pais de Harry eram *mega* conservadores, mas ela insistiu.

— E agora? — perguntei.

— Vamos pra escola — respondeu, colocando os pés sobre o painel do carro.

— Hoje é sábado. Está fechada — suspirei, sendo óbvia.

— Daremos um jeito.

Respirei fundo. Achei melhor não discutir. Dirigi até a escola e, quando chegamos, Callie disparou para fora do carro, correndo para as portas laterais, que só os faxineiros e funcionários utilizavam.

— Você vai arrombar, não vai? — perguntei insegura.

— Não. — Callie soltou uma risada. — Eles nunca trancam essas portas. O zelador Phillip sempre diz que não é preciso. Mas a verdade é que ele sempre esquece.

Callie empurrou a porta e, como num passe de mágica, ela se abriu. Entramos na escola e caminhamos até os corredores.

Era muito estranho estar na escola em um dia que não havia aula. Não havia barulho, nem passos, gritos ou conversas, só eu e Callie correndo em direção ao armário de Harry.

Encontramos o armário dele e começamos a decorá-lo com fitas coloridas, plumas rosas e muito — mas muito mesmo — *glitter.*

— Se Harry descobrir que fomos nós... — soltei num suspiro.

Callie me olhou com indiferença e gargalhou baixo para que o zelador Phillip não ouvisse ou desconfiasse de nada.

— Eles não vão descobrir que fomos nós, querida — garantiu ela. — E se, por um acaso, ele descobrir, não fará nada, a menos que queira que eu queime seu precioso conversível.

Sinceramente, eu esperava nunca decepcionar Callie... Ela provavelmente rasparia meus cabelos.

— Você deveria ter me avisado que passaria a noite com Callie! — exclamou meu pai, no exato momento em que entrei pela porta.

— Eu esqueci, me desculpe! — Tentei soar calma para não parecer tão mentirosa quanto eu realmente era.

— Tudo bem — ele disse, virando-se para encarar o *iPad.*

Não falei mais nada. Meu pai estava sofrendo muito por Hayley e eu sabia que àquela hora não era uma das melhores para conversar sobre... Um coração novo, um futuro processo por vandalismo ou passar a noite na casa de Miles. Não era o momento, talvez *nunca* fosse mais apropriado.

Entrei no meu quarto e me joguei na cama. Quando Hayley morreu, por um momento, senti esperança. Sei que em outras mentes aquilo poderia soar egoísta e até maldoso, mas em minha cabeça fazia tanto sentido.

Ela havia dito que, se *pudesse,* me ajudaria. Se pudesse, daria seu coração para mim. Ela estava viva, não podia me doar o coração. Mas, então, de uma hora para outra, ela se foi e tudo o que ela havia dito começou a se juntar em minha mente e trabalhar para fazer sentindo. Ela conseguiria me *salvar.*

Mas Hayley não era compatível.

As lágrimas vieram, no entanto não deixei que escapassem.

Naquele momento me imaginei, como se conseguisse me ver por fora, sob outra perspectiva. Eu era uma garota comum de dezessete anos que chorava a cada cinco minutos. Eu não queria ser aquela menina que ultimamente tinha sido. Desde pequena meu sonho era fazer tudo diferente e marcar presença onde quer que eu fosse. Mas, imaginando aquilo, eu não estava marcando presença alguma.

Eu não ia continuar naquela tristeza sem fim, na verdade, não podia continuar. Eu lutaria. Lutaria por um coração compatível e sairia daquele problema.

Aquele era apenas mais um obstáculo que eu precisaria enfrentar em meio a tantos outros.

Acho que quando nascemos, cada pessoa já tem seu futuro predestinado por outro alguém, talvez Deus. Cada pessoa já nasce com seu destino. Mas todo caminho tem uma consequência, boa ou ruim. E não importa qual é essa consequência, o que importa é que o nosso destino não pode ser adiado por causa de um simples contratempo, não pode ser adiado por causa de alguns meros problemas. E eu não deixaria um simples contratempo adiar o grande e maravilhoso destino que eu havia me esforçado muito para, um dia, finalmente tê-lo. Eu conseguiria vencer todos os meus problemas. Conseguiria passar por todos os contratempos e, no final, ficaria bem.

Com esse pensamento, minha mente ficou leve e toda aquela tristeza, que eu pensara que fosse sem fim, sumiu. Senti-me bem por isso. Porque de dor e sofrimento o mundo já está cheio.

E eu conseguiria. Conseguiria fazer aquilo. Não importava o que pensariam de mim. E então, em um repentino pensamento, aceitei a proposta feita por Miles.

21

"Eu não me arrependo das coisas que fiz. Só das coisas que quis fazer e nunca fiz."

(The New Normal)

Sentei-me em um dos bancos do corredor da escola para esperar por Callie. Seria difícil ver Harry e Natallie juntos e pensei que, se eu estivesse com ela, pudesse ser mais fácil.

Eu sabia que quando eles chegassem não estariam tão bem quanto precisariam por causa das vinganças maldosas que Callie e eu armamos, mas, mesmo assim, seria muito difícil para minha melhor amiga, eu imaginava.

Vi os longos cabelos loiros de Callie logo que ela apareceu no corredor. Ela estava linda, com os cabelos em perfeita ordem e com o rosto tilintando alegria. Callie segurava a mão de Peter, que tinha o dobro do nosso tamanho.

— Oi, amada! — ela gritou no meio do corredor, acenando com a mão livre.

Demorei a responder.

— Oi — falei, sorrindo por ela estar tão feliz, porém, confusa.

Imaginei que ela ficaria arrasada quando visse, pela primeira vez, Harry e Natallie. Mesmo com as vinganças, ela ainda poderia sofrer, não é?

— Você conhece Peter, não conhece? — indagou, nos apresentando.

— Fazemos Inglês juntos — disse, assentindo e sorrindo.

Ele sorriu, tímido. Callie se aproximou e sussurrou em meu ouvido:

— Planejei a última vingança sozinha.

— Ah, meu Deus. O que você fez? — disparei.

Não havíamos combinado nada.

— Nada de mais — garantiu, sorrindo.

Não consegui acreditar naquilo. Callie era cruel quando queria. Por isso, eu precisava ficar com ela. Para colocar um pouco de juízo naquela cabecinha loira.

— Vamos, Peter, senão nos atrasaremos para a aula — Callie suspirou entediada enquanto puxava Peter. — Você vem, amada?

— Estou esperando por Miles. Preciso falar com ele — avisei, hesitante.

Callie me olhou com o olhar de sempre.

— Arrasa, amiga!

Neguei com a cabeça, mas, pela sua expressão, ela não acreditou. Puxou Peter pela manga de novo e me deixou o último sorriso malicioso.

Voltei para o banco, esperando por Miles. Eu havia enviado uma mensagem, dizendo para ele me encontrar ali. Abri o livro que estava lendo recentemente e tentei me concentrar na leitura.

— Ariane Sparks — Miles me cumprimentou, sentando-se ao meu lado no banco, fazendo-me lembrar da nossa última noite juntos.

— A gente já passou dessa fase — retruquei.

— Que fase? — ele perguntou com aquele meio sorriso perfeito.

— A dos sobrenomes — expliquei, rindo.

— O que você queria falar comigo? — perguntou, ignorando meu comentário.

Meu coração notou sobre o que falávamos e se acelerou.

Decidi ser direta.

— Preciso que você me leve até Los Angeles — falei rápido para não me arrepender.

Miles arregalou os olhos. A cara que ele expressava era diferente para mim, eu nunca a tinha visto. Arrependi-me na hora e estava pronta para falar que havia mudado de ideia.

Não se pode chegar a alguém do nada e pedir uma carona para o outro lado do país, ou pode?

Não. Não pode.

Se controla, Ariane.

— Eu sempre quis ir para Los Angeles! — exclamou, animado.

Limpei a garganta. Então, engoli em seco.

Meu Deus. Quem era o mais imprudente ali?

— Isso é um sim? — perguntei, insegura.

— Com certeza! — Sorriu. — Quando vamos?

— Amanhã pela manhã.

Miles voltou a arregalar os olhos, mordendo o lábio inferior, pensativo.

— Mas amanhã tenho que entregar o trabalho de Literatura... — começou.

Olhei para os meus tênis para ele não perceber minha decepção.

— Você ainda pode desistir — murmurei, esforçando-me muito para não mostrar minha real reação.

— Estou brincando, Ari. Que se dane o trabalho de Literatura! — Gargalhou enquanto se levantava. — Estarei na sua port... Estarei em sua janela às seis, amanhã

— Acho que seria melhor você... — comecei, mas fui interrompida por gritos e risadas vindos do corredor ao lado.

Miles e eu nos entreolhamos e nos apressamos para ver o que estava acontecendo. Deparei-me com um amontoado de pessoas em volta de algo.

Estreitei os olhos e percebi que o centro da roda eram Harry, Natallie e um... *stripper*?

Cheguei mais perto para ouvir o que estavam falando.

— Você só pode ter se enganado, cara — disse Harry para o homem musculoso, de cueca e gravata borboleta.

— Não, não — negou o homem. — Contrataram meus serviços e disseram que eu deveria vir aqui e procurar por um tal de Harry Willians.

— Harry, eu não acredito que... — Natallie começou a gritar.

— Juro que não contratei nenhum *stripper*, Natallie — retrucou, exasperado.

— Contratou, sim — falou o homem.

Harry negou com a cabeça. Dava para ver em seus olhos a vergonha, que combinava com o tom arroxeado de suas bochechas.

Callie tinha ido muito longe. Talvez não tanto assim. Harry merecia.

— Se vocês não vão precisar de mim, acho que já vou indo — começou o homem. — Mas preciso do meu pagamento.

— Que pagamento? — questionou Harry, assustado.

— O combinado.

Harry, indignado, pegou sua carteira no bolso de trás e tirou algumas notas.

— Acho que vamos perder o baile — sussurrou Miles em meu ouvido.

Olhei para ele, pensando no que dizer.

— Bem quando consegui te convidar. — Seus lábios curvaram-se para cima.

— Eu ainda estarei lá. — Dei de ombros, escondendo meu rosto vermelho.

— Só estou falando que você foi longe demais dessa vez — eu me expliquei pela milésima vez.

— Depois de tudo o que ele fez comigo, você não acha que ele merece pelo menos um pouco de humilhação? — Callie retrucou, gritando tão alto que tive que afastar o celular.

— Eu sei que ele merece, Callie, mas o que estou dizendo é que...

— Tudo bem, eu entendi — cedeu. — Eu não vou planejar mais nenhuma vingança. Até porque minha mãe me disse que a senhora Willians contou que Harry ficou com dor de barriga o dia todo ontem e que ficou muito chateado quando descobriu que algum vândalo estragou seu carro. — Minha amiga gargalhou. — Mas, tudo bem, eu te prometo que não vou mais fazer mal algum a ele. Que ele seja feliz com Natallie.

— Mas eu estou querendo dizer... — tentei mais uma vez.

Sem sucesso.

— Eu entendi — ela falou. — Vou seguir em frente. Amanhã vou sair com o novo *boy*, Peter.

— Tudo bem — desisti.

— Preciso desligar, amada — despediu-se Callie. — Acho que minha mãe colocou fogo na cozinha. Você sabe que ela nunca foi muito boa nisso.

Desliguei o celular e coloquei-o em cima da escrivaninha.

Eu ainda não havia arrumado minha mochila para a viagem. Não porque eu fosse desorganizada ou algo do tipo, mas porque pensei que aquele dia nunca fosse chegar. O dia em que, finalmente, reencontraria minha mãe.

Precisava arranjar um motivo. Porque eu não estava indo buscar um coração, estava indo me despedir.

22

"Podemos guardar os sentimentos o tempo que quisermos, mas isso não significa que eles não existam."

(Scream)

Vi Edward, o carro, virar a esquina. Peguei minha mochila e abri a janela. Algumas semanas atrás eu a havia pulado para ir a um parque de diversões, agora estava pulando a mesma janela para sair em uma viagem para o outro lado do país.

Cheguei ao chão com mais facilidade do que da última vez. Miles estacionou na minha frente, na calçada, desceu do carro e me olhou com um sorriso.

— Eu tenho uma leve impressão de que você não contou para o seu pai sobre essa viagem — Miles foi dizendo, apoiando os braços no teto solar do carro.

— Você contou para a sua tia? — provoquei-o, parando em sua frente.

— Ela está se divertindo no Marrocos. — Ele deu de ombros, rindo e entrando no carro.

— E eu deixei um bilhete. — Balancei a cabeça, mostrando para ele que, em termo de responsabilidade, estávamos no mesmo nível.

Miles sorriu de um jeito fofo, mas eu não ia dizer isso para ele, enquanto eu me sentava no banco do passageiro, ele deu a partida e ligou o rádio ao mesmo tempo.

— Você sabe como chegar a Los Angeles? — perguntei, insegura.

— É para isso que servem as placas. — Ele me olhou, tentando parecer sério, mas acabou rindo.

— Dê graças que eu não desinstalei o *Waze* — avisei.

O sol ainda estava nascendo e sua luz refletia em nossos rostos. Miles abriu o teto do carro deixando-o como um conversível e colocou seus óculos de sol. Hesitei ao olhar para ele, fazendo força para não rir.

— Eu sou extremamente atraente, não sou? — perguntou, gabando-se.

— Como é?

— Você não para de me olhar! — ele falou, rindo.

— Ah, isso? — Tentei desviar o assunto. — Só estou pensando.

— Em como seu pai vai ficar quando descobrir que você está atravessando o país com um cara que ele mal conhece?

— Ele te conhece, sim. — Forcei uma risada. — Mas é quase isso.

Antes de sair de casa, desci até a cozinha e deixei um bilhete na mesa.

Precisei fazer isso.

Sinto muito por decepcioná-los, mas é questão de vida ou morte (literalmente).

Se quiserem me procurar, estarei em Los Angeles com minha mãe.

Preciso passar um tempo com ela.

Com amor, Ariane.

A viagem já durava algum tempo e para variar, eu estava morta de fome. Peguei meu celular. Não passava das 10h.

— Vamos combinar que essa viagem está sendo feita para que eu possa viver, mas, sinceramente, acho muito difícil eu chegar viva até Los Angeles. — Miles me olhava com curiosidade, tentando entender o que eu estava querendo dizer. — Estou morrendo de fome, Miles.

— E eu achando que era alguma coisa séria. — Ele riu com meu exagero.

Sorri, sentindo o vento em meu rosto. Apoiei a cabeça no encosto e fechei os olhos para aproveitar o sol da manhã.

— Pare no primeiro restaurante que encontrar. — Abri um dos olhos.

— Restaurante? São dez da manhã, Ariane. — Miles fez questão de dizer.

Levantei a cabeça.

— Dez horas da manhã — repeti. — Hora de comer.

— Mas e o almoço?

— Duas horas depois, outra hora para comer — assegurei, rindo sem estribeiras.

Ele balançou a cabeça, escondendo a risada. Miles dirigiu por mais alguns quilômetros e, finalmente, avistei uma grande placa amarela na ponta da estrada com os dizeres: "O melhor hambúrguer de toda a Pensilvânia." Ele dirigiu em direção à placa e parou o carro no pequeno estacionamento de pedras cinza.

A lanchonete era feita de pedras e, no mesmo momento, quis entrar no carro de novo e procurar outro lugar. Não me parecia que naquele lugar teria o melhor hambúrguer da Pensilvân... *Pensilvânia?* Estávamos viajando apenas há quatro horas e já estávamos na Pensilvânia? Se continuássemos assim, chegaríamos a Los Angeles em um dia, porque, pelas minhas contas, demoraríamos dois dias para chegar.

Meu estômago roncou em minha barriga. Eu estava morrendo de fome. Ignorei o fato de aquele lugar me parecer sujo e estranho e entrei, ao lado de Miles, pela porta de vidro. Miles pediu um hambúrguer normal com batatas fritas e um refrigerante. Pedi o mesmo, mas com um hambúrguer maior. Eu realmente estava com fome.

Quinze minutos depois percebi que, felizmente eu estava enganada. Aquele, sem dúvida, era o melhor hambúrguer que eu já tinha comido na vida. Não era só o melhor hambúrguer da Pensilvânia, era o melhor hambúrguer dos Estados Unidos — já que eu não conhecia o resto do mundo para poder julgá-lo.

Tudo bem, admito ser muito exagerada, mas eu realmente havia amado aquilo e pediria mais dois se não fosse por Miles, que me olhava comer aquele hambúrguer enorme como se nunca tivesse visto mais ninguém comer.

— Tem uma garota aí dentro?

Coloquei o hambúrguer no prato e limpei a boca com o guardanapo.

— Eu já te contei sobre o meu signo? — Curvei a cabeça.

Miles negou com a cabeça.

— Eu sou de Touro. — Levantei as sobrancelhas, orgulhosa.

— E o que isso tem a ver? — quis saber.

Eu ri. Ele não sabia sobre os trejeitos dos signos.

— Taurinos comem — falei. — É o que a gente sabe fazer.

— Nunca desconfiei disso — assegurou, mastigando uma das batatas.

Mordi meu hambúrguer e tomei um gole da minha Coca-Cola.

— Qual é o seu signo? — Olhei para ele, curiosa.

Miles deu de ombros.

— Não acredito nessas coisas. — Ele riu.

— Nem eu. — Comi uma batata. — Mas é divertido. Anda! Qual é o seu signo?

— Eu não sei.

Arregalei. Como alguém não sabia seu próprio signo?

— Quando você nasceu? — perguntei baixinho, dando-me conta de que nós não sabíamos nada um sobre o outro. Alguma coisa se agitou dentro de mim. Como era possível eu saber tão pouco sobre Miles e confiar tanto assim nele? As coisas acontecem sem que nós percebamos.

— Vinte e seis de novembro — contou, bebendo um gole do seu refrigerante.

— Sagitário! — exclamei, rápido demais.

— Nossa! Você sabe de cor. — Miles cerrou os olhos.

Dei risada, me lembrando de todos os horóscopos que Callie havia me forçado a ler. *Ela* era a louca dos signos em nossa amizade.

— Sagitário é legal, mas Touro é bem melhor, Miles, não se anima muito — fui falando, pegando mais uma batata — Vocês são *super* aventureiros, gostam de viajar...

— Não é à toa que estou aqui, não é? — Piscou, curvando-se para frente.

Era verdade. Miles nem mesmo hesitou quando concordou em me levar até Los Angeles. A Califórnia ficava *muito* — muito mesmo, não é exagero — longe de Nova York. Era do outro lado do país, caramba!

— E, falando nisso... — Desacelerei, fitando-o nos olhos. — ... obrigada.

Ele não respondeu.

— Por estar fazendo isso. Não conheço mais ninguém que faria o que você faz por mim — continuei, engolindo em seco. — Atravessar o país leva quase dois dias.

Miles abriu a boca e depois fechou.

— São dois dias com você, Ariane. — Sua resposta era tão incrível quanto o fato de ele me levar até Los Angeles.

Abaixei a cabeça, sentindo um sorriso se formar em meu rosto. Por que, quando eu estava com ele, minhas bochechas ardiam? E, acima de tudo, por que meu coração chegava a *parar*?

Demoramos um pouco até terminar de comer tudo e, então, pedimos a conta. Antes de sair de casa, abri minha caixinha roxa que ficava atrás dos meus livros e peguei todas as minhas economias. Não era nada mais do que duzentos e setenta e três dólares, mas já era alguma coisa. Pagamos a conta e fomos para o carro.

A estrada estava muito mal movimentada, o que nos adiantou um pouco. Miles ligou o rádio e uma música calma começou a tocar. Olhei no relógio e sorri, animada. Ainda eram 11h30.

23

"Olha, eu acordo todo dia e me sinto bem, mas acho que está faltando algo."

(Skins)

As rodovias eram adornadas com poucos carros — ao contrário do que eu estava acostumada em Nova York, já que vivíamos envoltos a trânsito. As horas passavam e eu mal percebia que elas haviam ido embora.

Meu pescoço doía por causa da posição constante, então tentei me virar. Agora minhas pernas eram o que me incomodavam. Cruzei uma delas, mas, então, minha coluna se entortou.

— Tá tudo bem aí? — Miles me fitou, tentando entender o que estava acontecendo comigo.

— *Argh!* — gemi, mudando a posição das pernas novamente. — Eu tô desconfortável.

Ele riu, aquiescendo.

— Sei como é — falou, desviando os olhos da estrada somente para pousá-los em minhas pernas enroladas. — Quando eu era menor, viajando com minha mãe, também acontecia isso comigo.

Sentei ereta, irritada, cruzando os braços.

— É culpa do modelo do carro — continuou dizendo —, quando a gente fica acostumado com carros normais, demora até saber viver dentro de um conversível.

— Mas *dói* — eu ri, bufando de propósito.

— Eu sei — concordou, trocando a marcha —, por isso encontrei a posição certa. É só você se virar.

Franzi o cenho. *Como?*

— É literal, Ariane. — Miles riu. — Você precisa inverter a posição. Encostar as costas no painel do carro e as pernas no banco.

— Ah! — gritei, entendendo, mas não sabendo explicar como.

Cruzei as pernas no estilo pernas de índio e girei o corpo, apoiando as costas no painel, assim como Miles havia dito. Deste jeito, eu ficava — quase — frente a frente com ele. Os seus olhos me estudavam, admirando meu trabalho, muito bem feito, por sinal.

Miles manteve os olhos na pista. Tentei mudar a estação de rádio, mas quase nenhuma delas tinha sinal. Bufei, entediada.

— Ainda está desconfortável? — Miles me encarou novamente.

— Não — falei, mostrando a língua (não sei por que). — Só estou... Entediada.

Ele riu.

— Viagens são chatas. — Deu de ombros, os olhos sobre mim.

Curvei a cabeça, aproximando-me dele, examinando-o com mais atenção. Miles tinha pouquíssimas sardas, eram quase imperceptíveis de tão claras.

— O que foi? — questionou, alternando entre a estrada e eu.

— Nada. — Ri, pegando seus óculos de sol, colocando-os sobre meus olhos.

Girei para me olhar no espelho retrovisor. Eram maiores que os meus, mas eu os havia esquecido.

— Ficam melhores em você — apontou Miles, esquecendo-se da estrada, olhando-me fixamente, os lábios separados.

Limpei a garganta.

— São meus agora — Pisquei, gargalhando.

— Pode ficar — disse. — Sabe onde estamos?

Neguei com a cabeça.

— Eu também não sei, é melhor você conferir o Waze. — Riu, fazendo-me arregalar os olhos.

Debrucei sobre o banco, buscando pelo meu celular. Eram 12h50. Abri o aplicativo e precisei de alguns segundos até me encontrar.

— Quase em Ohio — falei, os olhos ainda fixos. — Que péssimo motorista é você, Miles!

— Você tá reclamando? — questionou, usando seu tom de provocação.

— É claro que... — comecei, mas parei, notando uma movimentação mais para frente na estrada. — Ah, meu Deus, Miles!

— O quê?

— É uma lojinha de Souvenirs! — Estiquei o braço, apontando para o ponto à nossa frente. — Vamos parar!

— É sério?

— Claro! — exclamei, entretida — Por favor, eu adoro essas lojinhas.

Miles revirou os olhos, rindo internamente, eu percebi. Dirigimos por alguns metros e estacionamos Edward em uma das vagas pintadas no chão.

Por fora, a lojinha era rosa, decorada com janelas roxas e amarelas. A porta principal era azul, o que fez me lembrar da tia de Miles e sua paixão por coisas azuis. Havia uma enorme placa fluorescente em forma de uma seta giganta, apontando o local. Qualquer coisa por cinco dólares, estava escrito na fachada.

— Cinco dólares, Miles, cinco dólares! — gritei, saindo do carro.

Pisei nas pedras acinzentadas do chão, caminhando rápido até Miles, que ainda nem tinha saído de Edward.

— Vamos logo, são cinco dólares! — Apressei, puxando-o.

— Até parece que você vai comprar tudo — reclamou, levantando-se.

Revirei os olhos.

— Eu gosto de olhar. — Gargalhei, porque Miles sabia que não tínhamos muito dinheiro.

Surpreendi-me quando, ao passar pela porta azul, fomos atingidos pelo ar gélido do ar-condicionado. O chão da loja era coberto por tapetes de diferentes tipos — desde persas até felpudos —, não havia nem mesmo um mísero espaço nas paredes, todas elas eram inteiramente cobertas por quadros — de paisagens, lugares famosos, carros, cantores, como Elvis Presley… Sem contar com as fileiras e fileiras de prateleiras, todas elas cheias de *souvenirs*.

Andei pelos corredores, observando cada um dos objetos. Havia de tudo! Interessei-me pelos gatos de crochê, que eram tão fofos…

— Nossa! — Ouvi um suspiro de Miles.

— O que você encontrou? — Andei até ele, curiosa.

Parado, observando a parede de quadros, Miles estava com os braços cruzados. Ele deu dois passos em direção àquela parede, seus olhos presos em algo que eu não enxergava. Estava tão próximo de um dos quadros que por um segundo jurei ter visto seu nariz esbarrar em uma das molduras.

— O que você está olhando? — eu quis saber.

— É ela… — sussurrou, piscando uma única vez — Ela…

Cheguei mais perto.

— Quem?

— A minha… — Engoliu em seco, afastando-se, finalmente. — É a minha mãe.

Meus olhos se prenderam em Miles. Seu rosto estava contorcido em algo que julguei ser dor ou desconforto. Virei-me para encarar o quadro. Nem precisei que ele apontasse qual deles era. Os olhos verdes de Miles estavam ali, no rosto de sua mãe. Ela tinha cabelos escuros, assim como ele e seus dentes eram perfeitinhos. Ela sorria para a câmera, rindo de algo que não víamos. Parecia feliz.

— É mesmo a sua mãe? — ousei questionar.

Ele balançou a cabeça, meio rindo, meio confuso.

— Mais jovem do que eu me lembro, mas, sim.

— O que a foto dela está fazendo aqui? — perguntei.

Deu de ombros.

— É o que vou descobrir. — Miles arrancou o quadro da parede com força e caminhou com passos pesados até o caixa.

Corri para alcançá-lo. Para quem ele perguntaria uma coisa dessas?

— Você pode me dizer por que estão vendendo essa foto por cinco dólares? — Havia uma veia saltada no pescoço dele quando jogou o retrato sobre o balcão do caixa.

O garoto olhou para Miles e sacudiu os ombros.

— Tudo aqui custa cinco dólares, cara.

Miles cerrou os punhos. Estava nervoso.

— Onde conseguiram essa foto? — Ele estava controlando sua entonação, eu percebi. Para não gritar.

— E eu que vou saber, cara?! — O garoto voltou os olhos para a tela do computador.

Miles bateu o punho no balcão, chamando, finalmente, a atenção do menino, que murmurou algo que não entendi.

— Vou chamar o dono — garantiu, se levantando —, você tá nervosinho, não é?

Miles bateu novamente no tampo do balcão quando o garoto desapareceu. Notei seu peito subindo e descendo com rapidez, sua respiração estava entrecortada.

— Me desculpe... — pediu, ainda de costas para mim.

Me aproximei, colocando uma mão em seu ombro.

— Não precisa se desculpar.

— É que... — Ele se virou para me olhar, seus olhos estavam vermelhos, meu coração se apertou. — Eu não tenho nenhuma foto dela.

Abri a boca para dizer algo, mas o garoto ressurgiu, trazendo consigo um homem, aparentemente com cerca de oitenta anos. Seus poucos cabelos eram grisalhos, vestia uma camisa xadrez por baixo de suspensórios pretos.

— Bom dia! — cumprimentou ele.

— Ele perguntou o porquê essa foto está sendo vendida por cinco dólares, vô — explicou o garoto, só para voltar a fazer o que estava fazendo no computador.

— Meu jovem, tudo aqui custa cinco dólares. — O velhinho tinha uma voz serena, paciente.

— Essa mulher é minha mãe — Miles explicou, falando pausadamente.

— Ah!

— Estou perguntando o motivo de vocês estarem vendendo a foto da minha mãe — insistiu.

O velho piscou algumas vezes.

— Já faz muitos anos... — falou devagar. — Eu me lembro daquele dia. Sua mãe chegou com várias caixas, dizendo que estava se mudando para Nova York. Ela não tinha tanto espaço no novo apartamento, então preferiu me vender várias coisinhas. Acho que esse retrato veio junto.

Notei Miles balançar a cabeça.

— Entendi.

— Faz muito tempo mesmo, rapaz. Quase vinte anos — contou o dono da loja. — Acredito que você nem mesmo havia nascido.

— Só tem essa foto dela aqui? — questionou Miles.

O velho aquiesceu, usando um sorriso fraco.

— Eu vou levar.

Miles tirou uma nota de cinco dólares da carteira e entregou ao velhinho, que balançou a cabeça, entregando o retrato.

— Obrigado — disse Miles, finalizando.

Andei em silêncio ao seu lado até o lado de fora. Fomos atingidos pelo ar quente, coloquei os óculos para me proteger do sol e entrei no carro, sentando-me na posição que ele havia me ensinado.

Miles observava o retrato e preferi não dizer nada até que ele estivesse mais calmo. Nem mesmo ele tinha fotos de sua mãe, saber que uma delas estava sendo vendida — por cinco dólares — deveria ser um choque e tanto.

Alguns minutos depois, Miles colocou o quadro no banco de trás, olhando-me pela primeira vez.

— Está com fome? — perguntou, vacilante.

Sorri.

— Que pergunta!

24

"Eu sou louca, por que me quer em sua vida?"

(The Big Bang Theory)

Eu pensava que Indiana fosse diferente daquilo. Sempre me decepcionava saber que as cidades, não importam o quanto você fale sobre elas, são praticamente iguais. Era uma cidade comum. Havia um *Mc Donald's*, um *KFC*, um *Subway* e um *Taco Bell* logo na primeira travessa da cidade.

Pensei que Miles escolheria algum desses para almoçarmos, mas ele continuou dirigindo. Ele já havia morado naquela cidade, conhecia os lugares, eu presumi, então não falei nada.

— Tinha um restaurante... O meu preferido — começou a dizer. — Quando eu morava aqui, fazia questão de almoçar nele, pelo menos, duas vezes por semana.

— Eu fico muito animada quando o assunto é comida, Miles — falei, me remexendo.

Ele riu.

— Eu sei — concordou. — Por isso estou te levando para lá. Você não pode voltar Nova York sem ter comido no *Mrs. Lee.*

Lancei um olhar.

— Comida chinesa, Miles?

— Você não gosta? — Ele se assustou.

— É claro que eu gosto, mas... — Pensei no que falar. — Temos tempo para isso?

Miles virou o rosto em minha direção, parando em um semáforo.

— Tivemos tempo para a lojinha de *souvenirs*, temos tempo para comida chinesa — concluiu. — Estamos chegando.

Liguei o rádio. Estávamos na cidade, então a maioria das estações tinha sinal. Parei na que tocava Katy Perry.

— *Bon Appétit, baby!* — cantei com a música, fazendo referência ao almoço.

Miles riu.

— Acabei de me lembrar das nossas aulas de francês — falou, sua boca se abrindo em um sorriso largo.

Meu corpo estremeceu. Não sabia exatamente o motivo.

Três músicas depois, estacionamos Edward na rua, em frente a um restaurante com a fachada vermelha. Todo o ambiente era espelhado, feito de vidro do chão ao teto. Com o meu senso de direção, eu tinha medo de trombar em uma parede invisível e demolir todo o restaurante.

Entramos pela pequena porta espelhada e — para nossa sorte —, fomos mais uma vez bem recebidos pelo ar-condicionado. Miles caminhou pelo restaurante com familiaridade, como se ainda tivesse sua rotina intacta. Ele escolheu uma mesa redonda de madeira, próxima a janela de vidro.

— Você vai adorar! — comentou, se sentando em minha frente. — Eles têm o melhor Frango Xadrez.

— Eu espero que tenham mesmo. — Ergui as sobrancelhas, abrindo o cardápio. — Estou com fome.

— Que novidade — provocou, fazendo-me rir.

Era difícil eu comer comida chinesa — embora gostasse —, então optei pelo tradicional *Yakissoba*.

— Já decidiram o que vão querer...? — O garçom chegou perguntando, mas se deteve de repente. — Ah, caramba, Bennet!

— Gardner! — Miles se levantou, animado, abraçando o garçom — Não acredito!

— Por que você não me avisou que estava na cidade? — questionou o tal Gardner. — Que espécie de amigo é você?

— Eu não tinha planos para vir — Explicou, piscando para mim, fazendo Gardner me olhar pela primeira vez.

Ele tinha aspectos comuns. Seus cabelos e olhos eram castanhos e sua pele era morena.

— Tá esperto, hein, Miles?! — Gardner bateu nas costas do amigo. — Zerando Nova York, eu imagino.

— Cala a boca — riu. — Essa é a Ariane, estamos indo para Los Angeles.

— E aí, Ari?! — cumprimentou Gardner, chegando mais perto para me abraçar.

— Tudo bem? — perguntei.

— Melhor agora que reencontrei meu amigo. — Ele se voltou para Miles. — Cara, esse lugar não é o mesmo sem você.

— Que bom. Assim vocês sentem a minha falta. — Miles se sentou novamente.

— É claro que a gente sente — gargalhou o outro. — Todo mundo sente. Foi você quem nos deixou para trás.

— Você sabe que a escolha não foi minha — disse, voltando-se para o amigo.

— Aquela sua tia doidona. Eu sei, eu sei...

Uma risada escapou da minha boca sem querer.

— Você a conheceu, não foi? — Gardner me perguntou.

Balancei a cabeça.

— Azul nunca mais será apenas uma cor, pessoal — suspirou ele, entretido.

— É um gosto diferente, eu acho — falei, lembrando-me dos anjos de porcelana.

Miles riu, curvando-se para trás.

— Eu vou anotar o pedido de vocês. Eu tenho meia hora de intervalo agora, aí eu volto aqui. — Piscou o antigo amigo de Miles.

Eu pedi meu *Yakissoba* e Miles, o seu Frango Xadrez, cada um deles acompanhados por Coca-Cola, claro. Gardner anotou os pratos e correu para a cozinha.

— Ele é tão... — busquei a palavra certa.

— Idiota — tentou Miles.

— Elétrico — eu o corrigi, rindo.

Dez minutos depois, Gardner apareceu, equilibrando os pratos em uma bandeja e os refrigerantes em outra.

— Você a trouxe no lugar certo. — Gardner apontou para mim, mas se direcionou a Miles.

— É claro que sim — ele deu as primeiras garfadas no frango.

Comi uns brócolis do *Yakissoba* e voltei meus olhos para os dois amigos. Eles pareciam ter tanto assunto para colocar em dia, mas eu não escutava nenhum dos dois falarem sobre o que estava acontecendo atualmente em suas vidas.

— Vão passar quantos dias aqui? — questionou Gardner, superanimado.

Abri a boca para falar, Miles foi mais rápido.

— Estamos indo para Los Angeles, eu já falei, cara — disse.

— Tá, mas... E daí? Depois de amanhã eu vou dar uma festa. — Gardner curvou a cabeça, arqueando as sobrancelhas, então se dirigiu a mim: — Você tem que conhecer os nossos amigos e *precisa* estar em alguma festa minha.

— São as melhores. — Miles riu, concordando.

— Eu imagino. — Sorri, imaginando a festa.

Ele anuiu com a cabeça

— Mas temos pouco tempo, Gard, precisamos chegar logo na Califórnia.

— Entendi. — Bufou. — Bom, se mudarem de ideia... Começa às oito.

Assenti, querendo poder ir à festa. Eu tinha certeza que seria boa só por ver Miles tão animado. Ele já devia ter ido a várias, ao contrário de mim.

Miles e Gardner conversaram sobre Edward durante quase todo o tempo, falando sobre a nova pintura do carro, os novos ajustes do motor e todo aquele assunto chato sobre automóveis.

Demorei em comer meu *Yakissoba* — não de propósito — e, depois que Miles acabou, Gardner se levantou.

— Meu intervalo acabou — suspirou, pegando seu caderninho de pedidos novamente em seu bolso.

— Nós temos que ir — Miles se apressou em dizer.

Levantei-me enquanto os dois trocavam um abraço, dando socos em suas costas.

— Não demore tanto para voltar — Gardner o recriminou.

— Não vou — assegurou.

— E você pode vir também. — Gardner me olhou. — Não conversamos muito, mas sei que é legal. Para suportar esse cara aqui por horas dentro de um carro, deve ser legal.

Eu ri, entretida.

— Pensei que seria pior, até que está sendo fácil — eu me ouvi dizer.

— A gente só come — lembrou Miles.

— Mas é o que está nos salvando do tédio. — Empurrei-o, provocando-o.

Miles riu, trazendo meu corpo para junto do seu em um abraço despercebido. Meu corpo foi eletrizado.

— Tédio, eu sei. — Gardner cerrou os olhos, nos observando com atenção, como se duvidasse do que falávamos.

Imaginei que ele se entenderia com Callie.

Gardner chegou mais perto, me abraçando em despedida e, depois, fez o mesmo com Miles.

— Eu quase me esqueci de pagar a conta — lembrou Miles, arregalando os olhos.

— Fica tranquilo, irmão. — Piscou o amigo. — O dono daqui está me devendo uns trocados.

— Mas... — protestei, querendo pagar pelo que comemos.

— Relaxa, Ari — pediu ele, sorrindo. — A gente faz isso por amigos, não é?

Sorri, concordando.

— Então tá bom — concordou Miles —, temos que ir.

Eles trocaram socos mais uma vez e, então, saímos do restaurante, deixando um Gardner nostálgico para trás.

Caminhamos até Edward, estacionado no meio-fio. Sentei-me naquela posição, as costas grudadas no painel e Miles ligou o carro.

25

"Então... Infelizmente eu preciso de você. E você também precisa de mim."

(Shadowhunters)

Fui acordada pelo vento que bagunçava meu cabelo. O sol alaranjado ainda brilhava, peguei meu celular. 18h. Notei Miles me observando com um sorriso, provavelmente pensando em como eu conseguia dormir tanto — se precisasse explicar, pensei, teria que voltar ao assunto dos signos.

— Onde estamos? — perguntei, me espreguiçando.

— Em algum lugar entre Nova York e Los Angeles.

Ainda grogue, olhei em volta para ver se realmente havia alguma placa óbvia com os dizeres "Algum lugar entre Nova York e Los Angeles". Pisquei algumas vezes e, finalmente, despertei do meu transe psicológico causado pelo sono.

— Você não sabe onde estamos? — disparei, olhando em volta.

— Claro que... — Miles olhava para a estrada vazia — não.

— Você só pode estar... — *zoando com a minha cara*, eu quis acrescentar, enquanto abria o aplicativo do *Waze*. — Sem sinal.

Alcancei minha mochila no banco de trás e peguei o mapa. Fitei-o e não entendi nada.

— Vamos morrer! — Suspirei, tombando a cabeça para trás

— Eu ainda não consigo entender como você consegue ser tão exagerada — falou Miles, gargalhando. — Só precisamos pedir ajuda.

— Para quem? — questionei, vendo a estrada se transformando em deserto.

— Vamos encontrar algum posto de gasolina ou a próxima placa, tanto faz — falou calmamente.

Tentei respirar. Não tinha por que me preocupar, eu acreditava de todo o meu... bem, coração que Miles conseguiria ir e voltar de Los Angeles a Nova York, ou vice-versa. Não era assim tão complicado, era?

Estava claro que conseguiríamos chegar a Los Angeles se não fosse por Edward, o carro. Ouvi um barulho estranho que parecia um estouro — ou um tiro. Assustada, olhei ao redor para ver de onde vinha. Miles também olhava ao redor, a fim de saber de onde vinha o barulho, mas não encontramos nada.

Uma fumaça escura, quase densa, começou a sair da frente do carro.

— Miles...

— Droga! — Bufou.

Ele estacionou Edward em um acostamento e desceu do carro, resmungando. Miles abriu o capô de Eddie e no mesmo instante foi atacado pela fumaça.

— Que merda! — gritou, irritado, chutando o pneu.

Achei graça e gargalhei, ele me olhou, indignado, procurando a lógica das minhas risadas histéricas. Seus olhos estavam confusos enquanto me olhavam.

— O que faremos? — perguntei, hesitante, tentando me controlar.

— Vou ligar para o seguro — decidiu.

Assenti. Peguei meu celular por hábito, querendo checar as horas enquanto Miles tentava ligar para o seguro. Havia se passado poucos minutos desde a última vez que chequei.

Não havia nenhuma notificação, mensagens ou ligação. Estranhei porque meu pai ainda não havia me ligado. Achei que ele ficaria louco para saber onde eu tinha me metido, onde *exatamente* eu estava, mas, pelo visto, não — o que era ainda mais estranho já que uma simples noite na casa de Callie era motivo para sermões.

Suspirei. Olhei melhor para a tela do meu celular e, finalmente, vi o porquê de meu pai não ter ligado. Estava fora de área. Claro, como não tinha pensado nisso? Meu celular era a prova viva de que os serviços daquela operadora ridícula não eram bons o suficiente. Pensando nisso, imaginei como meu pai estaria naquele momento. Irritado, foi a palavra que encontrei.

— Disseram que vão mandar alguém para consertar — falou Miles, parecendo entristecido.

— Tudo bem — concordei.

Miles entrou no carro mais uma vez e murmurou algo que não fui capaz de entender. Ficamos no silêncio — aquele tipo de silêncio constrangedor — por um tempo, apenas escutando os carros passarem por nós.

Os raios alaranjados do sol batiam em meu rosto. Olhei em volta, levantando a cabeça. Aparentemente, aquela estrada fora construída em torno de uma grande colina, o que nos proporcionava uma vista quase *inacreditável* do pôr do sol.

Fechei os olhos e encostei a cabeça no banco, querendo absorver os últimos segundos de luz. Miles ligou o rádio e deixou tocar a única estação que ainda tinha sinal. Uma música suave tilintava em meus ouvidos, me recordei na hora de onde tinha escutado antes. Era a música que eu e Miles escutamos no caminho para o parque de diversões, naquela noite em que senti tanto medo de ser pega.

A música era totalmente perfeita. Não era nem calma e nem rápida demais.

— Essa me dá vontade de dançar — falei em meio a um sorriso bobo, me referindo à música.

Os olhos de Miles brilharam por um momento, mas então se apagaram. Sem mais nem menos ele saiu do carro. Estranhei, mas não falei nada porque talvez algum funcionário do seguro do carro tivesse chegado ou algo do tipo. O que podia acontecer de tão estranho no meio de uma estrada?

— Então vamos dançar! — exclamou ele, abrindo minha porta.

— Você tá louco? — zombei, querendo fechar a porta novamente. — Estamos no meio da estrada.

— Qual o problema? — gargalhou, puxando mais uma vez minhas mãos.

— Todo! — Comecei a rir, imaginando o quão idiota pareceriam dois adolescentes dançando em um acostamento. — E, além disso, eu nem sei dançar.

— Você pode subir nos meus pés se quiser. — Ele curvou a cabeça.

Em um movimento rápido, Miles me tirou do carro e me arrastou até o acostamento, mesmo com os meus esforços para voltar para dentro do carro. O sol se posicionou perfeitamente em nossos rostos, ele ainda estava ali.

— Você não vai fazer isso comigo, vai? — questionei, suspirando.

— Pegue a minha mão, vou te ensinar a dançar — disse com aquele sorriso perfeito nos lábios.

Quem conseguiria negar qualquer coisa para ele?

Respirei fundo.

— Tudo bem — cedi.

Miles pegou em uma das minhas mãos com delicadeza, automaticamente coloquei a outra mão em torno do seu pescoço. Nossos rostos estavam perto o bastante para que eu sentisse a sua respiração na minha. Estremeci quando ele pousou uma de suas mãos em volta da minha cintura.

— Podemos dançar devagar? — perguntei, envergonhada.

— Posso te segurar — prometeu, dando-me confiança.

Sorri, tímida. Miles apertou suavemente minha cintura e começou a se mover. Nos movemos no ritmo exato da música. Eu podia ver a alegria em seus olhos verdes.

De repente, senti-me corajosa. Não sei o que deu em mim. Por que me senti assim?

— Entre no clima, sinta e fique firme — falou Miles olhando para meus pés desajeitados.

Sem querer pisei em seu pé.

— Está indo tudo bem, por enquanto — gargalhei, escondendo o rosto em seu ombro direito, mas me levantando para encará-lo. — Você vai ter que me prometer que nunca contará isso a ninguém.

Ele negou com a cabeça, olhando dentro dos meus olhos.

— Fica apenas entre mim e você, será nosso pequeno segredo — respondeu em meio a um sorriso.

Sorrimos um para o outro e me deixei levar pela música. Encostei minha cabeça em seu ombro porque aquilo me pareceu a coisa certa a se fazer. Eu sentia que, quando estava nos braços de dele, tudo a minha volta se silenciava e eu me desligava do mundo para me ligar somente a ele.

— Faz tempo que eu quero falar... — sussurrou, passando os olhos pelos meus e, então, se dirigindo a minha boca. — Que eu não consigo parar de pensar em você, Ariane.

Engoli em seco, sem conseguir dizer nem mesmo uma única palavra.

Nossos corações batiam no mesmo ritmo, nossos olhos estavam fixos, nossa respiração estava lenta e podíamos sentir tudo. Estávamos a centímetros de distância, sua respiração fazendo cócegas em minha bochecha.

E eu conseguia *sentir*... Já era amor antes de ser.

— Como conseguiu ficar ainda mais linda em vinte segundos? — Franziu o cenho, me estudando.

Meu coração pulsava devagar.

— Você quer me beijar? — Fechei os olhos por um segundo, os abrindo para conferir sua reação.

Miles não sorriu. Seu rosto nunca esteve tão impassível. Ele se aproximou, preenchendo todo aquele espaço que havia entre nós. Nosso beijo foi calmo, contrariando os últimos. Minhas mãos em seus cabelos e as dele em meu rosto, como se temesse que eu fosse embora.

Eu não ia. Não com ele ali.

— Sr. Miles Bennet? — alguém chamou, a voz hesitante.

Separei-me dele, percebendo a música nova.

Um mecânico, mandado pelo seguro, concertou Edward mais rápido do que pensei. Ao que parecia, era apenas um problema na válvula de escape ou sei lá o quê.

Quando entramos no carro novamente, algumas estrelas brilhavam no céu, mas não era como antes. Havia algo novo entre nós.

— Não quero ser chata, mas preciso ir ao banheiro — falei depois de horas de silêncio.

Miles gargalhou, assentindo. Alguns minutos depois estávamos em um posto de gasolina, mas uma placa enorme me chamou a atenção. Havíamos chegado a Iowa. Fiquei feliz por nossa viagem estar indo tão bem.

Fui ao banheiro enquanto Miles comprava algumas coisas gostosas para comermos ao invés de jantar. Em seguida, estava indo encontrá-lo na pequena lojinha quando avistei um telefone público.

Não pensei duas vezes. Liguei para casa.

— Alô? — Minha voz quase não saiu.

— Alô... — Becky invadiu meus tímpanos. — Ariane? *Paaaaaaaaaai*!

Ah, meu Deus. Onde você tá Ari?

— Como você sabe que sou eu, Becky? — Questionei, rindo para não chorar.

— Ariane, chega de enrolação. Cadê você? — Becky estava nervosa?

Ouvi um chiado na linha.

— A-Ariane? — gaguejou meu pai.

Meu coração parou, eu tinha certeza.

— Oi, pai.

— Onde você está, filha? — perguntou com delicadeza.

— Iowa — eu disse de olhos fechados.

— I-Iowa? — gaguejou, parecia perplexo. — E porque você...?

Não o deixei terminar. Sem mais nem menos, contei toda a verdade a ele. Contei a ele sobre o transplante, sobre ter de achar um coração compatível, sobre eu ter tentado conseguir o coração de Hayley depois do acidente e sobre minha viagem. Disse que eu precisava ver minha mãe e... bem, me despedir.

Ele ouviu tudo sem dizer nada enquanto eu lutava com minhas palavras.

— Pai? — perguntei num sussurro, quando terminei minha história.

— Estou aqui.

— Me desculpa. — Limpei a garganta, sentindo uma lágrima escorrer pela bochecha. — Me desculpe por te decepcionar e não contar a verdade antes.

— Não estou decepcionado — falou simplesmente. — Estou até um pouco orgulhoso. Você quis enfrentar seus problemas sozinha e está correndo atrás. Deu seu jeito para que tudo caminhasse.

— Mas eu...

— Não estou decepcionado — repetiu. — Mas você não pode atravessar o país com um garoto que eu vi apenas uma vez. Vou admitir que gostei dele, mas isso não é motivo.

Não disse nada. Esperei-o continuar.

— Quero que você volte para Nova York imediatamente. Se quiser, eu mando alguém te buscar, eu posso ir. Busco você e Miles onde quer que estejam. Mas quero que vocês voltem. Vocês não estão estruturados para aguentar uma viagem tão desgastante — falou em tom de súplica. — Me prometa que voltará. Sairá imediatamente desse posto, entrará no carro e virá para casa.

— Eu não posso, pai. — Enrolei o fio do telefone nos dedos. — O senhor mesmo disse que estava orgulhoso de mim. Eu estou seguindo meu caminho e tentando fazer o que é preciso para sobreviver. Vou continuar com a viagem.

— Não vou te obrigar — disse, desgastado. — O que estou querendo dizer é que aqui podemos te ajudar. Acharemos um coração compatível e você sobreviverá. Só que preciso de você aqui. Não posso cuidar de você estando a mais de mil quilômetros de distância.

Suspirei. Ele estava sendo tão compreensível.

— Pai, me desculpe. — Desliguei.

Respirei fundo, tentando interromper as lágrimas, mas não consegui. Esperei alguns minutos, passei as mãos pelo rosto e me virei, pronta para continuar. Miles estava parado bem atrás de mim todo aquele tempo.

— Era... — Ele segurava algumas sacolas plásticas, seu rosto transtornado.

— Meu pai — falei rápido, querendo impedir que eu entrasse em desespero mais uma vez.

Miles deu três passos em minha direção, chegando perto o bastante para conseguir tocar em meu rosto e enxugar mais uma lágrima que havia descido sorrateiramente.

— Eu contei para ele — falei, piscando. — A verdade, quero dizer. Eu devia ter contado antes, tudo isso poderia ser evitado.

Miles balançou a cabeça, paciente.

— Você contou agora. Isso é o que importa — alegou. — Nada mudaria se você tivesse feito isso antes.

— Precisamos de uma máquina do tempo para saber disso. — Olhei para ele, querendo brincar um pouco.

Ele riu, abaixou a mão que segurava meu rosto e se aproximou do telefone.

Franzi o cenho, sem entender.

— Tem uma história. — Miles curvou os lábios para cima, entretido. — Ela diz que os telefones públicos foram transformados em máquinas do tempo. Disque a data e mande uma mensagem de alerta para o seu eu do passado.

— Não preciso ligar para um passado distante. — Dei de ombros. —

Só preciso ligar para o mês passado.

— Vamos tentar. — Levantou o braço, tirando o telefone do gancho. Miles apertou alguns botões aleatórios e me entregou o telefone. — O que você diria para si mesma?

Sorri. Miles era sempre tão criativo.

— Ariane — falei, me contendo para não rir. A linha estava vazia —, é você do futuro.

Os olhos de Miles brilhavam. Eu não sabia o porquê.

— Ela não acredita em mim. — Gargalhei, tirando o telefone do ouvido.

— É claro! — Ele riu, dando de ombros. — Você precisa contar um segredo que só vocês saberiam.

Aquiesci, pedindo um segundo com os dedos.

— Sabe aquela pequena cicatriz que você tem no pescoço? A que diz que ganhou em uma viagem para a Argentina. — Miles cerrou os olhos e sussurrou *"Argentina, jura?"* —, mas, na verdade, você a ganhou quando caiu em cima do Buffet daquele casamento, espalhando comida para todo o lado.

— Essa já é a minha história favorita — gargalhou ele, rindo de mim.

— É a cobrar, *shh!* — Levantei o dedo de novo, sussurrando para poder voltar à Ariane do passado. — A Callie fez você se levantar e parar de chorar. Você estava com vergonha, mas, depois de se limpar, dançou a noite toda, ignorando os olhares estranhos da família do noivo que você não conhecia. — Miles continuava rindo ao meu lado, então continuei: — Ótimo! Acredita em mim agora.

— Depois disso tudo... — sussurrou, tentando se controlar.

— Não importa o que aconteça, Ari — falei fitando o chão. — Quando a sua professora de História te juntar com o novo aluno para fotografarem a cidade, diga não. Faça um escândalo! Na verdade, ignore a escola. Fique em casa, assista a um filme, você vai adorar "Interestellar". Porque tudo ficará bem pela manhã e a notícia sobre um novo coração não vai te chocar tanto.

Miles abaixou os olhos, voltando para aquela expressão impassível.

— Certo — sussurrei, colocando o telefone de volta no gancho.

— Mas aí você não me conheceria de verdade — ele disse baixo, parecendo abalado, de repente.

— Ainda não me decidi se considero algo bom ou ruim. — Sorri, brincando.

Miles assentiu, colocando as mãos no bolso. Ele não riu, apenas suspirou. Eu tinha feito algo errado?

— Tudo bem — falou, sua boca era uma linha fina. — Vamos voltar para o carro. Já são nove horas da noite.

Ah, meu Deus! Ele havia levado minha frase a sério.

— Espera aí! — gritei, vendo-o se afastar. Ele olhou para mim. — Não acha que vai se safar dessa, acha?

Peguei novamente o telefone, balançando-o nas mãos.

— Não mexo com a física do espaço e do tempo. — Balançou a cabeça, negando, porém, se aproximando.

Eu tinha que fazê-lo ver que eu estava brincando antes.

— Olha aqui a minha cicatriz. — Tirei o cabelo da frente, mostrando meu pescoço e minha pequena cicatriz irregular. — Eu caí sobre a mesa de comidas em um casamento onde eu não conhecia ninguém.

Miles riu, chegando mais perto.

— Tudo bem — cedeu, pegando o telefone. — Me dê isso.

Ele digitou alguns números e o colocou no ouvido.

— Miles, oi, sou eu. Você do futuro — começou. Esforcei-me para não rir. — Ele acreditou. Idiota! — sussurrou para mim, afastando o telefone do rosto. — Escute. Quando o *Red Sox* for para a *World Series*, aposte todo o seu dinheiro neles para ganhar. Sim, eu sei que parece loucura, mas faça isso! — Miles aquiesceu, provavelmente por ter apostado contra o *Red Sox* na época. — Certo, tchau.

— É isso? — Arregalei os olhos.

— Sim. — Deu de ombros. — Quando você tem uma máquina do tempo, você aposta.

— Eu não sabia disso — falei, caminhando para trás.

Deixamos o telefone público para trás e fomos para o carro. Miles abriu a porta de trás para guardar as sacolas.

— Eu que vou dirigir agora. — Estava decidida.

Ele negou.

— Nem pensar.

— Você dirigiu o dia todo, Miles! — protestei.

— Não estou cansado — explicou, abrindo a porta do motorista.

Corri para o seu lado, roubando seu lugar e me sentando no banco do motorista.

— Edward não é como os outros carros — falou, fechando a porta, apoiando-se na lataria —, você tem que conquistá-lo antes.

— Me ensine.

Miles me mostrou como se dava a partida. O carro realmente era complicado. Só para ligar, eu precisava girar a chave, pisar na embreagem e apertar vários botões — que eram os "segredos" do carro contra roubos. Na quarta tentativa, me enrosquei na ordem exata dos botões.

— Desisto! — Ergui as mãos, saindo do carro. — Ligar um carro não deveria ser tão complicado.

Gargalhando, Miles entrou no carro e deu a partida — de primeira! — enquanto eu sentava em meu banco. Abri alguns salgadinhos, balas, chocolates e um refrigerante. Ficamos conversando por horas. Como se fosse uma viagem normal.

26

"Ele me afetou, e não importa o que eu faça... Não consigo afastá-lo.
Quando se apaixona por alguém, não sei se... Não sei se pode afastá-lo."

(New Girl)

Acordei com uma buzina exagerada.

Ao abrir os olhos, deparei-me com dois faróis apontados em minha direção. Olhei para Miles, ele estava com a cabeça abaixada. O caminhão vinha em nossa direção, iríamos bater.

— Miles! — gritei. — *Miles!*

Ele entreabriu os olhos e focou na estrada, arregalando-os em seguida. Meu coração estava prestes a explodir. Em um movimento mal pensado, virou o volante com toda sua força, ao mesmo tempo em que o caminhão ultrapassou nosso carro na mais acelerada velocidade.

Meu coração estava acelerado. Alcancei minha mochila e o salvador. Inspirei e expirei. Tudo certo.

— Precisamos parar, Miles — falei com a voz trêmula

— Me desculpe. — Sua voz estava em tom de súplica. — Perdi a noção...

— Não tem problema, você está com sono. Precisamos parar.

Por sorte, dois quilômetros depois, avistamos uma parada. Miles estacionou o carro no pequeno estacionamento do hotel e saímos carregando apenas nossas duas mochilas. Olhei para meu celular. Eram 23h, nem estava tão tarde, mas dirigir o dia todo — desde as seis da manhã — deveria ser cansativo. Estávamos quase chegando ao Colorado.

Ultrapassamos a pequena porta de correr e entramos no hotel. Uma recepcionista nos atendeu, usando uma cara de desdém.

— Precisamos de dois quartos — falei ignorando a falta de preocupação que ela teve conosco.

— Estamos lotados — avisou, nos olhando por um curto momento, voltando a mexer em seu computador antigo.

Senti meu sangue queimar. Não posso mentir, fiquei muito irritada. Que garota chata!

Miles olhou para mim, seus olhos cansados, e sorriu, como se quisesse dizer "não tem problema".

— Precisamos de quartos — Miles repetiu na mesma tonalidade de voz que a recepcionista usou conosco.

— Só temos uma suíte vazia — alegou depois de pensar um pouco.

Olhei para Miles. *Uma suíte?* Observei com mais atenção e vi o quão cansado ele aparentava estar.

— Tudo bem — decidi, olhando para um ponto fixo para não parecer hesitante.

— A conta precisa ser paga agora — ela voltou a dizer, batendo as unhas no balcão. — E vocês passarão apenas a noite porque temos uma reserva para amanhã bem cedo. Estou abrindo uma *exceção.*

— Tudo bem — repeti, me controlando para gritar de raiva.

Mas, então, vi algo na recepcionista. Seus olhos negros estavam brilhando, ela tossiu exageradamente e tentou arrumar os cabelos enquanto abria o melhor sorriso que tinha.

Ela tinha visto Miles.

— Bom, posso... — disse com uma voz graciosa desta vez. — Tudo bem, aqui está a chave da suíte.

Miles pegou a chave e agradeceu enquanto ela tentava se exibir para ele. Revirei os olhos e segui na direção na qual ela havia apontado o quarto.

Ele tá comigo! Eu quis gritar e dançar ao mesmo tempo, querendo esfregar na cara dela.

Miles abriu a porta e eu entrei primeiro. A suíte era enorme, decorada com flores por toda parte, a cortina azul-claro era do mesmo tom que o edredom da cama de casal. Havia uma grande porta por trás das cortinas que levava a um pequeno jardim mal iluminado, com pequenas flores e alguns enfeites delicados.

— Eu vou dormir na cama! — Anunciei, me jogando sobre ela.

— Eu também. — Miles veio logo em seguida, deitando ao meu lado.

— Nada disso! — Cruzei os braços, me levantando. — Não vamos dormir juntos.

— Ah, por quê? — Ele me encarou, rindo.

Eu não tinha resposta para aquilo. Ficar perto de Miles era tão... Tentador. Viajar com ele — o que se resumia em passar o dia todo com Miles Bennet — já era uma loucura, imagine dormirmos juntos.

— Porque eu tenho Coronariana. — Ergui a cabeça, em desafio.

— Está se aproveitando da sua doença para me fazer dormir no sofá? — questionou, sentando-se na beirada da cama de casal.

Anuí.

— Acho que sim.

Miles fechou a cara.

Curvei a cabeça, observando-o. Ele tinha dirigido o dia todo.

— Vamos jogar cara ou coroa — sugeri.

Como se tivesse adivinhado o que eu estava pensando, Miles tirou uma moeda de cinquenta centavos do bolso.

— Cara — escolhi.

— Coroa.

Cruzei os dedos enquanto Miles jogava a moeda para cima e a colocava sobre a palma de sua mão.

— Ah, Ari — reclamou.

Olhei do canto dos meus olhos e vi que a moeda tinha virado com a cara para cima.

— Como ganhei, eu também posso tomar banho antes — gritei, provocando-o.

— Você está abusando de mim — reclamou. — Além de eu te carregar para o outro lado do país, você ainda me faz de trouxa.

Abri a boca, querendo não rir, mas foi impossível. Explodi em uma gargalhada.

— É isso que você pensa sobre mim? — indaguei, colocando a mão sobre o coração, fingindo.

Peguei minhas coisas e me dirigi ao banheiro branco — qual era o problema com os ricos? Eles gostavam tanto assim de cores monocromáticas? —, deixando Miles ainda sentado na beirada da cama. Seus olhos estavam fixos em seu celular.

— Miles — chamei, fazendo com que ele olhasse para mim.

Ele levantou a cabeça, me observando.

— Me desculpe por ter dito aquilo sobre não saber se gosto ou não de ter te conhecido de verdade — despejei. — Acho que eu estava na defensiva depois de ter conversado com meu pai.

Ele se levantou, mas não foi até mim, seu rosto sem expressão.

— Defina "defensiva".

— Abusiva? Cruel? — falei baixo, me lembrando de como ele me olhou naquele momento.

Minha respiração estava entrecortada.

— Complexa — completou, piscando.

Eu ri.

— Tudo bem. — Curvei a cabeça. — Desculpe.

Tranquei a porta do banheiro e me olhei no espelho. Meus cabelos estavam embaraçados e minhas roupas, amassadas. Não demorei no banho, sabendo que Miles estava esperando para tomar o seu. Vesti o único pijama que eu havia colocado na mochila. Era o mesmo que eu usava quando Miles me convidou para o baile, lembrei, short e alcinhas azuis com estrelinhas. A diferença era que não fazia tanto frio.

Abri a porta, deixando o vapor do banho sair, e andei para fora do banheiro. Senti minhas bochechas enrubescendo, quando notei Miles me fitar dos pés à cabeça. Estava pronta para dizer alguma coisa, mas ele se levantou — sem dizer nada também — e entrou no banheiro.

Entender Miles era complicado, às vezes. Não dava para saber o que ele sentia ou o motivo de sentir aquilo. Era como se eu precisasse de explicações contínuas vindas dele.

Meu celular vibrou. Era uma mensagem de Callie.

"Fala sério!"
"Não acredito!"

"O q foi?"

"Como assim?"
"Vc tá indo para LA com o boy e não me avisou."
"De novo."

"Desculpa. Não era esse o plano."

"Tive que descobrir pelo tio Josh"
"Que vergonha"
"Onde foi parar a nossa amizade?"

"Ela está bem aqui hahaha"
"Drama Queen"

"Não acredito, OMG"
"Já se pegaram?"

"Eu não chamaria aquilo se pegação"

"ARIANE SPARKS"

"Desculpa"
"Não estou viajando com o Miles só para ele me beijar em cada estado pelo qual passamos"

"É pela sua mãe, né?"

"Sim."

"Ok"
"Toma cuidado."
"Te amo".

Eu não conseguia dormir. Revirava-me na cama, mas não conseguia pegar no sono.

— Miles? — sussurrei.

Ele não respondeu.

— Miles? — chamei mais alto.

Nada. Antes de ir para a cama, forrei o sofá com cobertas e edredons para que ficasse mais confortável. Olhei para ele da minha cama, estava dormindo.

— Miles? — tentei de novo.

Argh!

Levantei-me da cama e andei pelo quarto, tentando pensar em algo para fazer. Encontrei uma caneta e um folheto do hotel sobre o frigobar.

Abri a porta que ficava escondida atrás da cortina e saí para o pequeno jardim da suíte. Eu nunca tinha visto uma suíte de hotel ter um jardim particular, era a primeira vez, mas gostei de ter um ambiente a mais para respirar. Havia alguns lírios no canto do jardim, o que deixava o lugar com um ar de meiguice.

A noite estava agradável, o ar úmido facilitava minha respiração. Deitei-me de barriga para baixo na grama e procurei por qualquer espaço em branco no folheto do hotel. A página de trás estava vazia, de modo que peguei a caneta e rabisquei alguns *emojis* — que eram os únicos desenhos que eu sabia fazer.

Não vi o tempo passar, só sabia que estava desenhando o vigésimo *emoji* — o com os corações no lugar dos olhos — e ainda não havia sentido sono.

— O que está fazendo aqui fora? — uma voz, que eu reconheceria em qualquer lugar, me perguntou.

Levantei a cabeça para ter uma visão melhor dele. Seu cabelo estava mais bagunçado do que o normal, ele vestia uma calça de moletom preta e uma camiseta do *Red Sox*.

— Não consegui dormir — respondi.

— O que está fazendo? — Miles deitou ao meu lado, olhando para o folheto.

Dei de ombros

— Passando o tempo.

Ele tomou o folheto das minhas mãos.

— Agradecemos sua estadia, ajude-nos a melhorar — leu a primeira frase no papel.

— Aparência — continuou, pegando a caneta na grama.

— Não é o quarto mais bonito do mundo, mas tem um jardim. —

Sorri, observando Miles fazer um *X* no quadradinho que dizia "normal".

— Limpeza. — Ele olhou para mim.

— Boa. — Balancei a cabeça, ponderando.

Ele marcou no papel.

— Decoração?

— Os quadros precisam de melhorias. — Eu me lembrei dos únicos dois quadros do quarto. Uma paisagem chata e um vaso sem flores.

Miles assinalou o quadradinho "ruim".

— Você retornaria?

— Vamos deixar essa em braço — falei.

— Boa ideia — concordou, continuando: — Como classificaria sua estadia?

Fitei Miles, ele sorriu.

— Excedeu as expectativas — ele respondeu, marcando "muito boa" no papel.

— Com certeza.

Virei meu corpo, olhando para o céu.

— Você já contou estrelas? — Miles quis saber.

— Nunca contei — garanti sorrindo. — São muitas.

— Vamos tentar.

Assenti, mas acho que ele não percebeu, já que não esperou uma confirmação para começar.

— Uma, duas, três... — ele começou a contar apontando para as estrelas.

Ele sorriu quando me pegou observando-o. Voltei minha atenção para o céu, tentando não hesitar.

— Vinte e duas, vinte e três... — continuou quando reparou que eu havia voltado a fitar as estrelas.

— Espera! — pedi, interrompendo-o. — Isso não vai dar certo. Você já contou aquela estrela umas quatro vezes.

Ele gargalhou.

— É mesmo? — Riu. — Acho que você tem razão.

— Eu sempre tenho razão — suspirei.

Ele continuou a rir, mas não respondeu. Miles fitava as estrelas e parecia pensar em algo. Não queria atrapalhá-lo, então fiz o mesmo. Eu precisava pensar sobre o que faria quando encontrasse minha mãe.

Na verdade, eu não sabia nem o porquê de estar indo até ela. Eu esperava que quando a visse, ela soubesse o que fazer ou a quem recorrer... Mas e se não soubesse, o que eu faria? Se meus planos não dessem certo, eu morreria? Meu coração não aguentaria por muito mais tempo...

— Será que meu destino é morrer? — Perguntei-me em voz alta, sem perceber o que estava fazendo.

— Não! — exclamou Miles, indignado.

Vaguei tanto em meus pensamentos que tinha me esquecido de Miles. Virei a cabeça na direção dele, nossos olhares se encontraram.

— Seu destino é o amor — afirmou, com aquele sorriso perfeito.

Não entendi.

Como meu destino seria o amor se eu estava morrendo aos poucos?

— É uma consequência — explicou ele. — Cada destino tem sua consequência e a sua é o *amor*.

Sorri, agradecida. Miles se aproximou um pouco mais e entrelaçou seus dedos nos meus.

Estremeci.

Olhei para ele e vi um espaço enorme entre nós dois, quis preencher aquela infinidade desesperadamente. Apertei sua mão na minha e ele sorriu, desgrudou os olhos das estrelas e os cravou em mim e, então, me beijou.

Até aquele momento eu não sabia que queria tanto aquele beijo. Ele começou devagar, suave e doce, mas, conforme chegávamos mais perto um do outro, se tornou mais forte, quente e desesperado. Miles apertou minha cintura, o que me fez estremecer ainda mais. Passei as mãos pelos seus cabelos e deslizei-as até seu pescoço.

— Não vou te perder. Não importa o que aconteça, eu só preciso de você — suspirou, me dando outro beijo apaixonado.

Como todas as outras vezes em que estive nos braços de Miles, senti o mundo girar devagar e me esqueci de todos os problemas. Eu só conseguia pensar em como eu ainda não tinha me dado conta dos meus sentimentos em relação a ele.

Agora eu sabia e não ia me deixar levar por uma simples doença. Eu tinha pelo que lutar agora.

27

"Mas acho que temos que passar por tudo isso, sabe? Para chegar aos lugares onde queremos ir."

(Sensei)

Acordamos cedo, tomamos café da manhã e entramos no carro. Miles dirigiu por horas a fio. Antes que eu percebesse, estávamos parando em Utah para almoçar. Eram 15h.

Conversamos sobre coisas aleatórias, rimos mais do que o necessário e nos divertimos muito. Era como se o tempo passasse mais depressa quando eu estava com ele.

Quando paramos para abastecer, fiz de tudo — e mais um pouco — para persuadir Miles a me deixar e me *ensinar* a dirigir Edward. O carro do meu pai — o que eu estava acostumada a dirigir — era automático e muito mais moderno do que aquele conversível azul.

Depois de várias tentativas, finalmente, consegui ligar o carro. Um ponto para mim!

Dirigi por algumas horas, achando incrível a sensação de liberdade que a estrada me proporcionava, como se não houvesse limites e eu pudesse ir a qualquer lugar que desejasse. Era mais ou menos isso que estava acontecendo.

— Sabe para onde estamos indo, Ari? — Miles parecia animado com a pergunta.

— Sei. — Mordi o lábio para não gritar de emoção. — Paris, Cairo e Veneza. Las Vegas!

As luzes da cidade eram tão fortes que eu tinha certeza de que se as olhasse por mais tempo do que o necessário, ficaria cega.

Eram quase 20h e nós precisávamos comer. Estacionei o carro em uma vaga de um dos cassinos.

— A gente não tem dinheiro para comer por aqui — eu gargalhei, pensando em quantos dólares custaria um refrigerante.

— Eu tive uma ideia melhor. — Miles arqueou uma sobrancelha.

Caminhamos pelas ruas coloridas, sem conseguir discernir o que era real do que era holográfico — porque essas coisas holográficas confundem, vai por mim! —, a Torre Eiffel brilhava sobre nossas cabeças, refletindo suas luzes na calçada cinza. Havia tantas luzes — em suas próprias cores e luminosidades —, que o céu, que deveria estar adornado por estrelas, estava azul escuro, em um misto de luz.

A voz rouca de Rihanna cantando *Work* ecoava pelas ruas quando paramos em um *FoodTruck*. Pedi um hambúrguer simples e Miles, uma porção de batatas fritas. Havíamos comido tantos salgadinhos e doces no carro, não estávamos com fome.

Comemos rápido e fomos andar. Não tínhamos tanto tempo. Eu precisava estar em Los Angeles na manhã seguinte.

— Você não queria ver o mundo? — perguntou Miles, me encarando. Seu cabelo preto estava colorido pelas luzes roxas de um prédio.

— Queria — respondi, abraçando-o. — Obrigada por me trazer.

Miles contornou minha cintura, recebendo o abraçado por um momento, mas me afastando depois. Seus olhos estavam diferentes, ele olhava para o outro lado da rua extensa.

— O que aconteceu?

Ele me olhou, o sorriso largo.

— Eu... — começou, hesitante. — Vou fazer uma tatuagem.

Minha boca abriu.

— O quê? — gritei. — Assim, do nada?

— Sim — riu, me puxando pela mão.

O estúdio era escuro, iluminado por luzes negras e luminárias roxas. As paredes eram grafitadas com desenhos, frases conhecidas e letras de músicas. Por mais óbvio que fosse, nossos ouvidos foram tomados por *HUMBLE.*

— Típico — grunhiu Miles, fazendo uma careta de dor. Ele estava deitado, com a barriga para baixo.

O tatuador, que era duas vezes maior que nós dois, desligou a maquininha, indo para trás para admirar seu trabalho.

— *Bitch sit down, be humble* — cantei, sacudindo os ombros para frente.

Miles me olhou, perplexo.

— Você conhece as músicas do Kendrick Lamar?

— Que tipo de pessoa eu seria se não conhecesse? — rebati, gargalhando.

— Terminei — avisou o homem, ainda segurando a maquininha elétrica.

Levantei-me o mais rápido que pude, indo até a esteira onde Miles estava deitado. No alto de suas costas, quase chegando perto da nuca, havia um desenho de Edward, o carro. Não fora colorido de azul, assim como na vida real, eram apenas os traços do carro.

— Ficou muito legal! — exclamei, querendo saber se já podia tocar.

— É mesmo? — quis saber.

— Com certeza — admiti, pousando a câmera do celular sobre a tatuagem.

Mostrei para Miles, que sorriu.

— Por que escolheu esse desenho?

Não era possível alguém amar tanto assim um carro, era? Ele respirou mais pesadamente.

— É a única coisa que ela me deixou — disse, fazendo-me parar de rir. Eu entendia todas as referências que Miles fazia à sua mãe. — Acho que você deveria fazer uma — sugeriu, levantando-se, ainda sem camisa.

— Nem pensar.

— Todo mundo tem que ter uma tatuagem, Ari — argumentou, animado.

Neguei com a cabeça.

— Não eu.

— Você, sim. — Balançou a cabeça, puxando-me para a esteira. — Senta aí que eu vou escolher uma para você.

Tirei as mãos de Miles do meu corpo e me levantei, tentando me defender.

— Vamos, vai ser legal — falou mais devagar. — É uma lembrança dessa viagem.

— Uma tatuagem tem que ter algum significado, Miles. — Ergui os braços, com medo das suas próximas palavras.

— Eu vou escolher uma que tenha — garantiu. — Confia em mim?

Respirei fundo, revirando os olhos.

— Confio.

O ar estava começando a ficar gelado, então coloquei minha jaqueta jeans — com cuidado, com medo de estragar a tatuagem.

Miles havia me convencido e eu não tinha me arrependido. Viver é fácil quando nos abrimos para o mundo. Pensei que a dor seria excruciante, mas era apenas um choquinho que vinha de dentro para fora.

Eu escolhi meu antebraço para ser tatuado — mesmo sabendo que teria que usar mangas longas até arranjar coragem e mostrá-la — e Miles escolheu o desenho. Tentei ser otimista em relação a isso, mas passei todos os quinze minutos pedindo para que ele não tivesse escolhido uma flor ou um livro.

O resultado, no entanto, não poderia ter sido melhor. Era um desenho meio óbvio, mas de muito significado. A partir daquela noite, em meu antebraço, havia uma linha de batimentos cardíacos. Miles realmente me conhecia, ele sabia que eu preferiria algo mais simples e com tanto valor.

Estávamos felizes com nossas tatuagens enquanto caminhávamos em direção ao carro. Não era tão tarde, não havíamos perdido tanto tempo assim como eu tinha pensado.

— Callie vai me matar — murmurei, rindo.

— Por quê? — gargalhou Miles, aproximando-se de mim.

Dei de ombros.

— Havíamos prometido fazer nossa primeira tatuagem juntas, alguma coisa que representasse nossa amizade, não sei — expliquei.

— Ah — respondeu, pensativo —, há sempre mais espaço para novas tatuagens.

Ri alto, me imaginando cheia de desenhos pelo corpo. Eu já tinha ouvido falar que o ato de fazer tatuagem era viciante.

— Eu posso tentar falar isso para ela. — Coloquei as mãos no bolso.

— Mas não sei se...

Parei de andar. Era aquilo de novo. Ainda pior e mais forte.

Abri a boca, tentando buscar por ar. Não era o suficiente. Dentro do meu peito, meu coração se remexia como um louco e as pontadas ficavam cada vez mais dolorosas.

— Não sabe se o quê? — Miles questionou, parando um pouco longe de mim.

Curvei meu corpo para frente e para trás. Estava tonta, um pouco bamba.

— Ari? — Seus olhos se escureceram.

O meu maior desejo era respondê-lo. Não queria que ele se preocupasse, mas meus olhos estavam se fechando e meu peito se lacerando, como se estivesse sendo rasgado ao meio.

— Ariane! — gritou, correndo em minha direção, a tempo de me segurar quando eu estava prestes a cair no chão.

Eu sentia frio, minha pele se arrepiou, porém, também sentia calor por dentro, com todo o meu sangue fervendo. O ar ainda não tinha chegado aos meus pulmões e meu corpo começou a tremer em espasmos, desesperado por oxigênio.

Senti as lágrimas turvando minha visão já embaçada e meu corpo inteiro formigar, sem força. Meus tímpanos apitavam e meus olhos se fecharam, eu estava desmaiando.

Miles passou o braço em minha cintura, o outro atrás dos meus joelhos e me aninhou em seu peito. Nem mesmo percebi que estava caindo.

28

"Toda a dor, eu sinto que está tentando me explodir."

(Teen Wolf)

Sou capaz de ouvir passos apressados, o motor de um carro ligando e pneus cantando. Escuto portas abrindo no vácuo e gritos desesperados de alguém próximo a mim. Sinto novas mãos me segurando e me levantando e, em seguida, uma superfície gelada sob meu corpo. Ouço rodinhas rodopiarem por um chão liso e vejo borrões de luzes fluorescentes.

— Por favor! — grita alguém, não sou capaz de decifrar quem, mas sei que o conheço — Ela... Ela desmaiou.

— O que aconteceu? — Uma voz fina surge do nada.

— Ela desmaiou! — berra aquela voz macia de antes. — Tem coronariana, estava tendo uma crise.

— Vamos levá-la para a radiografia. — Ouço outra voz, essa é mais pesada. — Quem é você?

— Miles. Bennet — diz pausadamente, mas ofegante. — E ela é a Ariane.

A maneira como meu nome dança em sua boca faz com que eu me sinta mais leve.

— Você não pode passar para cá. Te avisaremos sobre o caso dela mais tarde — gritam os outros.

— Não! Eu não vou deixá-la sozinha!

— Senhor, se acalme, isso é uma emergência. — Escuto a primeira voz desconhecida, agora sinto as rodinhas correndo de novo. Meu corpo está se mexendo, mas não sinto minhas pernas trabalharem.

Durmo.

Sinto mãos me apalpando e furando minha pele.

— Pressão baixa.

— Taquicardia ventricular. Pressionem aqui.

— Preciso de um dreno.

— Inicie a massagem!

— Chamem a cardiologia.

As falas confundem minha mente e se embaralham conforme ditas. Consigo sentir as picadas e os movimentos da massagem cardíaca, mas não entendo o motivo dela.

Durmo.

— A pressão arterial ainda está baixa, continuem!

— Fibrilação.

Ouço os apitos.

— Parada cardíaca.

Sinto um soco em meu peito.

— Injete uma ampola de adrenalina.

— Desfibrilador. Carregue em duzentos.

— Afasta!

Um choque me impulsiona, caio novamente na cama.

— Aumenta para duzentos e setenta.

— Afasta!

Mais uma vez, caio de novo. Ouço os apitos.

— Ela voltou.

Durmo.
E continuo dormindo.
Por uma eternidade.

— Você pode ficar. Não por muito tempo. — Uma voz feminina me acordou, mas não consegui abrir os olhos.

Os pelos do meu corpo se eriçaram quando alguém passou as mãos pelo meu rosto. Era Miles. Eu reconheci suas mãos.

Ele respirou pesadamente sobre minha cabeça, ainda acariciando minhas bochechas e segurando uma de minhas mãos.

— Ariane, eu vou encontrar sua mãe — ele disse. — E trazê-la até aqui.

Miles se aproximou e me beijou na testa.

— Eu prometo.

Percebi quando ele começou a se afastar.

Abri meus olhos imediatamente.

— Não. — As palavras não queriam sair.

— Você acordou — suspirou, voltando para mim em um milésimo de segundo. — Como está se sentindo?

Tossi.

— Dentro de um episódio de *Grey's Anatomy.*

— Ah, meu Deus. — Ele me lançou um meio sorriso. — Isso aqui é sério, Ari.

Balancei a cabeça, não querendo saber se tudo o que ouvi foi real ou apenas um pesadelo.

— Você teve uma crise muito forte e, enquanto te tratavam, teve uma parada cardíaca. — O cenho franzido de Miles o denunciava em preocupação. — Te chocaram duas vezes.

— Eu senti.

Seus olhos estavam cerrados e brilhantes, sua mão ainda estava presa na minha, seus dedos apertando os meus, como se não quisesse me soltar.

— Essa viagem... — a voz dele voltou a falhar. — É muita coisa para você.

— O quê?

— É muita pressão, Ariane. Seu coração é...

— Fraco — consegui completar.

Miles, ao contrário do que faria normalmente, aquiesceu. Em todas as vezes que eu lhe disse que meu coração era fraco, ele negou, dizendo que eu era forte mesmo assim e que conseguiria passar por isso. Dessa vez, no entanto, ele concordou.

Engoli em seco. Meu caso deveria estar complicado.

— Eu vou ligar para o seu pai — falou, fazendo meu coração voltar a tremer —, só ele pode assinar a sua alta e ele vai saber o que fazer.

— Não, Miles! — tentei, sabendo que não adiantava. — Você não entende?

Ele não respondeu.

— Arrumar um coração não é tão fácil assim. Ah, meu Deus, eu até mesmo encontrei o *amor* antes de um simples coração — soltei, os olhos fechados. — Meu pai vai precisar pegar um avião ou dirigir por dois dias até chegar aqui. Ele vai me levar para casa e, no mínimo, me internar. E isso, infelizmente, não vai resolver. Porque o meu caso é diferente. Preciso de um coração! E isso não vai acontecer, não a tempo.

Miles se sentou, seus olhos fixos no meu, se apagando e se ascendendo repentinamente.

— Tudo o que eu quero é ir até Los Angeles e falar com minha mãe. Talvez, e só talvez, ela possa me ajudar. Estamos mais perto dela. — Dei de ombros, minha voz estava fraca, era quase um sussurro. — Mas, acima de tudo, quero me despedir. Porque eu sei que eu sou a estatística e que a probabilidade de eu não encontrar um coração é enorme. Só uma vez quero dar um abraço nela. Só uma!

— Ariane...

— Depois disso, a gente volta para Nova York, e se meu pai quiser, ele me interna. Isso não vai alterar as coisas, mas, pelo menos, ele vai ficar em paz. Vai sentir que está cuidando de mim, ao menos nos meus últimos dias. — Os meus batimentos cardíacos apitavam na tela, rápidos. — Você precisa me ajudar. Só mais essa vez.

Ele olhou para os lados. Seria possível ele concordar?

— Você está muito doente — murmurou.

— Falta pouco para chegarmos à Califórnia — assegurei.

O tempo que se estendeu entre nós foi infinito. Quase peguei no sono enquanto esperava pelo menos uma reação vinda de Miles. Ele me olhava, perplexo com meu estado, então desviava o olhar, observando o que tinha à nossa volta.

— Temos que ser rápidos — sussurrou, se levantando de repente, me dando um susto. — Sem hesitar, Ariane.

Ele fechou as cortinas que me separava dos outros leitos, com força. Observei enquanto Miles desligava o monitor dos meus batimentos cardíacos e tirava os adesivos do meu pescoço. Ele me desconectou de todos os fios e, por último, retirou a agulha do soro das minhas veias.

— Ai! — gemi.

— Desculpe.

Ele me entregou uma sacola.

— São suas coisas. Me entregaram mais cedo.

Assenti, me sentando e pegando minhas roupas dentro da sacola. Miles se virou e esperou enquanto eu colocava a camiseta, a calça e os tênis. O ar demorava para chegar até meus pulmões, mas tentei ignorar enquanto me vestia.

— Vamos — sussurrei.

Ele abriu as cortinas e pegou minha mão. Andamos, tentando disfarçar, pelas macas até chegarmos ao corredor. Mal percebi quando começamos a correr.

Meu coração, já acelerado, alçou voo, martelando contra minhas costelas até me deixar sem ar.

Ouvi algumas enfermeiras gritando, no entanto, apertei o passo e me agarrei a Miles. Quando chegamos à parte de fora do hospital, senti o ar gelado me atingir. Continuei mesmo assim.

Mesmo depois de conseguir entrar no carro, que não estava estacionado muito longe, eu ainda podia sentir as batidas fortes do meu coração descontrolado.

Fazia algumas horas desde que saímos do hospital. Eram 04h. Eu estava me sentindo péssima. Tinha dificuldade para respirar, meu estômago doía e, acima de tudo, eu sentia medo de ter outra parada cardíaca. Um raio não cai no mesmo lugar duas vezes, não é?

Joguei tudo para o lado, me deitando no banco de trás de Edward e dormi por algum tempo. Eu estava fraca.

— Ari?

Fui acordada pela voz de Miles.

— Ariane? — Ele virou a cabeça para trás, reduzindo a velocidade do carro. — Ariane!

Abri os olhos, cansada.

— Não estou morta — sussurrei, arfando.

Ouvi seu suspiro. Parecia alívio.

— Você me assustou — foi só o que eu disse.

Esperei um pouco para falar. Precisava juntar energias.

— Você age como se odiasse tanto o mundo, Miles — murmurei alto o bastante para ele me ouvir.

Miles negou com a cabeça, seus olhos fixos na estrada.

— Guarda suas forças.

— É tudo encenação — continuei dizendo, abri um meio sorriso, mesmo sabendo que ele não veria. — As coisas que você faz por mim é que te entregam.

29

"Sei que é um choque, mas as pessoas traem. Mesmo aquelas em que mais confiamos."

(*Degrassi: The Next Class*)

— Ariane.

Pisquei algumas vezes, abrindo os olhos.

— Chegamos, Ari — chamou Miles, me acordando.

Levantei o mais rápido possível.

— Já? — Arregalei os olhos, pegando o celular. Eram 08h30.

Ele aquiesceu, apontando a casa da minha mãe. A arquitetura era moderna, muito bonita. Eu só a tinha visto por fotos.

— Demoramos três dias. — Ele deu uma risada fraca.

— Eu não vou conseguir. — Meu pulso acelerou. — Não vou.

Miles me olhou, sorrindo daquele jeito. Eu sabia que ele só estava fazendo o que fazia para me acalmar. Por dentro ele estava tão nervoso quanto eu.

— É claro que vai. Eu estou aqui — falou.

— Você me ajuda? — pedi.

— Claro. — Piscou. — Com o quê?

Tossi.

— A ficar apresentável — soltei, não querendo saber o estado das minhas roupas ou do meu cabelo.

— Está linda — Miles sorriu de novo.

Abri a porta, saindo do carro e me olhando no retrovisor. Meu cabelo estava totalmente bagunçado e, como eu imaginara, minhas roupas, amassadas. Eu não tinha muito que fazer com elas, mas consegui encontrar uma escova de cabelos em minha mochila.

— Não vou conseguir, Miles — choraminguei novamente.

— Vai dar tudo certo — insistiu, pegando em minha mão e caminhando ao meu lado até a porta da frente.

Respirei fundo. Bati à porta duas vezes.

Uma menina, um pouco menor que Becky, talvez uns sete ou oito anos, de cabelos e olhos negros, abriu a porta com um grande sorriso no rosto.

Perguntei-me se estava na casa certa, mas então avistei aquele rosto que jamais se apagou da minha mente.

— Olá! — saudou a garotinha.

— Oi — respondeu Miles, percebendo que eu não seria capaz de falar.

Sobre a cabeça da menina, vi minha mãe, no fundo da sala de estar, mexer em algumas caixas.

— Desculpa, mas quem é você? — perguntei à menina, sem levar em conta quão estranha eu poderia parecer.

— Eu quem te pergunto — retrucou, batendo os pés.

Vi minha mãe levantar o rosto para ver quem eram as visitas em sua porta, foi então que nossos olhares se cruzaram. Ela se levantou depressa e correu para a porta, parecendo esbanjar alegria.

— Ariane! — gritou sorrindo.

Meu coração errou uma batida.

— Mãe... — Contagiei-me e sorri também, enquanto ela me abraçava forte.

— Que saudade, filha! — exclamou, parando de me abraçar por um momento para encontrar meu olhar.

Nossos olhos tinham a mesma tonalidade, azul-turquesa. Nossos cabelos eram da mesma cor e só destoavam um do outro pelos cachos leves de minha mãe.

Assenti, radiante. Ela me abraçou forte mais uma vez.

— E quem é você? — perguntou, se direcionando a Miles com uma voz gentil.

Esforcei-me, mas não consegui tirar o sorriso do rosto. Fazia cinco anos que eu não via minha mãe e agora eu a tinha de volta.

Aquele momento era especial.

— Miles — disse ele, cumprimentando-a.

— Ah, claro... — Minha mãe me olhou com um olhar de "eu não

acredito nessa história, não", mas depois de um tempo sorriu novamente e nos convidou para entrar.

Por dentro a casa era enorme e muito linda — para variar. A sala era imensa, havia, pelo menos, quatro sofás, cortinas leves cobriam as janelas, tudo era muito arejado por causa do calor de Los Angeles.

Minha mãe se sentou em um dos sofás e pediu que eu me sentasse ao seu lado, mas a garotinha foi mais rápida e se sentou primeiro. Sentei-me ao lado de Miles no sofá da frente. Ele contornou minha cintura com seu braço, voluntariamente. Minha mãe observou o ato, mas não disse nada, apenas sorriu de um jeito... diferente.

A garotinha cutucou o braço de minha mãe e arregalou os olhos.

— Ah, claro — disse minha mãe. — Essa é Chloe.

— Oi, Chloe — falei, gentilmente.

— Me desculpe por ter sido grossa em sua entrada — suspirou Chloe. — Não sabia que você era minha irmã.

Irmã?

— Chloe... — queixou-se minha mãe. — Não é assim que contamos uma notícia.

Não tinha como Chloe ser minha irmã. Primeiramente, ela não se parecia em nada comigo. Sua pele era morena, seus olhos eram escuros e seus cabelos, enrolados. Quis me apegar aos detalhes idiotas, tentando contornar meus pensamentos.

— Irmã? — questionei, boquiaberta.

— Bem, sim — começou minha mãe. — Quero dizer, quase.

Assenti para que ela continuasse.

— Ela é filha do Fred.

Ah, claro, pensei, *Fred-sem-sobrenome.*

— Minha mãe morreu — falou Chloe com a voz rouca. — Pouco tempo depois, Raven, que agora chamo de "mãe", veio morar em nossa casa.

Os lados da mesma história eram tão diferentes — e complicados. Chloe perdeu a mãe, eu também. Chloe ganhou a minha mãe e eu não havia ganhado mais ninguém. Por que tinha de ser tão injusto? Eu não disse nada. Ela não tinha culpa, era só uma criança. Por outro lado, Rebecca também era uma criança e passou toda a sua vida sem ter uma mãe presente.

Tentei me controlar.

Ouvi minha mãe contar sua parte da história — não que fosse diferente, pelo contrário, era idêntica à de Chloe. Todos ganharam pessoas novas em suas vidas.

— Ah, já é tarde — suspirou minha mãe. — Vamos tomar café da manhã.

Peguei o braço de Miles, que ainda estava em torno da minha cintura, e olhei em seu relógio. Eram 08h45.

— Preciso conversar com você... — comecei.

— Pode falar — assegurou. — Tudo que você precisar.

— Eu preciso de sua ajuda — disparei, meus olhos estudando seu rosto em busca de alguma pista.

— Eu te ajudo em qualquer coisa. Não importa o que for — garantiu. — Podemos conversar na cozinha, enquanto coloco a mesa, estávamos arrumando algumas coisinhas e me esqueci do café.

Fiz que sim com a cabeça e a segui até a cozinha, deixando Miles sozinho com Chloe na sala de estar.

— Pode começar! — pediu, pegando alguns pratos. — É algo sobre seu namorado? Não venha com "ele é apenas um amigo, mãe", porque sei que não é. O jeito que ele te olha...

— Não é nada sobre Miles — falei rápido, com um pouco de humor na voz.

Ela falava comigo normalmente, como qualquer outra mãe. Até parecia que não havia me abandonado.

— Se não é nada com Miles, o que pode ser? — indagou.

— Eu estou com um problema. — Limpei a garganta. — Um dos grandes.

— Estou de ouvidos abertos — exclamou, enquanto distribuía os copos e xícaras pela mesa.

Controlei-me e falei. Contei tudo a ela. Contei sobre o que o Dr. Smith havia me falado, sobre Hayley não ser compatível, contei exatamente tudo.

— E, então, planejei uma viagem para o outro lado do país para te ver. Porque talvez você pudesse me ajudar ou porque talvez eu devesse me despedir — falei, por fim, orgulhosa por ter sido tão sincera.

Alguns segundos se perderam no tempo. Minha mãe parou de fazer o que estava fazendo, seu olhar fixo no chão. Ela demorou até conseguir responder. Pensei que o motivo fosse o fato de eu estar morrendo e ter ido vê-la para me despedir, mas me enganei.

— Eu não posso te ajudar, sinto muito. — E o tempo voltou a correr, ela voltou a arrumar os talheres em perfeita ordem na mesa.

— Mas eu pensei que... — comecei, hesitante.

— Pois pensou errado — ela me cortou. — O que achou? Que vindo para Los Angeles eu daria a solução para os seus problemas? Pois saiba que não é assim.

— Sim, eu entendo — declarei, me esforçando para não parecer triste. Eu não estava.

— Não, você não entende — disse, alto o suficiente para que somente eu, e mais ninguém, ouvisse. — Você deve estar pensando que sou apenas uma pessoa sendo honesta.

Quando saí de Nova York, pensei no que faria quando conversasse com minha mãe. Eu pediria ajuda ou me despediria dela. Se ela não tinha como me ajudar, teria que fazer a segunda coisa.

— Sim, você apenas falou o que deveria. Não ficou alimentando minha mente com falsas hipóteses. Apenas disse a verdade e eu acredito nela — eu disse, firme.

— Não, Ariane! — falou mais alto. — Não é isso o que uma boa mãe deve dizer a um filho. Você não entende?

— Está dizendo que não é mais uma boa mãe? — questionei, estranhando o rumo de nossa conversa.

— Estou dizendo que nunca fui uma boa mãe. Nunca fui uma boa mãe para Matt, nem para você, nem para Rebecca, e nunca vou ser a mãe que Chloe precisa — bufou.

Precisei de um momento para processar o que ela havia dito.

— Você era uma boa mãe — sussurrei, me lembrando de quando ela me ensinou a andar de bicicleta.

— Se eu fosse uma boa mãe, não deixaria meus filhos para trás — disse ela, com lágrimas que teimavam em cair.

— Eu não me importo! — falei alto, erguendo os braços. — Tudo bem que você nos deixou, tudo bem você formar outra família. Eu não me importo. Eu penso no futuro, mãe. — As lágrimas queimavam meus olhos. — Eu te perdoo.

— Eu não estou pedindo perdão — retrucou, sem mudar o tom de voz.

Pisquei, sem entender. Eu não acreditava no que ela estava me dizendo.

Minha mãe respirou fundo, sorriu ironicamente e piscou para afastar as lágrimas, que não caíram sequer uma vez.

— Como você pode falar isso...? — murmurei.

— Quando você era apenas uma criança, descobrimos que você tinha uma doença cardíaca. Não estávamos preparados para isso. O Dr. Smith nos informou sobre sua doença, mas, mesmo você estando no mesmo lugar que nós, não entendeu sequer uma palavra do que ele disse. Não te culpo por isso, você tinha apenas seis anos de idade. — Ela passou a mão pelo cabelo bagunçado para tentar abaixar alguns fios que saíram do lugar. — O que quero dizer é que, quando saímos do consultório, você me perguntou o que estava acontecendo. Menti dizendo que não era nada de mais, mas você sabia que não era verdade.

Ouvi cada palavra que saía da boca de minha mãe, sentindo o chão se abrir.

— Você me pediu algo que nunca esqueci: "Me conte a verdade, mamãe, seja honesta comigo." Como uma garotinha de apenas seis anos podia ser tão inteligente? — continuou ela, sorrindo de repente. — Eu te contei a verdade e prometi a mim mesma que, em toda a minha vida, não importava o que eu pensasse ou o que fizesse, sempre seria honesta com você.

Respirei fundo, tentando me concentrar em suas palavras.

— Essa foi a única promessa que cumpri, Ariane — suspirou. — E *nunca* vou quebrá-la. Estou sendo franca com você mais uma vez e você não percebe. Você é a única pessoa do mundo que é imune às minhas mentiras. Eu não sou uma boa mãe, fiz tudo errado e continuo fazendo, a única coisa certa que fiz foi essa promessa. Então, me desculpe, mas não posso te ajudar.

Minha mãe ainda estava com um copo na mão quando terminou de falar, piscou algumas vezes e voltou a se ocupar.

Não consegui conter as lágrimas. A dor as espalhou em minha camisa.

— Não seja fraca — ela disse, com um olhar arrogante —, não chore.

Franzi o cenho, limpando as bochechas. Eu não era mais uma criança, não precisava apenas ouvir calada.

— Pessoas choram não porque são fracas, choram porque vêm sendo fortes por muito tempo — falei usando o mesmo tom de voz, enquanto me levantava. — Você sabe o que eu precisei passar para chegar até aqui? Eu fiz o impossível para te ver. Tudo o que eu queria era um "oi, como você tá?", mas tudo que ganhei foi o resto da sua dignidade, mãe. Eu não preciso da sua ajuda, não mais. E também não preciso da sua compaixão.

Recolhi minhas coisas, minhas mãos tremiam.

— Eu tenho *pena* da Chloe! — E saí da cozinha.

Cheguei à sala de estar, Miles e a garotinha conversavam, animados. Percebi que Miles tinha algo na mão, mas não tinha certeza do que era, porque as lágrimas tinham deixado minha visão turva. Tudo o que eu queria era parar de chorar.

Miles encontrou meus olhos e sorriu, até perceber o que eu estava sentindo. Isso era uma das características que eu mais gostava nele. Ele sempre entendia e *percebia* o que eu sentia e eu nem mesmo precisava explicar.

Dei um pequeno sorriso em direção a Chloe e saí da casa.

Olhei em volta. Eu não conhecia nada naquele lugar, não sabia onde estava e nem o que fazer. Eu só não podia, eu não suportaria, ficar ali por mais tempo. Reconheci um som fraco vindo de longe. Andei em direção ao barulho por um tempo e encontrei o que eu procurava.

As ondas se quebravam quando se entrelaçavam. O vento bagunçou meu cabelo, mas não me importei, dei alguns passos e me sentei na areia, perto da água.

Tentei colocar meus pensamentos em ordem enquanto as lágrimas secavam.

Tudo bem, pensei, *você não pode se abalar. O que você estava esperando de uma pessoa que te abandonou?*

O que eu precisava fazer era me acalmar e seguir em frente.

Agora que eu tinha pelo que lutar, eu encontraria o que precisava.

Nada mais importava.

Eu só precisava encontrar outro jeito de continuar vivendo.

E eu conseguiria.

Às vezes, precisamos esquecer o que queremos para poder enxergar o que precisamos.

— Nunca mais faça isso comigo, por favor. — Ouvi a voz Miles vindo de trás. Ele se sentou ao meu lado na areia.

— Como me encontrou? — Apesar de tudo, sorri.

— Procurei por lugares que se pareciam com cenas de filmes — explicou, colocando o braço em torno de mim.

Encostei minha cabeça em seu ombro e mais uma vez senti como se apenas Miles conseguisse me proteger.

— Eu sinto muito — sussurrou, fazendo carinho em meus cabelos.

— Não precisa. — Virei-me para encontrar seus olhos. — Estou bem.

E era verdade, pelo menos eu queria acreditar que sim. Imaginei que seguir com o roteiro doesse menos do que remoer as cenas passadas.

— Você é tão corajosa — disse em meu ouvido. — Você passa por tantas coisas e ainda assim continua sorrindo e tentando encontrar uma forma de prosseguir. Me diz como não te amar?

Sorri, tímida. Encontrei seus olhos e senti sua respiração. Eu o beijei. Porque era ele quem estava me dando forças. Miles e suas infinitas formas de me compreender.

Ele se surpreendeu com minha iniciativa, mas se entregou ao beijo. A cada segundo que se passava, eu sentia mais vontade de viver. Viver por Miles.

— Não tem como não te amar — ele respondeu à sua própria pergunta. — Eu faria qualquer coisa por você.

— Você tem que parar de fazer tudo por qualquer pessoa — brinquei em um meio sorriso.

— Não é qualquer pessoa, é você... — Miles me beijou mais uma vez, explorando não só minha boca e meu corpo, mas também meus sentimentos. — Aquilo que você falou no hospital...

Ergui a cabeça.

— O quê?

— Sobre encontrar um coração. — Suas mãos estavam em meu rosto, eu tinha a impressão de que poderia cair se ele não estivesse me segurando. — Você disse que é tão difícil encontrar um que conseguiu encontrar o amor primeiro.

Sorri, sentindo minha nuca queimar.

— Não é estranho como as coisas acontecem? — questionei, retoricamente. — Procurei por um coração, mas encontrei você.

E, então, percebi.

Eu não o amava apenas pelo que ele era, mas pelo que eu era quando estava com ele.

30

"Eu morreria por você.
Quase morri algumas vezes."
(*Supernatural*)

As horas estavam passando depressa.

Sempre ouvi falar que idas são demoradas e as vindas, sempre mais curtas. Não sabia que era verdade.

Eram apenas 14h e já estávamos no Novo México, que foi onde paramos para almoçar. Comi meu macarrão e um pedaço da lasanha de Miles.

Revezamos nosso tempo com Edward. Eu dirigia duas horas e Miles, outras duas. Esse foi meu plano para fazê-lo descansar — ele tinha virado a madrugada no volante e passado toda a noite comigo no hospital —, porém, como sempre, Miles se recusou a dormir. Disse que tinha medo de morrer comigo no volante, mas eu sabia que aquilo se resumia à noite passada e à parada cardíaca.

Eu já estava bem melhor, obrigada!

As paradas só aconteceram duas vezes, uma para abastecer e ir ao banheiro e a outra para comprar algumas coisas para comermos mais tarde.

Paramos em um estacionamento vazio em Ohio e descansamos por algumas horas. Acabamos dormindo mais do que o necessário. Quando acordamos, Miles me garantiu que estava renovado e pronto para bater mais algumas horas com Edward.

O relógio marcava 21h25 quando comecei a reconhecer algumas placas. Estávamos em Indiana novamente. Reconheci aquela travessa de quatro mãos quando vi o *Mc Donald's*, o *KFC* e o *Taco Bell* acoplados a um *Subway*.

Minhas horas com Miles estavam acabando. Quero dizer, dali a alguns estados, eu estaria novamente em minha casa e só o veria na escola. Isso se eu não fosse internada.

— O que você acha... — chamei sua atenção — de darmos uma passadinha naquela festa?

— Qual festa? — Miles questionou, freando em um semáforo.

— Aquela do seu amigo — lembrei, com vergonha por estar sendo tão direta. — Gardner.

Os olhos de Miles se estreitaram.

— Ah! Essa festa — falou. — Você não acha que devemos continuar dirigindo? Vamos chegar mais rápido.

Ele voltou a dirigir quando o farol piscou em verde.

— Na verdade — recomecei —, não.

Miles riu, parecendo estranho de repente. Senti-me mal por forçar a barra.

— Está ficando tarde — completei —, talvez a festa esteja acabando.

— Vai por mim, ela só está começando.

Eu consegui escutar o barulho da festa assim que viramos a esquina. A casa de Gardner era bem grande, mas não consegui reparar nos detalhes dela. Havia algumas pessoas do lado de fora, conversando e bebendo.

Descemos do carro, Miles segurando minha mão direita. Meu pulso se acelerou quando percebi que minhas roupas não haviam sido feitas para festas como aquela. As garotas estavam usando vestidos colados e saias curtas enquanto eu vestia um short jeans e uma blusa de alcinhas.

Gardner estava nos esperando no batente da porta. Miles havia mandado uma mensagem para ele.

— Não acredito que vocês vieram — riu, gritando. — Pessoal, Miles Bennet chegou!

O amigo de Miles me abraçou.

— Vamos nos conhecer melhor hoje, Ari — continuou rindo, me soltando.

— Não vamos demorar, cara — Miles se apressou em dizer. — Temos que estar em Nova York de manhã.

O garoto de cabelos castanhos balançou a cabeça.

— Pelo menos apareceram — ponderou. — Eu ainda tenho que esperar algumas meninas, mas fiquem à vontade. Daqui a pouco eu encontro vocês. Encham a cara!

Miles apertou minha mão.

— Eu estou dirigindo — falou, rindo.

As pessoas se misturavam pela sala escura — iluminada apenas por luzes artificiais coloridas — enquanto eu tentava contá-las. Havia, pelo menos, cem pessoas ali, o que me deixou um pouco abalada. Minha casa era maior do que aquela e eu tinha quase certeza de que não cabia nem a metade daquele povo na minha sala de estar.

Nossos ouvidos foram preenchidos por *Mama*, de Jonas Blue e William Singe enquanto nos aproximávamos da mesa de bebidas. Como estávamos dirigindo, bebemos apenas refrigerante. No entanto, para compensar a bebida, comemos pra caramba!

Nove músicas — eu contei e poderia até mesmo listá-las, mas não estava com vontade — se passaram e, com elas, o nosso tempo. Embora eu não estivesse com pressa de ir embora, Miles parecia impaciente, como se estivesse louco para sair dali. Seus pés batiam no chão e seus braços estavam cruzados.

— O que foi? — perguntei em seu ouvido, meu corpo se mexendo no ritmo da música. Miles negou com a cabeça, querendo me confortar. — Por que está com essa cara? — insisti, ficando de frente para ele.

Respirou fundo, respondendo baixo. Não consegui ouvir.

— Oi?

— Estamos perdendo tempo — disse mais alto. — Você está com problemas.

Parei de me mexer.

— Como assim?

Miles voltou a falar. De novo, não entendi. Cerrei os olhos para ele.

— Você está morrendo, Ariane! — gritou, levantando as mãos, atônito.

Não soube o que responder, de modo que não reagi. Continuei ali, em meio àquela multidão desconhecida, ouvindo Martin Garrix.

Miles me pegou pelos braços e me arrastou pela casa de Gardner. Subi a escada ao seu lado, mas era como se estivesse anestesiada. Tentei tomar alguma atitude, mas só consegui me perder ainda mais na loucura em que se encontrava minha cabeça.

— Me solta, Miles! — consegui falar, tentando me desprender dele quando chegamos ao topo da escada.

Ele continuou apertando meus braços, o local onde segurava começando a se avermelhar.

— Miles! — gritei sobre a música, cambaleando pelo corredor do andar de cima. — Me solta!

Ele não se mexeu, sequer olhou para mim. Era como se meus gritos fossem sussurros.

Desisti, parando de me mover. Estávamos parados em frente a uma porta marrom. Ele bateu algumas vezes. Não falei nem mesmo uma palavra, assim como Miles, que tinha seus olhos fixos na madeira da porta. Alguns minutos depois, a porta se abriu. Uma garota saiu do quarto, arrumando os cabelos e, em seguida, um cara, abotoando a camisa.

Miles, ainda me segurando, me colocou para dentro do quarto, fechando a porta atrás de si e abafando o som da música. Então, finalmente me soltou.

— Vai se ferrar, Miles! — berrei, me afastando, passando a mão sobre o local onde ele havia me apertado. Não estava doendo, mas havia me assustado.

Ele continuou sem dizer nada. Caminhou de um lado para o outro por algum tempo, seus braços cruzados. Seu rosto estava totalmente contorcido, como se sentisse dor.

Não me atrevi a abrir a boca. Tinha certeza de que, se o fizesse, o xingaria. Primeiro por ter me segurado e, depois, por ter dito que eu estava prestes a morrer. Sentei na beirada da cama de casal que havia no meio do quarto.

— Não é mentira — sussurrou Miles, parando de andar.

Ele não me olhou, continuava fitando o chão.

— Eu não estou errado, Ariane — alegou, me encarando pela primeira vez. — Você tem pouco tempo. Tem pouco tempo e o está desperdiçando. Está precisando de médicos e nem mesmo se importa com isso.

Limpei a garganta.

— Você disse que eu estou morrendo. — Sorri, irônica.

— Você está. — O rosto de Miles estava franzido, seus olhos brilhando. — E a culpa é minha.

Tossi, sem querer. O quê?

— Sua?

Miles aquiesceu, vencido.

— Se eu não a tivesse levado até Los Angeles, você poderia estar recebendo os cuidados que precisa — cuspiu, com raiva. — Eu estou te matando.

Eu tinha certeza de que não tinha entendido.

— E você sabe! — ele voltou a dizer, se aproximando bruscamente, ficando de joelhos em minha frente, tocando minhas pernas com as mãos. Miles sussurrou: — Sabe que eu estou te matando e sequer me impede.

Não saía nada de minha boca, mas lágrimas brotaram em meus olhos. Ele jogou a cabeça para trás, totalmente desamparado.

— E agora eu estou te fazendo chorar — murmurou, passando uma das mãos em minha bochecha. Sua cabeça estava tombada para o lado, me observando de perto.

— Por que está dizendo essas coisas? — Solucei, querendo abraçá-lo.

Ele balançou a cabeça freneticamente.

Miles estava perdido. Perdido dentro de coisas que ele mesmo havia inventado. Perdido nos meus problemas. Seu coração estava partido.

A verdade era que eu não conseguia imaginá-lo com o coração partido. Fazia o meu doer.

Segurei sua mão, a que estava pousada em minha bochecha, e a devolvi. Miles parecia detonado. Coloquei minhas mãos em seus ombros. Ele se assustou.

— Miles... — chamei-o. Ele não me olhou. — Por favor, olhe para mim.

Devagar, observei sua cabeça se levantando.

— Naquela noite do jantar, a primeira vez que você foi à minha casa. Eu tive uma crise e você gritou comigo, falando que eu não me importava com as pessoas que estavam à minha volta e era por isso que eu tentava ignorar minha doença. — Abaixei-me, sentando-me ao seu lado, minhas mãos ainda sobre sua pele quente. — Era verdade. Tudo o que você me disse era verdade. Eu não tinha... Eu não *encontrava* motivos para viver. Mas, então, eu te conheci de verdade. Agora eu tenho motivos para viver.

Notei os olhos dele passeando pelo meu rosto.

— Você me ensinou coisas que eu jamais poderia aprender sozinha e me disse coisas que ninguém nunca me disse — continuei, minha voz trêmula. — Você estava comigo quando eu precisei e ainda está. A minha vida toda foi um borrão cinza, mas você chegou e coloriu tudo.

Tentei respirar.

— Então, não. Você não está me matando só porque me levou aonde eu queria estar, você está me salvando porque, quando eu penso em desistir, você aparece e me faz mudar de ideia. — Senti as lágrimas rolarem e fechei os olhos.

— Ariane...

Balancei a cabeça, pedindo para continuar.

— Por favor, nunca pense ao contrário, Miles. — Agora eu soluçava. — Você me fez ver vida onde eu achei que jamais poderia existir. Deu-me uma infinidade onde eu só conseguia ver dias contados.

— Calma, pare de chorar — pediu, apoiando minha cabeça em seu peito. — Eu...

Levantei-me, fitando-o novamente.

— Eu passei a vida sem sentir nada, Miles — eu interrompi. — Não podia nem mesmo sentir o vento no meu rosto. Agora eu posso, mas isso não é *nada* comparado ao que eu sinto por você.

— Ariane...

Não o deixei falar. Apenas avancei sobre ele e o beijei. Miles me puxou para seu colo, colando nossos corpos. Ele prendeu meu cabelo em uma das mãos, puxando minha cabeça para trás, e sustentou meu corpo, apoiando a outra mão em minhas costas. Eu não tinha forças para nada, apenas para abraçá-lo, de modo que meus braços estavam em volta de seu pescoço e costas.

Era como se, mesmo dessa maneira, ainda houvesse milhões e milhões de quilômetros entre nós. Como se ainda restasse tanto espaço a ser preenchido. Era pouco.

Miles me beijava de uma maneira tão desesperada, como se temesse me perder. Era bom e eu reconhecia aquele sentimento. Amor. Miles me beijava com... Amor.

Ele estava com as costas apoiadas no pé da cama, sua cabeça estava pendendo para trás, aproximando-se do colchão quando eu a empurrei para trás. Coloquei uma perna de cada lado do corpo dele e usei tudo o que eu tinha para mostrar meus sentimentos.

Puxando meus cabelos, Miles se afastou, beijando meu pescoço, o que fez meus pelos se arrepiarem e meu corpo estremecer. Ele traçou uma fileira de beijos até minha clavícula, empurrando as alcinhas da minha blusa pelos ombros, deixando-as cair. Passei minhas mãos por dentro de sua camisa, provando sua pele quente e querendo senti-la por todo meu corpo.

Só entendi o que ele estava fazendo quando um de seus braços serpenteou por baixo dos meus joelhos. O outro amparou minhas costas e a próxima coisa que eu notei foi Miles se levantando, colocando-me sobre a cama. Ele fez isso tudo sem afastar os lábios dos meus.

Abri os olhos por um segundo, contemplando minha vista. Miles tinha os cabelos bagunçados e saber que havia sido eu quem fizera aquilo me causava arrepios nos lugares mais inconvenientes possíveis. Ele ainda estava de pé, me fitando de cima enquanto tirava a camiseta pela cabeça e a calça logo em seguida.

Seu rosto estava sério, mas eu consegui identificar o começo de um sorriso torto. Miles deitou sobre mim, uma das mãos sustentando seu peso e a outra passeando pelas minhas pernas. Não percebi o que eu estava fazendo até terminar de desabotoar meu short jeans. Miles o retirou, jogando-o no chão, seu rosto próximo do meu, respirando pesadamente na curva do meu pescoço.

Levantei-me, tirando a blusa e indo em sua direção. Miles me agarrou pela cintura, fazendo-me revirar os olhos. Ele depositava beijos molhados por toda a extensão do meu corpo, sem nunca me soltar.

Meu coração se atrapalhou e errou várias batidas antes de começar a golpear contra as costelas.

Miles pousou as duas mãos sobre meu rosto, fazendo-me abrir os olhos e encará-lo. Não consegui conter o sorriso. Ele era muito lindo. Sua pele clara estava corada, seus lábios curvados para cima e seus olhos... eles me fitavam, tão penetrantes que julguei serem capazes de desvendar todos os meus segredos.

Nossos lábios se colaram, abrindo e fechando. Miles tinha as mãos ágeis e o corpo quente era disso que eu me lembrava.

Uma descarga elétrica perpassou meu corpo quando não havia mais nada entre nós, apenas pele. Era como se eu estivesse magnetizada. Assim como um ímã e metal, conforme Miles se movia, eu ia junto com ele. Repetidas vezes.

Estávamos mais juntos do que nunca e eu jurei que nada podia superar o que eu estava sentindo naquele segundo. Um misto de sensações que nunca havia provado. Estar — principalmente daquela maneira — com Miles só comprovava o que eu já estava sentindo. Ele não queria me perder. E eu também não queria deixá-lo.

Senti uma confusão de emoções se apoderando do meu peito. Era a confirmação de que, quando eu chegasse em casa, faria o impossível para conseguir o que precisava: um coração.

Só assim conseguiria ficar com Miles.

As possibilidades me deixaram inquieta.

31

"Se o mundo não se adapta a você, você tem que se adaptar a ele."

(Stranger Things)

As luzes da cidade e a do sol se misturavam quando chegamos a Nova York. Minha casa. Eram 08h.

As pessoas corriam pelas ruas, apressadas, e o trânsito estava parado. Cada coisa em seu devido lugar, assim como quando eu a havia deixado. Tudo estava exatamente igual e, por um segundo pensei que, se não conseguisse sobreviver, nada mudaria. As pessoas continuariam trabalhando e os carros ainda congestionariam a cidade. Eu não influenciaria as pessoas, minha morte não influenciaria — tal como a minha vida.

Miles bocejou me lançando um sorriso enquanto eu voltava para a vida real. Tentei desviar os olhos, mas não consegui, me lembrando da noite anterior.

Um arrepio percorreu minha espinha. Pensei ser sintoma da lembrança da noite passada, porém não era. Mais uma vez fui fraca. Minha visão escureceu, meus olhos turvaram e eu não conseguia enxergar o que estava ao meu redor. Consegui sentir um aperto em meu peito, mas a dor não me deixou raciocinar para identificar o que era aquilo. Tentei apurar meus sentidos, mas a única coisa que eu ouvia era Miles, que gritava.

Bom seria se pudéssemos ver o final antes de começarmos com tudo.

Se eu soubesse como tudo acabaria, não começaria com nada. Não me daria esperanças e nem mesmo *tentaria*.

Abri os olhos com dificuldade e tentei decifrar onde estava. Olhei ao redor. Era tudo branco, as leves cortinas permitiam que uma pequena brisa de vento me alcançasse, os lençóis claros estavam me irritando, tentei arrancá-los. Sem sucesso. Algo me prendia na maca.

Olhei para baixo e reparei que fios se ligavam ao meu peito. Segui os fios com os olhos e encontrei um monitor que media meus batimentos cardíacos, além de vários outros fios — que eu não fazia a mínima ideia do que poderiam fazer — estarem conectados em outras partes do meu corpo.

Desesperei-me.

Por que eu estava internada? Por que havia máquinas conectadas a mim? O monitor comprovou meu desespero, tentei me acalmar, mas não houve como.

Assim como aconteceu em Las Vegas, eu não me lembrava de nada que tinha acontecido. Não sabia por que e nem como.

Bateram à porta e um segundo depois meu pai entrou, seus olhos escuros.

— Pai... — sussurrei sem força, minha garganta estava seca.

— Ariane! — exclamou ele, correndo ao meu encontro.

Precisei de um segundo. Eu estava com saudade e mal tinha percebido. Tentei, com muito custo, retribuir o abraço, mas não consegui.

— O que houve? — perguntei, hesitante. — Por que estou aqui?

— Miles a trouxe — explicou meu pai, com o olhar perdido no monitor ao meu lado.

Miles.

Então a viagem não havia sido apenas um sonho.

— Onde ele está? — perguntei, aflita.

— Acalme-se, por favor, seu coração está muito frágil. — Seus olhos pediram. — Ele está na sala de espera. Não deixam pessoas de fora da família visitar.

— O que houve? — repeti, mais insegura do que nunca.

— Você deveria ter me dito sobre o transplante antes de tudo isso. Eu poderia te ajudar. Mas agora estamos com medo e nem o Dr. Smith sabe ao certo o que deve fazer — falou, desviando o olhar. — Somos sortudos por Miles tê-la trazido para cá, caso contrário, estaríamos perdidos e provavelmente você...

— Pai, eu... — comecei, cansada.

Queria falar que sentia muito por ter escondido segredos dele, por ter atravessado o país sem sua permissão, queria agradecer tudo o que ele fez e queria dizer que, se algo me acontecesse...

— Não fale! — pediu, me interrompendo. — Você precisa descansar.

Anuí com a cabeça, concordando.

— Vamos dar um jeito, Ari, não se preocupe. — Ele me deu um beijo na testa e piscou algumas vezes. — Eu volto logo — falou, por fim.

Meu pai atravessou a porta e saiu do quarto.

Imaginei que, se tivesse contado ao meu pai sobre o transplante no dia em que o Dr. Smith me alertou, poderia haver uma probabilidade de eu não estar conectada a máquinas e respirando por cânulas. Não havia o que fazer em relação àquilo, certo? Não havia solução, eu não tinha respostas nem perguntas.

Eu não tinha certeza de mais nada.

— Ariane Sparks! — gritou uma voz que eu seria capaz de reconhecer em qualquer lugar.

Era Callie abrindo a porta. Busquei forças e sorri. Não tinha ficado tanto tempo fora, mas também estava com saudade da minha melhor amiga.

Percebi tarde demais que seu rosto transpirava raiva.

— Não acredito nisso. Como pôde esconder isso de mim? — perguntou, se aproximando.

— Como você entrou? — interrompi. — Meu pai me disse que apenas familiares poderiam entrar.

— Isso não vem ao caso! — berrou, controlando a voz em seguida. — Eu não acredito que você escondeu isso de mim. Escondeu que estava prestes a... — Ela não terminou.

Abaixei os olhos.

— Fiquei com medo, Callie — admiti. — Não sei... Medo de assustar vocês. Ou decepcionar.

Minha melhor amiga soltou o ar, sentando-se na beirada da cama. Ela desviou o olhar, querendo esconder os olhos chorões, e, quando se voltou para mim, havia um sorriso em seu rosto.

— Não o coração, boba. Isso aí é um detalhe — mentiu, brincando. — Escondeu a sua viagem romântica com Miles.

— Não foi uma viagem romântica — bufei, rindo.

— Não acho que tenha sido uma viagem a negócios — exclamou

Callie, cruzando os braços, escondendo o riso. — Como está a sua mãe?

Fui atingida por um raio. Eu tinha certeza. Porque o buraco que se abriu em meu peito foi devastador.

— Não aconteceu como achei que fosse — soltei, contando tudo o que minha mãe tinha dito para mim.

Callie cerrou os punhos, brava.

— Que mulher dos infernos! A sua mãe é louca.

Balancei a cabeça, concordando.

— Quero socar alguma coisa, me dá um travesseiro — ela pediu.

Eu ri.

— Cala a boca! — Tomei uma lufada de ar, sentindo o quarto rodar. Segurei-me nos lençóis por precaução.

— O que foi, Ari? — Os olhos de Callie vagavam sobre mim.

Tossi, piscando.

— Estou bem — consegui dizer.

Vi lágrimas brotarem em seus olhos, ela piscou algumas vezes, deixando cair algumas enquanto pensava no que dizer.

— Sim, você está bem. — Sorriu, hesitante.

Eu conhecia Callie há muitos anos. Tínhamos crescido juntas. E se tinha uma coisa que eu sabia era que ela não era capaz de mentir. Estavam mentindo para mim. Estavam me escondendo notícias sobre minha saúde.

Em minha cabeça a única pessoa que estava sendo totalmente sincera comigo há dias apareceu em meus pensamentos.

— Onde está Miles? — perguntei, respirando fundo.

— Ele não pode entrar, amada, sinto muito — suspirou Callie.

— Eu preciso falar com ele! — insisti, alto, tentando me levantar. Parei de tentar quando, finalmente, vi que não daria certo. — Eu *preciso*, Callie...

— Ah, meu Deus, você se apaixonou — sussurrou, séria.

Engoli em seco, sentindo as lágrimas.

— A culpa é sua — despejei, soluçando. — Por ter feito o possível e o impossível para nos juntar.

— Ah, meu amor... — Callie se aproximou ainda mais, me abraçando.

— Não era para isso acontecer. — Limpei o rosto.

Minha amiga me olhou, sorrindo.

— Descansa um pouco, amada — pediu. — Vou fazer o máximo para trazer o Miles.

— Obrigada — balbuciei

— Você ficará bem, amada. Eu juro.

Assenti de leve enquanto ela andava em direção à porta.

— E se quer mesmo saber como entrei aqui... — disse, depois de ter aberto a porta. — Eu subornei uma enfermeira.

32

"Eu olho para você e me dói tanto saber que não podemos ficar juntos."

(Gilmore Girls)

Passei a noite em claro. Callie me disse que faria Miles conseguir entrar, mas ele não apareceu. Eu não o culpei, ele poderia estar cansado também. Já passava das 22h e eu me revirava na maca, procurando alguma coisa boa para assistir.

— Posso entrar? — aquela voz...

— Miles? — perguntei, animada.

— Você me parece bem, Sparks — ele disse, com pena no olhar, quando chegou ao meu lado, deixando uma bolsa no chão. — Trouxe algumas coisas.

Balancei a cabeça, grata por ele estar ali, mas confusa por ter mentido. Eu havia passado tempo demais com Miles, sabia quando ele estava se sentindo preocupado.

— Eu não tenho nada de mais, pelo menos é o que me falaram. Vou ficar bem em breve — sustentei a mentira, talvez ele se sentisse melhor com ela, assim como pensou que eu me sentiria com a sua.

Miles hesitou em responder e desviou o olhar para o monitor que apitava no ritmo das batidas do meu coração.

— Isso não te incomoda? — questionou, tentando recompor-se.

— Um pouco... — comecei rápido. — Miles?

— Sim? — Direcionou o olhar para mim, piscando.

Engoli em seco.

— O que aconteceu comigo? — perguntei, hesitante.

— *Nada* — garantiu, e por um momento vi seus olhos me transmitirem segurança. — Eu estou aqui e não vou deixar nada te acontecer.

Não consegui me conter.

— O que... O que aconteceu comigo? — insisti na pergunta.

Ele se sentou na beirada da maca, segurando minha mão. A sua tremia. Miles abriu a boca, mas a fechou, e então a abriu de novo.

— Não foi uma parada cardíaca como em Las Vegas, Ari — conseguiu dizer, seus olhos dentro dos meus. — Foi apenas uma crise mais grave. Mas os médicos estão receosos e querem ter você aqui. Por precaução.

Aquiesci, desviando o olhar. Eu não queria desmoronar. Não agora.

— Não se preocupe, Ariane — pediu Miles, apertando minha mão. — Vai dar tudo certo.

Respirei fundo, me controlando, voltando a encará-lo.

— Mas... por quê? — Não me referi ao meu estado, referi-me a ele me querer bem.

Não precisei explicar. Miles entendeu.

— É simples... você me completa — disse com um meio sorriso no rosto. — Se algo te acontecer, acontecerá comigo também.

Lágrimas caíram e eu não me importei em segurá-las, não desta vez.

— Ei! Não chore, por favor — suplicou, num sussurro. — Não como ontem.

Aquiesci, tentando sorrir. Na noite passada eu havia chorado copiosamente em seus braços e depois nos perdemos um no outro. Eu sabia que Miles estaria ali por mim, sempre que eu precisasse.

Acho que voltar a se apaixonar depois de um tempo é como fazer aquelas viagens longas, que a gente passa quase um mês fora, morrendo de saudade do conforto de casa, mas adorando as paisagens novas, desconhecidas, inesperadas e completamente surpreendentes.

— Miles? — chamei novamente.

Ele atendeu, com os olhos faiscando.

— Obrigada!

Seu cenho se franziu enquanto se levantava, soltando minha mão.

Não, ele não podia ir embora agora. Meus olhos se estreitaram, em pânico. Miles não podia me deixar. Meus batimentos cardíacos me denunciaram, apitando em nossos ouvidos.

— Calma, Ari — pediu, passando as mãos em meus cabelos. — Eu só vou me deitar com você. Não ia embora.

Ele chegou mais perto e se deitou na ponta da maca, junto a mim.

Afastei-me um pouco, dando-lhe mais espaço, ele se ajeitou e ficou com o rosto a centímetros de distância do meu.

— Viu? Está tudo bem — sussurrou, seu hálito fez cócegas em minhas bochechas. — Eu sei que isso pode parecer meio precipitado e...

— Miles... — interrompi.

— Não! — Ele não me deixou continuar. — Me deixe terminar. Estou treinando para te falar isso há dias.

Sorri.

— Tudo bem.

— Eu sei que pode parecer meio precipitado e meio irresponsável, mas eu não consigo mais me controlar. Quando eu estou com você, não me sinto normal, sinto que sou capaz de fazer qualquer coisa. Você causa esse efeito nas pessoas, Ariane. — Respirou fundo, curvando a cabeça.

Não havia palavras para expressar o que eu estava sentindo naquele momento. Então, em vez disso, um grande sorriso brotou em meu rosto, levei minha mão até seu pescoço e pousei-a ali.

Miles continuou:

— Eu costumava viver como se só eu existisse, mas agora gasto meu tempo pensando em como posso tirar você da minha cabeça. Eu nunca realmente me entreguei, mas então você chamou a minha atenção, dando-me a sensação de ter sido atingido por um raio. — Miles tinha a voz rouca. — Todo mundo está tentando ser alguém na vida, se tornar rico ou famoso, mas quando eu olho para você, não dou a mínima para isso, porque tudo que eu quero é ser alguém pra você.

Mordi meu lábio inferior. Miles encostou sua testa na minha permitindo que compartilhássemos do mesmo ar.

Tudo o que eu queria era tocar nele.

— Ontem você me disse que eu a estou salvando. Todos os dias, desde que te reencontrei, penso em como posso fazer isso. — Miles aproximou seu rosto do meu. — Ariane, eu te amo. Demorei em descobrir, mas não posso fingir que esse sentimento não existe.

Minha respiração estava entrecortada.

— Você já me salvou mais vezes do que eu posso contar — garanti, abraçando-o.

No monitor, meus batimentos cardíacos tornaram-se mais rápidos do que o normal.

Eu não aguentava mais. Estiquei meu pescoço, colocando minha mão sobre sua bochecha, era quente. Beijei Miles, e ele correspondeu na mesma intensidade, me deixando um pouco tonta.

A cada segundo eu me apaixonava mais e mal podia notar. Envolvi seu pescoço com minhas mãos enquanto ele apertava minha cintura com uma das mãos e acariciava meus cabelos com a outra.

E nunca era o bastante. Apenas um beijo, apenas um toque ou um abraço. Nunca fora o bastante. Eu sempre quis tudo. Miles por inteiro. Era dele que eu precisava durante toda minha vida.

— Cada segundo ao seu lado me faz perder o fôlego. — Miles murmurou em meio aos beijos. — Não vou deixar que nada te aconteça.

Apoiei minha cabeça em seu peito e, antes que eu percebesse, estava dormindo.

O amor é como os batimentos cardíacos. Nas horas finais, tornam-se mais fortes.

Dormi por longas horas.

Imaginei ter sonhado com enfermeiros.

E voltei a dormir.

33

"O PIOR DIA DE AMAR ALGUÉM É QUANDO O PERDEMOS."

(Arrow)

Acordei com um gosto estranho na boca. Senti frio e tentei me abraçar, mas fui impedida. Não conseguia me mexer. Estava sonolenta e um pouco grogue.

Ouvi uma respiração forte ao meu lado, pensei que talvez fosse Miles, mas quando virei a cabeça vi apenas um enfermeiro trocando meu soro.

— Oh, você acordou! — ele disse gentilmente.

Tentei focalizar minha visão e olhei para o relógio de ponteiros grandes que estava posicionado atrás do enfermeiro moreno.

Já passava das sete da noite. Eu não podia ter dormido tanto tempo, era quase impossível. A não ser que eu estivesse dopada.

Limpei a garganta.

— Que dia é hoje? — perguntei com a voz rouca para o enfermeiro.

— Domingo, senhorita... — Ele pegou meu prontuário e o analisou por um segundo. — ... Sparks.

Gargalhei, nervosa.

— Está brincando comigo — concluí.

— Por que está rindo? — ele perguntou, indignado.

Dei de ombros.

— Não tem como ser domingo — expliquei. — Dormi na sexta e acordei no domingo? — Ri de verdade. — Não tenho o sono tão pesado assim.

O enfermeiro fez uma cara estranha e pegou meu prontuário mais uma vez.

— Temos que avisar sua família que você já despertou da anestesia — avisou ele.

— Anestesia? — Cerrei os olhos. — Eu não me lembro de...

— Sua cirurgia foi um sucesso! Parabéns! — ele me cumprimentou.

Abri minha boca e a fechei novamente.

Eu ainda estava sonhando.

— Cirurgia? — indaguei, ainda mais nervosa. — Eu... o quê? Você está louco.

— Não, está escrito aqui — falou, me mostrando o prontuário.

Peguei o prontuário com cuidado de suas mãos e analisei, boquiaberta.

A data marcada era domingo; levei um assusto novamente. Surpreendi-me com o que li. Eu tive uma parada cardíaca às 03h37 de sábado. Conseguiram me reanimar cinco minutos depois. Tive outra parada às 06h11. Conseguiram me reanimar dez minutos depois. Tiveram que me entubar às 10h0. Havia entrado na sala de cirurgia, às 14h23 e tinha saído às 20h38 do mesmo dia. Meu doador não fora identificado.

Fosse quem fosse meu doador, eu seria grata a ele pelo resto da minha vida.

— Eu não vou morrer? — perguntei, com um meio sorriso no rosto, ainda hesitante.

— Tenho certeza de que você vai viver. — Ele tirou o prontuário de minhas mãos. — Mas terá que cumprir o tratamento.

Não pude deixar de sorrir.

Senti meu novo coração se agitar dentro de mim.

Mordi o lábio, querendo gritar de felicidade. Não haveria mais com o que me preocupar, eu teria minha vida de volta e não teria mais crises.

O enfermeiro sem nome me deixou rindo sozinha no quarto e, provavelmente, tinha ido avisar minha família e os médicos que eu estava acordada. Não conseguia descrever o que estava sentindo.

Dois minutos depois alguém bateu à porta, torci para que fosse Miles, mas era óbvio que não era. Meu pai entrou no quarto e andou até a mim, com lágrimas nos olhos.

— Minha filha... — murmurou, passando a mão em meus cabelos.

— Pai, eu não me lembro de nada. Não *vi* nada — comecei, rindo, muito feliz. — O que aconteceu?

Eu tinha lido o prontuário, mas queria respostas de verdade.

— Conseguimos um coração compatível. Foi tudo tão rápido, não podíamos ter perdido tempo — desabafou.

Minha respiração estava acelerada e um sorriso bobo não queria me deixar em paz.

— Então quer dizer que eu vou *viver*?! — questionei, animada, no mesmo instante em que o Dr. Smith entrou pela porta. — Obrigada! Muito obrigada! Eu vou viver, não vou?

O médico riu comigo, respondendo minhas perguntas.

— Pai — gritei, eufórica —, eu preciso conhecer meu doador, quer dizer, a família dele... Eles me salvaram e sou infinitamente grata.

Notei uma hesitação partindo de meu pai.

— Meu amor, você precisa descansar — afirmou, desviando o olhar para o Dr. Smith, que, de repente, pareceu alarmado. — Mais tarde conversaremos sobre isso.

— Tudo bem. — Fiz que sim com a cabeça.

Ele e o Dr. Smith sorriram e estavam prontos para me deixar novamente.

— Pai? — sussurrei.

Ele me olhou, atento.

— Preciso conversar com Miles. Pode mandá-lo subir? — Os músculos do meu rosto até doíam por ficarem tão apertados.

Meu pai olhou alarmado para o Dr. Smith, deixando-me apreensiva, de repente. Ele disse:

— Precisaremos conversar agora.

Aos poucos, meu sorriso foi sumindo. Tinha alguma coisa errada que meu próprio pai e meu médico estavam com medo de me contar. Eu sabia que tinha toda aquela frescura de "não assuste o coração novo", mas não podia ser tão ruim, podia?

— Ariane — era o Dr. Smith que falava —, o coração que está batendo dentro de você, na verdade, pertence ao Miles.

Foi como se o tempo tivesse parado.

Eu me neguei a entender o que ele tinha acabado de dizer.

Era mentira. Era mentira. É claro que era mentira!

Não tinha como ter acontecido aquilo.

Abri a boca e fechei, sem saber o que pensar. Minha cabeça estava doendo, e eu não conseguia raciocinar. Minha visão estava escura e, por um momento, não vi nada.

— Ariane, você está me ouvindo? — testou o médico.

Fechei os olhos.

Talvez, se eu mantivesse os meus olhos fechados, eu conseguiria acordar daquele pesadelo. Porque não havia outra explicação. Aquilo era, de fato, um pesadelo.

Ouvi os apitos do monitor cardíaco.

Se aquilo era um sonho, pensei, por que eu não estava conseguindo acordar?

O ar não chegava aos meus pulmões e eu tinha certeza de que o meu sangue tinha parado de circular. Pisquei inúmeras vezes, mas não consegui sair daquele transe.

Não era real. Não era real.

Não era real. Não era real.

Não era...

— Ariane! — Ouvi a voz do Dr. Smith ao meu lado, ele havia colado a ponta do estetoscópio em meu peito. — Você tem que se acalmar.

Eu arfava. Estava com medo. Estava com frio.

Senti as lágrimas rolando, mas não consegui distingui-las.

— Cala a boca! — berrei de volta para o médico, o mais alto que pude. — Cala a boca!

— Filha... — Meu pai tentou se aproximar.

Levantei os braços, empurrando o médico e impedindo meu pai de chegar mais perto.

— Não! Fica aí! — Meus olhos estavam arregalados, eu estava morrendo de medo de que tudo o que eu havia escutado fosse verdade. — O que aconteceu?

— Foi muito rápido, não consegui detê-lo, Ariane — meu pai voltou a dizer.

— Cala a boca, cala a boca — sussurrei, tampando os ouvidos. — Não fala mais, pai, para, para!

Meu corpo balançava para frente e para trás.

Não era real. Não era real.

Minhas mãos tremiam e eu não conseguia mais senti-las.

— Ariane, se acalme — pediu o Dr. Smith.

Olhei para ele, meus olhos ardiam.

Levei as mãos à cabeça.

— Ariane, me deixe explicar! — gritou meu pai.

Balancei a cabeça.

— Não, não, não, não — murmurei, chorando. — Por favor, não, não, não.

Tentei me beliscar. Por favor, seja um sonho, por favor.

Meu nariz ardia. Eu só conseguia chorar.

— Por favor — sussurrei. — Pai, por favor.

Os olhos de meu pai estavam arregalados, ele estava assustado com meu estado.

Eu estava desesperada.

— Não, não... Cadê ele? — Olhei para o médico, gritando em meio aos soluços. — Onde está o Miles? Eu quero ver o Miles!

— Ariane, você não está em condições de...

— Eu odeio vocês! Como deixaram isso acontecer? — berrei, meus pulmões queimaram dentro do meu peito. — Eu odeio vocês!

As lágrimas jorravam pelos meus olhos e eu não estava me importando em secá-las. Eu não tinha forças para isso.

— Ariane...

— Me deixe sair daqui! — gritei, tentando arrancar os fios de soro. — Agora! Me tirem daqui.

Meu pai chegou mais perto, ao lado do médico.

— Me deixem sair daqui! — murmurei em um soluço. — Por favor...

O Dr. Smith mexeu em algo em meu soro.

— Você vai dormir agora, Ariane — avisou.

Meus olhos se alarmaram.

— Não! Eu não posso dormir...

Senti os braços de meu pai e me agarrei a ele.

— Por favor... Pai... — chorei. — Por favor... Eu o amo.

Não consegui dizer mais nada. Estava tonta.

Fechei os olhos e não voltei a abri-los.

34

"É COMO SE, SEM VOCÊ,
EU COMEÇASSE A DESAPARECER."
(Bones)

— Você acordou — o Dr. Smith falou baixinho quando abri os olhos. Esgueirei-me do médico depressa.

— Eu quero ficar sozinha — avisei, os olhos baixos.

— Precisei sedá-la, Ariane, você estava descontrolada — explicou.

Sentando ao meu lado, seus cabelos estavam desalinhados pela primeira vez. Era como se ele estivesse sentado ali por horas, esperando eu acordar.

— Como você pôde fazer esse tipo de coisa? — Eu não tinha mais forças para gritar.

— Ariane, é bem mais complicado do que você imagina — declarou. — Eu estava querendo te contar, mas você teve um ataque de pânico. Vou contar agora, você precisa saber, mas tem de se acalmar.

Eu só precisava ouvir a palavra "acalmar" para me desesperar. Eu ainda precisava saber de mais coisas?

O quê? Callie me doou um rim?

— Fale de uma vez. — Fechei os olhos, o medo me corroendo por dentro.

Ouvi a respiração do Dr. Smith e me preparei.

— Durante a madrugada de sábado você teve uma parada cardíaca. Você estava dormindo. Por sorte, Miles estava com você e chamou os médicos. Conseguimos te trazer de volta em pouco tempo. Eu não podia deixar Miles continuar com você, então pedi para que ele ficasse na sala de espera, ele quase me bateu. Um tempo depois, você teve outra parada cardíaca, foi bem mais difícil a reanimação. Chocamos seu antigo coração cinco vezes!

"Eu precisei te entubar. Só assim você pararia de fibrilar. Fui dar a notícia ao seu pai. Miles estava junto. Ele entrou em desespero e eu o compreendi. Uma pessoa não pode ficar entubada para sempre. Uma hora precisaríamos te acordar e, então, você teria mais ataques cardíacos e acabaria morrendo.

"Eu liguei para o banco de órgãos, seu nome era o primeiro na lista. Só precisávamos de um doador. Se algum paciente de qualquer hospital dos Estados Unidos viesse a falecer, o coração seria seu. Mas não tínhamos tanto tempo. Seus órgãos começaram a falhar e eu comecei a me preocupar.

"A ideia foi dele, mas eu não concordei. É claro que não. Miles me procurou, dizendo que doaria o coração. Eu avisei que as coisas não ocorriam desta maneira. Falei que doar um coração não é a mesma coisa que doar um pedaço do fígado. Garanti que ele teria que ser compatível e que não podia desperdiçar a vida desse jeito. Miles me disse que te amava e eu nunca duvidei disso, mas não pude deixá-lo ir adiante com isso.

"Algumas horas se passaram, eu estava vindo ver como você estava, mas me detiveram. Uma enfermeira me contou que havia acontecido um acidente de carro terrível e que, talvez, tivéssemos encontrado um coração. Corri para o setor de Trauma e o encontrei. Era ele. Miles. Tinha provocado um acidente horrível sozinho. Não sei como, mas ele conseguiu fazer o carro capotar várias vezes. A ambulância chegou rápido, ele ainda estava vivo.

"Quinze minutos depois de Miles ter dado entrada na Emergência, o coração dele parou. Ele estava com múltiplas fraturas, isso que causou a morte dele. Os médicos responsáveis pelo Trauma declararam o óbito. Eu estava nervoso, mas precisava tentar.

"Operei com vocês dois em minha sala de cirurgia, um de cada lado, por quase sete horas. E essa cirurgia, talvez, determine a minha retirada da medicina. Eu cometi um erro, Ariane.

"Esquentamos o corpo de Miles e o conectamos a máquinas que simulam o trabalho de um coração, fazendo o sangue continuar circulando e o cérebro continuar ativo. Retiramos o coração, então o colocamos em você. Eu comecei a trabalhar em seu transplante enquanto um dos meus residentes fechava o peito de Miles. Permanecemos com o corpo dele ali, pronto para doar os outros órgãos a outras pessoas. Não se pode fazer uma coisa dessas, mas estávamos correndo contra o tempo. O coração funcionou em você e, por alguma obra do destino, vocês são compatíveis.

"O que determina a minha saída da medicina, no entanto, é o que vai mudar a sua vida, Ariane. Eu estava fechando seu tórax. O transplante havia sido um sucesso, mas eu estava com medo de te dar a notícia. Uma enfermeira entrou na sala e me disse que o seu coração, o que estávamos esperando pela fila de doadores de órgãos, havia chegado.

"Eu quase enfartei. Você estava viva e saudável, bem ali na minha mesa de cirurgia, usando o coração de Miles enquanto ele ainda estava na outra mesa, esperando para ser aberto novamente e ter todos os seus órgãos retirados. Eu não pensei no que fiz. Não me incomodei com o protocolo ou com as leis, apenas sabia que não podia deixar um jovem como Miles morrer. Não podia.

"Foi totalmente fora das normas, mas, como eu sempre lhe disse, um coração só sobrevive quatro horas fora de um corpo e, como o coração da lista de transplantes veio de outro estado, não serviria de nada se eu não o usasse. Aquele coração não salvaria vida alguma se voltasse para seu lugar original. Eu precisava salvar vocês dois.

"No entanto, não foi tão fácil. Não era certeza de que o procedimento daria certo, é algo praticamente impossível, mas já tinha lido artigos sobre isso antes. Miles estava morto e a atividade cerebral só continuava porque estava ligado àquela máquina que simulava o trabalho do coração. Resfriamos o corpo de Miles até chegar ao nível de hipotermia, o que desacelerou a decomposição do cérebro, e, então, implantamos o novo coração nele.

"Acredito que, naquele momento, meu cérebro não estava funcionando bem. Não se pode fazer uma coisa dessas, como eu disse. Miles não tinha motivos para receber aquele coração, mas, como é compatível com você, também era compatível com aquele coração... O que tivemos foi sorte. Depois de transplantarmos o coração para ele, Miles ainda precisou passar por mais duas cirurgias. Alguns estilhaços de vidros do carro atingiram sua coluna e algumas outras coisas aconteceram com os seus ossos.

"Eu acabei de me demitir como cirurgião, o que fiz é completamente fora da lei e isso faz com que tomem a minha licença para exercer medicina. Bom, o que eu estou querendo dizer, Ariane, é que Miles doou o coração dele para você, mas não está morto. Ele está se recuperando, assim como você, em outro quarto."

Precisei de longos minutos para digerir tudo o que tinha acabado de escutar. Era muita coisa.

O coração que batia dentro do meu peito pertencia a Miles. O coração que era para ser meu, perante a lei, batia dentro do peito dele. Eu estava viva. Ele estava vivo.

Pisquei diversas vezes, fitando o Dr. Smith.

Não consegui dizer nada. Eu estava com medo de aquilo tudo ser só a continuação do sonho ruim.

— Eu tentei te contar quando você acordou pela primeira vez, mas você estava muito... Hã, confusa. — O médico voltou a dizer, se desculpando. — Eu sinto muito por você ter tido que pensar que Miles estava morto. Ele não está. Ao contrário, ele já acordou faz tempo.

Meu coração — o de Miles — se agitou. Eu não conseguia entender direito. Era surreal.

— Eu... — tentei falar. — Eu... Posso...

O Dr. Smith aquiesceu.

— Sim, você pode ir vê-lo, Ariane — assegurou —, vocês dois têm muito que conversar.

Abri a boca, atônita.

— Você só precisa esperar alguns minutos — pediu ele, os olhos desolados. — Miles teve alguns ossos quebrados pelo acidente e a ortopedista está cuidando dele agora. Eu sinto muito por toda essa confusão.

— Meu Deus — foi o que eu consegui dizer —, você... você nos salvou, Doutor, nós dois! Você que fez isso, muito obrigada!

Estiquei-me para abraçá-lo, mas não o alcancei. O Dr. Smith sorriu e levantando-se para receber o abraço.

— Mas e o seu emprego? — eu me atrevi a perguntar.

O médico riu.

— O que eu fiz foi o certo, Ariane. Salvei duas vidas ontem. A sua e a do Miles. Porém, as leis não veem isso como um ato digno — explicou. — Não tem problema, eu vou continuar com a minha clínica e, a partir de hoje, você terá que ir me ver a cada dois meses. Junto com o Miles.

Curvei a cabeça, sem entender.

— Os pós-operatórios de transplantes cardíacos são mais delicados do que você imagina — esclareceu.

Uma enfermeira me empurrava sobre uma cadeira de rodas. Meu coração estava sapateando dentro de mim, apreensivo demais para ver Miles.

Eu o tinha visto dois dias atrás, quando ele foi me ver em meu quarto. Depois disso, passei todo o tempo acreditando que Miles estava morto.

Ele estava vivo, mas isso não mudava o fato de ele ter morrido por algumas horas. O que havia acontecido era que o Dr. Smith entregou sua carreira por nós. O que tínhamos era sorte, como ele disse.

A enfermeira parou de me empurrar quando chegamos a seu quarto. Eu estava com medo de entrar. Havia algo crescendo dentro de mim, algo que eu não reconhecia. Era alívio por Miles estar vivo, mas também vergonha por não me achar merecedora de seu coração.

Enquanto adentrava o quarto, fiquei sem fala. O mesmo aconteceu com ele. Nós nos encaramos por longos minutos, passeando com os olhos por cada centímetro de pele.

— Ah, meu Deus — sussurrei involuntariamente.

Miles piscou diversas vezes.

— Toda vez que penso no que o médico me contou, acho que estou delirando — foi a primeira coisa que Miles disse. — Ainda *acho* que estou delirando nesse exato momento, para falar a verdade.

A enfermeira "estacionou" minha cadeira de rodas do lado da cama dele. Não consegui dizer nada. Eu estava lúcida?

Ergui meus braços, querendo tocá-lo.

— Eu não acredito. — Balancei a cabeça, perplexa.

Miles estava com o rosto sério, assim como eu. Era surreal demais para acreditar.

— Isso está mesmo acontecendo? — perguntei, tocando em seu braço. Era quente, assim como eu me lembrava.

Ele assentiu, seus olhos fixos nos meus.

— Achei que nunca mais iria te ver, Ariane — Miles admitiu, os olhos faiscando. — Quando acordei, achei que haviam me ressuscitado e que nunca mais poderia te tocar.

Abri a boca.

— Bom, quando *eu* acordei me contaram que meu novo coração é seu. Passei o dia achando que você estava morto. — Tomei conhecimento de minhas palavras na hora que as falei. Aquilo estava mesmo acontecendo, cerrei os olhos. — Eu... Miles, como isso pôde acontecer?

Ele ergueu a cabeça, aproximando-a da minha.

— Eu não suportaria te perder, Ariane — falou, seu braço tocando o meu —, não me imaginei vivendo em um mundo onde você não existe. Você, por outro lado, *precisava* viver.

Fui atingida por mais lágrimas. Tentei detê-las. Não consegui.

— Eu te amo, Ariane — sussurrou Miles. — E faria isso de novo, se fosse preciso.

— Não fale isso nunca mais! — ordenei. — Você me salvou. Mais uma vez. Só que, você, em algum momento, imaginou como eu me sentiria quando acordasse com o seu coração batendo dentro me mim?

Ele negou com a cabeça.

— Eu não consegui, Miles. Eu... Não consegui me imaginar com seu coração — desabafei. — Eu preciso de *você*. Por completo.

— Você tem a mim, meu amor. — Miles passou uma das mãos em minha bochecha, que estava molhada.

— Isso foi sorte. Coincidência.

— Mas foi o que nos deixou junto, Ariane — ele acabou dizendo. — Vamos ficar bem. Eu só preciso cuidar dessa perna.

Olhei para a perna dele, estava pendurada no ar, engessada.

— O Edward... — sussurrei, quase muda.

Era a única coisa que Miles tinha de sua mãe. Chorei ainda mais.

— Fica calma, Ari. — Miles me beijou, fazendo carinho em meus cabelos. — Eu vou mandar consertar.

— Não acredito no que está acontecendo — solucei, sobre o colchão.

Ouvi a risada de Miles. Como ele era capaz rir de uma coisa dessas? Fitei-o, indignada.

— Já passou, Ari. Estamos bem agora — Miles assegurou, hesitante. — Você ainda precisa de mim agora que está curada?

Ergui a cabeça.

— Miles... — Minha voz quase não saiu. — Eu só estou aqui por sua causa. Sempre vou precisar de você.

35

"Nunca pensei que fosse possível amar alguém tanto assim, mas talvez seja."

(Gossip Girl)

(CINCO MESES DEPOIS)

Becky estava chorando quando me abraçou.

— Vou sentir muito a sua falta — gemeu em meu ouvido.

Eu ri.

— Mas, meu amor, eu só vou ficar fora por duas semanas. — Sorri para minha irmã mais nova.

— A última vez que você foi embora deu o maior rolo. — Rebecca cruzou os braços. — Se bem que agora tem um coração novo e tal.

Balancei a cabeça, gargalhando.

— Eu só vou passar alguns dias em Indiana — repeti para ela. — Lembra que eu contei que conheci algumas pessoas por lá?

Minha irmã aquiesceu.

— Tudo bem, se divirta, mas não demore para voltar — suspirou. — E também não fique bêbada ou algo do tipo.

Eu ri alto.

— Fechado.

Levantei-me, pegando minhas malas — *olha* só, agora eu tenho malas! — e me dirigindo à sala de estar. Encontrei Hillary e Steven, seu filho, ao lado de meu pai.

— Eu já vou indo, tudo bem? — eu disse, arrumando minhas malas perto da porta.

Hillary se levantou, vindo até mim.

— Espero que se divirta dessa vez! — exclamou, rindo enquanto me abraçava. — Se despeça da Ari, Steven.

O garotinho ruivo ergueu a cabeça e me encarou, o semblante fechado.

— Tchau — falou seco.

Steven era muito tímido. Fiquei surpresa de ouvir uma palavra saindo de sua boca.

— Sem problemas e confusões? — quis saber meu pai, ao meu lado.

— Sem problemas e confusões! — garanti, animada.

Ele riu, me abraçando.

— Então aproveite — desejou.

Peguei minhas duas malas e abri a porta.

Sorri ao encontrar Edward estacionado no meio fio da rua. Havia demorado, mas finalmente o carro estava recuperado. Tão novo quanto antes do acidente.

Miles estava com o corpo apoiado na lataria do carro, os braços cruzados enquanto me esperava. Ele vestia uma calça jeans comum e uma camisa verde escura enquanto eu usava um short e uma camiseta de *Teen Wolf.*

— Pensei que tivesse desistido da viagem — falou quando me aproximei. — Cinco anos para se despedir de Becky.

Eu ri enquanto Miles colocava minhas coisas no porta-malas de Edward.

— Foi por isso que não me despedi da última vez — afirmei, sorrindo.

Miles fechou o porta-malas com um baque, apoiando-se novamente na lataria do carro e me puxando para si.

— Tudo bem? — perguntou, aproximando o rosto do meu.

Sorri.

— Claro, vamos para Indiana comer no *Mr. Lee.* — Gargalhei, beijando-o. Miles segurou em minha cintura e eu me prendi em seu pescoço.

Quem diria que um dia eu estaria fazendo isso?!

Meu celular vibrou, fazendo com que eu me afastasse dele.

— É a Callie — avisei, enquanto entrava no carro e me sentava na posição contrária, assim como da última vez.

"Mande bastante fotos!"	✓

"Ok."	✓

"E depois eu te chamo."
"Vou sair com o Liam hoje."

"Outro boy*, Callie?"*
"E o Peter?"

"Esqueci."
"O Liam não é muito inteligente,
mas tem a cara do Cameron Dallas."

Bloqueei a tela do celular. Minha amiga não tomava jeito.

Miles deu a partida em Edward, fazendo o carro gemer, como sempre, e começou a dirigir.

— Vamos fazer uma parada antes, tudo bem? — Ele me olhou, querendo que eu concordasse.

— Aonde vamos? — eu quis saber, curiosa.

O sol já estava se pondo, os raios de luz alaranjados, refletindo em nossos rostos. Miles dirigiu por mais alguns minutos, estacionando o carro em uma calçada qualquer da cidade.

— O que está fazendo? — perguntei quando ele saiu do carro.

— Vem! — gritou do lado de fora.

Abri a porta, saindo do carro e indo em sua direção. Miles estava parado em frente a um telefone público. Ele esperou até eu chegar mais perto, então apertou alguns botões e colocou o telefone no ouvido.

— Não vai me dizer que... — comecei, mas fui interrompida.

— Miles, oi, cara, e aí? É, sou eu de novo. Você do futuro. — Ele revirou os olhos, me encarando com uma careta. — Você apostou nos *Red Sox*? É claro que não, eu sabia.

Gargalhei, lembrando-me da noite no posto de gasolina.

— Estou te ligando para te dar um aviso. Sim, é verdade. — Miles esperou um segundo, ainda me fitando com um sorriso. — Quando a sua tia disser que quer voltar para Nova York, não hesite. Você vai se surpreender. Ah! E quando a Ariane te contar que tem Coronariana, dê uma pesquisada no Google, é mais complicado do que parece.

Eu não estava conseguindo me conter.

— Mas, falando sério, nunca pense duas vezes com a Ariane. Você vai ver que ela é uma garota complicada, mas que merece o esforço. Ela é tão especial que você vai precisar ir ao cardiologista duas vezes por mês — continuou dizendo, enquanto eu sentia minha pele queimar. — Isso porque você fez tudo o que podia por ela. Sabe por quê? Isso mesmo. Você, Miles Bennet, jurou que nunca amaria ninguém. Se ferrou. Você a ama.

Miles colocou o telefone de volta no gancho.

— Minha vez. — Peguei o telefone.

Ele trocou de lugar comigo, visivelmente animado.

— Oi, Ari, sou eu. Você do futuro de novo. — Ouvi a linha vazia do telefone. — Tem uma coisa que você não sabe sobre a vida ainda, mas é melhor você saber antes que seja tarde demais. As coisas nunca são como nós pensamos. Por exemplo, você pensou que morreria aos dezessete anos. Não foi dessa vez, hein? — Ri, nervosa. — Ou, vou dar outro exemplo, você achou que seria feliz só assistindo a séries e comendo salgadinho em frente aos seus livros, e que nunca precisaria desse negócio chamado amor. Beeeh! Errou de novo. Quando a sua melhor amiga estiver te maquiando no banheiro da escola e disser que aquele tal de Miles Bennet voltou para a cidade, não a subestime. Você não vai se arrepender de ter tomado essa escolha. Eu não me arrependi.

Miles me observava com os olhos brilhando enquanto eu tirava o telefone do ouvido.

— Ah! — Colei o telefone de volta na orelha. — Aposte tudo no *Red Sox* quando eles forem para *World Series*. É estranho, a gente sabe, mas aposte!

Coloquei o telefone no gancho, me esforçando para não rir.

— Você nem assiste Baseball, Ariane — riu Miles, me puxando para perto.

— Quando você tem uma máquina do tempo, você aposta. Não sabia? — repeti suas palavras de antes.

Ele gargalhou.

— Sim, eu sabia — disse, me beijando.

Como sempre, Miles fez com que eu me sentisse leve, como se tudo girasse devagar. Éramos só nós e nossos corações. Pertencíamos um ao outro.

Quando tudo começou, jurei que não conseguiria sair imune de todos os meus problemas. Isso até eu reencontrar Miles. Ele me fez... Persistir.

Além de me salvar.

Uma vez uma pessoa muito especial me disse que a consequência do destino é o amor.

Essa é a minha consequência.

Nota da autora
(Contém spoiler dos dois livros)

Eu escrevi a primeira versão deste livro com 13 anos e agora, depois de quase quatro anos, decidi reescrevê-lo. Esta versão do livro – caso você seja um antigo leitor – é totalmente diferente da antiga do inicio ao fim. Há novos capítulos, novas cenas, novos personagens e um novo e polêmico final. É sobre ele – o final – que quero falar.

Se você chegou até aqui, quer dizer que você já leu a história (se não leu, volte para a primeira página e comece logo, antes de receber *spoilers*) e está buscando por respostas. Eu tenho todas elas para dar, calma aí!

No clímax da história, quando Ariane está internada, o Dr. Smith, o médico cardiologista responsável por ela, informa a todos que não há muito mais o que fazer. Ele diz que Ariane está tendo suas últimas horas de vida e que o coração dela não vai aguentar por muito mais tempo. Como vocês viram em "Procura-se: Um Amor", o livro narrado por Miles, nosso personagem se desespera com a notícia e – literalmente – implora para doar o seu próprio coração para Ariane. O médico não permitiu o ato, é claro. Não se pode fazer uma coisa dessas porque, se fosse o caso, Miles estaria tirando sua própria vida apenas para salvar Ariane. Depois de muito pensar, ele vê que realmente não tem como salvá-la e saí do hospital, sofrendo aquele terrível acidente. Embora parecesse, o acidente de carro não foi intencionado por Miles, foi algo que saiu do controle e aconteceu. Esse é o nosso último contato com o personagem antes de ocasionar tudo o que houve – essa parte é explicada pelo próprio Dr. Smith nos capítulos seguintes, tanto em "Procura-se: Um coração" quanto em "Procura-se: Um amor".

Caso vocês não tenham realmente compreendido ou *acreditado* nos fatos envolvendo os transplantes cardíacos no final do livro, eu trouxe algumas soluções e respostas.

Ariane estava na lista de espera por um coração compatível – todas as pessoas passam por essa lista antes de receber quaisquer tipos de órgãos. É como se fosse por ordem de chegada e, alguns casos, ordem de importância e urgência – e tinha pouquíssimo tempo nos últimos capítulos do livro. Todos os personagens da trama já tinham perdido as esperanças quanto a isso, eles acharam que seria praticamente impossível alguém doar um coração a tempo. No entanto, qualquer pessoa que viesse a falecer – o que se aplica a todo o país – e fosse doador de órgãos, teria seu coração encaminhado diretamente para Ariane. Assim como acontece na vida real.

Como eu disse, embora parecesse, o acidente de Miles não fora proposital e, em pouco tempo, ele foi socorrido por paramédicos na estrada. Miles chegou com vida no hospital e foi tratado por muitos médicos do Trauma, porém, teve lesões e fraturas múltiplas por todo o corpo – que foram causadas pelo impacto da batida – e, assim como o Dr. Smith contou, sua pressão, saturação e adrenalina despencaram, levando-o a morte. Miles não teve morte cerebral, sua morte foi consequência das sequelas do acidente.

Depois de muito tempo, o médico decidiu que faria o transplante – colocaria o coração de Miles em Ariane, assim, pelo menos um deles, continuaria vivo. Ariane e Miles eram compatíveis e isso não tem explicação médica, talvez esse ponto da história se remeta apenas ao destino. Talvez fosse destino dos dois serem compatíveis um com o outro – tanto por dentro quanto por fora.

O Dr. Smith narra que, conectou Miles a máquinas que simulavam o bombeamento de sangue, o que fez com que seu corpo não percebesse que estava sem vida – e sem coração. O objetivo do médico não era trazer Miles de volta e, sim, doar o resto de seus órgãos, a fim de salvar outras vidas. A cirurgia já durava horas quando o Dr. Smith havia implantado o coração de Miles em Ariane e alguém entrou no Centro Cirúrgico, informando que o coração de Ariane havia chegado.

O coração em questão era o da lista órgãos, pela qual Ariane estava esperando. Um coração sobrevive, em média, de quatro a cinco horas fora de um corpo e, assim como o médico fala no livro, aquele coração já havia viajado por algumas horas – afinal, o doador do órgão era de outro estado. O Dr. Smith olhou para aquela situação e tentou pensar em algo para salvar os dois pacientes. Médicos são assim, não são? Sempre tentando salvar o máximo de vidas possíveis. Como Miles era compatível com Ariane, o médico notou que ele também seria compatível com o coração da lista de transplantes.

É claro que isso não pode acontecer. Não é permitido usar um órgão em alguém que não está esperando por ele na lista de transplantes. No entanto, como eu afirmei antes, um coração tem um certo tempo de vida e, considerando que *aquele* coração já estava fora de corpo há, pelo menos, três horas, ele não serviria para bem algum fora daquela sala de cirurgia. Supondo que o Dr. Smith respeitasse as normas e não se opusesse a usar aquele coração em Miles, o órgão não teria tempo de encontrar outro receptor e, no final, aquele coração em perfeito estado, não salvaria nenhuma vida. Foi pensando nisso que o Dr. Smith fez o que fez. Miles ainda estava quente, tendo sangue bombeado por máquinas e com todos os seus outros órgãos vitais saudáveis, por isso deu certo.

Doações de órgãos dependem das leis da cada país e, em cada um deles, esse procedimento funciona de uma maneira diferente. Uma grande porcentagem dos transplantes envolvendo órgãos vitais - como coração, por exemplo - só acontece depois da morte encefálica - ou morte cerebral - do doador. Porém, isso não é sempre necessário. Uma vez que é declarada a morte do doador, os médicos retiram seus órgãos e doam. A morte cerebral é o último estágio pela qual passamos, mas não é veementemente necessário que um doador de órgãos atinja este estágio para que doe os seus, até porque não se pode esperar muito tempo para doar os órgãos vitais. No caso de Miles, quando aconteceu o acidente de carro, ele estava politraumatizado e não teve socorro rápido, por isso, quando chegou ao hospital, entrou em choque neurogênico, o que o levou à morte.

Há relatos de pessoas que se mantiveram mortas por longas horas e, literalmente, ressuscitaram. Isso, na medicina, se chama *Efeito Lázaro*, uma alusão à passagem bíblica em que Jesus ressuscita Lázaro depois de quatro dias após sua morte. Os médicos explicam que depois que o cérebro para de receber oxigênio por meio da circulação sanguínea, não morre imediatamente, mas entra em estado de hibernação, uma forma de se defender do processo de decomposição. E o "acordar" desse estágio de hibernação pode ser o momento mais crítico de todos, já que o oxigênio pode se tornar tóxico para o cérebro. O efeito é como o de um tsunami após um terremoto, e a melhor resposta é resfriar os pacientes, de 37ºC para 32ºC. A razão pela qual a terapia de resfriamento funciona bem é porque desacelera a decomposição do cérebro.

Foi isso o que aconteceu com Miles. Ele morreu e depois viveu. Um *Efeito Lázaro* induzido.

Essa não é uma situação comum - muito menos na vida real -, mas se precisasse ser feita, daria certo. Então, não. A situação narrada em "Procura-se" não é falsa.

Eu não sou médica, tampouco posso falar de algo tão sério quanto um transplante cardíaco - ainda mais nessas condições -, mas pesquisei e conversei com médicos, que concordaram depois de levarem em consideração que a história não se passa de um romance de ficção.

Um outro tópico que quero ressaltar é que a história é, sim, uma obra uma ficção – infelizmente, Miles não existe (choremos) –, mas isso não muda o fato de que milhares de pessoas estão esperando por corações, rins, fígados, pulmões... Só no Brasil, 60.000 pessoas estão na lista de espera por órgãos, imagine o número de pessoas que esperam por um coração no mundo. Esse é um assunto sério, mas que todos nós podemos lutar a favor.

Se você quer ajudar alguém no futuro, seja um doador de órgãos e alerte sua família – só eles poderão dar permissão para o processo. Você também pode doar sangue, que é atitude muito simples, mas que salva milhares de pessoas. Para mais informações, acesse: www.doeorgaossalvevidas.com.br e leiam sobre o assunto na próxima página.

"Procura-se" foi reescrito com carinho, muita dedicação e pesquisa, por isso, espero que tenham aproveitado.

Doação de Órgãos

Doação de Órgãos e Tecidos: um ato que ajuda ou pode até salvar a vida de uma pessoa.

O que é.

A doação de órgãos ou de tecidos é um ato pelo qual manifestamos a vontade de doar uma ou mais partes do nosso corpo para ajudar no tratamento de outras pessoas. A doação pode ser de órgãos (rim, fígado, coração, pâncreas e pulmão) ou de tecidos, (córnea, pele, ossos, válvula cardíacas, cartilagem, medula óssea e sangue do cordão umbilical).

Quais e quantas partes do corpo humano podem ser doadas para transplantes?

Rins, pulmões, córneas, válvulas cardíacas, coração, pâncreas e fígados são frequentemente doados. Além destes, temos a doação de intestino delgado, pele e ossos ou até mesmo uma parte completa (mão e face).

Existe limite de idade para ser doador de órgãos e tecidos?

Não , O que determina o uso de partes do corpo para transplantes é o estado de saúde com base em uma avaliação médica do doador.

Quais órgãos e tecidos podem ser obtidos de um doador vivo?

Rim: por ser um órgão duplo, pode ser doado em vida. Doa-se um dos rins e tanto o doador quanto o transplantado, pode levar uma vida perfeitamente normal.

Medula Óssea: Pode ser obtida por meio de aspiração óssea direta ou pela coleta de sangue.

Fígado e Pulmão: poderão ser doados partes destes órgãos.

Existem riscos para um doador vivo?

Hoje com os avanços tecnológicos e a capacitação dos profissionais da área médica, os riscos estão cada vez menores. Porém, há o risco associado a qualquer tipo de cirurgia e existem relatos de doadores que faleceram devido a complicações do procedimento de doação de órgãos Converse com seu médico sobre esses riscos que variam para cada situação.

Qual a chance de sucesso de um transplante?

As chances são altas. Mas o sucesso depende de inúmeros fatores como, por exemplo, o tipo de órgão a ser transplantado, a causa da doença e as condições de saúde do paciente, entre outras. Existem pessoas que fizeram transplante de órgãos há mais de 25 anos. tiveram filhos e levam hoje uma vida ativa e normal.

Quantas pessoas aguardam por um transplante no Brasil?

Atualmente mais de 60.000 pessoas estão em lista de espera aguardando por um transplante compatível. Este número tende a aumentar e menos de 10recebe um órgão ou tecido doado a cada ano por falta de doadores.

Por que é difícil doar órgãos?

Existe um desconhecimento geral sobre quem pode doar e o que pode ser doado. Isso dificulta a doação. Desta forma, a maneira correta é procurar esclarecimento e discutir sobre o assunto. Pode ser muito difícil discutir isso com seus familiares e amigos, mas é necessário. Qualquer que seja sua vontade ou desejo, após esclarecer suas dúvidas, é muito importante que sua família saiba disso.

Como devo proceder se quiser ser doador?

A atitude mais importante é informar esse desejo a seus familiares uma vez que, após sua morte, eles decidirão sobre a doação.

Quando se pode doar?

A doação de órgãos como rim, parte do fígado e da medula óssea pode ser feita em vida. Para a doação de órgãos de pessoa falecidas, somente após a confirmação do diagnóstico de morte encefálica. Tipicamente, são pessoas que sofreram algum tipo de acidente que provocou um traumatismo craniano (acidente de carro, moto, queda etc) ou acidente vascular cerebral (derrame) e evoluíram para morte encefálica.

O que é morte encefálica?

É a interrupção irreversível das atividades cerebrais, causada mais frequentemente por traumatismo craniano, tumor ou derrame.

Como o cérebro comanda todas as atividades do corpo, quando este morre, significa a morte do indivíduo.

Quando uma pessoa entra em coma, torna-se um potencial doador?

Não. O coma é um processo reversível. Morte encefálica, como o próprio nome afirma, é irreversível. Uma pessoa somente torna-se potencial doador após o diagnóstico de morte encefálica e a autorização da doação dos órgãos pela família.

Há chances de os médicos errarem no diagnóstico de morte encefálica?

Não. O diagnóstico é realizado por meio de exames específicos e pela avaliação de dois médicos – sendo um deles neurologista com intervalo mínimo de 6 horas entre as duas avaliações. Além disso, é obrigatória a confirmação do diagnóstico por, pelo menos, um dos seguintes exames: angiografia cerebral, cintilografia cerebral, transcraniano ou eletroencefalograma.

Como fazer a doação no momento da morte de um familiar?

Um dos membros da família pode manifestar o desejo de doar os órgãos e tecidos ao médico que atendeu o paciente ou a comissão intra hospitalar de doação de órgãos e tecidos do hospital; pode também entrar em contato com a Central de Transplantes, que tomará todas as providencias necessárias.

Quem paga pelos procedimentos de doação?

O SUS (Sistema Único de Saúde).

Como é a cirurgia para a retirada dos órgãos?

A cirurgia para retirada dos órgãos é como qualquer outra e os cuidados de reconstituição do corpo são obrigados por lei (LEI n° 9.434/ 1987). Após a retirada dos órgãos, o corpo fica como antes sem qualquer deformidade. Não a necessidade de sepultamentos especiais. O doador poderá ser velado e sepultado normalmente.

Só é possível ser doador após a morte?

É possível também a doação entre vivos, no caso de órgãos duplos (ex: rim). No caso do Fígado e do Pulmão, também é possível o transplante entre vivos, sendo que apenas uma parte do órgão do doador poderá ser transplantado no receptor.

Quem pode doar em vida?

O "doador vivo" é considerado uma pessoa em boas condições de saúde – de acordo com a avaliação médica – capaz juridicamente e que concorde com a doação. Pela Legislação Brasileira (LEI Nº 10.211, DE 23 DE MARÇO DE 2001),podem ser doadores em vida os: pais, irmãos, filhos, avós, tios e primos, o cônjuge e ainda, os não parentes com autorização judicial.

SAIBA MAIS EM: **WWW.DOEORGAOSSALVEVIDAS.COM.BR**

Pequenos Corações - AACC Cardiopatia Congênita

Cardiopatia Congênita é qualquer anormalidade na estrutura ou função do coração que surge nas primeiras 8 semanas de gestação quando se forma o coração do bebê. Ocorre por uma alteração no desenvolvimento embrionário da estrutura cardíaca, mesmo que descoberto no nascimento ou anos mais tarde.

• É o defeito congênito mais comum e uma das principais causas de óbitos relacionadas a malformações congênitas.

• Nascem no Brasil aproximadamente 28 mil crianças com problemas cardíacos por ano, ou seja, a cada 100 bebês nascidos vivos 1 é cardiopata.

• Desses 28 mil cardiopatas que nascem anualmente, pelo menos 23 mil necessitarão de uma cirurgia cardíaca, mas infelizmente cerca de 18 mil (78%) não recebem o tratamento, principalmente por falta de diagnostico ou vagas na rede pública. Em 2014 foram realizadas apenas 5773 operações causando um déficit enorme.*

• A mortalidade decorrente das cardiopatias congênitas seria drasticamente reduzida se todos os cuidados pré e pós natais fossem devidamente instituídos.

• A incidência de cardiopatia congênita é 8 vezes maior do que a Síndrome de Down.

A AACC Pequenos Corações foi constituída formalmente em fevereiro de 2010, no entanto, as nossas ações em prol das famílias dos cardiopatas existem desde 2006 e se iniciou através da união das famílias, que se ajudam mutuamente. Essa ajuda teve início, principalmente, através da internet, especialmente com o site www.pequenoscoracoes.com e o blog "Amigos do Coração" – http://amigosdocoracao.wordpress.com, bem como através do convívio das famílias em hospitais.

Uma de nossas principais atividades é esclarecer e sensibilizar a comunidade e o Poder Público sobre a realidade e as problemáticas que envolvem a Cardiopatia Congênita. O nosso principal objetivo é esclarecer sobre a importância do diagnóstico precoce e do tratamento adequado, no tempo certo, para a redução da mortalidade. Pretendemos unir famílias, amigos, parentes, médicos, hospitais, Poder Público, iniciativa privada e a população em geral para juntos, encontrarmos soluções e viabilizarmos projetos que incentivem a criação de políticas públicas voltadas ao cardiopata congênito.

FAÇA DOAÇÕES: **WWW.PEQUENOSCORACOES.COM**

Comentários dos Leitores:

“Procura-se” foi um dos primeiros livros que eu li, ele foi o responsável por eu me apaixonar pela leitura; Sem dúvidas, “Procura-se “ é o melhor livro que já li e sempre será!

– Iza Loro de Silva

Tão difícil falar o que senti enquanto lia. Oras! Eu fiquei tão triste e emocionada no final que eu cheguei a ponto de em seguida assistir a um show do 1D só para eu esquecer o «pós-drama». Não só gostei, como me senti inspirada por ter sido escrito por uma adolescente gente como a gente! Amei e amei. Sem palavras e the end

– Amanda Beiro

Minha vontade de ler “Procura-se” só aumentou depois que conheci a Giovanna e descobri que ela tinha apenas 15 anos (na época). Nunca tinha ouvido falar de uma autora tão jovem! Quando finalmente consegui adquirir o livro, foi emoção do começo ao fim. Uma das histórias de amor mais lindas que eu já li. Canceriana e romântica incorrigível como sou, seria impossível não se emocionar. Uma das histórias de amor mais linda da literatura brasileira!

– Bruna Dos Anjos

Bem, eu não gostava muito de ler livros, o primeiro que li foi “Procura-se”. Achei tão lindo que li em um dia, uma história emocionante e que vale muito a pena. Enfim, é um livro apaixonante.

– Anna Letícia

Quando penso em Procura-se, penso em uma cena específica, em palavras que me marcaram e principalmente nos personagens que me fizeram companhia a cada vez que eu me emocionava. Eles meio que seguravam a barra, sabe. Eram eles que precisavam de um apoio, mas, por vezes, eu é que me sentia reconfortado, revigorado por sentir que eles estavam ali.

No entanto, além de emocionar, mostrou sobre superar certos egoísmos (por mais que estes fossem justificáveis), e lembrar que existe algo que vai além da nossa própria existência e com certeza crer que no outro encontramos o nosso porto seguro, nossa base para continuar quando tudo fica difícil.

Saber valorizar momentos e saber também que esses momentos podem ser os últimos, porém inesquecíveis.

Descobrir forças no improvável apesar das adversidades.

E, por último, ao fechar o livro, se sentir tão vulnerável quanto é possível, mas saber que podemos acreditar no amor e ter certeza que nossas escolhas por mais que talvez sejam doloridas, nos provam que tudo se resume em amar e ser amado.

Como diria Ariane: "a consequência do destino é o amor. Essa é a minha consequência."

Sim, Giovanna, a consequência de ler Procura-se é se apaixonar.

– Well Almeida

É um lindo romance, acho que um dos melhores que já li, enquanto lia parecia que eu estava do lado da Ariane, incrível e envolvente. Me emocionei do início ao fim. Incrível o talento da Gi para escrever histórias de amor, sério. Apaixonado ainda mais por essa nova edição

– Dib Nóbrega

Quando eu comecei a ler eu me senti parte da historia. Eu me envolvi em cada cena e em cada pensamento das personagens e realmente pareceu que eu estava ali vivendo tudo aquilo. É uma história muito bem escrita e quando eu descobri que a autora tinha a minha idade, uau! Um dos meus livros favoritos

– Camyla Suruagy

Talvez algo parecido com a PERFEIÇÃO!

– Duda Faria

É uma história tocante, em linguagem simples e encantadora. Miles é apaixonante!

– Luciene Oliveira

Vou ser rápida e direta: Se é que existe uma palavra pra descrever esse livro essa palavra seria "amor"

Gosto dos livros da Giovanna porque eles me fazem viajar, pensar e viver as histórias.

- Caah Gonçalves

Eu sou apaixonada por livros, já li muitos, mas é muito difícil um livro me tocar como "Procura-se" tocou. Um livro que merece estar na minha coleção!

- Alany Marchi

Achei que realmente estava dentro do livro, vivendo a história da Ari e do Miles.

- Laay Kassia

Senti como se uma parte do meu coração tivesse sido arrancado de mim, senti se alguma coisa estivesse faltando em mim quando terminei de ler.

- Lucas Kenedy

A palavra que eu tenho pra esse livro é SURPREENDENTE

- Agatha Vianna

A única coisa que eu senti foi o impacto

- Gabriel Barbosa.

Procura-se é um livro encantador, que não consegui parar de ler, e um final surpreendente. A autora escreve super bem. A comparo com Nicholas Sparks.

- Ariane Eleuterio

Madura e encantadora é a escrita de Giovanna Vaccaro, com essa nova versão de "Procura-se", nos mostra o quanto ela pôde superar a si mesma e nos fazer se apaixonar cada vez mais com essa maravilhosa história!

- Lare Barbosa, autora de "Portas Erradas, Amores Certos"

Uma mensagem de amor!

Quando comecei a leitura não esperava me surpreender devido à idade da autora, 13 aninhos, na época em que o romance foi escrito. Pois bem, Giovanna Vaccaro me surpreendeu, e muito! A história é leve, os personagens bem construídos e a trama traz uma mensagem de amor que nos proporciona uma emoção gostosa.

- Eliana Portella, autora de "Terra do Sol", "Maria" e "Quando o amor acontece"

Antes dessa obra eu nunca havia lido nada sobre a Coronariana, ficou feliz que a Giovanna tenha abordado esse tópico que acredito que muitos também não conheçam. Sei de pessoas que tem/tiveram essa doença, ou conheçam alguém com esse quadro, e que foram tocadas por esse livro, que ele as ajudou a enfrentarem essa fase. É muito bom ver quando a literatura agrega valor à vida real.

- Laplace Cavalcanti, autor de "Tábula Rasa"

É meio difícil de acreditar que esse livro foi escrito por uma garota de 15 anos, ela conseguiu transmitir tudo que autores mais velhos não conseguem e tudo de uma forma tão simples. Esse livro é perfeito para quem gosta de «A Culpa é das Estrelas» e tenho que admitir que é mil vezes melhor. Mesmo o livro sendo curto, a autora conseguiu aproveitar bem as páginas.

- Stephanie Raiany

O mais lindo no livro todo é o modo como a protagonista lida com a sua vida. Independente dos altos e baixos, ela está sempre lutando pelos outros e por si mesma, não pretendendo deixar sua doença abalar suas estruturas a ponto de ficar se remoendo e transmitindo sua tristeza para os outros ao seu redor. Ariane é uma personagem forte e extremamente corajosa a meu ver por causa disso.

– Blog Leitura Virtual

O livro é permeado de frases motivadoras, todas sempre pertinentes à cada momento da narrativa. Os personagens são adoráveis, cada um tem um encanto próprio, que o difere dos demais, mas todos formam uma grande harmonia. E o final tem uma linda justiça poética.

– Blog Porque livro nunca enguiça

A história retrata o amor de todas as formas, amizade, família, amor próprio. Além disto, ensina você a dar valor a sua vida e ter vontade.

– Blog Que tal, Carol?

Esse livro me fez perder o ônibus hoje! O ônibus simplesmente passou na minha frente enquanto eu o esperava, lendo. Chorei disfarçadamente no meu trabalho, porque claro, estava louca lendo o mesmo.

– Blog Obsessão Literária

É uma leitura leve e apaixonante. Recomendo muito!!

– Blog Hey Ysa!

A leitura vale muito a pena. Pela escrita fluída e pela lição de vida que a protagonista nos dá!

– Blog Meu Vicio em Livros.

OBRIGADA!

Eu vou contar uma história.

Nunca sonhei em ser escritora. Nunca pensei que um dia escreveria histórias e que teria leitores por todo o país. Nada disso foi planejado.

Quando comecei a escrever "Procura-se", meu objetivo era transformá-lo em um conto, porém, ao decorrer da história, fui tomando gosto pela trama e me apaixonando pela Ari e pelo Miles (vamos combinar que todo mundo tem uma queda pelo Sr. Miles Bennet, ok?). "Procura-se" virou um livro e depois de um tempinho, o publiquei.

Não é exagero quando eu digo que minha vida mudou drasticamente depois disso. Eu conheci muitas pessoas novas – escritores, leitores, editores, blogueiros, youtubers... –, conheci novos lugares e me apaixonei por esse mundo dos livros.

Depois de "Procura-se", publiquei "E se..." e depois desse, participei de algumas antologias. Agora, reescrevi "Procura-se", o amor de todos os meus leitores lindos, e o deixei milhões de vezes mais emocionante. Eu espero que vocês tenham gostado – deu bastante trabalho!

A verdade é que este livro mudou minha vida e eu não teria conseguido nada do que tenho hoje sem o apoio de muitas pessoas, então os mais sinceros agradecimentos:

À minha mãe e meu pai. Vocês fazem de tudo por mim. Um milhão de vezes obrigada!

Às minhas revisoras maravilhosas, Evelyn Santana e Amanda Maia (que sempre puxam o meu pé porque eu uso muitas vírgulas).

Ao Décio Gomes, o melhor capista de todos os tempos. Nossa, eu te amo!

Ao Bruno Lira, o diagramador mais lacrador desse universo. Você sempre faz com que minhas histórias tenha um rosto lindo.

À Carina Rissi – não quero citar os motivos. Eles dariam mais um livro.

À Eliana Portella e Li Couto (elas sabem o porquê).

À Lare Barbosa, por ser quem é comigo!

A Dra. Ana Paula Bachim por minhas perguntas insistentes sobre cardiologia!

E, por último, aos meus leitores. Eu sou apaixonada por vocês. Real!

VIRE O LIVRO PARA LER

"PROCURA-SE:
UM AMOR"

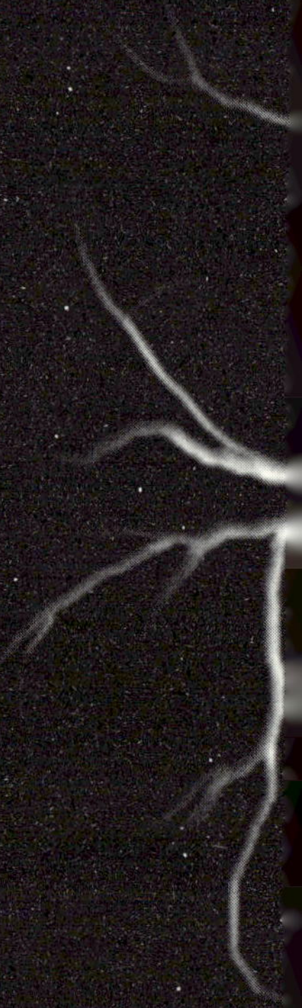

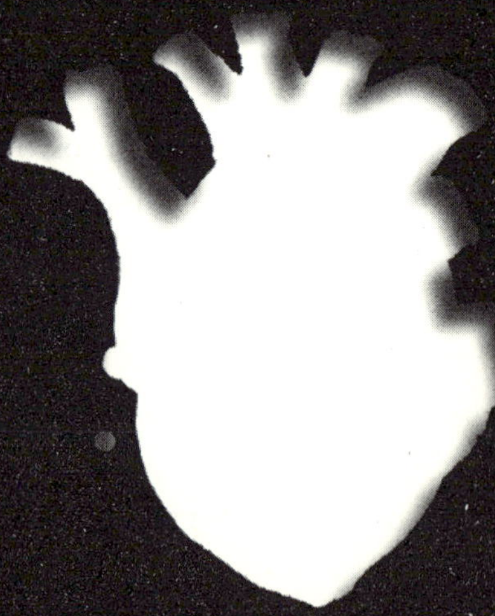

VIRE

GIOVANNA VACCARO

procura-se um amor

Take a piece of my heart
and make it all your own
So when we are apart
You'll never be alone
You'll never be alone

Never Be Alone, de Shawn Mendes.

*Pegue um pedaço do meu coração e o faça todo seu
Então, quando estivermos separados,
Você nunca vai estar sozinha
Você nunca vai estar sozinha*

01

"Talvez eu te ligue hoje à noite, depois que meu sangue virar álcool. Não, eu só quero te abraçar. Me dê um pouco de tempo, vamos acabar com isso. Para mudar essa situação."

- Give Me Love, Ed Sheeran.

Seus cabelos estavam espalhados pelo travesseiro branco em uma confusão de fios castanhos. Suas bochechas, com um leve toque de rubor, apesar das circunstâncias, faziam com que aquele fio de esperança que havia dentro de mim ainda conseguisse existir.

Entrelacei nossos dedos e senti sua pele gélida contra a minha. Ela parecia tão frágil que eu temia apertá-la com força o bastante para quebrá-la. Matava-me vê-la naquele estado. Deitada sobre uma maca de hospital, conectada a fios e tubos respiratórios. Matava-me saber que, sem aquelas máquinas, talvez, eu nunca mais pudesse sentir sua pele quente, ver seus olhos abertos ou seus lábios rosados. Matava-me pensar que eu não era capaz de mudar as coisas.

Fechei os olhos e respirei com força. Matava-me vê-la morrer.

Tivemos tão pouco tempo, por que as coisas tinham de ser assim? Por que são as melhores pessoas que acabam sofrendo no final?

Ela não mostrava que estava com medo, mas ficar sozinha era demais para suportar. Mesmo que todos dissessem que ela era forte, eles não sabiam que ela mal conseguia continuar. Porém, ela sabia que ficaria bem. Porque deixou que eu entrasse em seu caminho.

Às vezes as coisas podem ficar difíceis demais, mas podemos perceber que logo a névoa vai clarear.

Eu a amava de uma maneira que me fazia ficar vulnerável. Eu preferia sofrer tudo o que ela estava sofrendo agora, só para vê-la bem.

Droga! Tudo o que eu queria era ver seus olhos abertos. Tudo que eu precisava era ouvir sua voz. Eu a queria viva.

Achei que fosse forte o bastante para ela, mas não consigo esconder a

verdade. Porque tenho certeza de que, se eu fosse realmente forte, eu não estaria simplesmente vendo-a partir. Parado, no escuro da noite, apenas ouvindo o barulho do monitor cardíaco, que apitava a cada batimento.

Apesar de tudo, aquele barulho contínuo dos batimentos cardíacos era o que estava me fazendo sobreviver.

Se houvesse pelo menos uma maneira de salvá-la, eu o faria.

02

"Ninguém disse que seria fácil,
mas também não disseram que seria tão difícil."
- *The Scientist, Coldplay.*

Era minha terceira noite ali. E — para o meu azar — a terceira vez em que fui obrigado a sair de casa. Era fim de domingo e não tinha quase ninguém na rua. Passei todo o meu fim de semana tentando adiar a segunda-feira, mas não houve solução. Faltavam apenas algumas horas para o próximo dia.

Não percebi em qual direção estava dirigindo até chegar a uma rodovia qualquer. Estacionei Edward no meio-fio e desliguei o rádio.

Eu sabia que não estava animado, mas também sabia que não estava triste. Só não tinha motivos — e não *queria* ter. Eu não sentia *nada.*

Fechei os olhos. Seria muito melhor se minha tia tivesse desistido da ideia de voltar para Nova York, essa cidade que só me trazia más lembranças. Pensei que talvez fosse errado achar que, anos depois, minha vida voltaria a ser o que era apenas por ter voltado. No entanto, não fui capaz de pensar em outra opção.

Quando pensava em minha antiga casa — grande e azul —, os olhos de minha mãe surgiam em minha mente, seguidos por um clarão, que, na verdade, eram os faróis brancos do caminhão, então eu sentia tudo girar e escutava o estrondo da batida. Quem diria que anos depois eu estaria dirigindo o mesmo carro que matou minha mãe?

Eram coisas daquele tipo que me faziam odiar aquela cidade. Eu não queria ter que dirigir Edward, não gostava de precisar sentir a dor que sentia quando me lembrava da minha mãe. Tampouco queria voltar àquele colégio...

Abri os olhos, erguendo a cabeça.

Existia uma garota. Ela tinha olhos claros e cabelos escuros. Estava sempre alegre. Era a única com quem eu tinha coragem de conversar, mas isso não queria dizer que éramos amigos. Não éramos. Apenas crianças conversando.

Balancei a cabeça, confuso de repente. Eu tinha dez anos de idade. *No que estou pensando?*

Desbloqueei a tela do meu celular e abri o aplicativo do *Instagram*. Digitei seu nome na barra de pesquisa. Havia milhões de garotas chamadas Ariane Sparks. Reduzi a pesquisa para os usuários de Nova York. Ainda havia várias, porém, eu seguia algumas pessoas que a dona do terceiro perfil também seguia.

Era ela, eu a reconheci pela foto.

Minha mente disse que era idiotice e eu sabia que precisava concordar, mas, ainda assim, rolei a tela, vendo suas fotos. Li sua biografia no topo da tela. Ela usou alguns *emojis* e digitou uma frase conhecida de um livro antigo. Logo em seguida, seu número.

Copiei o número, digitando-o no teclado de ligações, sabendo que, provavelmente, existia uma seta fluorescente apontando para mim, mostrando o grande otário que eu era. Suspirei, desistindo do que estava prestes a fazer. Havia 95% de chances de ela não se lembrar de mim.

Quis apagar o número que digitei, mas, sem perceber — é *sério!* —, apertei em "ligar". Meu coração acelerou.

Merda, merda, merda.

Toquei em "cancelar" o mais rápido possível, mas sabia que a ligação havia tocado no celular dela, pelo menos, quatro vezes. Podia muito bem ser diagnosticado como louco apenas por pensar que era capaz de ligar para ela. Nem mesmo fazia sentido. Eu era apenas um borrão nas lembranças antigas de Ariane.

Joguei o celular para trás, bufando.

— *Idiota* — murmurei, dando a partida no carro.

03

"Eu sei que isso parte o seu coração. Se mudou para a cidade em um carro aos pedaços e quatro anos, nenhuma ligação. Agora você está linda e eu não consigo parar."

- Closer. The Chainsmokers feat. Halsey.

Ouvi o despertador tocar, mas não me atrevi a me levantar. Não era o sono que me incomodava — embora ele tivesse uma grande porcentagem de culpa —, mas o fato de eu não querer ir para a aula.

O primeiro dia sempre era o pior e eu estava disposto a faltar. Queria adiar aquela coisa o máximo de tempo permitido. No entanto, minha tia abriu a porta do meu quarto.

— Não me venha com essa de fingir que está dormindo — falou, entrando no quarto —, eu ouvi o celular tocando.

Abri os olhos, bufando. Esther abriu as cortinas e a janela, deixando a claridade entrar no quarto.

— Eu começo amanhã. — Cobri a cabeça com o travesseiro.

Ela gargalhou.

— Nem pensar! — exclamou. — Você adiou isso por uma semana. Você não tem mais dez anos, Miles.

Sentei-me na beirada da cama.

— Então por que veio me acordar? — Olhei para ela, indiferente.

— Porque sabia que voltaria a dormir — respondeu, colocando as mãos na cintura. — Anda, para de frescura e vai tomar um banho.

Minha tia saiu do quarto, fechando a porta atrás de si.

Joguei a cabeça para trás, no travesseiro, eu realmente teria que começar hoje.

Eu sabia que todo aquele tempo tinha se passado enquanto eu estivera fora, mas, sempre que me lembrava do colégio, eu me recordava de todos aqueles garotos que me zoavam. É claro que eu tinha crescido, passado pela

puberdade e mudado completamente de aparência física, mas ainda tinha meus receios.

Em Indiana, eu tinha amigos e já havia me adaptado à cidade. Voltar para Nova York me faria ter que aprender a conviver novamente com as antigas pessoas.

Coloquei-me de pé, lembrando-me de que eu não era — felizmente — o mesmo Miles de doze anos, que apanhava dos caras mais velhos, não conversava com ninguém e era odiado pelas garotas. Agora eu tinha dezoito anos, sabia me defender e as garotas — essa era a parte boa da história — eram apaixonadas por mim.

Eu era apenas *um* no meio de todo aquele povo que ia dirigindo para a escola, mas meu carro era bem diferente dos outros, com certeza. Edward era um Malibu 1965 azul, com os bancos de couro branco, em ótimo estado — obrigado. Estacionei o carro em uma das poucas vagas livres e andei pelo pátio, me recordando exatamente de como era estudar ali.

Nada havia mudado. As paredes ainda eram cinza, os banheiros ainda ficavam do lado de fora e o refeitório continuava sendo simples demais para uma escola daquele tamanho.

Caminhei até a secretária que — novidade! — ainda se encontrava no mesmo andar e do mesmo jeito, nem mesmo as mesas haviam sido trocadas de lugar. Esperei até que alguém me notasse, como não aconteceu, dei dois socos fracos sobre um balcão.

Os olhos da diretora procuraram de onde havia vindo o barulhinho e me encontraram.

— Bennet! — A Srta. Sharpey ainda continuava sendo a diretora. — Você está atrasado.

Limpei a garganta, querendo dizer a verdade — que eu estava pouco me ferrando para aquela escola —, mas acabei dizendo:

— Me perdi tentando encontrar a secretaria.

A diretora se levantou de sua mesa, caminhando até a mim.

— Se perdeu? Não faz tanto tempo assim, não se lembra da estrutura do colégio? — Ela riu, pousando uma das mãos em meu ombro. — Vou ter

que pedir para alguém fazer um *tour* com você. Não mudamos muita coisa desde que você foi embora.

Balancei a cabeça. *É mesmo? Nem deu para notar.*

— É claro. — Forcei um sorriso.

— Vamos — chamou ela, se dirigindo à porta —, eu te levo até sua primeira aula.

Andamos lado a lado, como qualquer outro novo aluno tem que andar perto da diretora no primeiro dia. Eu não disse mais nada para não parecer mal-educado. Eu tinha certeza de que, se abrisse minha boca, falaria algo como "odeio esse lugar".

— Sua primeira aula é Inglês, Miles — avisou a Srta. Sharpey, parando em frente a uma das portas do largo corredor e a empurrando logo em seguida.

Ela me empurrou para dentro, vindo logo atrás. A professora de Inglês parou de falar, notando a presença da diretora em sua sala de aula.

Olhei para os alunos. Havia vários rostos desconhecidos, mas alguns deles eu reconheci, é óbvio. O primeiro rosto em que pousei os olhos foi o de Nattalie. Ah, eu me lembrava dela... Sempre foi linda, mas fazia de tudo para infernizar a vida dos outros. Ela não usava mais as tranças no cabelo loiro, agora eles estavam soltos em ondas. Nattalie abriu um sorriso *enorme* quando percebeu que eu a fitava. Acenei com a cabeça, pousando meus olhos em outra pessoa.

— Esse é Miles Bennet, turma — a Srta. Sharpey falou, apontando o dedo indicador para mim. — Quero que o recebam bem.

Harry estava sentado em uma das últimas carteiras, como fazia desde pequeno, acompanhado por Peter e Liam. Eram eles que destruíam os meus dias, mas eu podia lidar com eles agora, não é? Sorri internamente. Eu não deixaria que as coisas voltassem a se repetir.

— Vamos recebê-lo muito bem, Srta, Sharpey. — Nattalie curvou-se sobre a mesa, lançando-me outro sorriso. — Pelo menos *eu* vou.

Como era possível que aquilo estivesse acontecendo? Porque, antigamente, Nattalie era a pessoa que mais queria distância de mim. Não consegui esconder a risada, que eu dei por deboche, mas que poderia muito bem ser confundida com felicidade.

— Graças a Deus que tenho você, Nattalie. — Sharpey ergueu as mãos. — Pelo menos uma pessoa que compreende os valores desta escola...

Percebi uns movimentos no canto da sala. Era Callie, rindo, como

sempre fez, cochichando alguma coisa no ouvido de Ariane. Engoli em seco. Os cabelos de Ariane estavam bem mais curtos do que eu me lembrava, tocando os ombros. Seus olhos, fixos em mim; sua boca se entreabrindo. Pensei em acenar com a cabeça ou, ao menos sorrir, mas Ariane desviou o olhar, se voltando para Callie e sussurrando algo. As duas riram.

Vi várias fotos das duas no *Instagram* de Ariane na noite passada quando me lembrei dela. Elas sempre foram muito amigas, desde os sete anos.

— Miles... — chamou Nattalie, se levantando enquanto me encarava —, vamos?

Quis dizer que não, que já conhecia a escola, mas a Srta. Sharpey me empurrou para a garota, dizendo:

— Não demorem muito.

Sorri, tentando controlar minhas expressões enquanto saía da sala de aula.

Nattalie me fez passear pela escola, me mostrando cada mínimo detalhe. Estava se jogando para mim, eu percebi. Conversei com ela, não querendo repetir o que ela fazia comigo quando éramos menores.

Quando voltei para a sala, nada havia mudado, a não ser pelo fato de os lugares de Ariane e Callie estarem vagos.

04

"Para onde vamos correr? Nós temos o mundo em nossas mãos e estamos prontos para jogar."

- *Mama. Jonas Blue feat. William Singe.*

Os dias se passaram, levando com eles, aquela minha ideia doida de que tudo continuaria na mesmice. O que mudaria se eu continuasse odiando tudo aquilo? Sendo assim, quando Harry me chamou para sair com os caras, ignorei minhas antigas lembranças — tínhamos dez anos, cara! — e fui com eles a um pub no Brooklyn.

Nós bebemos, rimos e até jogamos dardos uns nos outros. Não foi tão ruim, foi? É claro que não, porque, no outro dia, tudo mudou.

Assim que coloquei meus pés no colégio, todos pararam o que estavam fazendo e me olharam. Aquele tipo de olhar em câmera lenta. Era como se todos tivessem deletado os últimos sete anos e só se dessem conta que eu existia naquele segundo. Recebi alguns sorrisos de umas garotas que eu não conhecia e retribui, fazendo-as se escorarem umas nas outras. Também ganhei alguns "socos amigáveis" dos Jogadores de Futebol — que, todo mundo sabe, eram os donos do lugar.

É claro que eu achava estranho todo aquele afeto e reconhecimento pelo grande nada que eu fiz, mas aceitei sem reclamar. Era ótimo.

As aulas foram passando e eu até mesmo tentei cabular a última — que era de literatura —, mas acabei desistindo. Era minha segunda semana e eu tinha começado esta de uma forma tão legal... O que me custava ouvir sobre Jane Austen por cinquenta minutos?

A professora pediu para que abríssemos nossos cadernos e copiássemos um dos trechos mais conhecidos da escritora. Fiz isso só para manter as aparências, já que não me importava muito com esse tipo de coisa: livros.

Cruzei os braços, me inclinando na cadeira. Talvez fosse melhor se eu tivesse matado a aula. Quanto tempo faltava para acabar, trinta minutos? Olhei para a esquerda, todos estavam copiando a matéria. Revirei os olhos, entediado demais para pegar no lápis, enquanto me direcionava para a direita, querendo saber se deste lado, as pessoas também se importavam tanto assim com *Orgulho e Preconceito.* A resposta era "sim", todos estavam com as cabeças sobre os livros.

Bufei, eu também precisava estudar. Porém, algo me chamou a atenção no lado direito. Para a minha sorte — eu achei —, Ariane Sparks estava sentada na mesa ao lado da minha, sua cabeça curvada sobre a mesa, virada para o outro lado. Ela estava dormindo? Pelo menos eu não era o único com problemas.

Então ela virou a cabeça para mim. Eu estava pronto para dizer alguma coisa — aliás, não tínhamos conversado desde que cheguei —, mas reparei em seus olhos. Estavam alarmados, arregalados, me encarando.

Reparei em suas mãos, estavam presas nas laterais da cadeira, trêmulas e, depois, em sua boca, entreaberta, quase roxa. Franzi o cenho, me preocupando de repente.

— Você está bem, Ariane? — questionei pronto para me levantar.

— Eu... — Sua voz saiu como um sussurro.

Seus olhos estavam se fechando, sem forças. Meu pulso se acelerou. Eu não sabia o que fazer, precisava pedir ajuda para alguém.

Ariane tombou a cabeça, gemendo em dor, e apontou para seu peito. Abri e fechei a boca, tentando juntar minhas suposições. O que ela estava tentando me dizer?

— Seu coração? — tentei, atônito. — Seu coração está doendo?

Achei que ela, ao menos, balançaria a cabeça, confirmando, mas Ariane fechou os olhos, apontando — com muito esforço — para o bolso de sua mochila.

Olhei em volta, ninguém estava vendo aquilo?

Fiquei de pé imediatamente, me ajoelhando ao lado de sua mesa, abrindo o bolso da mochila. Não havia nada mais além de uma bombinha de ar. Talvez Ariane tivesse asma. Coloquei a bombinha em suas mãos, que tremiam muito. Ariane tentou respirar, mas não conseguiu. Fiquei pensando se não seria melhor se eu a ajudasse com o remédio. Ela ergueu as mãos e levou o aparelho até a boca, inalando.

Ariane precisou de duas lufadas de ar, então deitou sua cabeça

na superfície da mesa, visivelmente cansada. Seu peito subia e descia rapidamente.

— Obrigada — sussurrou alguns segundos depois, olhando para minha mão, que não percebi estar segurando a sua.

Fitei seu rosto, suas bochechas estavam ruborizadas.

— Tudo isso foi uma crise de asma? — perguntei, minha respiração também estava entrecortada.

Apesar de tudo, Ariane sorriu de leve.

— Não, isso foi meu coração — respondeu, finalmente levantando a cabeça.

Caramba. O que tinha de errado com o coração dela e por que diabos a fazia sentir tanta dor?

Pisquei algumas vezes.

— Entendi — falei, ainda confuso. E soltei sua mão. — E você está bem agora?

— Estou — suspirou, rindo um pouco.

Como ela conseguia rir de uma coisa dessas? Há menos de dois minutos Ariane estava chorando de *dor.*

Anuí com a cabeça e voltei para o meu lugar, encarando fixamente nossa professora de literatura, mas não entendendo sequer uma palavra que saía de sua boca. Eu só conseguia pensar no que poderia ter acontecido se eu não estivesse ali.

Depois de todo aquele tempo, *ninguém* havia percebido o que acontecera.

Algum tempo depois o sinal tocou, fazendo todos os alunos voarem para fora da sala. Notei Ariane jogar todas as suas coisas dentro da mochila e sair da sala, sem nem mesmo me olhar.

Não deixei por isso mesmo, a segui até o lado de fora da escola. Ela não percebeu até eu tocar em seu ombro.

— Então o seu coração é traidor. — Ergui as sobrancelhas, parando ao seu lado.

Ariane abriu a boca, mas hesitou, depois de levar um susto. Seus olhos estavam fixos no chão. Ela estava com vergonha.

— Você não fala, Ariane? — eu a provoquei, tentando fazê-la se desprender da timidez. — Tem problemas cardíacos e ainda é muda. Que triste!

— Eu falo — disse alto. — Só que pouco.

Gargalhei, dando de ombros.

— Duvido. — Bati em seu braço de leve. — Você tem cara de quem não cala a boca. E eu já te vi tagarelar com a Callie.

— Às vezes é difícil de controlar! — concordou, pendendo a cabeça para o lado.

Estava tentado perguntar mais sobre o que havia acontecido antes, mas uma garotinha parou atrás da Ariane, cutucando suas costas.

— Ah! Você está aí — gritou a menina.

— O que você está fazendo aqui? — Ariane se virou para encará-la.

— O papai também está aqui. Está no carro, nos esperando. — A garotinha cruzou os braços, me fitando. — Quem é você?

Eu ri, sem conseguir me deter. Ela era tão mandona.

— Meu nome é Miles, e o seu? — brinquei.

— Eu sou a...

— Ela é minha irmã — Ariane fez a menina se calar.

— Então *você* é o Miles — ela continuou falando, sem se importar com a discrição. — Já ouvi sobre você.

Aquilo me deixou curioso. Ela já tinha ouvido falar sobre mim, por quê?

— É mesmo? — questionei, direcionando meus olhos para Ariane, que negou veemente com a cabeça, tossindo.

— Ela tem pouco oxigênio no sangue, fica tranquilo. — Ariane empurrou sua irmã para frente, mas não conseguiu prever as risadas da menina. — Vamos, Becky, nosso pai está esperando.

— Tchau, Miles! — gritou a criança, que não devia passar dos dez anos.

Não vi alternativa, a não ser acenar de volta.

05

"Ah, você está tão longe agora.
Tão longe dos meus braços agora."

- *To Be Human, Sia feat. Labrinth.*

O resto do meu dia foi normal. Passei a tarde assistindo — de novo — a *Breaking Bad*, comi qualquer coisa no jantar porque minha tia resolveu sair com as amigas e dormi com a televisão ligada em um jogo dos *Red Sox*, o que era incrível, considerando que eles ainda *podiam* jogar.

Acordei no mesmo horário de sempre, tomei um banho, vesti as roupas e fui para a escola com Edward — acrescentando em minha lista mental que eu deveria calibrar os pneus do carro. As aulas passaram como de costume: chatas. Bom, pelo menos até a aula da Srta. Montezz, de História.

— Planejei um trabalho muito legal. Vocês sempre reclamam que todos os meus trabalhos precisam ser escritos e demoram muito para serem feitos.

É claro que, de início, eu não gostei da ideia. Ninguém gosta de trabalhos.

— Bom, neste semestre será diferente — a Srta. Montezz continuou falando. — Não haverá trabalho.

Ouvi alguns gritos de felicidade vindos do fundo da sala.

— Não fiquem tão animados assim. Haverá um trabalho apenas, que vai durar o semestre inteiro. Vocês vão se juntar em duplas e fazer uma sessão de fotos. — Com os braços se movendo para cima e para baixo, a professora tentava explicar o trabalho. — A nossa cidade tem muita história. Vocês vão escolher um tema e tirar fotos do que quiserem. Toda semana haverá um tema diferente. Eu só quero fotos e uma pequena parte escrita.

E continuou:

— Só vai haver um probleminha. Eu que vou escolher as duplas.

Sem esperar por respostas, a Srta. Montezz caminhou pelas fileiras, juntando as mesas, lado a lado.

— Vou juntar vocês agora para que já possam discutir sobre o assunto — alegou.

Como Harry ficou com Nattalie, Peter ficou com Liam e Callie com Karen, uma das amigas — prefiro a palavra discípula — de Nattalie, deduzi que as duplas seriam de acordo com a pessoa que estivesse do nosso lado.

Não consegui esconder a risada. Minha parceira seria Ariane, que me fitava com os olhos receosos. Mesmo que ela não gostasse de ser minha dupla, não poderia trocar. Não esperei que a professora se pronunciasse, de modo que me levantei, arrastando minha mesa até ficar próximo o bastante da de Ariane.

A Srta. Montezz parou em nossa frente, anotando algo.

— Ariane Sparks e Miles Bennet. Dupla número nove — afirmou.

Ariane ainda me encarava com cara de quem não queria cooperar. Era óbvio que ela estava me afastando por timidez, depois do que havia acontecido no dia anterior.

— Acho que nove é meu número da sorte a partir de agora — falei, provocando, enquanto me sentava de novo, ao seu lado.

Ela deu de ombros.

— Pode ser. — Ariane manteve os olhos presos em seu caderno, mais hesitantes do que nunca.

Limpei a garganta, sentindo-me desconfortável de repente. Ainda mais óbvio do que sua timidez em relação à crise de ontem, era o fato de ela estar tão impassível.

Tentei me controlar, pegando um lápis dentro de seu estojo. Eu precisava parecer confiante, só assim poderia me aproximar. Desenhei um *emoji* sorridente no canto da folha de seu caderno, curvando-me sobre sua mesa e depois guardando novamente o lápis.

Ela ergueu a cabeça, me fitando. Eu não sabia exatamente o que fazer, então apoiei os cotovelos na mesa, lançando um sorriso que não percebi que usava.

— É impressão minha ou você está me evitando? — tomei coragem para perguntar, tombando a cabeça para o lado.

Ariane desviou o olhar, mas não ficou muda como achei que ficaria.

— Talvez eu esteja. — Balançou a cabeça, ponderando seus limites quando não conseguiu deter o sorriso.

Eu ri.

— E por quê?

Piscou algumas vezes, tremendo os ombros. Ela pegou o lápis que eu havia usado e desenhou outro *emoji* na folha, perto do que eu havia desenhado antes.

— Não sei bem... — suspirou. — Tenho vergonha.

Franzi o cenho, ainda mais confuso que antes.

— Vergonha de mim? — gargalhei, não acreditando em sua história enquanto tomava o lápis de sua mão.

— O quê? Não. — Cruzou os braços, me observando desenhar por cima de seu *emoji*, que antes estava triste, mas que agora sorria. — Vergonha da minha doença.

Virei o rosto para olhá-la. Do que ela estava falando?

— Se eu não soubesse, você poderia estar... — Não consegui terminar, com medo das minhas próximas palavras.

Ariane riu. Alto.

Meu Deus, em algum momento eu a entenderia?

— Morta? — completou, meio que afirmando, mas. ainda assim, me perguntando.

— É. — Precisei fechar os olhos, para não mostrar minha reação.

Ela aquiesceu negativamente.

— Já tive crises piores e não morri — explicou, apoiando as costas na cadeira. — É só uma doença chata, não é tão perigosa assim...

Relaxei. Menos mal.

— Então — voltei a falar, sorrindo dessa vez. — Não precisa ter vergonha da... — *Como era mesmo o nome da doença?*

— Coronariana — completou, fazendo-me assentir.

— Não precisa ter vergonha. Ter uma doença é normal — eu me ouvi dizer —, não é sua culpa.

Notei seus olhos mudando de cor. Eles ainda me encaravam, mas não era a mesma coisa. Era como se Ariane estivesse pensando em outra coisa, muito além do que eu poderia entender. Eu não podia julgá-la, podia?

— Mas, mudando de assunto... — Eu quis parar com aquela conversa. — O que vamos fotografar?

Precisamos apenas de alguns minutos para escolher o Central Park como referência primaria. Já estava imaginando as fotos quando o sinal soou.

— Então, amanhã? — ela quis saber, se levantando.

Coloquei a mochila no ombro direito, já balançando a cabeça. Se Ariane pensava que seria fácil assim se ver livre de mim, estava completamente errada.

— Não! — falei. — Hoje.

— Hoje?

— Pode ser? — perguntei, percebendo finalmente que, talvez, fosse idiotice querer me aproximar tanto assim. — Quer dizer, essa foi a primeira vez que passamos um tempo juntos e eu gostei de tê-lo com você, Ariane. Não quero ter que esperar até amanhã.

Ela sorriu um sorriso torto.

— Tudo bem — concordou. — Hoje.

— Esteja no Central Park às 17h.

06

"Esperando o tempo passar para você. Espero que os ventos da mudança te façam mudar de ideia. Eu poderia ter dar mil motivos, mas você está indo, e você sabe que tudo o que você tem que fazer é ficar por um minuto."

- Stay, Zedd feat. Alessia Cara.

Eu sabia que era errado.

E, acima de tudo, não podia me basear em fatos que ocorreram na minha infância.

O problema começou quando eu tinha oito anos. A minha mãe sempre me dizia que tudo o que os garotos — e algumas garotas — faziam comigo era passageiro e que, se eu continuasse a ser o garoto que era, um dia as coisas mudariam. Ela dizia para não me importar com os xingamentos e cuidava de mim quando eu aparecia machucado.

Considerando o que passava, eu era bem reservado. Não falava com ninguém e ninguém se importava em falar comigo. Contanto que não me batessem, aquilo funcionava para mim.

Existia apenas uma garota.

Apenas uma garota dentre todas as outras.

A primeira vez que conversamos foi em uma saída extracurricular com a escola para uma fazenda, estava chovendo. Os garotos estavam indo para cima de mim, eu já sabia que eles iam enfiar a minha cabeça na lama e não me defendi. Na verdade, nem mesmo precisei. Ariane gritou com eles — com Callie ao seu lado, é claro — e mandou aqueles garotinhos irem arrumar o que fazer. Depois disso Callie saiu correndo para ir ver os patos enquanto Ariane me perguntou se eu estava bem. Eu respondi que sim, morrendo de vergonha.

Depois disso, eu tentei encontrar milhões de maneiras de me

aproximar. O problema é que eu era muito tímido e nunca conseguia falar. Ela conversou comigo algumas vezes, eu me lembro de cada uma das conversas, mas duvido que ela se lembre também.

Minha mãe morreu uns anos depois e minha tia me levou para Indiana, a fim de fazer com que eu me esquecesse das coisas. Não deu certo. É claro que eu nunca me esqueci da minha mãe. No entanto, estar em outro estado fez com que eu pudesse criar alguém novo para me substituir.

Eu arrumei amigos e cresci. Fiquei com garotas em festas e encontros que o Gardner me incentivou a ir, mas nunca me aproximei. Não de verdade.

Meu quarto, finalmente, estava do jeito que eu queria quando minha tia disse que estávamos voltando para Nova York. Tudo bem, quer dizer, essa cidade sempre foi o amor dela. Mas nunca foi o meu. Foi por isso que cheguei tão impassível. Porque eu não queria *estar* aqui.

Tudo havia mudado, eu sabia. Nada era igual. Nattalie, a garota que ria de mim, agora se jogava, querendo atenção. E os garotos não eram mais os mesmos, amadureceram. Tudo havia mudado. Até Ariane mudara, não falava mais como antes.

Sabia também que era idiotice apostar tantas fichas em alguém. Quem faz esse tipo de coisa? Mas ela... Ela sempre foi especial. Sempre teve um brilho diferente no olhar. Gostava de como o som da risada dela chegava aos meus ouvidos e gostava quando ela fechava a cara, tímida, como sempre.

O problema era esse. Como alguém, em sã consciência, apenas por está revivendo lembranças da quarta série, ainda conseguia se encontrar apaixonado pela mesma garota de sempre?

Na verdade, eu não sabia se estava apaixonado — esperava que não —, mas acreditava que era essa a razão de eu não conseguir parar de pensar nela.

Foi por isso que me preocupei quando a vi tendo uma crise e também foi por isso que quis saber mais sobre ela — embora ela não tenha me contado.

Era um tiro no escuro.

Não previ quanto tempo levaria para montar uma cesta de piquenique. Bom, levou meia hora — o tempo que eu devia ter gastado enfrentando o trânsito e não colocando sanduíches em um pote.

Estava com a impressão de que era demais. Um piquenique, quero dizer. Estava achando que, talvez, Ariane estranhasse. Porém, saí do carro carregando a cesta de vinil mesmo assim.

Fazia muito tempo que eu não andava pelo Central Park, então consegui me atrasar ainda mais até conseguir encontrar o lugar onde havíamos combinado de nos encontrar.

Ariane estava sentada em um banco de madeira, mexendo no celular quando me aproximei.

— Está atrasada. — Eu quis jogar a culpa nela, mesmo sabendo que o culpado era eu.

— Estou aqui há mais tempo que você — ela respondeu, virando-se para me ver, entretida. — *Você* está atrasado.

Eu ri.

— Eu sei, desculpa. É que me enrolei com isso aqui. — Balancei a cesta.

Ariane me encarou séria, depois se direcionou à cesta. Fez isso duas vezes.

— O que é isso? — perguntou.

Dei de ombros, sorrindo.

— É para mais tarde.

Peguei minha câmera dentro da cesta, tomando cuidado para não mostrar o que tinha dentro dela, e a entreguei para Ariane, que guardou o celular no bolso.

O trabalho durou dezoito minutos — eu contei. Tiramos fotos dos pontos mais visitados do parque, das pessoas, das estatuas e até da vegetação. Já estava bom demais para um trabalho semanal de História, não estava?

— Acho que já está bom de fotos por hoje. — Ariane tirou as palavras de minha boca.

Assenti.

— Finalmente — suspirei. — Agora podemos comer.

Ariane me olhou, curiosa.

— Comer?

Concordei, apontando para a cesta, lembrando-a.

Não falei mais nada, apenas comecei a andar. Ela veio atrás, me seguindo. Caminhamos de volta para o lugar onde havíamos nos encontrado antes, passando pelo banco de madeira onde ela estava sentada e, então, andando por cima da grama verde. O campo das pedras era enorme e eu pude até mesmo escolher uma.

— Para onde está me levando, Miles? — Parecia cansada quando perguntou.

Não respondi, andando mais um pouco e colocando a cesta sobre uma das pedras, sem esperar, me apoiei na menor delas e subi na maior, me sentando na superfície. Ariane continuava em pé lá embaixo, os braços cruzados.

— Vai ficar aí? — gargalhei.

— O quê, você quer que eu suba? — Descruzou os braços só para colocar as mãos na cintura.

Dei de ombros, esforçando-me para não rir.

— Por que não subiria? — Estendi a mão para ela, que, depois de uma eternidade, aceitou.

Ariane fez os mesmos movimentos que eu para subir na pedra. Se apoiou na pedra menor e pegou impulso para se sentar à minha frente.

— Então... — Ela arqueou as sobrancelhas, confusa sobre por que estávamos ali.

— Eu trouxe algumas coisas para comermos. — Levantei as mãos, ainda rindo.

— Não precisava fazer isso. — Ariane se balançou sobre a pedra, se esticando para olhar dentro da cesta.

Ela tirou de dentro dela a tigela com morangos, a outra com cookies e a de sanduíches. Peguei os dois copos que havia separado e as garrafas de suco.

Tive a impressão de ouvir o seu estômago roncar e tive a comprovação quando Ariane colocou a mão em cima da barriga, tentando disfarçar.

— Parece que eu precisava, sim — ri, sem me aguentar.

Ariane abriu a tigela dos morangos

— Eu amo morangos. Como você soube?

Ponderei em minha resposta.

— Só ia trazer os cookies e os sanduíches, mas minha tia chegou do mercado. Fui olhar as compras e vi os morangos, aí me lembrei de antes e

trouxe.

— De antes? — Ela parou de mastigar.

Sabia que ia dar merda. Agora já não tinha mais jeito.

— De antes — repeti. — Quando éramos crianças, você não se lembra?

Ariane negou, pensando sozinha.

— Um dia, você não sabia que eu estava escutando, mas eu estava, você conversava com a Callie. — Tentei agir com naturalidade, colocando suco nos copos. — Uma daquelas conversas de crianças sobre comidas.

— Já sei — falou alto, rindo. — Eu sempre falo sobre comida.

— Desde pequena — precisei concordar.

— Sim. Se tem uma coisa da qual sempre falo, essa coisa é comida. É o que eu mais amo fazer.

Estava tentando sair do assunto.

— Mais do que assistir séries?

— Eu só assisto séries se estiver com algo para comer. — riu, entretida. — Se não tiver nada para comer, não me concentro.

— Você tá zoando!

— Não estou, não. É a mais pura verdade, Miles — falou. — Eu poderia comer para sempre, porque sempre estou com fome. E não só por causa da fome, mas também porque é muito bom...

— Tá, tá, eu entendi — cedi.

— Quando o assunto é comida eu sempre ganho, você pode ter certeza — falou decidida, mordendo o morango e fechando os olhos.

Me desconcentrei, observando-a, Ariane percebeu.

— Bom, mas continuando meu monólogo... — tentei emendar, depois de uma mordida no lanche. — Desde pequena você ama comer, é uma verdade. Tínhamos quantos anos, nove? E você ficou quase a aula toda sussurrando para Callie que estava ansiosa para chegar em casa porque havia uma torta de morango para ser comida.

Ariane cobriu o rosto com as mãos, ficando vermelha.

— Meu Deus! — disparou. — Você queria que eu fizesse o quê? Tinha uma torta de morango inteirinha me esperando em casa. É claro que eu estava ansiosa.

— Imagino. — Ouvi minha voz soar irônica.

— É verdade, seu cínico — gargalhou, me dando um soco no ombro. — Lembro que meu pai disse que depois do almoço eu poderia comer um

pedaço daquela torta, mas me atrasei fazendo a lição de casa e tive que ir para a escola sem comer o pedaço. Eu estava quase morrendo de aflição.

Bebi um pouco do suco.

— Quando vi os morangos hoje, me lembrei desse dia e achei que iria gostar. — Sorri, sincero.

Ariane passou as mãos pelos braços, como se estivesse se abraçando. Seus pelos estavam arrepiados.

— O que foi, está com frio? — questionei, querendo ter alguma blusa comigo.

Balançou a cabeça.

— Não é nada. — Sua risada saiu trêmula. — Eu só me arrepiei.

Aquiesci, voltando para o meu lugar, bebendo o suco. Estava em dúvida se comia outro sanduíche quando Ariane chamou minha atenção.

— Droga — sussurrou.

— O que aconteceu? — Limpei as mãos nas calças.

— Falei para meu pai que chegaria em casa às 18h.

Tirei o celular do bolso para conferir as horas. Eram 18h45.

— Acho que sua hora já passou — falei, sem me importar muito enquanto Ariane limpava os dedos em um guardanapo de papel.

— Eu tenho que ir — falou, me ignorando.

Levantei a cabeça.

— Por quê? — Comecei a guardar as coisas de volta na cesta.

Ariane ergueu as mãos, como se eu fosse obrigado a entender.

— Devia ter chegado em casa há quarenta minutos — explicou. — Meu pai deve estar uma fera.

— Seu pai não é bravo, Ari. — Dei de ombros, ainda sem entender o porquê de toda aquela ardência.

— É claro que ele é.

— Eu me lembro dele. — Levantei a sobrancelha. — Ele não é.

— Você não o conhece. Ele não é bravo, mas fica preocupado quando a filha com insuficiência cardíaca sai de casa e demora muito — disparou ela, os olhos fechados.

Pisquei. Devia ser verdade.

Não era como ter medo de assaltos. Ariane podia ter uma crise a qualquer momento.

Observei Ariane descruzar as pernas e colocá-las para fora da pedra,

pendendo-as no ar, querendo sair dali. Respirei fundo.

— Espere aí, eu te ajudo a descer — falei, saindo da minha posição e apoiando minha mão direita em suas costas.

Ariane se mexeu, tirando minhas mãos.

— Não precisa. Eu consigo.

— Ariane, você vai se machucar. — Eu a puxei para trás.

Ela bufou, impaciente.

— Segure em minha mão e estique os pés até o chão para não cair — falei calmo, olhando para ela.

— Não vou cair — garantiu, seu rosto cheio de teimosia.

Estávamos lado a lado, nossos corpos se tocavam.

— Por que está irritada? — Curvei a cabeça.

Sua única reação foi afastar a mão da minha, cruzando os braços.

— Não estou irritada. Você é quem não me deixa descer sozinha.

Tomei uma lufada de ar.

— Só não quero que se machuque, Ari.

Não era óbvio?

Nossos rostos estavam próximos — embora eu achasse que quanto mais perto melhor —, Ariane respirava pesadamente, a boca entreaberta. Ela fitou meus olhos e depois minha boca, então balançou a cabeça, como se quisesse esconder alguma coisa ou — o que eu acho mais provável — se concentrar, piscando várias vezes.

— Eu consigo — falou decidida.

Ariane colou as mãos na pedra dura e se esticou, tentando alcançar o chão. Ela ia cair.

— Não, Ariane! — protestei, curvando-me para pegá-la.

O movimento não foi o mais estudado, eu tenho que dizer. Ela soltou as mãos fixas da pedra e, sem querer, caiu. Não houve outro jeito. Caí por cima dela, pressionando seu corpo com o meu. Pelo menos não era alto.

— Falei que ia cair — murmurei, sentindo meus olhos faiscarem.

Meus braços estavam pressionados no chão, ao lado de nossos corpos, quase a abraçando. Estávamos grudados. Eu sentia sua respiração lenta em meu pescoço.

— Você se machucou? — consegui perguntar.

Só faltava eu ter quebrado algum osso dela!

Ariane abriu a boca e a fechou logo em seguida, conseguindo apenas

fazer que não com a cabeça. Nossas bocas estavam próximas, precisei de muito esforço para me afastar. Seus olhos estavam brilhando, me encarando com algo que eu não pude decifrar.

— Está tudo bem? — Eu me preocupei com seu estado.

Aquiesceu, engolindo em seco.

— É só o meu... — Não finalizou.

— Coração? — tentei completar, alarmado, saindo de cima dela o mais rápido possível. — Droga, eu me esqueci disso.

Levantei, estendendo a mão, que ela aceitou. Ariane sorriu, tímida.

— Preciso ir — afirmou, limpando as roupas.

Hesitei.

— Quer que eu te leve?

— Não precisa — falou rápido. — Moro aqui perto, vim andando.

— Eu posso ir caminhando com você. — Coloquei as mãos no bolso da calça, pensando se era mesmo uma boa ideia.

— É melhor não. Eu já estou atrasada. — Ariane forçou um sorriso, provavelmente pensando que havia conseguido me enganar.

Fiquei parado, sem saber o que fazer. Por que eu fazia esse tipo de coisa quando estava com ela? Ariane andou devagar, sem olhar para trás, por alguns metros. Então parou, esperou um segundo e se virou para mim.

— Você pode me acompanhar, se quiser, Miles — disse baixo, como se ainda não tivesse certeza do que estava fazendo.

Eu não podia ignorá-la. Não queria que voltasse sozinha para casa, de modo que peguei a cesta e fui até ela. Ariane não disse nada, parecia confusa, e eu permiti que isso acontecesse, não insisti em conversas.

Duas quadras e dez minutos depois — porque andamos devagar — chegamos à sua casa. Ariane parou de andar, ficando em frente à cerca branca.

— Obrigada — agradeceu, eu não sabia se pelo trabalho, por tê-la acompanhado ou pela comida.

Assenti, sorrindo.

— Tchau, Ari.

Eu ainda precisava voltar para o parque para buscar Edward, então virei o corpo, atravessando a rua novamente. Olhei para trás, por uma fração de segundos, e vi Ariane abrindo a porta da frente, entrando em casa.

O que eu podia fazer?

Eu realmente estava ficando louco.

Entrei no carro e passei quase todo o final da tarde me convencendo de que ligar para ela seria caso de internação. Sério, não se podia fazer coisas desse tipo.

Mas eu não consegui.

Eu queria explicações para o que achava que estava sentindo e também queria motivos. Porque eu não tinha, eu juro.

Ouvi a linha vazia no celular e toquei na tela do aparelho, selecionando o seu contato.

— Alô? — ela atendeu no terceiro toque.

— Ariane?! — Deitei na cama, sentindo-me estranho. — Que bom que não errei o número dessa vez.

— Miles? Quem te deu meu número? — questionou, fazendo-me rir por fora e me xingar por dentro. Eu era muito idiota!

— Callie — menti, rindo. Na verdade, eu tinha copiado o número da sua biografia no *Instagram* há duas semanas. — Eu precisava falar com você.

— Bem, pode falar. — Eu a imaginei balançando os ombros, como sempre fazia.

— Já fizemos a primeira parte do trabalho — falei, inventando uma história qualquer. — Você tem alguma ideia para a próxima? Porque eu tenho.

— Eu... Bem, não pensei nisso ainda — acabou dizendo. — Ainda temos muito tempo.

Era claro que ela não tinha pensado nisso ainda! Muito menos eu. Era só uma desculpa para falar com ela.

— O que você acha de fotografarmos um parque de diversões popular? — Pensei na hora. — Eu conheço um que não é muito longe. Muitas pessoas vão lá!

— Pode ser — concordou. — Depois nós marcamos.

— Não, não — fui rápido. — Vamos amanhã à noite?

— Amanhã? — perguntou, sua voz meio assustada

— É. — Cerrei os olhos, me xingando de todos os nomes possíveis.

— Mas ainda temos muito tempo, Miles — admitiu Ariane, falando a verdade. — Duas semanas.

— Minha mãe sempre falava para mim que era muito melhor fazer os trabalhos antes, porque depois ficamos livres para fazermos o que quisermos. — Eu estava pronto para me dar um soco. Meu Deus, para de passar vergonha! — É meio bobo esse conselho, mas sempre me ajudou.

— A que horas? — questionou, me surpreendendo.

— Às oito — decidi, tentando não deixar transparecer minha ansiedade.

— Tudo bem.

— Quer que eu te busque? — eu me ofereci, animado,

— Bom... Eu não sei onde fica esse parque — começou. — Pode ser.

— Até amanhã, Ari — sussurrei, rindo.

— Tchau.

Desliguei o celular. Eu realmente precisava de remédios.

07

"Mas eu não posso fazer isso sozinho. Às vezes eu só preciso de uma luz. Se eu chamar você no telefone, preciso de você do outro lado."

- There For You, Martin Garrix feat. Troye Sivan.

— Eu vou sair hoje, Miles. — Minha tia abriu a porta do meu quarto, me acordando.

Resmunguei algo que nem mesmo eu entendi e cobri a cabeça com o travesseiro.

— Com as minhas amigas — Esther continuou, abrindo as cortinas —, então seria bom se você saísse também.

Continuei sem responder. Ninguém deveria ser obrigado a falar pela manhã.

Minha tia era mais velha que minha mãe, tinha quase a idade certa para ser minha avó, então, quando ela dizia alguma coisa sobre suas amigas, eu só conseguia imaginar um grupo de senhoras de sessenta anos tomando chá da tarde em uma varanda. No entanto, eu sabia que essas mulheres tinham mais vigor do qualquer outro jovem. Elas e minha tia sempre viajavam para outros países e saíam — sem desculpas — a cada dois dias.

— Miles!

Esther jogou longe o travesseiro que cobria minha cabeça, me dando um tapa — que eu considerei leve — na cabeça.

Abri os olhos.

— Você está me ouvindo? — questionou, de pé ao meu lado. — Eu disse que vou sair hoje. Estou te avisando.

Aquiesci.

— Eu ouvi — murmurei, bocejando.

Ela revirou os olhos.

— Como você pode ainda estar com sono? São quase duas da tarde.

— Minha tia bufou, estalando os dedos. — Estou falando que você tem que sair. Não porque eu vou sair, mas porque você tem que fazer amigos.

Revirei os olhos, entediado.

— Eu tenho amigos — respondi.

— O Gardner não conta — protestou, esforçando-se para não rir. — Ele mora em outro estado!

Ignorei, terminando de falar:

— E eu vou sair hoje — Ergui a cabeça, encarando-a.

— É mesmo? — Minha tia arregalou os olhos, boquiaberta. Era para eu ter me ofendido com toda aquelas surpresa?

Assenti, confirmando.

— Com quem? — Ela parecia mais curiosa.

— Ariane

— Uma garota? Ah, meu Deus! — exclamou, feliz demais para o meu gosto.

Franzi o cenho. Por que ela estava fazendo aquilo?

— É só um trabalho de história que temos que terminar — emendei, me levantando da cama.

— Ah! — foi a enorme resposta de Esther antes de sair do quarto, batendo a porta.

Eu não me importava com o fato da minha tia sair quase todas as noites com as amigas, pelo contrário. Mas entendi os seus motivos quando ela queria me ver com amigos. Minha tia só queria que eu me adaptasse e era o que eu estava fazendo.

Sentei na ponta da cama e peguei meu celular, havia uma mensagem de Gardner, meu amigo de Indiana.

"Já acordou?"
"Cara, tenho que te contaaaar"
"Me avise quando estiver acordado!"

Ele tinha enviado as mensagens às 07h51 da manhã. Eram 13h40, eu vi no relógio.

"Oi"

"Como assim oi?"
"Já faz 84 anos que te mandei as mensagens, cara"

"Desculpa. Dormi"

"Eu percebi."
"Então."

"Fala logo!"

"Peguei a menina mais gostosa da cidade ontem"

"Quem?"

"Ela é nova. Chegou quando vc foi embora."
"Sorte a minha, pq ela poderia ter gostado mais de vc."

"Idiota kkkk"
"Como foi?"

"Esse é o problema!"
"Eu só sei que fiquei com ela porque tem foto."

"Como assim?"

"Bebi pra caramba ontem,
acordei com uma ressaca dos infernos. Não lembro."

"Não acredito nisso."

"Muito menos eu"
"Já marquei de sair com ela de novo. Vamos ver."

"Menos mal."
"Na próxima, como vc é fraco, bebe refrigerante, trouxa."

"Repito: vamos ver."

Bloqueei a tela do celular só para depois desbloqueá-la de novo. Mandei uma mensagem para Ariane, confirmando aquela noite.

"Às 20h, combinado?"

Não esperei por respostas. Fui tomar banho.

Estava quase chegando à casa de Ariane quando recebi sua mensagem. Ela tinha pedido para que eu esperasse na janela. É claro que eu não entendi, mas o fiz mesmo assim.

Depois de estacionar o carro, saí, apoiando meu corpo na lataria azul. O ar da noite estava úmido, acompanhado por um leve sereno que caía. Precisei esperar alguns minutos até poder ver Ariane, que — literalmente — pulou a janela. Não me mexi, estava perplexo demais para fazê-lo. Ela apoiou suas pernas em um espaço vago na parede e depois se segurou na janela do andar de baixo, chegando ao chão.

Andei até ela, sem conseguir esconder o sorriso. Ariane me surpreendia a cada batida de coração.

— Vamos? — sussurrou, retomando a postura.

Olhei em volta, notando o quão silencioso e calmo estava aquele ambiente.

— Por que mandou que eu esperasse na janela? — perguntei, entortando a cabeça para encará-la. — E por que você *saiu* pela janela?

Ariane desviou o olhar, suas bochechas ruborizando.

— Estou de castigo.

Não fui capaz de encobrir a minha surpresa. Ela não parecia ser alguém que fazia coisas do tipo.

— Saiu escondida? — perguntei animado, Ariane aquiesceu, então continuei: — Não imaginei que pudesse fazer isso.

Ela ergueu o queixo, como se para me provocar.

— Você sabe muito pouco sobre mim, Miles.

— Eu gostaria de saber mais, mas você não colabora — respondi baixo, a acompanhando no escuro até o carro. — Esse é Edward.

Ariane me fitou com olhos curiosos, meio rindo.

— Edward? — gargalhou afinal. — É o nome do carro?

— É o nome dele — ponderei ao responder. — Era da minha mãe antes de... — Parei de falar, não querendo tocar no assunto. — Bem, eu não sei o motivo de o carro ter esse nome, mas minha tia me disse que é esse o nome dele, então o que me custa chamá-lo assim, não é? Entre.

Abri a porta do passageiro, a que estava com defeito na trinca, para que Ariane entrasse no carro. Dei a volta e me sentei, endireitando meus pés em seus devidos lugares.

— E você tem carteira de motorista? — questionou ela, logo que entrei.

Virei meu rosto para olhá-la. E ri.

— É claro que eu tenho — respondi. — Que tipo de monstro você acha que sou?

Não respondeu, apenas balançou os ombros.

— É claro que demorou até me aprovarem nos exames — voltei a falar, girando a chave na ignição. — Precisei fazer quatro vezes até conseguir.

— Quatro vezes? — Ariane disparou.

Precisei assentir, admitindo o meu total fracasso para quaisquer tipos de provas. Eu podia até mesmo saber fazer as coisas, mas quando precisava demonstrar que sabia sobre o que estava falando, me ferrava. Quer dizer, isso ia desde química até as provas para a retirada da carteira de motorista.

— Que tipo de música você gosta? — Apertei os freios em um sinal vermelho.

Liguei aquele rádio velho e comecei a serpentear pelas estações, procurando alguma coisa boa para ouvirmos depois que Ariane respondeu:

— Quase todas.

— Eu gosto dessa — falei quando encontrei uma estação de rádio razoável.

— Também gosto — Ariane concordou depois de longos segundos de hesitação.

Os gritos das pessoas na montanha-russa ecoavam por todo o parque toda vez que os carrinhos alcançavam os picos mais altos do brinquedo. As luzes do parque refletiam por todos os lados, deixando tudo com uma intensidade muito mais viva e o cheiro de doce invadia minhas narinas.

Desde que chegamos, tudo o que eu queria era parar o que quer que eu deveria estar fazendo e conversar com Ariane. Conversar sobre coisas aleatórias, a fim de conhecê-la de verdade e, talvez, conseguir tirá-la da cabeça — embora eu soubesse que isso estava longe de acontecer.

Porque era idiotice estar tão fixado em alguém que nem ao menos percebia. Ela não se dava conta de como eu a olhava ou de como sorria com sinceridade quando estávamos juntos.

Eu não podia julgá-la, podia? Para Ariane, eu era um total desconhecido. Um cara novo que acabara de chegar, o qual ela estava sendo obrigada a conviver por causa de um trabalho idiota.

Precisava me concentrar nas fotos que tínhamos que tirar, mas, droga, tudo o que eu conseguia fazer era me imaginar sozinho com ela.

Depois de muitas fotos aleatórias e de termos comido algumas coisas, estávamos andando lado a lado pela multidão.

— Não tem mais nada para fotografar. — Ariane parou de caminhar, me olhando pela primeira vez em alguns minutos.

Era como se ela estivesse nervosa por estar ali, comigo.

— É claro que tem — enrolei, abaixando a câmera e sabendo que ela estava completamente certa. Nós tínhamos fotografado cada milímetro daquele parque. — Cada pessoa que passa por nós tem uma história diferente a ser contada, Ari. É essa a mágica das fotos. Capturamos momentos que, talvez, nunca mais venham a se repetir.

Embora soubesse que o que falei estava certo, não consegui acreditar em nem mesmo uma palavra. Eu só queria uma desculpa para passar mais tempo com ela.

— Se formos *capturar* momentos. — Ariane levantou o queixo, me

encarando com as sobrancelhas levantadas. — ... ficaremos aqui para sempre.

— Eu sei — concordei, rindo daquele jeito dela —, acho que já temos o suficiente.

Ariane pareceu se animar com a ideia ao perguntar:

— Então vamos embora?

Desviei os olhos, fitando as coisas a nossa volta, querendo ganhar tempo.

— Queria apenas mais uma foto. — Voltei meus olhos para ela, feliz com meu plano.

— Qual? — Tomou uma lufada de ar, deixando os braços caírem ao lado do corpo.

— Do Parque inteiro visto de cima.

— Tudo bem — ela cedeu, dando de ombros —, mas como faremos isso?

Não respondi, começando a andar até a maior fila do Parque. Parei no meio do caminho, olhando para trás. Ariane ainda estava no mesmo lugar, sem se mover.

— Daremos uma volta na Roda-gigante — expliquei, fazendo-a andar em minha direção, o rosto contorcido em alguma coisa parecida com dor, mas que eu sabia ser dúvida. Ou raiva?

— Sério? — Ariane questionou, visivelmente desanimada. — Miles, meu pai não pode saber que eu fugi.

Ah, então era por isso que ela estava agindo daquela maneira. Como se cada passo que desse fosse errado.

— Será rápido — prometi, entendendo seus motivos.

Ariane nunca pareceu ser o tipo de pessoa que mente ou esconde coisas importantes das pessoas. Fugir de um castigo devia ser complicado para ela, mas já estávamos na fila do brinquedo e eu não ia correr para trás depois de tudo.

Quando nos sentamos na cesta azul da Roda-gigante, Ariane cruzou os braços e olhou para o lado, observando enquanto ficávamos cada vez mais longe do chão. Precisei ligar a câmera de novo, já que eu queria proteger o meu disfarce de "quero mais uma foto".

Tirei algumas fotos e até me surpreendi com o resultado, mas não foi isso que me fez olhar para Ariane. O que me fez desgrudar os olhos

da câmera foi o balançar abrupto da cesta, se desequilibrando. Tínhamos parado de nos movimentar. Toda a Roda tinha parado.

— O que aconteceu? — ouvi a voz de Ariane soar em meus ouvidos, três oitavas acima.

Virei minha cabeça em sua direção e só consegui encontrar sentimentos que eu não era capaz de decifrar. Era assim que funcionava com ela, não era? Eu nunca poderia entender o que se passava em sua cabeça.

— Por favor, pessoal, acalmem-se. Acalmem-se! Tivemos alguns probleminhas técnicos, mas não é nada com que precisem se preocupar — ouvi um homem, um funcionário do parque, falando no megafone. — Um dos nossos funcionários já está resolvendo o problema. Deve ser apenas uma válvula fora do lugar, não se preocupem. Logo o brinquedo voltará a funcionar. Por ora, pedimos para que os senhores não se alarmem e não se movimentem bruscamente, sempre permanecendo dentro de suas cestas.

Que merda!

Ariane tinha me dito que estava nervosa por ter fugido do castigo e eu não me importei, insisti para que entrássemos na Roda-gigante. Seria naquele segundo que ela começaria a me odiar de verdade.

— Eu não acredito! — ela murmurou, mais para si, mas então me olhou. — Eu não tenho a noite toda, eu...

— Precisa voltar para casa — completei, esperando por gritos histéricos ou, sei lá, tapas? — Eles disseram que não vai demorar. Vamos esperar um tempo.

Ariane não respondeu.

Respirei fundo. Sim, seria agora que ela passaria a me detestar. No entanto, eu não estava disposto a deixar que Ariane me odiasse.

— Enquanto isso, podemos conversar — falei, batendo os dedos no metal do banco da cesta azul.

— Conversar, sério? — Ariane cerrou os olhos, franziu o cenho e depois levantou os braços. Era muita coisa para se fazer, a fim de se expressar, não era?

— O tempo vai passar mais depressa — prometi.

Observei suas bochechas tomarem um tom rosado quase imperceptível. Eu não sabia o motivo do rubor, mas ele a fez dizer:

— Conversar sobre o quê? — percebi sua voz vacilante.

Quis me dar um soco. Cara, como eu era otário. Em vez de facilitar as

coisas, sempre as tornava mais difíceis.

— Qualquer coisa. — Pisquei, sem criatividade. — Hã, vamos ver... — Havia uma única coisa que eu precisava saber sobre Ariane e era a sua resposta que ia me fazer parar de agir como um idiota, então tomei fôlego e estampei um sorriso no rosto quando questionei: — Você tem namorado, Ariane?

Ela tossiu algumas vezes, arregalando os olhos. Pelo visto, pensou que por "conversar sobre qualquer coisa" eu tinha dito especificamente "conversar sobre qualquer coisa". Não. Era bem mais complicado do que isso.

— Não tenho namorado — respondeu depois de uma infinidade de tempo. — Não penso muito nisso. E você?

Não demorei.

— Também não. Ainda não tenho muitas escolhas.

Os lábios dela — que, por mais que não fosse o meu objetivo, era o único alvo dos meus olhos — se abriram um pouco.

— Então você não namora apenas porque não há centenas de meninas correndo atrás de você? — ironizou.

O quê? Ela tinha entendido tudo errado. Eu e minhas palavras erradas.

— Não, eu... Você não entendeu... — tentei me explicar, mas Ariane me interrompeu.

— Eu entendi tudo, Miles Bennet. — Fiquei curioso com o seu tom de voz, então apoiei meus cotovelos nos joelhos, chegando mais perto. — Você é só mais um desses garotos que têm o ego ferido, coisa que só se conserta se várias meninas estiverem inteiramente apaixonadas por vocês. Você está estragando tudo, Miles!

Não consegui deter a risada. Como era possível Ariane ser tão dramática?

— Posso me explicar agora? — Eu me controlei para permanecer sério, Ariane estava paralisada na mesma posição há vários segundos. — Eu só não namoro por que nenhuma das meninas me interessou realmente.

E era mentira, claro. Porque ela estava bem ali, na minha frente, me intrigando como ninguém nunca havia feito. Era uma completa mentira, porque se eu continuasse olhando fixamente para Ariane, assim como estava fazendo, por mais cinco segundos, não conseguiria me deter e acabaria beijando-a.

— E o que eu estou estragando? — voltei a falar, me lembrando de sua última frase.

Cruzou os braços, negando com a cabeça.

— Ah! Você é gay — despejou, seus lábios curvados para cima. — É por isso que as meninas não te interessam.

Eu precisava pensar melhor nas minhas frases quando usadas com Ariane. Pelo visto, tudo o que eu dizia tinha dois sentidos para ela.

— Espero que esteja brincando. — Parei de rir depois de um tempo.

— Não estou. — Arqueou as sobrancelhas, sorrindo de leve. —Espero que saiba que não tenho preconceito algum. Pode se abrir comigo.

— Você não tem jeito — eu me ouvi dizer.

— Ninguém nunca disse que eu tinha.

— Se quiser saber, eu não sou gay — retruquei, fazendo Ariane fungar em deboche.

— Que pena. — Curvou a cabeça.

— Por que "que pena"?

Ela esperou um pouco para responder, dando de ombros.

— Porque você sabe que tenho uma doença cardíaca que pode me matar a qualquer segundo — falou sem rodeios. — Seria legal saber algum segredo seu.

Eu não tinha tantos segredos, mas responderia sobre qualquer um deles, se ela quisesse saber. Essa minha incapacidade de mentir para Ariane me irritava mais do que eu podia perceber.

— Eu tenho outros que você pode saber — disse num suspiro depois de constatar que, sim, se Ariane quisesse saber a cor da cueca, eu responderia.

— Eu tenho quase certeza que você me ligou duas vezes. — Ela apoiou as costas no banco, parecendo relaxada.

Cerrei os olhos.

— Acho que te liguei mais vezes do que isso.

Ela balançou a cabeça, me fazendo parar.

— Estou me referindo a antes de eu salvar seu contato. Antes de eu saber que você estava de volta — explicou, seus olhos atentos. — Eu estava no aniversário do meu irmão mais velho, na primeira vez, e, a segunda foi na manhã antes do seu primeiro dia de aula.

Estava ponderando sobre o que eu sentiria se escolhesse pular da Roda-gigante e me espatifar no chão a responder essa pergunta.

Sabia que aquelas ligações me custariam mais para frente. Idiota.

— E como você sabe que fui eu? — tentei.

— Porque meu coração pode não adiantar para muita coisa, mas minha memória é boa. — Aquele sorriso que apareceu em seu rosto foi tão sincero que achei que eu realmente pudesse entregar qualquer segredo meu para ela. — Quando você me ligou para combinarmos esta parte do trabalho, lembrei-me dos números.

Eu não ia conseguir ocultar a realidade, não é?

— Por que me ligou? — Ariane questionou. Seus olhos variavam de intrigados até curiosos.

Dei de ombros, não querendo responder.

— Não sei ao certo — acabei dizendo, me preparando. — Acho que foi porque você era a única pessoa de quem eu me lembrava. Queria saber se você ainda frequentava a mesma escola.

Era verdade. 1 x 0 para ela.

— Só por isso? — Percebi seu cenho franzido, como se Ariane não acreditasse. — Vamos, Miles, fale a verdade.

Aquiesci com a cabeça, me lembrando da noite antes do primeiro dia de aula. Eu estava em uma rodovia qualquer com Edward, procurando por ela entre todas as Arianes Sparks de Nova York.

— É a verdade.

Em minha cabeça, uma ideia louca de despejar tudo o que eu tinha sobre ela me fez rir. Não era possível, era? Uma garota ter esse tipo de efeito em mim. Balancei a cabeça, querendo sair do meu próprio devaneio.

A verdade era que não era qualquer garota.

— Vou te contar um segredo, mas você não pode rir, tudo bem? — As palavras saíam sem a minha permissão. Ariane concordou com um balançar de cabeça. — Não pode rir.

Talvez, tratar a verdade como se ela fosse apenas uma brincadeira fosse a melhor opção.

— Entendi — respondeu, impaciente.

— Quando éramos crianças... — engoli em seco, sabendo que provavelmente me arrependeria der dizer isso. — Eu meio que tinha uma quedinha por você.

Ariane parou de se mexer. Parecia que era isso o que ela fazia quando não sabia como agir. Seus olhos estavam dentro dos meus, espantados.

— O quê? — questionou séria.

Que merda, hein? Provavelmente, não haveriam outras conversas com ela a partir daí.

— Você sabe. — Fechei os olhos por meio segundo, não acreditando no que eu estava fazendo. Era como se Ariane estivesse puxando toda aquela informação de mim. — Eu era o garoto mais estranho da nossa turma, ninguém falava comigo... A não ser você.

— Eu? — Ariane apontou o dedo para si, totalmente desconcertada.

— Sim. — Contudo, eu ri. Não sei se pelo meu nível de loucura, por aquela sensação estranha que crescia dentro de mim ou por Ariane achar quase surreal eu gostar dela.

— Não nos falávamos muito, mas, embora fossem diálogos muito curtos, você era a única — continuei.

— Por conversar com você, virei sua paixãozinha de quinta série? — gargalhou. Era tão terrível assim?

— Você prometeu não rir — lembrei-a, rindo junto para não parecer o real idiota que eu era.

— Desculpa, é que... Você podia gostar de qualquer pessoa. A Nattalie, por exemplo. — Fixou os olhos em mim, como se quisesse dizer que era óbvio demais. — Ela sempre foi linda.

Senti minhas sobrancelhas vincando. Deus, chegava a ser inacreditável o fato de Ariane não perceber sua própria beleza.

— A Nattalie era a pessoa mais maldosa comigo nesta época — defendi meu ponto de vista.

— Ela está um amor com você agora — falou e, então, fechou a boca, como se não devesse ter dito aquilo. — Mesmo assim, ela era linda.

— Mas eu não sou esse tipo de pessoa, Ariane — concluí, querendo mostrar para ela que os cabelos loiros de Nattalie não me importavam quando eu poderia tocar os dela.

Eu queria dizer para ela que os meus sentimentos de antes, mesmo com as minhas lutas, apareceram novamente. Porém, nossa cesta balançou novamente, sinalizando que a Roda-gigante voltara a funcionar.

Três minutos depois estávamos no chão. As pessoas se aglomeraram na saída, tentando passar pelo brinquedo o mais rápido possível. Olhei para trás, procurando por Ariane. Ela estava parada, olhando para o céu escuro.

— O que está fazendo? — perguntei, chegando perto.

— Só pensando, Miles.

— Chegamos. — Estacionei Edward no meio-fio da casa de Ariane.

— Obrigada pela carona. — Ela esbanjou um meio sorriso fraco.

Seus olhos buscaram os meus por um mínimo segundo, eu percebi, mas então Ariane voltou sua atenção para a porta do carro, tentando abri-la.

— Essa porta está com defeito, deixa que eu abro. — Eu me aprumei, curvando-me sobre seu corpo para alcançar a maçaneta.

Enquanto tentava abrir a porta, senti Ariane prendendo a respiração e, por um segundo, jurei ter achado ouvir seus batimentos cardíacos acelerados.

— Consegui! — Empurrei a porta um pouco para o lado de fora, olhando para Ariane.

— Valeu — ela falou baixo, levando a mão direita até a maçaneta novamente.

Verifiquei seus movimentos e então voltei a encará-la. Estávamos próximos, mas não o bastante. Dali eu conseguia ver as pintinhas azuis em seus olhos turquesa combinando com sua pele, que era perfeita, sem nem mesmo um mísero defeito.

— Hoje foi divertido — afirmei, sentindo a respiração entrecortada de Ariane em meu rosto.

Mal estávamos nos tocando, estávamos apenas próximos. Não chegava nem perto do que eu imaginava, mas Ariane teve sensações diferentes ao dizer:

— Dá para você sair de cima de mim?

Ela não parecia irritada ou brava, mas sua voz era fraca, como se não tivesse forças para sair.

— É claro que eu não planejei o desastre da roda-gigante — continuei, ignorando sua fala anterior —, quer dizer, isso nos deu tempo para conversar, não foi tão ruim, foi?

Notei os olhos de Ariane passearem pelo meu rosto, assim como os meus faziam com o dela.

— Miles, preciso sair do carro — falou novamente, fazendo-me pensar se eu não estava agindo como louco naquele instante.

Eu não estava mais *sobre* ela, agora estava em meu próprio banco, mas, ainda assim, *com* ela. Minha mão direita estava sobre o banco do passageiro e a esquerda, segurando a porta aberta.

— Não, não foi tão ruim a parte da roda-gigante. — Pensei comigo mesmo. — Nós comemos, rimos...

— Terminamos o trabalho... — completou, me lembrando que aquilo tudo não passava de um trabalho de História.

— A parte mais relevante da noite — garanti rindo, inclinando minha cabeça em sua direção. — Mas, para mim, o melhor momento da noite, está sendo agora, bem aqui.

Havia míseros milímetros entre nós. Eu reparei quando Ariane inclinou a cabeça para trás, como se para esperar que eu fosse até ela, e também percebi quando seus lábios se separaram, por isso foi tão estranho quando ela chutou a porta de Edward e me afastou com as mãos em meu peito, saindo do carro.

Pisquei só uma vez e quando notei, Ariane já estava do lado de fora, apoiada sobre a porta aberta. Eu estava quase que deitado sobre os bancos, olhando para ela sem entender.

— Bom... — acabei falando enquanto me sentava de novo. — Então boa noite.

— Boa noite. — Sorriu. — E obrigada por me trazer até aqui. Acho que depois do que aconteceu com a roda-gigante, eu não teria como voltar para casa.

Sorri abertamente.

— Como eu disse, Ariane, foi uma noite divertida — repeti, apoiando o braço esquerdo em minha porta.

Ariane abriu a boca para dizer algo, mas então a fechou, me lançando um sorriso tímido. Virou as costas e correu pelo gramado, sem olhar para trás. Ela precisou pular algumas vezes até conseguir se apoiar na janela, então praticamente escalou a parede e entrou pela janela do quarto.

Só depois que a janela foi fechada e eu tive a certeza de que Ariane estava inteira que dei a partida em Edward.

08

"Todo momento em que eu estou sozinho não consigo evitar pensar em você. Tudo o que eu quero, tudo o que eu preciso, tudo o que eu vejo é só eu e você."

- *Everyday, Ariana Grande.*

Eu podia pensar em tantas outras coisas.

O mundo estava em crise econômica, havia crianças passando fome por aí, o aquecimento global estava se intensificando a cada dia, Hittler foi um filho da mãe, pessoas sofriam preconceitos diários...

Eu também podia fazer outras coisas.

Podia ler aquela pilha de livros que eu havia comprado só para ter, fazer maratona de séries na *Netflix*, reorganizar minhas *playlists* de músicas no *Spotify*, lavar o carro... Cara, eu podia até cortar o cabelo.

No entanto, em vez de me sentar e assistir os novos episódios de *Game of Thrones* ou ouvir a nova música do Drake, eu estava pensando nela.

Estava imaginando qual seria a textura dos seus cabelos em meus dedos. Estava imaginando como seria beijá-la. Ou, ao menos, como era tocá-la. Isso nunca esteve em minhas mãos, mas se estivesse, eu não me importaria.

Juro que eu estava tentando tirá-la da minha mente, ignorar seu rosto toda vez que fechava os olhos para tentar seguir com o meu dia.

Mas essa luta eu perdi.

O meu domingo começou calmo. Acordei tarde, ouvi Gardner dizer que aquela nova garota era legal, mas não tanto assim, almocei sozinho e

assisti dois episódios de *Prison Break*.

Eu sabia que tinha que parar de pensar nela, mas imaginei que fosse Ariane quando meu celular tocou. Não era.

— Nós vamos assistir ao jogo na casa do Peter. — Era Harry falando no outro lado da linha —, você vem?

Pensei em negar ou inventar alguma história, mas eu realmente não queria continuar pensando em alguém que, provavelmente, não devia estar pensando em mim.

Ainda pior era saber que, de repente, eu me importava se ela pensava ou não em mim. E isso era estranho porque eu nunca havia me interessado tanto assim por alguém.

Foi por esse motivo que falei para Harry:

— Chego daqui a pouco.

Cheguei atrasado na segunda-feira. Havia perdido a aula de História, uma das minhas únicas aulas com Ariane, mas tentei não pensar muito no assunto. Talvez, se eu ignorasse os meus pensamentos, desse tudo certo.

Esse era o plano.

Até eu vê-la.

Ariane estava guardando suas coisas em seu armário. Ao abrir a portinha do armário, seus livros caíram, então ela se agachou para pegá-los. O que uma pessoa normal faria em uma situação dessas, ficaria em seu canto?

Eu bem que gostaria de ser uma pessoa normal, então.

Porque, na primeira oportunidade que tive, me aproximei.

— Você se assusta muito fácil, Ariane. — Estalei a língua, sorrindo, depois de Ariane ter levado um susto por me ver de repente.

— Você está me seguindo? — perguntou, fitando-me por um segundo enquanto se abaixava para pegar sua bolsa no chão, então se virou.

Caminhei atrás dela em silencio. No sábado Ariane saiu do carro mais rápido do que pude contar e agora estava fugindo de novo. Fugir parecia ser coisa dela. Apertei o passo e andei ao seu lado por mais algum tempo.

— Talvez você esteja em meu caminho. — Dei de ombros, bem-

humorado com a sua pergunta de antes.

Ela finalmente me olhou, então respirou fundo.

— O que disse? — piscou uma vez.

— Você perguntou se eu a estava seguindo — respondi, estranhando a pergunta, será que ela não havia escutado? — E eu respondi que talvez eu não a esteja seguindo, mas que, talvez, você esteja em todo lugar.

Notei as bochechas de Ariane tomarem aquele tom rosado de novo. Sorri internamente. Isso queria dizer alguma coisa.

— Quero dizer... — continuei, colocando as mãos nos bolsos da calça. — Você está em tudo que eu vejo.

Engoli em seco. Porque eu havia passado todo o fim de semana pensando nela. Não conseguia me livrar de Ariane nem quando dormia.

Acompanhei a reação dela mudar de normal para desesperada. Literalmente. Primeiro seus olhos se iluminaram e depois se apagaram, então aconteceu de novo. Eles se iluminaram, se apagaram. Era como se estivesse havendo algum tipo de conflito de emoções dentro dela. Era algo que eu não conseguia entender. Talvez nunca conseguisse.

— Ariane?

Ela pareceu despertar, olhando novamente para mim. Então tossiu, limpando a garganta.

— Está tudo bem? — perguntei, me aproximando enquanto ela deu passos para trás. — Você estava com o olhar perdido. É o seu coração?

Ariane aquiesceu, sua boca entreaberta.

— Não é nada. Eu só estou cansada.

— Ah, sim — respondi, querendo saber a verdade. — Que bom.

Continuei andando ao seu lado, mas não disse mais nada. Eu precisava arrumar alguma coisa para fazer, talvez conseguisse tirá-la da cabeça.

— *Bonjour*, Miles — era Callie.

— E aí! — cumprimentei, odiando o meu nível baixo no Francês.

— *Comment est votre plan de séduire*, Ariane? — Ela me lançou um olhar cortante e depois fez o mesmo com Ariane, as mãos na cintura.

— Não sou tão bom assim em francês — declarei, me desculpando.

— Não se preocupe, *cher* — Callie voltou a dizer, revirando os olhos. — Eu também não era tão boa antes. Tudo o que sei, aprendi com a Ari.

Reparei que os olhos de Ariane quase saíram pelas órbitas. Não foi à toa que Callie recebeu um tapa da amiga.

— Com a Ariane, sério? — questionei, entrando na brincadeira.

Ariane negou veementemente com a cabeça, tentando dizer alguma coisa, mas Callie a interrompeu.

— Claro, *mon amour* — garantiu Callie, rindo alto e batendo palmas. — Acho que você poderia fazer algumas aulas com ela.

— O quê? — Ariane conseguiu dizer.

Poderia ser interessante. O meu francês era péssimo e, pelo visto, o da Ariane também, já que estava na cara que o que Callie estava dizendo era mentira.

— Parece legal — respondi.

— Não, não, não, não, não! — disparou Ariane, tentando protestar.

— Você tá livre amanhã à noite? — Callie continuou, ignorando Ariane para me olhar.

Não consegui esconder a risada enquanto confirmava com a cabeça. Ariane estava quase tendo um colapso.

— O único problema é que eu não falo... — tentou Ariane, fazendo Callie tampar sua boca com a mão para impedi-la.

— Amanhã à noite, Miles — disse Callie, se despedindo. — *Au revouir!*

Não discuti. Virei-me e continuei no meu caminho para o estacionamento da escola, deixando Ariane sozinha com Callie para trás. Peguei-me pensando que, se fosse para ter uma amiga como Callie, eu preferia não ter.

Quer dizer, elas podiam se amar desde os sete anos, mas agora Ariane teria que se esforçar para me ensinar Francês.

09

"Eu te puxo para sentir seu coração bater. Você pode me ouvir gritando: Por favor, não me deixe? Aguente, eu ainda preciso de você."

- *Hold On, Chord Overstreet.*

Dirigi por todo o percurso me perguntando se o que eu estava fazendo era o certo. Era óbvio que eu não sabia Francês, tampouco Ariane, mas ir até sua casa para aulas?

Balancei a cabeça, pensando comigo mesmo. Era coisa de filme, não podia funcionar na vida real.

Contrariando meus pensamentos — mais uma vez, eu tinha feito muito disso nos últimos dias —, estacionei Edward no meio-fio e apertei a companhia da casa.

Não demorou muito até a porta ser aberta.

Ariane esbanjava um sorriso tão grande que fazia seus olhos se espremerem. Estava usando um vestido cinza e seus cabelos estavam soltos, meio ondulados. Havia um pouco de maquiagem nos olhos e nos lábios. Ela estava linda.

— Se você tivesse me avisado que ia se arrumar tanto para me ver, eu teria colocado uma gravata — falei, a admirando dos pés a cabeça mais uma vez.

— Meu Deus! — Ariane exclamou, levando as mãos à cabeça.

— Eu sei, também estou lindo. — Pisquei, me gabando enquanto ria.

Não pensei muito em que vestir, mas não coloquei qualquer coisa. Usava calça jeans escuras e uma camisa de botões azul escura por baixo de uma jaqueta de couro preto. Tirei a jaqueta e arrumei as mangas da camisa nos cotovelos.

Ariane limpou a garganta, sem saber direito para onde olhar e respirou fundo.

— Me desculpa, é que eu tinha esquecido que você viria hoje — passou as mãos pelos cabelos. — Meu pai marcou um jantar com a nova namorada dele hoje e eu acabei me perdendo no meio disso.

Ela parecia perdida dizendo a verdade.

— Não tem problema — assenti, querendo parecer compreensivo. — Não quero atrapalhar. A gente marca para outro dia, pode ser?

Ariane abriu os olhos, me encarando com curiosidade.

— É claro que isso é uma crueldade da sua parte, Ariane — eu quis brincar. — Você está negando conhecimento a um pobre jovem sem sorte em francês.

Ela soltou uma risada.

— Longe disso. — Ergueu as mãos, afastando-se para me dar passagem. — Pode entrar, hoje vamos estudar até cair.

— Minha sexta-feira não podia ser mais empolgante. — Entrei na casa, olhando em volta. — Então é aqui que você mora. Quer dizer, eu só tinha visto por fora.

Pendurei minha jaqueta em um dos ganchos perto da porta.

— Pode ficar à vontade — comentou, indicando a sala de estar —, eu só vou avisar meu pai que você está aqui. Eu me esqueci de dizer que você viria.

Concordei enquanto me sentava no sofá marrom. Ouvi seus pés batendo na madeira da escada, apressados.

Quis acreditar que, se ela havia me deixado entrar, não haveria problema. Haveria um jantar — que, a julgar pelas roupas, deveria ser importante —, talvez fosse estranho eu estar ali.

Escutei pés rápidos descendo as escadas novamente e achei ser Ariane, mas me surpreendi quando dei de cara com sua irmã mais nova. Já havíamos nos visto uma vez, mas Becky já estava diferente. Crianças crescem muito rápido quando não convivemos com elas.

— Eu não acredito que a Ari não me contou que você viria hoje — já chegou dizendo, caminhando até onde eu estava.

— Ela se esqueceu que ia me ajudar. — Dei de ombros, sorrindo para a garotinha.

Depois de pensar por meio segundo, Becky me encarou, seus olhos confusos.

— Espera aí! — exclamou, mostrando as palmas das mãos. — Te ajudar?

Anuí.

— Em francês.

Rebecca explodiu em uma gargalhada — uma daquelas risadas gostosas de crianças.

— Ela... Vai te ensinar francês? — E continuou rindo, curvando-se para frente com as mãos na barriga. — A Ariane?

— Acho que sim — eu ri, contagiado.

A garotinha balançou a cabeça, se esforçando para se recompor.

— Meu Deus — suspirou depois de uns segundos. — E de quem foi essa ideia? Ela não é boa nem em Inglês, imagine Francês, Miles!

Eu sabia!, pensei.

Callie havia inventado a história sobre "me ensinou tudo o que sei" só para empurrar a amiga.

— Achei que ela fosse boa depois do que Callie me disse ontem — expliquei para Becky, que ainda lutava para parar de rir.

— Só podia. — Ela me fitou, os olhos brilhando. — A Callie é doida, você ainda não percebeu? A Ariane odeia estudar.

— Percebi — respondi, animado.

— Que a Ari detesta a escola?

— Não, que Callie é doida — concordei, fazendo Becky voltar a rir por mais algum tempo.

Rebecca deu um soco fraco em meu braço, rindo.

— Miles, você tem que ver a Ari fazendo... — Becky havia voltado a falar, mas minha atenção se voltou para a entrada da sala de estar.

Ariane tinha acabado de descer as escadas. Pensei que viria até onde eu e Rebecca estávamos sentados, mas tudo o que ela fez foi me encarar com olhos vagos e gélidos, como se estivesse perdido algo. Estranhei sua expressão e, por um segundo, pensei ser o motivo dela.

Até perceber ser outra coisa. Seus olhos, que antes estavam distantes, agora reviravam, e sua boca estava aberta, buscando por ar. Os ossos de sua clavícula estavam completamente à mostra, indicando a falta de ar.

— Ariane! — gritei em reflexo.

Foi muito rápido. Num instante eu estava sentado no sofá e, no outro, segurando-a em meus braços. Ariane pendeu para frente, sua cabeça em meu ombro e seus braços balançando sem forças. Senti seu coração batendo acelerado contra o meu peito e todo seu corpo tremendo, os pelos

arrepiados.

Fora como da última vez. Na escola. Sua pele estava gelada, como se não existisse sangue em suas veias. Tudo o que eu podia ouvir eram os gemidos que saíam de sua boca, procurando por oxigênio e ajuda. Tentei raciocinar, pensando em minhas possibilidades.

— Rebecca, você sabe onde está o remédio? — Olhei para a garotinha ao meu lado, afoita.

— Sim — Becky sussurrou, assentindo antes de passar voando escada acima.

Fiquei sozinho com Ariane, um braço em volta de sua cintura e o outro em sua nuca. Percebi o corpo dela tentando lutar para ficar de pé, mas falhando. A abracei mais forte.

— Aguente só mais um pouquinho, Ari — murmurei em seu ouvido, bem abaixo do meu queixo.

Passei a mão em seus cabelos, inalando o perfume dela.

— Fique comigo — pedi baixo, impaciente com a demora de Rebecca.

Ouvi os pés rápidos de Becky descendo a escada de dois em dois degraus.

— Miles!

Ela me entregou a bombinha, a que Ariane apelidara de *Salvador*, me lembrei. Desenrolei meus braços do corpo dela e a afastei, ainda a segurando, querendo ver seu rosto. Seus lábios haviam tomado um leve tom azulado e suas bochechas, vermelhas, tinham aparências quentes.

— Abra os olhos, Ariane — pedi, meu coração batendo rápido dentro de mim.

Sua cabeça tombou para frente, sem forças. Levantei-a, sentindo, pela primeira vez, algo crescer dentro de mim. Não sabia como nomeá-lo, então optei por *medo*.

— Por favor — grunhi.

Observei seus olhos tentando se abrir, de pouco em pouco, quase desistindo.

Levei o remédio até a altura da boca de Ariane, meus dedos trêmulos. Ela inalou a bombinha, então inspirou e, depois, expirou.

Ariane finalmente respirou.

Então caiu para frente, cansada, fazendo-me abraçá-la com ainda mais força. Ainda sentia seu coração batendo contra o meu, mas ainda assim, ela

estava respirando. Abaixei a cabeça, respirando fundo em seu pescoço em alívio. Seu cheiro doce me fez perceber que, Deus, ela ainda estava ali.

Depois de algum tempo — que achei ser pouco demais —, Ariane ergueu a cabeça, me encarando. Seus olhos passearam por meu rosto, me analisando. Tudo o que eu queria saber era o que passava em sua mente.

— Ai, meu Deus, eu odeio essas coisas, Ariane. — Rebecca cobriu o rosto com as mãos, fazendo com que eu me desprendesse de Ariane.

— Deu tudo certo — lutei com as palavras —, você está se sentindo melhor?

— Obrigada, e... — Ariane assentiu, hesitando ao fechar os olhos. — Desculpa.

Desculpa, do que ela estava falando?

— Pelo menos Miles te segurou. — A risada de Rebecca preencheu nossos ouvidos.

Eu queria dizer alguma coisa, mas Ariane apoiou as mãos em meus ombros e se afastou de mim, limpando a garganta.

— Desculpa — falou novamente.

Franzi o cenho, sem entender o motivo das desculpas. Eu estava prestes a perguntar quando a campainha soou, sendo acompanhada pelos passos do pai de Ariane, que descia as escadas em euforia. Ariane me lançou um olhar cortante, pedindo com os olhos para eu não dizer nada sobre o ocorrido.

— Ela chegou! — o Sr. Sparks exclamou, parecendo animado com a situação.

Rebecca pulou, feliz da vida, e Ariane esbanjou um enorme sorriso, tentando disfarçar. Recordei-me de que a convidada da noite era a sua nova namorada e eu só estava ali por conveniência.

— Oi, Miles — ele me cumprimentou, como se tivesse lido meus pensamentos, enquanto abria a porta da frente e abraçava a namorada.

— Ah, Josh, já chega — a ruiva riu, tímida.

— Essa é a Hillary — o Sr. Sparks apresentou, indicando as filhas. — E essas são minhas filhas, Ariane e Rebecca.

— Tudo bem com vocês? — Hillary se aproximou, abraçando primeiro Becky e depois Ariane. — A famosa Ariane. Você é linda!

Eu tinha que concordar com Hillary.

— Obrigada — Ariane agradeceu, sem graça, dirigindo os olhos para

mim. — Esse é o Miles.

Hillary me encarou, notando-me pela primeira vez.

— Prazer em conhecê-lo, Miles. — Ela me abraçou, animada. — Vocês são namor...

— Amigos! — Ariane falou em disparada, interrompendo-a.

Não consegui não rir.

— Ela, sim, eu, não. — Dei de ombros, como se fosse óbvio.

Ariane franziu o cenho para mim.

— Ah, me desculpa — Hillary pediu, desconcertada.

Rebecca disse algo que não fui capaz de ouvir referente a cabelos, o que fez Hillary responder com um "Muito obrigada, Becky, você é um doce".

Não sabia o que fazer naquela situação, então agradeci quando Ariane interviu, alertando:

— Eu e o Miles vamos subir. A gente desce para comer quando estiver pronto.

Ouvi um "tudo bem" vindo de alguém e girei sobre os calcanhares, seguindo Ariane. Subi as escadas devagar, me preparando.

Enquanto havia pessoas a nossa volta tudo parecia normal, mas eu sabia que assim que estivesse sozinho com Ariane, tudo que meu cérebro me obrigaria a reviver seria a sensação que tive dez minutos atrás, quando jurei que estava prestes a abraçar o último suspiro de Ariane.

Entrei em seu quarto depois que ela o fez, fechando a porta. Não prestei muita atenção no que Ariane fazia. Porque, a cada piscar de olhos, eu a via sem ar, lutando para fazer seu coração pulsar.

Não percebi que estava andando de um lado para o outro até ela perguntar:

— Tem alguma coisa errada?

Levei um tempo para responder. Eu podia mesmo dizer o que pensava?

— É claro que tem. — Minha voz saiu mais alta do que planejei.

Ariane segurava alguns livros, ela os jogou sobre a cama, me encarando como se eu fosse louco. Talvez eu fosse exatamente isso.

— O quê? — Ela parecia confusa.

A forma como as palavras saíam de sua boca demonstrava o quão perdida estava na conversa. Não era tão difícil assim entender, era? Porque,

pouco tempo antes, Ariane quase tinha morrido, e, agora, agia como se nada tivesse acontecido. Recebeu Hillary com normalidade, escondeu a crise de seu pai, assustou Rebecca...

— Como "o quê?", Ariane?! — esbravejei, erguendo as mãos sem me dar conta. — Você quase me matou de susto e não dá a mínima para isso. Você trata as coisas importantes como se elas não pesassem.

Ariane piscou, entortando a cabeça, como se para absorver minhas falas.

— Você está brigando comigo? — questionou indignada, seus olhos fixos nos meus. — Está brigando comigo por eu não respeitar minha própria doença?

Não havia o que dizer. Apenas assenti, me sentando em uma poltrona, meus cotovelos sobre os joelhos.

— O coração é meu, Miles — Ariane continuou, dando alguns passos em minha direção, mas, então, parando. — Eu tenho essa maldita doença desde que me recordo e não é porque você é um dos poucos que sabe sobre ela que tem o direito de querer me ensinar a viver.

Um dos poucos? Quantas pessoas sabiam?

— Eu não entendo... — A voz dela tremia.

Respirei fundo.

— O coração é seu, mas isso não quer dizer que você possa agir da maneira que age. — Tentei me acalmar. Eu não podia ficar bravo por uma doença que não era culpa dela, mas podia mostrar minha indignação quanto à sua maneira de ver as coisas. — Você vive apenas para si mesma, não se importa com as outras pessoas e não liga para o que elas acham sobre isso.

Notei sua boca abrir e fechar duas vezes, buscando por palavras.

— Sua irmã estava prestes a chorar, Ariane. Ela tem nove anos. — Passei a mão pelos cabelos, me lembrando da cena. — Você nem tentou acalmá-la.

— Ela já está acostumada com isso, Miles — respondeu, sua boca comprimida em uma linha fina.

— Mas eu não estou — sussurrei para mim mesmo, baixo o bastante para só eu ouvir. Então voltei minha atenção para ela. — Você se nega a compreender, não é?

Ariane não mexeu nem mesmo um músculo.

— O que estou falando é que se você continuar a se tratar com esse

desprezo... — Ouvi minha voz ricochetear em meus próprios ouvidos, eu acreditava em cada palavra que dizia. — ... seu coração não vai durar por tanto tempo e você vai deixar pessoas que se importam com você para trás.

E, por mais que eu tenha usado a palavra "pessoas", estava apenas incluindo uma àquela lista. Eu.

Ariane, ainda parada, nem mesmo piscava.

Levantei-me em um sobressalto, assustado.

— O que foi, está se sentindo bem? — perguntei, com medo das minhas palavras terem causado algum dano em seu coração ou algo parecido.

Ela balançou a cabeça, negando veementemente.

— Eu só... — tentou falar, sua voz estava fraca, sentando-se na beirada da cama.

Quis levar um soco na cara só por ter falado em um tom mais alto com ela. Eu não tinha esse direito. Ariane parecia magoada e me doía saber que eu era o motivo da sua dor.

— Você tem razão. — Limpou a garganta. — Meu coração está parando e minha hora está cada vez mais próxima. Eu vou deixar minha irmãzinha e meu pai sozinhos por ignorância.

Dei dois passos em sua direção, sentando-me ao seu lado.

— Eu não disse que você faz tudo o que faz por ignorância, Ariane — quis consertar minhas palavras erradas, que, quando usadas com ela, sempre tinham sentidos diferentes para um de nós. — Falei que não percebe que coisas acontecem e que todos estão com medo, menos você.

Seu peito subiu e desceu.

— Se eu tiver medo, Miles, eu não vou conseguir me levantar todos os dias. — Ariane piscou para afastar as lágrimas. — Eu preciso esquecer que tenho todos esses problemas para conseguir viver minha vida como uma garota normal.

Ela estava quase chorando. E era minha culpa.

Nunca me custou mentir para garotas, mas com ela era diferente. Eu não conseguia dizer nada além da verdade para Ariane, e a verdade que eu precisava despejar era que não queria que ela se tratasse com tanto relaxo. Queria que ela desse valor à vida que tinha e lutasse pelo resto.

Tentei me afastar, mas não fui forte. Pousei minha mão esquerda em sua nuca, sentindo sua pele quente na palma da mão.

— Não era para você ter ficado chateada, me desculpa — fui sincero

enquanto tentava ler sua reação com minha proximidade. Ariane pareceu aberta ao meu toque, então aproximei meu rosto do seu. — Eu já disse isso e vou repetir. Eu me importo com você. Mais do que achei que poderia me importar. Eu não seria capaz de... — Interrompi-me, tentando deter minha fala.

No entanto, Ariane pareceu intrigada, franzindo o cenho.

— Não seria capaz de o quê?

Engoli em seco.

— Não seria capaz de te ver indo embora, Ariane — continuei livre para dizer o que precisava. — Eu preciso que você pare de agir como se nada estivesse acontecendo e comece a lutar por você mesma. Porque, se apenas eu fizer isso, você não irá perceber.

Ela ergueu o rosto, ficando na mesma altura que eu.

— Por favor, Ariane — pedi, aproveitando para dizer o que precisava. — Você não me conta nada, e eu entendo suas razões, afinal, nós quase nunca estamos juntos, mas quando estamos, é como se só você existisse. — Nossas respirações se misturavam, estávamos a centímetros de distância. — Neste momento, para mim, só existe *você*.

Tudo dentro de mim pedia para que eu cedesse, era difícil me controlar quando estávamos tão perto. De novo, eu conseguia ver aquelas pintinhas nas íris de Ariane e constatar que sua pele era perfeita.

Juro que tentei não chegar muito perto, no entanto, era como se, quanto mais eu quisesse me afastar, mais perto eu chegasse. Então, quando decidi ignorar meus esforços inúteis, eu a beijei.

Usei minha mão livre para colar nossos corpos e, finalmente, senti o que precisava sentir. Passei noites pensando em como seria a textura do seu cabelo em meus dedos, pensando se sua pele era realmente aveludada... Agora eu podia sentir. Seus cabelos eram finos, meus dedos passeavam por eles, às vezes, puxando-os.

Invadi sua boca, provocando suspiros vindos dela. Todo o espaço que existia entre nós chegava a ser infinito, como se não bastasse. Segurei-a pela cintura, apertando e trazendo seu corpo mais próximo do meu.

— Confie em mim quando eu digo que me importo, Ariane, e se dê uma chance. — Colei minha testa à dela, olhando-a de perto.

Ariane trazia um leve rubor no rosto e tinha metade de um sorriso nos lábios.

— Eu *confio* em você, Miles — falou simplesmente, se afastando.

Ela foi para longe, me deixando inquieto. Eu sabia que havia algo que Ariane não queria — ou não conseguia — me contar e tudo o que eu queria era descobrir, a fim de ajudá-la.

— Vamos treinar o seu francês? — Ela se levantou, indo até a escrivaninha checar o celular.

— Eu vim para isso, não foi? — Forcei uma risada, querendo aliviar a situação.

Ariane me lançou um olhar, indicando o celular em suas mãos.

— Um minuto! — pediu. — Vou despistar a Callie.

Assenti para o nada, já que ela se focou nas mensagens com a amiga.

Ouvi a tela do celular sendo bloqueada. Ela o deixou sobre a escrivaninha e voltou para a cama, ficando de frente para mim. Peguei uma das apostilas de Francês e abri em qualquer página, tentando ler alguma coisa. Eu não entendia nada daquilo.

— Não estou com a mínima vontade de decorar regras verbais — suspirou Ariane, rindo para mim, me entendendo.

— Eu não entendo nada — reclamei, soltando o livro — e, depois de tudo isso, também não me interesso em aprender.

— Mas você tem que saber pelo menos o básico, não é? As provas finais não estão tão longe — ela lembrou, desanimada.

Era só o que me faltava. *Precisar* saber aquela porcaria de idioma para não reprovar.

— Pelos menos esse é nosso último semestre — ponderei, pensando pelo lado positivo.

Ariane abriu um grande sorriso, compartilhando da minha felicidade.

— O que você quer fazer depois? — perguntei, curioso, querendo saber mais sobre a garota que andava atormentando meus pensamentos.

— Muita coisa — alegou Ariane, piscando várias vezes. — Ainda não decidi o que vou cursar.

— Não perguntei sobre a faculdade — eu me apressei em dizer. Depois de estudar tanto, quem pensava em continuar estudando? — Me referia a tudo. Se quer viajar, conhecer outras pessoas...

Ariane me olhou como se eu fosse doido.

— Ah!

— Ainda não pensou sobre o que quer? — Tentei entender o significado daquela expressão.

Deu de ombros.

— Não é isso, é que... Eu quero tantas coisas que, às vezes, esqueço que posso não conseguir — despejou, parecendo sincera. — Você mesmo disse. Tenho que cuidar de mim antes de pensar em outras coisas.

Aquiesci, inerte demais naquelas frases para conseguir pensar em alguma coisa para falar.

— Bom... — Ela levantou as sobrancelhas, tentando sair do assunto. — ... você não acha que sabe muito sobre mim?

Tentei sorrir de verdade, mas a ideia de uma doença se alojar em seu coração e ser capaz de matá-la me fez retroceder.

— Quero saber muito mais ainda.

— Eu não sei nada sobre você — alegou, chegando mais perto.

Senti meus lábios se curvarem.

— O que você quer saber?

— Qualquer coisa — pediu, fingindo drama. — Me conte sobre os seus pais.

Tudo o que eu tinha reservado para imprevistos naquela noite já tinha sido esgotado quando Ariane teve uma crise cardíaca, eu não havia me preparado para tocar naquele assunto. Falar do meu pai era simples, mas tocar no nome da minha mãe era demasiadamente complicado.

O problema era que Ariane tinha aquele efeito sobre mim, então não conseguiria esconder nada de qualquer jeito.

— Não conheço meu pai. Minha mãe disse que ele foi embora quando eu nasci, com medo de compromissos ou algo assim. — Essa era a parte fácil a ser contada. — E minha mãe morreu há sete anos, em um acidente de carro com Edward. O carro era dela.

As frases eram vazias, limpas. No entanto, isso não queria dizer que não havia me afetado. A morte da minha mãe sempre fora meu ponto fraco. E, por um tempo, viver em uma cidade onde ela nunca havia pisado — Indiana — foi o que me salvou. Por este motivo que voltar para Nova York havia sido tão descartável.

— Eu sinto muito, Miles, eu não... — As desculpas de Ariane me trouxeram de volta, fazendo-me interrompê-la.

— Depois que minha mãe morreu, precisei ir morar com minha tia em Indiana. Alguns meses atrás, ela sentiu vontade de voltar e aqui estamos nós, mas agora Edward é meu. — Abri um sorriso torto, eu não serviria

para ser ator, então continuei: — E os seus?

Ariane esperou um pouco para responder, como se estivesse selecionando as palavras.

— Você conheceu meu pai. — Sorriu, esforçando-me para permanecer impassível. — E eu não vejo minha mãe faz, pelo menos, uns cinco anos. Ela deixou meu pai para morar com o Fred-sem-sobrenome. Ela mora em Los Angeles agora.

Pelo visto, não era só eu que tinha problemas com a mãe.

— Fred-sem-sobrenome? — Optei por uma abordagem mais simples, para aliviar.

Ela riu de verdade.

— É que minha mãe apenas arrumou as malas e disse: "sou apaixonada pelo Fred, vocês não entenderiam" — explicou depois de uma gargalhada. — É tudo o que sabemos. Que ela é casada com um tal de Fred.

Balancei a cabeça, sem entender.

— Nenhum dos dois tem Facebook? — perguntei, porque era muito óbvio. — Ariane, pelo menos o sobrenome você devia saber.

— Eu prefiro não saber muito sobre a vida atual dela — falou simplesmente. E eu entendia, é claro que entendia.

Estava pensando no que responder quando Becky abriu a porta dizendo que Hillary fazia um negócio estranho com o nariz, mas era legal, e que o jantar estava pronto.

10

"Então me escute antes que você diga que a noite acabou. Quero que você saiba que precisamos aguentar firme. Então não permita que essa seja a nossa última música."

- *Final Song*, MØ.

Não vi Ariane no outro dia e, embora eu quisesse, não mandei nenhuma mensagem.

O problema era que eu estava viciado nela. Agora que eu sabia como era o seu gosto, como era tocá-la, eu não queria parar.

No entanto, sabia que eu poderia estar abusando da sorte se começasse a ver coisas onde nada existia. Foi por esse motivo que saí de casa na noite seguinte depois que Harry me ligou.

Liam havia nos chamado para estrear seu novo porão, que agora tinha uma televisão de cinquenta polegadas, *home theater*, sofá de couro, uma mesa de sinuca, frigobar abastecido, um console de Arcade e *Xbox* com infinitos controles.

Passamos a noite toda comendo pipoca e competindo em um campeonato de *games*. Começamos com FIFA, depois *Call of Duty* e, então, *GTA*.

Peter e Liam estavam disputando uma partida de *Mortal Kombat* enquanto Harry se dividia entre arremessar dardos na parede e mexer no celular e eu escolhia uma música para tocar no *home theater*.

Liam jogou o controle na cabeça de Peter quando eu finalmente apertei o *play* em *HUMBLE* do Kendrick Lamar, fazendo-o praguejar.

— Você tem que aprender a perder, merda! — reclamou Peter, passando a mão na cabeça, onde o controle havia acertado.

— Como vou fazer isso se você tá roubando, cara? — protestou Liam, chamando minha atenção. — Você viu, não viu, Miles?! Desde quando a *Kitana* ganha do *Sub-Zero*?

Eu ri, me sentando no sofá com eles.

— Acontece, Liam. O problema é você e não o *Sub-zero* — comecei, socando seu braço. — Você é muito ruim.

— Ei! Eu sou muito bom, calem a boca, seus bostas! — Ele balançou a cabeça, pausando o jogo.

Peter gargalhou em deboche.

— Mano, você é tão ruim que, mesmo se meu controle estivesse desligado, eu ganharia — rebateu Peter, zoando.

— É o que vamos ver — murmurou Liam, nervoso, apertando novamente o *play*.

Os dois começaram uma segunda luta, usando os mesmos avatares, e exatos quatro minutos depois a tela ficou preta para Liam, com *Game Over* escrito em vermelho ao lado do *Sub-Zero*.

— Vocês viram isso? — Ouvi a voz de Harry vindo de trás do sofá.

— Eu não acredito que você ganhou de novo, cara. — Liam olhou para Peter com raiva. — Meu controle deve estar com a bateria fraca. É isso.

— Não é a bateria, Liam — disparei, protegendo Peter.

— Gente! — Harry chamou.

— Cara, você tá ligado que só está passando vergonha, não tá? — gargalhou Peter, se retorcendo no sofá.

Ri alto enquanto Liam partia para cima de Peter, dando-lhe um soco no ombro.

— Dá para vocês pararem de brigar por um segundo e olhar pra mim? — gritou Harry, fazendo os meninos pararem o que estavam fazendo para olhar para ele.

— O que foi? — perguntei, fitando Harry, ainda perto dos dardos na parede.

Ele arfou, vindo em nossa direção no sofá.

— A gente tem que começar a se preparar agora — foi dizendo, apoiando-se nas costas do sofá enquanto virava a tela do celular em nossa direção.

— Já? — reclamou Liam, deixando o corpo cair para trás.

Aproximei-me do celular de Harry, querendo ver o que havia chamado a atenção deles. Era o convite do baile. O colégio o havia postado no *Instagram*, divulgando a data do evento e avisando os alunos para começar com os convites.

— Cara, por que diabos você tá reclamando? — Peter estreitou os olhos para Liam, que deu de ombros. — O baile parece idiota pra gente, mas é a melhor oportunidade do ano.

— Com certeza — concordou Harry.

— Eu vou convidar a minha garota agora — alertou Peter. — Sabem como é, prevenção.

O tempo estava correndo tão depressa que nem notei as semanas passando. As provas mal tinham começado e o baile já havia chegado.

— Vou ter que pensar em quem convidar — Liam pensou alto consigo mesmo.

— E você? — Harry dirigiu o olhar para mim, curioso.

Balancei a cabeça, sabendo exatamente quem eu queria convidar.

— Quem? — Peter questionou, igualmente intrigado.

— Ariane Sparks. — Dei de ombros, como se fosse óbvio.

Liam explodiu em uma gargalhada.

— O quê?

— A amiga da Callie? — Harry cerrou os olhos, um sorriso estranho se formando no rosto. — Não acredito.

Não entendi o que eles estavam querendo dizer.

— Por que não? — retruquei, sentindo algo se enfurecendo dentro de mim. — Ela é incrível.

— É que nunca a vimos em nenhum baile e, você sabe, ela é tão fechada... — Liam anuiu com a cabeça, ponderando.

Neguei.

— Vocês não a conhecem — eu ri, notando o quão pouco eles haviam observado de Ariane.

— Pelo visto você deve conhecer a Sparks muito bem, não é? — Peter me empurrou. Aquele tipo de empurrão que diz "sabia que você não ia me decepcionar".

— Bom... — Respirei fundo, querendo mudar de assunto. — ... e você, Harry, vai convidar a Callie?

Era o que deveria acontecer, não era? Já que os dois namoravam há quase um ano.

Ele deu de ombros.

— *Iiih*, Miles. — Peter sacudiu a cabeça, desacreditado, apontando para Harry. — Esse aí tá mais perdido do que cego em tiroteio. Não sabe nem o que vai fazer quando chegar em casa.

Pisquei.

— Como assim?

— Ele tá ficando com duas ao mesmo tempo. — Liam assoviou, gargalhando. — Tem que saber administrar o tempo, não é?

— Vão se ferrar — Harry falou, meio nervoso, meio rindo. — Eu tô saindo com a Nattalie faz uns meses, mas ainda namoro com a Callie.

Nossa. Por essa eu não esperava.

Quer dizer, considerando tudo, esperava, sim.

— Vai convidar a White? — Peter questionou, entretido com o assunto.

— Já convidei. Estou esperando a resposta — respondeu Harry, olhando para o celular.

— Está ficando tarde — apontou Liam —, talvez ela não responda agora.

Olhei para a tela do meu celular, verificando as horas. Eram 01h25. Tentei controlar meus dedos — eles podiam esperar até de manhã, não podiam? —, mas não consegui. Digitei uma mensagem rápida para Ariane.

"Vc tá aí?"

— Ela respondeu — alertou Harry parecendo animado, o que era estranho, já que também estava saindo com Nattalie.

— E aí? — perguntei.

Harry toucou na tela do celular e esticou o braço em nossa direção. Era um áudio de Callie.

— *Aaaaaaaaaaaah! Não acredito! Aaaaaah! Meu Deus, é claro que eu aceito ir ao baile com você, amor. Vai ser incrível! Meu vestido vai ser lindo. Ah, meu Deus, eu vou estar muito linda. Caramba, tenho que postar. Obrigada, amor, adorei. Te amo. Até amanhã. Ah, ah, ah. Já ia esquecendo... Meu vestido será azul, arrume uma gravata com o mesmo tom. Te mando fotos.*

— Caramba — Peter e Liam disseram em uníssono, gargalhando em seguida.

Meu celular vibrou.

"Sim. E vc, tá aí? Hahaha".

Era Ariane.

"Perguntei se está em casa."

"Ah."
"Sim."
"Por quê?"

Enquanto digitava a resposta, me peguei pensando se devia mesmo fazer aquilo.

"Daqui a dez minutos, eu te conto."

Não me demorei ao explicar por que estava indo embora para eles, apenas entrei no carro e dirigi o mais rápido possível até a casa de Ariane. Não estava pensando muito em minhas ações, mas não ia conseguir esperar até o dia clarear para que eu a pudesse convidar para o baile. E, ainda por cima, não queria fazer algo parecido com Harry, convidando alguém por mensagem.

Estacionei Edward no lugar de sempre em frente à casa dela e desci do carro a tempo de vê-la abrindo a porta para receber o entregador de pizza. O cara subiu em sua moto novamente e foi embora, deixando Ariane para trás, espreitando pela porta, a caixa quadrada da pizza nas mãos.

Cruzei os braços, apoiado na traseira do carro, observando Ariane fechar a porta. Ela deu alguns passos em minha direção fazendo careta para o frio e só então percebi que suas pernas e braços estavam nus. Ariane vestia um pijama de estrelinhas azuis. Segurei-me para não rir. Era fofo.

— Não está com frio? — provoquei-a quando chegou mais perto.

Ariane sorriu, arfando. Era óbvio que estava com frio.

— Eu estava indo dormir — respondeu baixo, o ar que saiu de sua boca criando uma nuvem.

Aquiesci.

— Mas ia comer pizza antes, não ia? — continuei, apontando a caixa quadrada, achando graça do seu jeito. — Qual é?

Uma risada escapou por seus lábios.

— Sou taurina, Miles — disse, como se eu fosse compreender o significado. — Pepperoni.

Ariane passou a mão livre pelo braço direito, tentando deter o vento gelado da madrugada. Olhei em volta, observando uma fina neblina se formar. Tirei minha jaqueta, estendendo-a em direção a Ariane, que aceitou sem titubear. Primeiro ela me entregou a caixa e depois a vestiu.

— Melhor? — perguntei, medindo nossa distância: uma caixa de pizza.

— O que veio fazer aqui, Miles? — Cruzou os braços, querendo se proteger do frio, achei.

Ponderei, mas fui direito ao ponto.

— Te convidar para o baile.

Os lábios de Ariane se abriram. Não sutilmente.

— Onde avisaram sobre esse baile? — Sua pergunta me surpreendeu.
— Hoje é sábado. Só eu não estou sabendo sobre isso.

Coloquei a mão livre no bolso da calça jeans. Será que alguém já a tinha convidado?

— Você não segue o colégio no Instagram? — Mantive minha postura.

— Deveria? — gargalhou, fechando um dos olhos.

— É por isso que não sabe das novidades — respondi o óbvio.

Ficamos em silêncio por alguns segundos, Ariane enterrada dentro da minha jaqueta, pensando em coisas que eu tinha vontade de saber.

— Então você viu o *post* sobre o baile, entrou no carro e veio me convidar? — Um sorriso se abriu em seu rosto, me dando coragem.

Balancei a cabeça, concordando.

— Na verdade eu estava na casa de uns caras — expliquei. — Eu me despedi e vim até aqui te convidar.

— Às duas da manhã — completou, levantando as sobrancelhas.

— Sim. — Sorri, me divertindo com a situação. — Tudo planejado. Até mesmo o seu pijama de estrelas.

Ela se escondeu ainda mais em minha jaqueta, fechando os olhos e inspirando.

— A pizza me pegou de surpresa — admiti, irônico, colocando a caixa sobre Edward. — Mas o que são convites sem imprevistos?!

Ariane sorriu abertamente, então mordeu o lábio inferior, pensando no que dizer.

— Não sei dançar, Miles — respondeu, fazendo-me abrir os olhos.

Era uma confirmação?

— Eu vou estar lá. Eu posso te segurar, se você cair. — Aproximei-me, tocando em seu braço enquanto sorria. — Você aceita?

Fiquei atento por meio segundo, até Ariane assentir, confirmando com a cabeça, um leve toque rosado surgindo em suas bochechas.

Eu não sabia identificar o que estava sentindo, mas era bom. Nossa, era muito bom.

— Ariane, você é inacreditável — sussurrei, sustentando seu corpo.

— Por quê? — Franziu o cenho.

Aproximei-me um pouco mais.

— Porque você não percebe o quanto é incrível! — Contornei sua cintura com os braços, juntando nossos corpos.

Ficando na ponta dos pés, Ariane me fitou de baixo, pousando uma mão em meu peito e a outra sobre minha própria mão. Eu podia me segurar, mas não queria. Segurei em seus cabelos, erguendo sua cabeça. Eu a beijei, passeando por seu corpo, explorando cada centímetro. Senti as mãos dela espalmadas em meu peito, como se estivesse rendida e não conseguisse negar o que realmente queria.

Mordi seu lábio inferior, assim como eu queria fazer desde que a vi mordendo pela primeira vez. Ariane cravou suas unhas em minha nuca, arrastando os dedos pelos meus cabelos, arrepiando minha pele. Emoldurei seu pescoço e a trouxe o mais perto que pude, sustentando seu corpo inteiro com minha mão em suas costas. Segurei seu queixo, levantando sua cabeça.

— Eu... Eu preciso... — *Preciso entrar*, era o que Ariane queria dizer.

Não respondi, sendo assim, continuei beijando sua boca. Eu a estava guiando.

— Preciso entrar. — Sua voz saiu rouca.

— Eu sei — sussurrei em seu ouvido, beijando-lhe ali também.

— Mas não quero. — Senti seu sorriso, procurando por minha boca.

Ariane finalmente havia cedido. Ela não queria entrar, queria estar ali comigo. Afastei-me e a olhei, tentando encontrar resquícios de dúvida ou incerteza em seu rosto. Porém, não havia hesitação da parte dela, tudo o que existia no rosto de Ariane era o desejo de ficar comigo naquele momento.

Devia significar alguma coisa, não é? Talvez Ariane sentisse algo por mim, do mesmo jeito que eu sentia por ela.

Estava pronto para beijá-la novamente, mas uma lufada de vento gélido bateu em nossos corpos, fazendo Ariane estremecer.

— Está frio, Ari — eu me esforcei para dizer, lembrando que ela vestia shorts e devia entrar em casa.

Ariane puxou os braços, se desenroscando de mim, e tirou a jaqueta para me devolver. Eu só conseguia imaginar que aquela jaqueta, provavelmente, deveria estar cheirando à Ariane e que, se ela me devolvesse, eu não aguentaria ir embora sem mais dela.

— Pode ficar com ela. — Balancei a cabeça, tentando me prevenir.

— Eu desci só para buscar a pizza — garantiu, indicando a caixa sobre o carro.

— Pepperoni é a minha preferida — ri, alcançando a caixa e a abrindo.

Peguei um pedaço da pizza enquanto Ariane me encarava de braços cruzados, provavelmente se perguntando o que tinha de errado com minha cabeça.

— Até mais, Miles — ela se despediu, pegando a caixa ao se virar.

Ariane caminhou por dois metros até eu alcançá-la, surpreendendo-a ao fazê-la parar. Puxei sua cintura com um braço e apoiei sua cabeça com o outro, a abraçando enquanto a beijava lentamente.

— Você quis dizer "até logo" — murmurei, entretido.

Os lábios entreabertos de Ariane a denunciavam, mas ela não ousou dizer nem mesmo uma palavra. Apenas se virou e correu pela grama, abrindo a porta da frente. Ela ainda me encarou por um tempo depois que entrou em casa, então fechou a porta, me deixando sozinho com Edward e a jaqueta com seu perfume.

11

"Apenas pare de chorar, é um sinal dos tempos. Temos que sair daqui. Apenas pare de chorar, vai ficar tudo bem."

- Sign Of The Times, Harry Styles.

Durante toda minha vida evitei as segundas-feiras — eram os piores dias para se viver, todo mundo sabia —, mas aquela segunda-feira tinha algo de intrigante: rever Ariane.

Nossa primeira aula seria História e, para complementar, a entrega do nosso trabalho. Por sorte, as pastas com as fotos estavam comigo, já que eu as tinha revelado.

Estranhei quando percebi que quinze dos cinquenta minutos da aula já haviam passado e Ariane ainda não chegara, então constatei que ela não apareceria.

Aconteceu que Ariane também não apareceu no outro dia. E nem no outro. Já estávamos na sexta-feira e não tive nem mesmo um sinal dela.

Estava começando a me preocupar, já que ela não respondera nenhuma das minhas mensagens, então parei Callie no corredor da escola.

— Ei! — gritei, chegando mais perto.

Callie tinha o sorriso aberto de sempre no rosto.

— E aí, amado?!

Tombei a cabeça, tentando interpretá-la, mas não perdi o meu tempo.

— O que aconteceu com a Ari? — questionei, indo direto ao assunto. — Ela faltou todos esses dias e não responde as minhas mensagens.

Os lábios de Callie se comprimiram, indecisos.

— Você não ficou sabendo? — disse, tocando em meu ombro.

Como reflexo, meu coração se acelerou. As palavras "você não ficou sabendo" seguidas por qualquer contato físico e aquela cara de choro que Callie me lançava sempre significaram coisas ruins. Tentei juntar os

pedaços e, por menor que fosse a minha vontade para raciocinar, liguei os fatos a Ariane.

Se alguma coisa tivesse acontecido com ela...

Se alguma coisa tivesse acontecido com o seu coração...

Se alguma coisa tivesse acontecido com qualquer parte do corpo dela...

Isso, provavelmente, me levaria ao mesmo estado.

Meus olhos deviam ter me denunciado, pois Callie balançou os braços em minha frente, atraindo minha atenção.

— Relaxa, Miles, não tem nada a ver com ela — alertou. Meu coração afundou no peito. — Bom, mais ou menos. Na verdade tem, sim.

Franzi o cenho.

— Não enrola, Callie — pronunciei, a apressando —, você me assustou.

— Que graça. — Ela sorriu irônica. — A Hayley, a prima da Ari, chegou do Japão para visitar e ia ficar algumas semanas aqui.

Agradeci internamente por Ariane estar bem e tentei controlar minha neurose, prestando atenção à fala de Callie.

— Nos primeiros dois dias, Ariane ficou em casa para aproveitar o tempo com a Hayley. Tudo estava normal, a Ari viria para escola na quarta-feira, mas a prima dela foi atropelada no aeroporto e... Ai, meu Deus, a Hayley morreu. — Abri os olhos, atento. — Ela era incrível, Miles, você devia tê-la conhecido. Não acredito que isso aconteceu. A Ari não consegue sair da cama, ela está muito triste e não deixa ninguém entrar no quarto para ver se está bem ou não.

Uma imagem de uma Ariane solitária sobre a cama preencheu meu cérebro, já traçando linhas de planos para tentar ajudá-la a superar.

Callie continuou depois que viu que eu não tinha nada para falar:

— Bom, hoje ela vai se levantar. É o velório — suspirou. — Infelizmente eu não vou poder ir e acho melhor você não tentar também. É uma coisa mais reservada para a família, sabe?

Aquiesci.

O rosto de Callie estava contorcido em dor. Ela também devia gostar muito de Hayley. No entanto, se animou de repente.

— Tive uma ideia! — Levantou a mão. — Talvez você possa ligar para ela de noite. Só para conversar sobre qualquer coisa, Miles. Ela só precisa de alguém.

Abri a boca, querendo concordar, mas parei.

— Quer dizer, ela tem a mim também — riu Callie —, mas é diferente. Ela não fala comigo e nem com a família. Eu tenho certeza que vai querer falar com você.

— Como tem tanta certeza?

As mãos de Callie pousaram em sua cintura.

— Porque você anda beijando minha melhor amiga e todo mundo ama falar com o *crush*, não importam as circunstâncias.

Eu estava pronto para dizer alguma coisa, mas Callie sorriu e se virou, correndo em direção ao seu armário quando o sinal soou em nossos ouvidos.

Precisei de muito esforço para ficar longe do telefone e, felizmente, consegui. Quando o relógio marcou 19h em ponto, peguei meu celular e mandei uma mensagem para Ariane.

"Sinto muito por sua prima."

Não queria parecer aleatório, então emendei:

"Callie me contou."

Ariane me respondeu um segundo depois, me surpreendendo.

"Obrigada"

"Foi por isso q vc faltou esses dias?"

"Sim"

"Onde vc tá?"

"Quarto."
"Tem muita gente q eu ñ conheço na sala"
"Tenho que sair daqui"

Tudo o que eu queria era ajudá-la. Pensar em Ariane chateada acabava comigo.

"Acho que meu francês piorou kkkk"
"Quer vir me ajudar?"

Tentei pensar em algo melhor para escrever, mas não consegui fazer minha cabeça trabalhar tão rápido quanto meus dedos. Apesar de tudo, a resposta dela me deixou inquieto, já que Callie havia garantido que Ariane não queria nem mesmo sair de seu quarto.

"Chego em dez minutos."

Demorou o dobro do tempo que Ariane dissera que faria, mas quando ouvi as batidas à porta da frente, corri para atender.

— Você pediu dez minutos — fui dizendo enquanto escancarava a porta marrom.

Ariane curvou a cabeça, meio sem jeito. Não parecia a mesma de sempre.

— Tive que procurar seu endereço — apontou, corando.

Ela usava um vestido preto meio curto e uma jaqueta de renda preta, mas o que me chamou a atenção foi o seu *All Star* roxo.

— Você podia me pedir — falei normal, tentando decifrar o que se passava em sua cabeça.

— Sou uma garota que gosta de desafios. — Ariane levantou as sobrancelhas, rindo em um sorriso fraco.

Era como se ela estivesse querendo esconder sua tristeza. Só para

variar. Meu plano, no entanto, não era fazê-la conversar sobre a morte da prima ou qualquer outra coisa que a fizesse sentir tristeza. Eu queria que Ariane tivesse uma pausa e conseguisse pensar em algo que não fosse motivo para lágrimas.

— Que bom que conseguiu, então — respondi com um sorriso maior, abrindo espaço para que ela entrasse.

Ariane caminhou pela entrada com sutileza, nem mesmo seus passos ecoavam pelo chão.

— Não foi difícil. Essa é a maior casa azul que eu já vi — voltou a dizer, dirigindo os olhos em minha direção depois de observar a sala de estar.

Era ridículo, eu sabia, mas, em minha defesa, eu detestava azul. Ao contrário de minha tia, que fazia questão de comprar cada item naquela cor, mesmo que fosse algo que ela nunca fosse usar — como aquele abajur azul em forma de golfinho no canto da sala.

— Minha tia é viciada em azul, não se assuste — expliquei, me desculpando pela total falta de senso de Esther. — Se um dia ela for para a reabilitação, essa cor será o motivo.

Observei Ariane circular pelo lugar, olhando os diversos objetos sem nexo sobre a mesa de centro e os quadros de paisagens chatas.

— Tente pensar que esse gosto por azul não tem nada a ver comigo, Ari — pedi, não querendo saber, pela primeira vez, o que se passava em sua mente.

Ela gargalhou, o que me fez parar para observá-la. Era muito melhor ver Ariane rindo.

Não quis prolongar a visita pela sala de estar, já que aquele azul todo me causava vontade de vomitar, então comecei a andar em direção ao jardim.

Para o meu azar, a pessoa que havia planejado aquela casa fizera com que o jardim de inverno só fosse acessível pela cozinha e, pior ainda, minha tia Esther estava arrumando os armários. Ela queria garantir que eu teria comida o suficiente pelo tempo que passaria fora.

— Você deve ser a Ariane — Esther cumprimentou, virando o corpo em nossa direção.

Ariane, por sua vez, apenas balançou a cabeça, sorrindo de leve para minha tia.

— Meu nome é Esther. Tia do Miles. — Minha tia se aproximou, beijando as bochechas de Ariane, que sorriu. — Vão estudar, não é?

— Vamos. Eu já disse, tia — falei, tentando fazer minha tia recuar.

— Que matéria? — quis saber.

Revirei os olhos, sem responder.

— Francês — Ariane falou. Esther, de repente, pareceu curiosa demais.

Droga, pensei. Esse era o verdadeiro amor da minha tia: Francês. Ela não nos deixaria passar. Foi por isso que fitou Ariane quando perguntou:

— Ele vai te ajudar na matéria, amor?

Ariane limpou a garganta, meio rindo.

— Na verdade, é ao contrário.

— Vai ajudá-lo? — Os olhos de Esther vagavam entre mim e Ariane, tentando entender o contexto.

Ariane aquiesceu com a cabeça, respondendo com um "sim".

— Que eu saiba, Miles é ótimo em francês, Ariane — continuou, se erguendo. — Acho que perdi alguma coisa.

Soltei uma lufada de ar. Alguém tinha que fazê-la parar, se não, ficaríamos ali até eu contar a verdade sobre as "aulas de francês".

— Para de ser chata, tia — ri, nervoso, então me direcionei a Ariane. — Ela não é assim, Ari, só quando fica ansiosa para uma viagem. É amanhã, tia, relaxa! — tentei distrair.

Os olhos de Esther se iluminaram enquanto ela batia palmas, contente.

— É verdade. — Sorriu, se sentando com Ariane. — Vou para o Marrocos com minhas amigas, Ariane. E eu fico ansiosa demais quando vou viajar de avião, me desculpe por estar parecendo chata.

— Não está sendo chata coisa nenhuma, o Miles que tem complexo — defendeu Ariane, parecendo entretida. — Você vai para o Marrocos. Que incrível!

— É mesmo — suspirou minha tia —, mas o calor não é.

— Eu imagino que não.

Cheguei mais perto, tendo tudo o que eu precisava.

— As matérias mudaram e eu me atrasei um pouco, tia — voltei ao assunto, tocando o braço de Ariane. — Vamos?

Nenhuma das duas me respondeu; Ariane se levantou e me seguiu. Notei a reação dela enquanto admirava o jardim de inverno, ela olhava para todos os lados, procurando por mais detalhes.

— É tão lindo! — exclamou ela, parando para me encarar.

Sorri, tendo lembranças do lugar.

— Eu sei — concordei. — Eu e minha mãe o fizemos quando eu era menor.

— É perfeito. — Ariane voltou a admirar o caminho de pedras, seus olhos brilhando.

— Se bem que os anjos foram colocados pela minha tia — falei, querendo conseguir algum tipo de humor da parte dela.

Não queria que Ariane morresse por dentro por ter perdido a prima, mas sabia que não seria fácil fazê-la superar. Perder alguém não é um problema que dá para resolver. Quando uma pessoa que nós amamos morre, temos que aprender a viver sem ela. No começo é muito difícil, mas, depois de um tempo, conseguimos lidar com a perda.

Nós nos sentamos no balanço de madeira lado a lado, mas percebi Ariane se afastar de mim por meio segundo. Eu queria falar que ela podia contar comigo, queria dizer que, quanto mais próxima e aberta se mostrasse para mim, com mais facilidade eu poderia estar com ela.

— Então você é ótimo no francês, Miles Bennet? — ela me provocou de longe, se lembrando do que minha tia tinha dito mais cedo.

Curvei a cabeça, rindo.

— Em minha defesa — comecei —, quero dizer que minha tia me ensinou francês quando eu tinha doze anos, então, acho que eu posso perfeitamente ter esquecido algumas coisas.

— Que pena que eu não acredito em você. — Fez uma careta.

— Não? — questionei, entretido, enquanto me aproximava. — Eu acho que sou horrível em francês. Teremos que marcar várias e várias e várias aulas.

Ariane me fitou com olhos misteriosos, o que me deixou curioso para o que viria a seguir.

— Você sabe que vou querer algo em troca, não sabe? — tentou parecer séria.

— Por exemplo...? — perguntei, as possibilidades me corroendo por dentro.

— Vou pensar. Por enquanto, vamos ver em que nível você está. — Curvou-se para pegar um livro em sua mochila e o abriu em uma página qualquer. — Vamos tentar uma frase

Assenti.

A verdade era que eu não queria aprender francês. Era óbvio que

não. Mas se isso faria com que ela se distraísse, decoraria todas as regras verbais naquela mesma noite.

— *Que pensez-vous de mon sourire?*

Ah, essa era fácil.

— Seu sorriso? Até um cego para pra ver! — garanti.

— Não tem graça! — Cruzou os braços, gargalhando. — Pensei que você não soubesse nenhuma palavra. Não precisa de mim.

Aquela era a sua pior mentira.

— É claro que preciso de você, Ariane.

Ela piscou algumas vezes, anestesiada demais para falar, seus olhos mudando de cor. Sua mão direita se ergueu, tocando seu colar. Era novo. Eu nunca o tinha visto.

— O que é isso? — eu quis saber, chegando mais perto.

Ariane respirou fundo, engolindo em seco.

— Hayley me deu há poucos dias — foi tudo o que ela disse.

Não havia xingamentos o bastante para me descrever. Como era possível eu estragar tudo em seis segundos? Tudo o que eu queria era fazer Ariane esquecer, mas só conseguia o contrário.

— Eu sinto muito por ela, Ari, de verdade — apressei-me em dizer, vendo-a balançar o cabelo, seus olhos baixos. — Eu queria ter podido conhecê-la.

Ariane não respondeu, apenas deu de ombros.

— O que está escrito? — perguntei, fitando o colar.

Percebi um leve sorriso se formando, como se ela estivesse se lembrando do momento em que ganhara o presente.

— Está escrito que eu tenho um grande coração.

Nossa!

— Tem tudo a ver com você, Ariane — admiti fascinado.

A resposta que Ariane me deu foi ficar em silêncio. Não aquele silencio constrangedor, onde ninguém sabe o que dizer, mas aquele silêncio onde nos sentimos confortáveis apenas por estar junto com aquela pessoa.

Depois de hesitar por alguns segundos, ela finalmente abriu a boca, lutando com as palavras.

— Posso te contar uma coisa? — Ouvi sua voz tremer enquanto concordava. — Só a minha prima sabia sobre isso, mas agora ela... Miles, você é uma das poucas pessoas que sabem sobre a minha doença. Já me viu

até tendo as crises.

Aonde ela queria chegar com aquilo? Eu queria perguntar, mas me esforcei em esperar.

— Meu médico me disse que eu tenho dois meses. — Meu coração parou, eu juro que parou. — Porque meu coração está muito fraco e eu só vou sobreviver se passar por um transplante.

Lutei para fazer minha mente parar de girar, no entanto, não consegui. Ariane era a garota por quem eu era apaixonado — eu finalmente tinha entendido —, a garota mais linda e inteligente que eu conhecia. Ela era perfeita. Não podia ser verdade, podia? Coisas ruins não podem acontecer com pessoas tão boas, podem?

— A Hayley foi atropelada, e a ambulância a levou para o mesmo hospital que o meu médico estava de plantão — continuou dizendo, chamando minha atenção. — Por um minuto, pensei que pudesse trocar de coração com ela. Não éramos compatíveis.

Estava tentando raciocinar. Eu havia entendido que Ariane precisava de um novo coração, havia entendido que ela tinha tentado usar o de sua prima e que não eram compatíveis, mas tudo o que minha mente me obrigava a lembrar era: eu tinha pouco tempo com ela.

Eu precisava dizer alguma coisa, mas não sabia o quê. Foi por isso que a abracei. Ariane pousou sua cabeça em meu peito, respirando fundo. Eu estava com medo de vê-la chorar novamente, então esperei até que ela estivesse pronta.

— Precisamos fazer alguma coisa — sussurrei em seus ouvidos.

— Não há o que fazer — afirmou ela, querendo acabar com minhas tentativas.

— Vamos encontrar algo — falei seguro, minhas mãos passeando pelos seus cabelos.

Eu não deixaria que nada lhe acontecesse. Eu não podia. Eu não aguentaria.

— Como o quê? — Ariane se levantou, seus olhos curiosos para mim.

Precisei de um segundo para pensar. Ainda não tinha plano algum.

— Seu pai sabe?

Negou.

— Callie?

Negou.

— Alguém?

— Só você — cedeu. — Hayley sabia, mas...

— Entendi — falei rápido, a interrompendo.

É claro que eu me sentia incrível por Ariane confiar o bastante em mim para que só eu soubesse sobre seu estado, mas eu também sabia que eu não seria capaz de ajudá-la sozinho. Era complexo demais.

Eu sabia que Ariane não gostava de contar sobre seu coração para muitas pessoas, seu pai era uma delas, que, embora soubesse sobre a doença, nunca era atualizado sobre os avanços dela. Não era egoísmo esconder a verdade, mas era prejudicial.

— E sua mãe? — questionei, lembrando-me de nossas últimas conversas.

Ariane parou no tempo. Ela ficou me olhando, estagnada, por alguns instantes, como se o que eu estivesse sugerindo fosse loucura.

— E-Eu não se sei é uma... — gaguejou.

— Você me disse que ela foi embora para Los Angeles, morar com o Fred-sem-sobrenome — recordei, incentivando a ideia.

— É verdade, mas...

— Ariane — chamei —, o problema é que você pensa muito. Você tem pouco tempo, não pode se dar ao luxo de pensar.

Não reparei nas palavras que falei.

— Não sei se é uma boa ideia, Miles — suspirou pesadamente, perdida. — Além do mais, o que eu faria se conseguisse ir até lá?

Boa pergunta, pensei.

— Talvez ela saiba como te ajudar. — optei pela melhor alternativa. — Porque você está com medo de contar para o seu pai e você precisa de um dos seus pais para te dar apoio, Ari.

Ela assentiu, pensando nas possibilidades por um tempo. Quando abriu a boca, jurei que era para concordar comigo, mas tudo que Ariane disse foi:

— Podemos voltar ao francês?

— Claro — respondi de imediato.

Só Ariane entendia sobre o que estava acontecendo. Ninguém que não estivesse passando pelo que ela estava passando poderia opinar sobre suas escolhas. Nem mesmo eu.

Embora eu estivesse com medo dos dias contados de Ariane, teria que esperar.

12

"Não tenha medo de sentir. Dirija com o teto abaixado e busque a adrenalina... Eu sei que você não tem medo de sentir comigo. Sinta comigo!"

- Feels, Calvin Harris feat. Pharrell Williams, Katy Perry & Big Sean.

Acordei com meu celular apitando. Eram 6h15. Havia várias mensagens de Peter.

"Cara"
"Mano"
"Ferrou"
"Não sei o que fazer"
"E agr?"

"O q aconteceu?"

"O Harry."
"A namorada dele descobriu que ele tá saindo com a Natt."
"Mas essa ñ é a pior parte."

"E qual é?"

"Agr a Callie tá querendo sair comigo"
"E ela é mto gata para eu conseguir negar"

Quando cheguei à escola, Ariane me mandou uma mensagem me pedindo para que eu a encontrasse no corredor 1. Animei-me porque minha última lembrança dela era de um dia atrás, saindo correndo pelos fundos enquanto o sol nascia.

— Ariane Sparks. — Cheguei ao corredor 4 com as palavras já saindo de minha boca.

Ela levantou os olhos, parando-os em mim. Estava sentada em um banco de madeira, um livro no colo.

— A gente já passou dessa fase.

— Que fase? — Não entendi, sentando-me ao seu lado enquanto ela fechava o livro.

Ariane revirou os olhos, um sorriso no rosto.

— A dos sobrenomes — explicou balançando a cabeça.

Aquiesci, sabendo que sim, já havíamos passado daquela fase. A dos sobrenomes. Porque agora ela confiava o bastante em mim para me contar coisas que nem sua melhor amiga sabia sobre ela.

— O que você queria falar comigo? — perguntei curioso.

Ela começou a estralar os dedos, ponderando sobre o que quer que fosse o assunto.

— Preciso que você me leve até Los Angeles — falou rápido, indo direto ao assunto.

Precisei de um segundo.

A mãe dela morava em Los Angeles, o que queria dizer que Ariane teria levado em consideração o que eu dissera no sábado. Se o que ela havia me pedido meio segundo atrás fosse verdade, então significava que tudo o que Ariane tinha era eu. Ninguém mais sabia sobre sua doença, ninguém mais sabia sobre o transplante. Só eu.

Eu era sua única escolha e ela era tudo o que eu queria.

— Eu sempre quis ir para Los Angeles! — exclamei, tentando parecer o mais animado possível.

— Isso é um sim? — Seus olhos estavam arregalados em surpresa.

— Com certeza! — Sorri, imaginando se aquilo daria certo ou não. — Quando vamos?

— Amanhã pela manhã.

Nossa! Não pensei que fosse acontecer tão rápido.

De qualquer forma, não importava.

— Mas amanhã tenho que entregar o trabalho de literatura... — provoquei, tentando fazê-la rir, mas tudo que Ariane fez foi desviar os olhos de mim para pousá-los nos tênis sujos, envergonhada.

— Você ainda pode desistir — murmurou, seu cenho franzido.

— Estou brincando, Ari. Que se dane o trabalho de literatura! — apressei-me em dizer. — Estarei na sua port... Estarei em sua janela às 6h, amanhã.

Notei um brilho diferente nos olhos de Ariane quando ela começou a falar:

— Acho que seria melhor você...

Mas fomos interrompidos pela gritaria vinda de outro corredor. Nós nos entreolhamos e caminhamos depressa até aquele amontoado de pessoas no burburinho.

Precisei juntar todas as minhas forças para segurar a risada. O centro da roda eram Harry, Nattalie e, por mais estranho que fosse, um *stripper*.

O que tinha acontecido com o mundo e por que ele estava tão confuso de repente?

Juntei os pedaços e, logo entendi o acontecido. Peter havia me dito que Callie descobrira sobre as atividades extracurriculares que Harry andava tendo com Nattalie. Eu poderia apostar dinheiro que Callie havia aprontado tudo aquilo.

E ela não estava, de todo, errada.

Eu tinha, literalmente, *jogado* algumas peças de roupas dentro da mochila na noite passada antes de ir dormir, o que foi uma boa ideia, considerando que acordei atrasado. Tomei um banho rápido e coloquei tudo o que tinha que colocar dentro do carro, dirigindo até a casa de Ariane.

O sol mal havia nascido quando cheguei à sua casa. Mais uma vez, esperei Ariane pular a janela.

— Eu tenho uma leve impressão de que você não contou para o seu

pai sobre essa viagem — deduzi quando ela tocou o chão, se aproximando de mim.

— Você contou para a sua tia? — Arqueou as sobrancelhas, me provocando.

Dei de ombros, como se dissesse "o que posso fazer?".

— Ela está se divertindo no Marrocos — respondi, me lembrando de todos os cuidados que Esther tinha comigo quando ia viajar com as amigas. Ela se sentia mal, como se estivesse me deixando para trás, mas não era verdade. O que eu poderia fazer no Marrocos com ela e suas amigas velhas? Eu preferia milhões de vezes mais viajar com Ariane.

— E eu deixei um bilhete — ela falou, entrando no carro.

Dei a partida em Edward e arranquei com o motor. O sol estava refletindo em nossos rostos, então abri o teto do carro, transformando-o em um conversível. Coloquei meus óculos escuros que, por sorte, estavam no Porta-luvas.

Notei os olhos de Ariane sobre mim, mas não parei para admirá-la. Ela tinha aquele efeito sobre mim. Se eu parasse para vê-la, ficava preso *nela.*

Uma viagem de dois dias podia ser um problema, ponderei.

Embora o relógio ainda marcasse 10h30, Ariane pediu para que eu parasse no primeiro restaurante que aparecesse, alegando que, talvez, morresse de fome antes mesmo de seu coração parar de bater.

Assim como ela pediu, estacionei Edward na primeira parada e comemos lanches enormes, em um lugar chamado *O melhor hambúrguer de toda a Pensilvânia.* Depois de Ariane explicar o porquê de ela gostar tanto de comer — ela alegou que o motivo era seu signo, Touro — e perguntar a data do meu nascimento para saber meu signo — que descobri ser Sagitário —, ela me agradeceu:

— E, falando nisso — desacelerou, me fitando —, obrigada.

Eu não respondi, porque não entendi. *Como assim?*

— Por estar fazendo isso. Não conheço mais ninguém que faria o que você faz por mim.

Ah! Ela se referia à viagem.

O problema era que Ariane ainda não conseguia enxergar que isso era simples demais perto das coisas que eu realmente poderia fazer *por* ela.

Eu não entendia como sabia disso e também não sabia o porquê de pensar daquela maneira, mas tinha certeza de que faria muito mais se ela deixasse. Porque, dentre tudo e todas as pessoas, ela era a única que me importava.

— Atravessar o país leva quase dois dias — Ariane finalizou, expressando sua indignação pelo que estava acontecendo.

Eu não sabia *como* responder. Dentro de mim, tudo o que eu pensava em dizer se misturava, se embaralhando.

— São dois dias com você, Ariane. — Enquanto eu dizia as palavras, não notei o significado delas, mas depois que saíram da minha boca, percebi o que elas queriam dizer. Ariane não tinha muito tempo, a cada segundo que se passava, era um segundo a menos em minha lista. Eu queria ficar o máximo de tempo junto com ela.

13

"Sonhava com coisas maiores, queria deixar minha vida para trás. Entre na fila, se adeque. Sente-se no corredor, pegue uma senha. Eu era o raio antes do trovão."

- *Thunder*, *Imagine Dragons*.

Ariane se revirava no banco do passageiro, escolhendo novas posições a cada cinco segundos.

— Tá tudo bem aí?

— *Argh!* — reclamou, colocando a perna para cima de novo. — Eu tô desconfortável.

Entendi.

— Sei como é. — Tirei os olhos da estrada para olhar a situação, suas pernas estavam enroladas. — Quando eu era menor, viajando com minha mãe, também acontecia isso comigo.

Ariane se sentou ereta, seus braços cruzados.

— É culpa do modelo do carro — expliquei —, quando a gente fica acostumado com carros normais, demora até saber viver dentro de um conversível.

— Mas dói — Ariane gemeu, rindo.

— Eu sei — concordei, trocando a marcha de Edward —, por isso encontrei a posição certa. É só você se virar.

Um enorme ponto de interrogação apareceu na testa dela.

— É literal, Ariane. — Dei risada. — Você precisa inverter a posição. Apoiar as costas no painel do carro e as pernas no banco.

— Ah! — gritou, compreendendo.

Depois de cruzar as pernas e encostar as costas no painel do carro, Ariane encontrou a posição certa, mas completamente irresponsável e insegura.

Ficamos frente a frente e ela finalmente sorriu, gostando de não se sentir desconfortável. Ariane começou a ziguezaguear pelas estações de rádios, mas nenhuma delas tinha sinal.

— Ainda está desconfortável? — Eu a encarei depois que a ouvi bufar.

— Não. — Ela me mostrou a língua, o que eu achei ser a coisa mais *Ariane Sparks* a se fazer. — Só estou... Entediada.

— Viagens são chatas — ri, dando de ombros.

Ariane balançou a cabeça, entretida, enquanto curvava o corpo em minha direção, chegando mais perto.

— O que foi? — Desviei os olhos para admirá-la mais de perto. Seu cabelo estava meio preso, alguns fios rebeldes escapavam do nó que havia no topo de sua cabeça.

— Nada — ela respondeu, estendendo os braços e pegando meus óculos escuros.

Ariane os colocou, parando para se olhar no espelho retrovisor.

— Ficam melhores em você — admiti, adorando o jeito como o preto dos óculos contrastava com sua pele clara, acentuando suas fracas sardas.

— São meus agora — gargalhou, animada.

— Pode ficar — falei. — Sabe onde estamos?

Ela negou com a cabeça, então continuei:

— Eu também não sei, é melhor você conferir o *Waze*. — Ri para esconder a verdade de que eu não tinha uma boa noção de localização.

Um segundo depois, Ariane já havia aberto o aplicativo no celular, depois de fitá-lo por algum tempo, voltou-se para mim:

— Quase em Ohio — afirmou, então me olhou. — Que péssimo motorista é você, Miles!

Eu ri.

— Você tá reclamando?

— É claro que... — começou, mas se interrompeu para exclamar: — Ah, meu Deus, Miles!

— O quê? — perguntei, querendo saber o que havia chamado sua atenção no horizonte da estrada mal movimentada.

Ela esticou o braço, apontando para longe.

— É uma lojinha de *Souvinirs*! Vamos parar!

— É sério? — quis confirmar se aquilo era verdade, já que ninguém parava em uma loja dessas durante a viagem porque queria.

— Claro! — falou, animada. — Por favor, eu adoro essas lojinhas.

Eu não podia acreditar no que estava ouvido, mas não podia contrariá-la, podia? Ariane era tudo, menos normal — era isso que mais me chamava a atenção nela. Tudo era novo.

"Qualquer coisa por cinco dólares", era uma das placas do lugar.

— Cinco dólares, Miles, cinco dólares! — Ariane gritou, saindo do carro. Eu nunca a tinha visto tão animada.

Tinha certeza que o motivo da sua inquietação não eram os *Souvinirs*, e sim, o fato de finalmente ser quem era de verdade. Ariane sempre ficou enclausurada dentro de casa, escondendo segredos das pessoas e se limitando às atividades comuns. Durante aquela viagem, ela podia mostrar seu verdadeiro *eu* e fazer o que realmente queria — mesmo que isso significasse explorar uma lojinha de beira de estrada.

— Vamos logo, são cinco dólares! — Ela deu a volta no carro, abrindo minha porta e me puxando pelo braço.

— Até parece que você vai comprar tudo.

— Eu gosto de olhar — respondeu, revirando os olhos enquanto sorria.

Por dentro, a loja era decorada com incontáveis artigos — que eu não poderia nem mesmo listar, já que não sabia o nome de metade daquelas coisas —, mas o melhor de tudo, tinha ar-condicionado, o que me deixou bem feliz.

Ariane começou a vagar pela loja, parando em várias das prateleiras para admirar os objetos. Não tinha nada que me interessasse ali, então andei distraído ao lado das paredes, adornadas por diversos tipos de quadros — desde paisagens até desenhos de carros e artistas dos anos oitenta.

Parei de andar para observar melhor o pequeno quadro redondo de tela estampada por um conversível vermelho. Era um *Hart to Hart's* MB, uma Mercedes 1980. Era bem bonito, mas não se comparava à Edward, claro, que era bem mais equipado. Ao lado do carro vermelho, havia outro do mesmo tamanho, no mesmo formado.

Assustei-me quando vi a mulher da foto. Cabelos pretos, olhos

verdes, pele lisa e um sorriso tão aberto que fazia seus olhos se enrugarem. Pisquei diversas vezes, tentando encontrar algum erro na imagem, mas não havia. Era mesmo quem eu achava que era.

Minha mãe estava bem mais jovem. Aquela foto devia ter sido tirada bem antes de eu nascer. Estava bem diferente do que eu me lembrava, mas era ela. Sorrindo para a câmera, parecendo tão feliz que fazia meu peito arder.

Eu me lembrava de como era quando ela sorria, me lembrava de quando ela ficava animada com algo, de quando ela brincava comigo e de como eu sentia falta dela.

Eu era tão jovem quando ela morreu, eu não tinha nenhuma lembrança sólida dela. Não tinha nem mesmo uma mísera foto. Por quais motivos aquela lojinha fajuta teria um retrato de minha mãe?

— O que você encontrou? — Ouvi a voz animada de Ariane atrás de mim e custei a responder. Eu não achava palavras para explicar o que eu havia *encontrado.*

Aproximei-me ainda mais do retrato, buscando explicações. Meu Deus, eu precisava entender. Porque não havia nenhum sentido.

— O que você está olhando?

Engoli em seco, procurando minha voz.

— É ela... — Saiu como um sussurro. — Ela...

Ariane ficou ao meu lado.

— Quem?

— A minha... — Limpei a garganta. — É a minha mãe.

Depois de encarar a foto por longos segundos, Ariane se virou para mim, pousando uma mão em meu ombro.

— É mesmo a sua mãe? — questionou.

Assenti uma vez.

— Mais jovem do que eu me lembro, mas sim.

— O que a foto dela está fazendo aqui? — Ariane fez a pergunta que não queria calar.

Balancei os ombros, arrancando o quadro da parede com mais força do que precisava.

— É o que vou descobrir.

Andei rápido até o único guichê do caixa, havia um garoto que julguei ter, no máximo, quinze anos, sentado do outro lado do balcão, mexendo no

computador.

— Você pode me dizer por que estão vendendo essa foto por cinco dólares? — Ergui o quadro, mostrando para o garoto, indo direto ao assunto.

O menino deu de ombros, como se não entendesse.

— Tudo aqui custa cinco dólares, cara.

Respirei fundo, tentando não socar qualquer coisa que estivesse na minha frente.

— Onde *conseguiram* essa foto? — Cerrei os dentes.

— Eu que vou saber, cara?! — O garoto voltou os olhos para a tela do computador.

Não percebi o que estava fazendo até ouvir o barulho do meu punho batendo no balcão. O garoto de quinze anos me olhou com irrelevância e se levantou, nervoso.

— Vou chamar o dono — ergueu o queixo —, você tá nervosinho, não é?

O moleque desapareceu entre as cortinas, me deixando sozinho com Ariane. Eu estava visivelmente irritado e não conseguia disfarçar a situação. Por isso, pedi:

— Me desculpe... — Não me virei para encarar Ariane.

— Não precisa se desculpar. — Sua voz soou normal.

— É que... — Virei-me, apoiando meu corpo sobre o balcão. — Eu não tenho nenhuma foto dela.

Vi os olhos de Ariane se compadecerem. Não era o que eu queria. Ia dizer mais alguma coisa, mas o garoto ressurgiu, trazendo consigo um homem, aparentemente com cerca de oitenta anos e seus poucos cabelos eram grisalhos, vestia uma camisa xadrez por baixo de suspensórios pretos.

— Bom dia! — cumprimentou ele.

— Ele perguntou por que essa foto está sendo vendida por cinco dólares, vô — o menino falou, seus olhos me atacando, como se estivesse me dedurando.

— Meu jovem, tudo aqui custa cinco dólares — o velho foi paciente.

Não queria demorar.

— Essa mulher é minha mãe — consegui dizer pausadamente.

— Ah.

— Estou perguntando o motivo de vocês estarem vendendo a foto da minha mãe — insisti.

O velho piscou algumas vezes.

— Já faz muitos anos... — falou devagar. — Eu me lembro daquele dia. Sua mãe chegou com várias caixas, dizendo que estava se mudando para Nova York. Ela não tinha tanto espaço no novo apartamento, então preferiu me vender várias coisinhas. Acho que esse retrato veio junto.

Não era tão ruim quanto eu pensei ser. Eu podia lidar com isso.

— Entendi.

— Faz muito tempo mesmo, rapaz. Quase vinte anos — afirmou o dono da loja. — Acredito que você nem mesmo havia nascido.

Desviei os olhos, tentando esconder minha expressão.

— Só tem essa foto dela aqui? — ousei perguntar.

O velho aquiesceu, usando um sorriso fraco.

— Eu vou levar.

Peguei uma nota da carteira e entreguei a ele, que balançou a cabeça de novo.

Não consegui continuar ali, então falei:

— Obrigado.

E me virei, caminhando até o lado de fora.

Não percebi Ariane caminhar do meu lado, mas sabia que ela estava ali. Entramos no carro em silêncio, eu não conseguia pensar direito.

Tudo era normal em minha vida. Até eu me lembrar da minha mãe. Ela era tudo o que eu tinha antes e quando ela se foi... Acabou.

Quanto mais eu olhava para o retrato, mais nostálgico eu ficava. Tudo o que eu precisava fazer era reagir e tudo o que eu *não* conseguia fazer era *reagir.*

Depois de um longo tempo, finalmente dei partida no carro, perguntando à Ariane se ela estava com fome — ela respondeu que sim, é claro —, afinal, já passava das 14h.

Depois que saímos daquela loja de *Souvinirs,* o ar ficou meio denso. Eu realmente havia me descontrolado, mas estava melhor agora e não queria estragar a viagem de Ariane — era por ela que estávamos fazendo

aquilo e não por mim.

— Tinha um restaurante... O meu preferido — comecei a dizer quando chegamos a Indiana. — Quando eu morava aqui, fazia questão de almoçar nele, pelo menos duas vezes por semana.

Ariane me fitou, animada.

— Eu fico muito animada quando o assunto é comida, Miles — falou, se remexendo.

Sorri.

— Eu sei — concordei. — Por isso estou te levando para lá. Você não pode voltar Nova York sem ter comido no *Mrs. Lee.*

— Comida chinesa, Miles?

— Você não gosta? — Eu a olhei, fingindo que estava ofendido.

— É claro que eu gosto, mas... — ela hesitou, pensando. — Temos tempo para isso?

Revirei os olhos.

— Tivemos tempo para a lojinha de *souvinirs,* temos tempo para comida chinesa — concluí. — Estamos chegando.

Ariane ligou o rádio e cantou alto as três músicas que tocaram até chegarmos ao restaurante chinês. Estacionei o carro na rua, em frente à fachada do Mr. Lee. Conseguia sentir o gosto do Frango Xadrez em minha boca e não via a hora de passar pelas portas de vidro — não para comer, mas, sim, para conversar com Gardner, meu melhor amigo, que era garçom no restaurante. Não tive tempo de avisá-lo que estava viajando, então seria uma surpresa, com certeza.

Fomos atingidos pelo ar gélido do ar-condicionado e pelo cheiro de comida chinesa. Andei ao lado de Ariane até minha mesa favorita, uma redonda perto das janelas do canto.

— Você vai adorar! — comentei, me sentando em frente a ela. — Eles têm o melhor Frango Xadrez.

— Eu espero que tenham mesmo. — Ariane abriu o cardápio, me lançando um olhar de desafio sobre o papel. — Estou com fome.

— Que novidade. — Ergui a sobrancelha.

Nem mesmo abri o cardápio. Eu já sabia exatamente qual seria o meu pedido, mas esperei até Ariane escolher seu prato.

— Já decidiram o que vão querer...? — Uma voz familiar soou em meus ouvidos, mas então parou de falar, examinando os clientes da mesa.

— Ah, caramba, Bennet!

Meu amigo vestia o uniforme padrão do restaurante e segurava um bloquinho de notas, que usava para anotar os pedidos. Ele me examinou por um momento bem longo e abriu um sorriso enorme, como se não acreditasse no que estava vendo.

Bom, eu também não acreditava. Depois que fui para Nova York, não pensei que o veria tão cedo. Só havia se passado dois meses.

— Gardner! — Eu me levantei para abraçá-lo, ele era meu melhor amigo desde que eu havia chegado a Indiana. — Não acredito!

— Por que você não me avisou que estava na cidade? — ele questionou, os olhos passeando. — Que espécie de amigo é você?

— Eu não tinha planos para vir — falei a verdade, já que só soube daquela viagem de emergência na manhã passada.

Gardner desviou os olhos de mim, notando a presença de Ariane e sorriu daquele jeito dele.

— Tá esperto, hein, Miles?! — Era só o que me faltava, ter um amigo inconveniente. — Zerando Nova York, eu imagino.

Revirei os olhos, mas não consegui esconder o sorriso.

— Cala a boca. — Dei um soco em seu ombro. — Essa é a Ariane, estamos indo para Los Angeles.

— E aí, Ari?! — cumprimentou Gardner, chegando mais perto para abraçá-la com aquela naturalidade de sempre.

— Tudo bem? — respondeu ela, sorrindo.

— Melhor agora que reencontrei meu amigo. — Ele se voltou para mim. — Cara, esse lugar não é o mesmo sem você.

— Que bom. Assim vocês sentem a minha falta — apontei, entretido, me sentando de novo.

— É claro que a gente sente — gargalhou. — Todo mundo sente. Foi você quem nos deixou para trás.

Respirei mais pesadamente.

— Você sabe que a escolha não foi minha — relembrei.

— Aquela sua tia doidona. Eu sei, eu sei...

Uma risada escapou de Ariane, que tentou disfarçar, mas não conseguiu.

— Você a conheceu, não foi? — Gardner perguntou, a encarando.

Ariane assentiu, rindo. Minha tia era mesmo uma mulher meio

estranha.

— Azul nunca mais será apenas uma cor, pessoal — suspirou Gardner.

— É um gosto diferente, eu acho — falou Ariane, defendendo Esther.

— Eu vou anotar o pedido de vocês. Eu tenho meia hora de intervalo agora, aí eu volto aqui — meu amigo piscou, anotando nossos pedidos.

Depois que Gardner saiu, desaparecendo na cozinha, Ariane me olhou encantada.

— Ele é tão... — buscou a palavra certa.

— Idiota — tentei.

— *Elétrico* — ela me corrigiu.

Gardner trazia nossos pratos, os equilibrando sobre os braços enquanto dizia:

— Você a trouxe no lugar certo. — Referindo-se a Ariane.

— É claro que sim — retruquei, alcançando os talheres, já que não sabia usar os *hashis.*

— Vão passar quantos dias aqui? — questionou meu amigo, ainda *superanimado.*

Será que ele nunca ia aprender a prestar atenção nas coisas?, eu me perguntei. Gardner tinha essa mania.

— Estamos indo para Los Angeles, eu já falei, cara — disse.

Meu amigo deu de ombros, sentado.

— Tá, mas... E daí? Depois de amanhã eu vou dar uma festa. — Curvou a cabeça, arqueando as sobrancelhas, então se dirigiu a Ariane: — Você tem que conhecer os nossos amigos e precisa estar em alguma festa minha.

Ariane abriu os olhos, parando de comer para encarar meu amigo.

— São as melhores — precisei concordar.

— Eu imagino — respondeu, segura.

— Mas temos pouco tempo, Gard, precisamos chegar logo na Califórnia — voltei a dizer.

— Entendi — ele bufou. — Bom, se mudarem de ideia... Começa às oito.

Percebi Ariane balançar a cabeça e, por um minuto, quis levá-la àquela festa.

Conversamos sobre Edward — coisa que fazíamos quase sempre, era como se Gardner fosse mais amigo do meu carro do que de mim —, sobre a pintura nova, os novos bancos e o couro.

Quando reparei o prato vazio de Ariane, peguei meu celular, verificando as horas. Se quiséssemos chegar a Los Angeles no dia seguinte, estávamos atrasados.

— Meu intervalo acabou — alertou Gardner, se levantando e pegando seu bloquinho de notas novamente, como se lesse meus pensamentos.

— Nós temos que ir — eu me apressei em dizer.

Ariane se levantou, pegando suas coisas enquanto eu me despedia do meu amigo, que me abraçou.

— Não demore tanto para voltar — ele brigou.

— Não vou — gargalhei, porque Gardner nunca falava sério.

— E você pode vir também. — Ele lançou um sorriso para Ariane. — Não conversamos muito, mas sei que é legal. Para suportar esse cara aqui por horas dentro de um carro, deve ser legal.

— Pensei que seria pior, até que está sendo fácil — eu a ouvi dizer.

— A gente só come — lembrei.

— Mas é o que está nos salvando do tédio — ela me empurrou, pegando em meu antebraço.

Aproveitei a oportunidade e passei meu braço direito por sua cintura, trazendo-a para mais perto, senti seu corpo se arrepiar e gostei de ter esse poder sobre ela.

— Tédio, eu sei. — Gardner cerrou os olhos, nos observando com atenção, como se duvidasse do que falávamos. Ele abraçou Ariane e fez o mesmo comigo.

— Eu quase me esqueci de pagar a conta — lembrei, arregalando os olhos e procurando por minha carteira.

— Fica tranquilo, irmão. — Gardner, levantou as mãos, me detendo. — O dono daqui está me devendo uns trocados.

— Mas... — Ariane tentou protestar.

— Relaxa, Ari — pediu ele, sorrindo. — A gente faz isso por amigos, não é?

Ela sorriu, gostando daquilo.

— Então tá bom — acabei concordando —, temos que ir.

Meu amigo me deu um soco e eu devolvi na mesma força, então saímos do restaurante, sendo tomados por um calor quase insuportável, deixando um Gardner nostálgico para trás.

14

"Preciso de um salvador, mas não estou pedindo favores. Minha vida inteira me senti como um fardo, eu penso demais e odeio isso. Amar nunca me deu um lar. Não como agora. Fiquei quieto por muito tempo. Encontrei a paz na sua violência."

\- *Silence, Marshmello feat. Khalid.*

O céu estava colorido. Mesclado com cores aleatórias, como azul, laranja, roxo e rosa, o sol estava indo embora. Eram quase 18h quando Ariane acordou, ela havia dormido durante quase todo o tempo desde o almoço.

— Onde estamos? — perguntou, se espreguiçando quando notou meus olhos sobre ela.

— Em algum lugar entre Nova York e Los Angeles — falei, voltando minha atenção para a estrada desértica.

Ela olhou ao redor, como se estivesse procurando por algo, então me encarou.

— Você não sabe onde estamos? — disparou.

Franzi o cenho, tentando pensar em algo.

— Claro que... — Não encontrei nenhuma mentira convincente, então optei pela verdade: — Não.

A boca de Ariane se abriu em um "O", o que eu achei fofo para falar a verdade.

— Você só pode estar... — Não completou, pegando seu celular para verificar o Waze e nos salvar. — Sem sinal.

Sem sinal? Não, não...

Até estranhei o fato de Ariane não querer me bater ou algo do tipo, na verdade ela estava bem calma quando tirou o cinto de segurança e se curvou no banco do passageiro, alcançando sua mochila no banco de trás

para pegar o mapa.

— Vamos morrer! — gritou depois de estudar o mapa e constatar que aquilo não serviria para nada, já que não entendíamos nada.

Não consegui conter a risada.

— Eu ainda não consigo entender como você consegue ser tão exagerada — contemplei, ainda rindo. — Só precisamos pedir ajuda.

— Para quem? — questionou, como se o que eu havia dito fosse loucura.

Dei de ombros. Não havia nada próximo, mas viajar não era tão difícil assim, era? Só precisávamos seguir as placas. O problema era que eu não havia visto nenhuma nos últimos 65 quilômetros.

— Vamos encontrar algum posto de gasolina ou a próxima placa, tanto faz — tentei acalmá-la.

Ariane suspirou, como se para mostrar que não faria um escândalo. E estava tudo bem. Encontraríamos as placas. Se não fosse por Edward.

Aquele carro velho soltou um estouro do motor, que de início achei ser outra coisa. Só percebi que aquele barulho havia saído do meu carro quando uma fumaça cinza começou a escapar da frente de Edward.

— Miles...

— Droga!

Já não bastava estarmos desorientados, agora não tínhamos nem mesmo um carro decente.

Estacionei em um acostamento e desci resmungando, abrindo o capô. Fui atingido por uma nuvem de fumaça densa.

— Que merda! — protestei, irritado, chutando o pneu.

— O que faremos? — ouvi a voz hesitante de Ariane.

Não vi alternativa a não ser:

— Vou ligar para o seguro.

Peguei meu celular, procurando o contato do serviço de seguro. Depois de cinco toques, um atendente falou comigo, garantindo que em no máximo, meia hora, alguém apareceria.

Voltei para o carro, me sentando ao lado de Ariane, que tinha seu celular em mãos.

— Disseram que vão mandar alguém para concertar — garanti a ela, querendo saber o que se passava em sua mente, já que, de repente, seus olhos estavam vagos.

— Tudo bem — falou baixo, olhando para a estrada decorada pelos últimos raios de sol.

Queria perguntar o que havia acontecido com ela enquanto eu ligara para o seguro, mas hesitei quando a vi encostar a cabeça no banco, seus olhos fechados. Seus lábios estavam abertos em um fraco sorriso — um daqueles que não percebemos que temos em nossos rostos — e a luz do fim da tarde trazia uma cor diferente que contrastava com sua pele clara.

Teríamos que esperar por um tempo, então liguei o rádio e — por sorte — encontrei uma estação com sinal. Estava tocando uma música, eu a reconheci na hora e notei que Ariane também o fez. Era a música que havíamos escutado no caminho para o parque de diversões.

— Essa me dá vontade de dançar — suspirou Ariane, me fitando com um sorriso, como se nem tivesse notado o que falara.

Havia alguma coisa naqueles olhos turquesa que me faziam pensar de maneira diferente. O que Ariane fazia comigo chegava a ser comprometedor e nem mesmo me importava com as consequências. Foi por isso que não disse nada quando saí do carro, deixando uma Ariane confusa sentada no banco do passageiro. Dei a volta e abri sua porta.

— Então vamos dançar!

Ela me fitou com olhos atentos, quase assustados.

— Você tá louco? — contudo, Ariane riu.

— Qual o problema? — gargalhei, puxando-a pelas mãos.

Balançou a cabeça, negando veementemente.

— Todo! — protestou. — E, além disso, eu nem sei dançar.

E desde quando isso foi problema?

— Você pode subir nos meus pés, se quiser — falei, contendo um sorriso.

Seus olhos brilhavam em meio a uma confusão de sentimentos. Era quase impossível decifrá-la. Não esperei por respostas, de modo que a puxei com mais força, arrancando-a do carro e a arrastando até o acostamento.

Ariane ainda tentou voltar para o carro, mas minhas mãos estavam firmes nas suas.

— Você não vai fazer isso comigo, vai? — questionou, quase gemendo.

Sorri com toda aquela hesitação.

O fato não era ela não querer dançar — porque seus olhos a denunciavam —, mas, sim, ter vergonha.

— Pegue a minha mão, vou te ensinar a dançar — afirmei, trazendo sua mão para a altura do peito.

— Tudo bem. — Respirou fundo, pousando sua outra mão em minha nuca, como já era de costume.

Colei nossos corpos, puxando-a mais para perto com meu braço em sua cintura.

— Podemos dançar devagar? — Sua voz estava fraca.

— Posso te segurar — garanti, lembrando que não chegaríamos a tempo do baile.

Depois de receber um sorriso como resposta, balancei nossos corpos no ritmo da música. Nossos rostos estavam próximos, permitindo que eu sentisse sua respiração na minha. Eu a girei, fazendo-a rir alto com a surpresa.

— Entre no clima, sinta e fique firme.

— Está indo tudo bem, por enquanto. — Ariane riu quando pisou em meu pé sem querer. — Você vai ter que me prometer que nunca contará isso a ninguém.

Balancei a cabeça, negando, meus olhos dentro dos seus.

— Ficará apenas entre mim e você, será nosso pequeno segredo.

Ariane pousou sua cabeça em meu ombro direito, respirando sobre mim. Jurei ter sentido seu coração pulsar contra o meu.

— Faz tempo que eu quero falar... — murmurei em seu ouvido, fazendo-a erguer a cabeça para me olhar. — Que eu não consigo parar de pensar em você, Ariane.

Ela engoliu em seco, seus olhos fixos nos meus, como se quisesse ler o que havia escrito neles. Bom, se realmente tivesse algo escrito algo em meus olhos, essa coisa seria o porquê de eu estar tão apaixonado por ela.

Porque eu não conseguia mais esconder. Não me importava o que Ariane achava sobre isso. Eu não podia negar meus sentimentos a ela. Toda vez que eu a olhava, era como se um buraco tivesse se aberto em meu peito e só voltasse ao normal quando ficássemos juntos.

Ela não havia respondido, mas eu a sentia concordar. Sua boca se abriu em um sorriso e suas bochechas ruborizaram.

— Como conseguiu ficar ainda mais linda em vinte segundos? — Eu a estudei com o olhar, tentando arranjar uma explicação para aquela pergunta.

Ariane piscou diversas vezes, ponderando mentalmente. Ela abriu a boca, então a fechou, mas abriu de novo.

— Você quer me beijar? — Sua fala me surpreendeu.

Ela sentia o mesmo por mim. Era verdade.

Nós não nos movíamos mais, apenas nos encarávamos. Sua palma estava pousada sobre minha bochecha, me fazendo desejar muito mais do que apenas toque vindo dela. Curvei minha cabeça, enterrando meus dedos na parte de baixo de seus cabelos e fazendo minha mão esquerda trazê-la para ainda mais perto. Minha boca cobriu a sua, procurando por mais de Ariane. Seu corpo estava eletrizado e arrepiado, denunciando-a. Ela ergueu a cabeça, explorando o beijo.

Nunca era o bastante com Ariane. Quanto mais tempo eu passava perdido nela, mais viciado eu ficava. Ela era minha própria droga.

— Sr. Miles Bennet? — alguém chamou, a voz hesitante.

Com muito custo, me afastei de Ariane, notando a presença do mecânico mandado pelo seguro. Ele consertou Edward mais rápido do que previ e, em pouco tempo, estávamos de volta à estrada, agora com algo a mais.

Uma confirmação.

— Não quero ser chata, mas preciso ir ao banheiro — falou Ariane algumas horas depois, quando chegamos a Iowa.

Por sorte, havia um posto de gasolina a 8 quilômetros. Abasteci o carro e comprei algumas coisas na loja de conveniências enquanto Ariane foi ao banheiro. Comprei alguns salgadinhos, refrigerantes e doces. A fila no caixa estava um pouco grande, por isso achei que quando saísse da loja, Ariane já estaria no carro, me esperando.

No entanto, quando passei pelas portas automáticas da loja, a encontrei parada em frente ao telefone público, em uma ligação.

— Eu não posso, pai. — Ouvi sua voz ao telefone quando cheguei mais perto. — O senhor mesmo disse que estava orgulhoso de mim. Eu estou seguindo meu caminho e tentando fazer o que é preciso para sobreviver. Vou continuar com a viagem.

Ela esperou, estava ouvindo a resposta, imaginei.

— Pai, me desculpe — disse num suspiro, então devolveu o telefone ao gancho.

Continuei parado onde estava, sem fazer barulho. Ariane respirou fundo duas vezes, passou as mãos pelo rosto, limpando as lágrimas, e se virou, me encontrando. Seus lábios se entreabriram em surpresa.

— Era... — tentei dizer.

— Meu pai — interrompeu-me, falando por cima. — Eu contei para ele.

Dei três passos em sua direção, ficando frente a frente com ela. Passei as costas da minha mão sobre sua bochecha, enxugando uma lágrima que caíra.

— A verdade, quero dizer. Eu devia ter contado antes, tudo isso poderia ter sido evitado — continuou.

Anuí.

— Você contou agora. Isso é o que importa — falei a verdade. — Nada mudaria se você tivesse feito isso antes.

Ariane deu de ombros, me fitando.

— Precisamos de uma máquina do tempo para saber disso. — E sorriu.

Lembrei-me de algo que havia visto num filme e ri, tendo uma ideia. Abaixei minha mão e andei até o telefone, os olhos de Ariane me seguindo, tentando entender.

— Tem uma história... — Minha voz parecia divertida, mas eu só queria animá-la. — ... ela diz que os telefones públicos foram transformados em máquinas do tempo. Disque a data e mande uma mensagem de alerta para o seu eu do passado.

A expressão de Ariane se suavizou. Eu sabia que ela gostaria da ideia, já que era viciada em séries.

— Não preciso ligar para um passado distante. — Deu de ombros. — Só preciso ligar para o mês passado.

— Vamos tentar. — Puxei o telefone, entregando para ela depois de apertar alguns botões aleatórios. — O que você diria para si mesma?

Ela sorriu, levando o telefone ao ouvido.

— Ariane — falou, como se já tivesse feito aquilo inúmeras vezes —, é você do futuro.

Era como se ela já soubesse como funcionava aquela brincadeira.

— Ela não acredita em mim — gargalhou, afastando o telefone do ouvido.

— É claro! — gargalhei, dando de ombros. — Você precisa contar um segredo que só vocês saberiam.

Ela balançou a cabeça, concordando, e levantou um dedo.

— Sabe aquela pequena cicatriz que você tem no pescoço, a que diz que ganhou em uma viagem para a Argentina? — Notei suas bochechas vermelhas. — Na verdade, você a ganhou quando caiu em cima do Buffet daquele casamento, espalhando comida para todo o lado.

— Essa já é a minha história favorita — sussurrei, rindo.

— É a cobrar, *shh!* — Ariane levantou o dedo novamente. — A Callie fez você se levantar e parar de chorar. Você estava com vergonha, mas, depois de se limpar, dançou a noite toda, ignorando os olhares estranhos da família do noivo que você não conhecia. — Eu conseguia imaginar toda aquela cena. — Ótimo! Acredita em mim agora.

— Depois disso tudo…

— Não importa o que aconteça, Ari. — Agora ela falava em um tom mais baixo. — Quando a sua professora de História te juntar com o novo aluno para fotografarem a cidade, diga não. Faça um escândalo! Na verdade, ignore a escola. Fique em casa, assista a um filme, você vai adorar "Interestellar". Porque tudo ficará bem pela manhã e a notícia sobre um novo coração não vai te chocar tanto.

O que ela queria dizer com aquilo?

— Certo. — Colocou o telefone no lugar, me olhando, querendo aprovação.

Não consegui mentir. Porque pensei que ela gostaria de mudar o fato de não ter contado sobre o transplante para seu pai, e não o fato de ter me encontrado.

— Mas aí você não me conheceria de verdade — falei, tentando não me exceder.

Ela riu. Eu, não.

— Ainda não me decidi se considero algo bom ou ruim. — Sua voz mostrava que ela estava brincando, mas eu não havia levado aquilo na brincadeira.

Quer dizer, se Ariane pudesse mudar o passado, escolheria não ter me conhecido?

Enterrei as mãos no bolso.

— Tudo bem — falei, andando. — Vamos voltar para o carro. Já são nove horas da noite.

— Espera aí! — gritou ela, longe demais, os olhos arregalados, como se tivesse notado a minha reação.

Virei meu corpo.

— Não acha que vai se safar dessa, acha? — Ergueu o telefone nas mãos, querendo que eu fizesse o mesmo.

Neguei com a cabeça.

— Não mexo com a física do espaço e do tempo — respondi simplesmente.

Ariane não aceitou.

— Olha aqui a minha cicatriz. — Ela afastou o cabelo, deixando seu pescoço à mostra. Era uma cicatriz irregular, muito pequena para ser considerada. — Eu caí sobre a mesa de comidas em um casamento onde eu não conhecia ninguém.

Cheguei mais perto, pegando o telefone. Seria rápido mesmo.

— Tudo bem. Me dê isso.

Digitei alguns números no telefone, assim como tinha feito antes e escutei a linha vazia.

— Miles, oi, sou eu. Você do futuro. — Os olhos de Ariane cintilavam.
— Ele acreditou. Idiota! — sussurrei para ela, afastando o telefone do rosto, mas então voltei. — Escute. Quando o *Red Sox* for para a *World Series,* aposte todo o seu dinheiro neles para ganhar.

Ariane franziu o cenho, mas não parei para responder perguntas.

— Sim, eu sei que parece loucura, mas faça isso! — aquiesci para o meu eu do passado, aquele babaca. — Certo, tchau.

— É isso?

— Sim — respondi simplesmente, enganchando o telefone. — Quando você tem uma máquina do tempo, você aposta.

— Eu não sabia disso.

15

"Tão distante, mas ainda assim tão perto. As luzes se ascendem, a música morre, mas você não me vê parado aqui."

- *Dancing On My Own, Calum Scott.*

Antes de sair do posto, Ariane pediu para dirigir. Eu neguei, por hábito, mas tentei ensiná-la. Ela, por outro lado, não conseguiu nem ligar o carro. A culpa não era dela — que ficou brava por não conseguir —, já que o carro que ela era acostumada a dirigir era automático. Eram carros muito diferentes, não dava para aprender a dirigir Edward em quinze minutos.

Mas a verdade era que eu deveria ter insistido mais e feito com que Ariane aprendesse. Não porque ela queria, mas porque eu estava com sono e teria que dirigir mesmo assim.

Não tínhamos conversado sobre isso — eu não sabia nem mesmo se tínhamos dinheiro suficiente —, porém, comecei a procurar por um hotel.

A estrada escura estava muito pouco movimentada, meus faróis estavam acesos no nível máximo para tentar clarear, no entanto, ainda estávamos engolidos pela escuridão.

Olhei para o lado, Ariane estava dormindo, sua cabeça encostada na porta de Edward, sua boca entreaberta para respirar. Senti meus olhos pesarem, o que me enraiveceu. Ainda eram 23h, eu não tinha motivos para estar com tanto sono. Talvez dirigir desde as 6h tivesse afetado meu relógio biológico.

Tentei pensar em algo para me distrair, mas não encontrei nada. Cantei uma música, bebi uma lata de Coca-Cola e, mesmo assim, meus olhos estavam se fechando involuntariamente.

Cogitei estacionar o carro em qualquer acostamento, mas achei perigoso demais para Ariane e não queria colocar sua vida em risco ainda maior.

Balancei a cabeça, tentando acordar. Nada funcionava. Porém, continuei dirigindo. Ouvir apenas os barulhos dos carros me ultrapassando não era o bastante, eu precisava conversar ou encontrar outra solução.

Embora soubesse do que precisava, tudo o que eu queria era uma cama e um travesseiro. Um banho. Só isso.

Não sei muito bem em que momento aconteceu, mas senti meus olhos fisgarem, tentei abri-los, mas não consegui. Ouvi uma buzina desesperada e, em seguida, um grito de Ariane:

— Miles!

Ergui a cabeça, abrindo os olhos. Então vi um clarão vindo em nossa direção. Um caminhão. Girei o volante diversas vezes, tentando sair da pista errada e, com o último lote de sorte que eu tinha, consegui desviar a tempo.

Ariane arfava, assim como eu. Ela se virou e pegou sua mochila, encontrando seu remédio de emergência para o coração. Inspirou e expirou e, então, respirou melhor, suas mãos sobre o peito.

— Precisamos parar, Miles.

Balancei a cabeça, me sentindo um lixo.

— Me desculpe — falei em súplica. — Perdi a noção...

Ela me interrompeu:

— Não tem problema, você está com sono. Precisamos parar.

Cinco minutos depois, avistamos uma parada, estávamos bem próximos do Colorado. Deixei Edward no pequeno estacionamento do hotel e saímos do carro carregando apenas nossas duas mochilas.

Estava tão cansado que mal notei o que aconteceu na recepção do hotel enquanto Ariane brigava por dois quartos com a recepcionista. Ela, por sua vez, informou que só tinha uma suíte disponível. Teria que servir.

Ariane me entregou a chave de nosso quarto e eu abri a porta, deixando-a passar primeiro.

— Eu vou dormir na cama! — Ela se jogou sobre ela, sua voz alta.

— Eu também. — Deitei-me, exausto, ao seu lado.

— Nada disso! — Cruzou os braços. — Não vamos dormir juntos.

— Ah, por quê? — Eu a encarei, rindo.

Ariane pensou na resposta por um tempo, como se não tivesse motivos para negar.

— Porque eu tenho Coronariana. — Ergueu os lábios.

Franzi o cenho.

— Está se aproveitando da sua doença para me fazer dormir no sofá? — questionei, sentando na beirada da cama de casal.

— Acho que sim. — Mas então hesitou, chegando mais perto. — Vamos jogar cara ou coroa.

Encontrei uma moeda de cinquenta centavos no bolso e depois que Ariane escolheu “cara”, alertei:

— Coroa.

Joguei a moeda para cima e a peguei com a palma da mão, olhando-a por cima.

— Ah, Ari — reclamei quando vi o resultado.

Ela levantou os braços, comemorando.

— Como ganhei, eu também posso tomar banho antes — gritou, querendo me provocar.

— Você está abusando de mim — reclamei. — Além de eu te carregar para o outro lado do país, você ainda me faz de trouxa.

— É isso que você pensa sobre mim? — explodiu em uma gargalhada enquanto pegava suas coisas e se dirigia ao banheiro.

Peguei meu celular. Era quase meia-noite.

— Miles.

Ergui o olhar. Ariane estava de pé, em frente à porta do banheiro, uma toalha branca nas mãos.

— Me desculpe por ter dito aquilo sobre não saber se gosto ou não de ter te conhecido de verdade — despejou. — Acho que eu estava na defensiva depois de ter conversado com meu pai.

Levantei-me, sem saber o que fazer, indo em sua direção.

— Defina “defensiva”.

— Abusiva? Cruel? — falou baixo, visivelmente envergonhada.

Eu gostaria de dizer que ela não estava errada por querer não me conhecer. Talvez, se não o tivesse feito, todo o resto poderia ter resultado em contar sobre o transplante, assim como acontece na Teoria do Caos.

— Complexa — completei, escolhendo a palavra.

Ela riu.

— Tudo bem. — Curvou a cabeça. — Desculpe.

E entrou no banheiro, fazendo-me ouvir a porta sendo trancada.

Deitei sobre a cama, sentindo minhas costas latejarem quando meu

celular vibrou. Era uma mensagem de Gardner.

> *"Espero que sua viagem dê errado e vc tenha que voltar a tempo da minha festa."*

Não respondi.

Não por estar cansado demais, mas porque não queria pensar na possibilidade de aquela viagem "dar errado". Estávamos fazendo aquilo para salvar a vida de Ariane e, se não conseguíssemos... Eu não podia pensar sobre o assunto.

Alguns minutos depois, a porta da suíte foi destrancada e o quarto foi tomado pelo vapor. Ariane vestia o mesmo pijama que estava usando na madrugada em que eu a havia convidado para o baile. Fitei-a dos pés à cabeça duas vezes. Porque não era possível alguém ser linda até vestindo pijama de estrelinhas amarelas.

Sua boca se abriu, querendo dizer alguma coisa, mas acabou sem nenhuma palavra. Levantei-me e entrei no banheiro, me lembrando de como o corpo de Ariane estava quente contra o meu naquela madrugada gelada.

Acordei no meio da noite e não encontrei Ariane, a cama estava vazia, apenas com os edredons bagunçados. Meu celular mostrou que eram 03h40. Uma leve brisa entrou no quarto, passando pela porta aberta, soprando as cortinas finas.

Coloquei os cobertores de lado e me levantei, caminhando até a porta entreaberta que levava ao jardim particular. Encontrei-a deitada de bruços sobre a grama, rabiscando um papel amassado.

— O que está fazendo aqui fora?

Ariane ergueu a cabeça para me fitar e se demorou no processo, passando os olhos pelo meu corpo.

— Não consegui dormir — respondeu, voltando-se para o papel.

Fui até ela, deitando-me ao seu lado.

— O que está fazendo?

— Passando o tempo. — Deu de ombros.

Ela estava desenhando uma sequência de carinhas que deveriam se parecer com *emojis*, mas estavam longe disso. Tirei o papel de suas mãos, virando-o para ler. Era um folheto do hotel.

— Agrademos sua estadia, ajude-nos a melhorar — li a primeira frase, alcançando a caneta na grama. — Aparência.

Havia uma tabelinha no canto do folheto, pedindo sugestões de melhorias para o hotel.

— Não é o quarto mais bonito do mundo, mas tem um jardim — opinou Ariane, me fazendo marcar o quadrado de "normal" com um X.

— Limpeza. — Olhei para ela.

— Boa — ponderou.

Marquei no papel.

— Decoração?

— Os quadros precisam de melhorias.

Assinei o quadradinho de "ruim".

— Você retornaria? — continuei lendo.

— Vamos deixar essa em branco — falou.

— Boa ideia — concordei, lendo o último tópico: — Como classificaria sua estadia?

Ariane ergueu as sobrancelhas, me encarando. Ela não tinha uma resposta, então falei:

— Excedeu as expectativas. — E marquei "muito boa" no papel.

— Com certeza.

16

"Eu estive pensando em você o dia todo e eu espero que você se sinta assim também, querida. Eu só quero aproveitar meu tempo, nós podemos fazer isso a noite toda."

- *Slow Hands. Niall Horan.*

Fizemos *check out* no hotel às 9h depois de tomarmos café da manhã e eu dirigi. Por muito tempo. Almoçamos em Utah e, depois disso, Ariane fez de tudo para não receber um "não" quando pediu para dirigir Edward. Seis tentativas depois, ela conseguiu, me garantindo que era muito melhor que eu.

— Sabe para onde estamos indo, Ari? — perguntei animado depois de ver uma placa enorme.

— Sei. — Mordeu o lábio inferior, contagiada. — Paris, Cairo e Veneza. Las Vegas!

Queria poder explorar Las Vegas assim como as pessoas fazem normalmente, mas não teríamos tempo. Precisávamos chegar logo a Los Angeles. No entanto, já eram quase 20h e nós precisávamos comer.

Ariane estacionou Edward em uma vaga de um dos cassinos enquanto dizia:

— A gente não tem dinheiro para comer por aqui.

Era verdade.

— Eu tive uma ideia melhor — falei, encontrando um *Food Truck*.

Comemos hambúrgueres e batatas fritas — assim como havíamos feito no dia anterior — e depois andamos, querendo conhecer o lugar.

A Torre Eiffel brilhava sobre nossas cabeças, refletindo suas luzes na calçada. Tudo era tão brilhante que meus olhos começaram a arder.

— Você não queria ver o mundo? — Olhei para Ariane, que parecia

encantada com tudo aquilo.

— Queria — respondeu, me abraçando. — Obrigada por me trazer.

Contornei sua cintura com meus braços, trazendo-a para mais perto, de modo que Ariane pousou sua cabeça em meu peito.

Do outro lado da rua, algo me chamou a atenção. Era um estúdio de tatuagens, o que despertou em mim uma vontade que eu nem mesmo sabia que tinha. Ultimamente eu andava fazendo coisas por impulso e não havia me arrependido de nenhuma das escolhas que tinha feito.

— O que aconteceu? — Ariane me trouxe de volta à realidade.

— Eu… — Sorri para ela, me permitindo. — Vou fazer uma tatuagem.

Sua boca se abriu.

— O quê? — gritou. — Assim, do nada?

Não havia nenhuma outra palavra para usar além de:

— Sim.

Não demorei a escolher minha tatuagem. Era algo que eu gostaria de ter feito há muito tempo. Assim como o retrato que eu havia comprado por cinco dólares, meu carro, Edward, era a única coisa que me lembrava de minha mãe e, embora eu não sentisse mais tanto a sua ausência, queria ter algo a mais para relembrá-la.

Mostrei uma foto de Edward para o tatuador e tirei a camiseta que estava vestindo. Pensei que fosse doer mais, mas me surpreendi com os pequenos choques que perfuravam minha pele.

Nossos ouvidos foram tomados por uma das minhas músicas preferidas, HUMBLE, e não encontrei nenhuma outra música que se adequasse àquele ambiente, senão aquela.

— Típico — comentei, me direcionando para Ariane quando o tatuador desligou a maquininha.

— *Bitch sit down, be humble* — ela cantou junto com a música, imitando uma dança estranha.

— Você conhece as músicas do Kendrick Lamar?

— Que tipo de pessoa eu seria se não conhecesse? — rebateu, gargalhando.

— Terminei — avisou o homem, ainda segurando a maquininha elétrica.

Ariane se levantou rápido, querendo admirar a tatuagem. Eu tinha pedido para que ela não ficasse muito grande, de modo que media seis centímetros, nas minhas costas.

— Ficou muito legal! — Ariane exclamou, animada.

— É mesmo? — quis saber.

— Com certeza — admitiu, pousando a câmera do celular sobre a tatuagem e me mostrando em seguida.

Gostei do que vi. Era exatamente como eu havia pensado.

— Por que escolheu esse desenho?

A sua pergunta tilintou em meus ouvidos. Pensei em inventar qualquer coisa como sempre fazia quando o assunto era minha mãe, mas percebi que não precisava mais fazer isso. Ariane já sabia da história, tinha visto o retrato sendo vendido por cinco dólares em uma loja de beira de estrada. Eu não precisava inventar qualquer coisa para sair do assunto. Não com ela.

— É a única coisa que ela me deixou — eu disse, notando seus olhos mudarem de cor, então procurei outro assunto. — Acho que você deveria fazer uma.

— Nem pensar — respondeu imediatamente.

— Todo mundo tem que ter uma tatuagem, Ari — defendi, rindo de sua expressão assustada.

Ariane negou com a cabeça.

— Não eu.

— Você, sim. — Puxei-a pelos braços até conseguir fazê-la se sentar na esteira. — Senta aí que eu vou escolher uma para você.

Ariane empurrou meus braços, se defendendo enquanto ria.

— Vamos, vai ser legal — concluí. — É uma lembrança dessa viagem.

— Uma tatuagem tem que ter algum significado, Miles. — Seus olhos seguiam os meus, como que implorando por uma recusa.

— Eu vou escolher uma que tenha — garanti, devolvendo o olhar. — Confia em mim?

Notei seus ombros tremerem enquanto ela respirava fundo, como se estivesse decidindo se aquilo era ou não uma boa ideia.

— Confio.

Eu não era idiota.

Escolhi uma tatuagem bonita para Ariane e, ao contrário dos outros, eu a conhecia. Conhecia não só seus segredos, mas também seus gostos. Não encontrei nada que combinasse com ela no catálogo de tatuagens, por isso peguei um papel e desenhei. Eu não desenhava bem, claro que não, mas o tatuador entendeu o que eu queria passar com aqueles rabiscos e fez algo bonito, exatamente como estava em minha mente, em seu antebraço.

Era uma linha fina de batimentos cardíacos.

E tinha um significado.

Além de Ariane viver por seu coração, os batimentos cardíacos eram como a própria dona deles. Tinham seus altos e baixos.

Fiquei feliz quando, dez minutos depois, o tatuador terminou seu trabalho e Ariane conheceu os "riscos" que estariam com ela pelo resto da vida. Seus olhos brilharam em algo que eu sabia que era afeição e gostei de presenciar aquilo.

— Callie vai me matar — Ariane murmurou, rindo, quando saímos do estúdio.

— Por quê? — Eu me aproximei dela.

Deu de ombros.

— Havíamos prometido fazer nossa primeira tatuagem juntas, alguma coisa que representasse nossa amizade, não sei — explicou.

— Ah — foi minha enorme resposta —, há sempre mais espaço para novas tatuagens.

Ela riu alto. Uma risada cheia de significado que, para mim, mostrava o quanto Ariane estava contente, diferente de quando a reencontrei.

— Eu posso tentar falar isso para ela. — Escondeu as mãos nos bolsos da calça jeans. — Mas não sei se...

Fiquei esperando a continuação da frase, mas ela nunca veio.

— Não sabe se o quê?

Ariane parou de andar, ficando para trás. Virei meu corpo para encará-la e percebi seus olhos opacos, seu corpo curvado para frente e suas mãos fechadas em punhos, firmes.

— Ari?

Meu coração acelerou. Porque eu sabia o que estava acontecendo. Só não queria acreditar. Não podia acontecer. Não agora. Não ali, longe de tudo o que conhecíamos.

Os olhos de Ariane reviraram em suas órbitas e uma veia saltou em seu pescoço, mostrando que ela buscava por ar.

— Ariane!

Corri em sua direção, a tempo de segurá-la quando estava prestes a cair no chão. Sua pele estava arrepiada e gelada, seu corpo tremendo em espasmos.

Ela estava sem forças, seus olhos se fecharam. Estava desmaiando. Eu não encontrei saída ou quaisquer alternativas. Passei um braço por sua cintura, o outro atrás de seus joelhos e a aninhei em meu peito, levantando seu corpo antes que atingisse o chão.

17

"Ouço um milhão de vozes em minha cabeça dizendo-me as coisas que eu deveria ter dito. Eu não sei por que deixei você ir, eu aprendi da maneira mais difícil. Diga-me que não é tarde demais."

- *It's Gotta Be You*, *Isaiah Firebrace*.

Nunca dirigi tão rápido.

E, ainda assim, um hospital nunca pareceu estar tão longe.

Depois do que achei ser uma eternidade, finalmente encontrei o hospital. Estacionei o carro de qualquer jeito e carreguei Ariane nos braços, sua respiração estava fraca, entrecortada.

Meu corpo todo doía, eu não podia *perdê-la.*

Com Ariane em meus braços, corri pelo estacionamento até a entrada da emergência, onde várias ambulâncias estavam estacionadas.

— Por favor! — gritei, meus pulmões ardiam, uma equipe de enfermeiros me olhou. — Ela... Ela desmaiou.

— O que aconteceu? — uma enfermeira questionou, um médico chegando mais perto para examinar a situação.

Não consegui pensar direito.

— Ela desmaiou! — Eu não conseguia parar de gritar, estava completamente assustado. — Tem coronariana, estava tendo uma crise.

— Vamos levá-la para a radiografia — disse o médico de jaleco branco. — Quem é você?

— Miles. Bennet — falei pausadamente, tentando respirar. — E ela é a Ariane.

Ela ainda estava fria, seus lábios tremendo. Um dos enfermeiros trouxe uma maca em minha direção, me ajudando a colocá-la deitada. Eles começaram a empurrar a maca em direção às portas duplas da emergência,

tentei segui-los.

— Você não pode passar para cá. Te avisaremos sobre o caso dela mais tarde — disse o médico, impedindo minha passagem.

— Não! Eu não vou deixá-la sozinha!

Eu não podia deixá-la. Não podia.

— Senhor, se acalme, isso é uma emergência — pediu a primeira enfermeira, tentando me pôr em meu lugar.

Engoli em seco.

Sabia que não podia ir com ela. Mas era quase impossível deixá-la ir. Se ao menos houvesse uma confirmação de que tudo ficaria bem...

Os enfermeiros e os médicos empurraram a maca contra as portas e desapareceram no corredor, me deixando sozinho naquele hall desconhecido.

Passaram-se três horas e eu ainda estava sentado na sala de espera, assim como uma interna pediu para que eu fizesse. O silêncio daquele lugar me corroía e tudo que eu queria era uma informação do estado de Ariane.

Eu sabia que aquelas crises aconteciam de repente, eu já as tinha presenciado antes. Mas, desta vez, foi diferente. Não foi uma simples crise, Ariane desmaiou, sem forças.

Não eram assim que as coisas tinham que acontecer. Eu precisava pensar em algo.

Um médico apareceu na sala de espera e, por reflexo, me levantei, achando que ele havia trazido notícias sobre Ariane. No entanto, ele viera para falar com a mulher que chorava do outro lado da sala. Não ouvi o que disseram, mas constatei que não era algo muito bom, já que a mulher desatou a chorar copiosamente entre soluços.

Balancei a cabeça, tentando me acalmar. Ariane era forte.

Sim, ela era. O problema era seu coração.

Uma enfermeira tocou meu ombro.

— Sr. Bennet?

Virei-me imediatamente.

— Eu trouxe os pertences da paciente. Eles ficam com você — alegou, entregando-me uma sacola de papel marrom, então foi embora.

Eu não tinha certeza se conseguiria esperar por mais tempo. Eu *precisava* vê-la.

Minha coluna estava contorcida, apoiada na cadeira de metal, minhas pernas cruzadas e meus braços apoiados em meus joelhos, segurando meu rosto. Eu não tinha mais forças.

A mesma interna que me indicou a sala de espera apareceu, caminhando até onde eu estava. Fiquei em alerta.

— Como ela está? — Minha boca estava seca.

— Estável — respondeu, séria.

Isso não era bom. Senti gosto de sangue em minha boca e só então percebi que estava mordendo a bochecha.

— Ela teve uma parada cardíaca enquanto a tratávamos no Trauma e precisou ser desfibrilada duas vezes — continuou a médica. — Fizemos exames, aplicamos medicamentos, mas... Sinto muito, o coração dela está falhando. Ela precisa de um transplante, você sabia disso?

Engoli em seco, perdido dentro de mim mesmo. Aquiesci uma vez.

— Encontramos o nome dela na lista de receptores de órgãos, ela é uma das primeiras. — Sorriu a médica, otimista. — Vocês são daqui?

— Nova York.

— Bom. — Ela respirou fundo, ponderando. — Ela precisa estar no hospital onde é tratada para conseguir o transplante e só poderá sair daqui com a autorização dos responsáveis. Eles estão por aqui?

Esperei para responder. Precisava entender.

Ariane era uma das primeiras na lista de órgãos e precisava desesperadamente de um coração. Porém, só conseguiria o transplante se estivesse no hospital onde era tratada, em Nova York. E, embora precisássemos voltar para Nova York, não conseguiríamos sair dali sem o pai de Ariane assinar os papéis de alta. Eu precisava ligar para o Sr. Sparks e explicar o que havia acontecido. Ele teria que chegar logo, assinar a alta e levar Ariane consigo, para interná-la até o coração chegar.

— Sr. Bennet, está me ouvindo?

— Sim. — Voltei para a vida real, infelizmente.

— Até que os pais de Ariane cheguem, você pode vê-la por um tempo.

Meu coração se contorceu dentro de mim. Era tudo o que eu mais queria.

Caminhei ao lado da médica por um tempo até chegarmos à Ala do Trauma, onde os pacientes mais graves ficavam. Ariane estava no leito três, conectada a vários fios e cânulas de soro e oxigênio. Seus batimentos cardíacos eram indicados no monitor ao lado de sua maca, rápidos e descompassados.

— Você pode ficar. Não por muito tempo — a médica alertou, saindo do meu campo de visão.

Sentei-me na cadeira ao lado da maca de Ariane. Passei a mão pelo seu rosto, ainda gélido e pálido. Parecia tão frágil que eu temia apertá-la com muita força.

Eu precisava de um plano. Um plano capaz de ajudá-la.

Para tirá-la daquele hospital e levá-la até o seu titular, Ariane só precisaria de um de seus responsáveis. O Sr. Sparks estava do outro lado do país, porém, sua mãe estava há apenas algumas horas dali. Talvez fosse melhor se eu optasse pela mãe de Ariane.

— Ariane, eu vou encontrar sua mãe — disse baixo. — E trazê-la até aqui.

Eu precisava agir rápido. Aproximei-me e beijei sua testa.

— Eu prometo.

— Não. — Ouvi sua fala cansada quando comecei a me afastar.

Minha respiração ficou pesada.

— Você acordou. — Voltei para perto da maca, pegando em suas mãos. — Como está se sentindo?

— Dentro de um episódio de *Grey's Anatomy* — falou em uma risada misturada a uma tossida.

— Ah, meu Deus! — Como ela era capaz? — Isso aqui é sério, Ari.

Ela balançou a cabeça, confusa, querendo explicações.

— Você teve uma crise muito forte e, enquanto te tratavam, teve uma parada cardíaca. — Franzi o cenho, me lembrando das palavras da médica. — Te chocaram duas vezes.

Ariane cerrou os olhos.

— Eu senti.

Apertei seus dedos em minhas mãos, a fim de esquentá-los.

— Essa viagem... — Eu estava ofegante. — É muita coisa para você.

— O quê?

— É muita pressão, Ariane. Seu coração é...

— Fraco — completou.

Com muito custo, assenti, confirmando.

Estive falando que Ariane era forte desde que havia a reencontrado, no entanto, naquele segundo, eu não conseguia enxergá-la daquela maneira.

— Eu vou ligar para o seu pai — falei, decidido —, só ele pode assinar a sua alta e ele vai saber o que fazer.

— Não, Miles! — pediu em súplica. — Você não entende?

Fiquei mudo. Porque eu realmente não entendia. Não da mesma forma que ela via as coisas. Para mim, tudo o que importava era mantê-la viva.

— Arrumar um coração não é tão fácil assim. Ah, meu Deus, eu até mesmo encontrei o *amor* antes de um simples coração. — Fechou os olhos. — Meu pai vai precisar pegar um avião ou dirigir por dois dias até chegar aqui. Ele vai me levar para casa e, no mínimo, me internar. E isso, infelizmente, não vai resolver. Porque o meu caso é diferente. Preciso de um coração! E isso não vai acontecer, não a tempo.

Sentei-me novamente, exausto com tudo que estava acontecendo.

— Tudo o que eu quero é ir até Los Angeles e falar com minha mãe. Talvez, e só talvez, ela possa me ajudar. Estamos mais perto dela. — Sua voz era mais baixa que um sussurro. — Mas, acima de tudo, quero me despedir. Porque eu sei que eu sou a estatística e que a probabilidade de eu não encontrar um coração é enorme. Só uma vez quero dar um abraço nela. Só uma!

Eu entendia seus motivos, realmente entendia. Mas não podia vê-la lutar por algo que não valia a pena. Não quando ela podia lutar por si mesma.

— Ariane...

— Depois disso a gente volta para Nova York e se meu pai quiser, ele me interna. Isso não vai alterar as coisas, mas pelo menos, ele vai ficar em paz. Vai sentir que está cuidando de mim, ao menos nos meus últimos dias — ela me interrompeu, tomando o rumo da conversa. — Você precisa me

ajudar. Só mais essa vez.

Neguei, me controlando para não me deixar levar.

— Você está muito doente.

— Falta pouco para chegarmos à Califórnia — assegurou.

Era difícil acreditar na verdade.

As minhas opções eram: a) ligar para o pai de Ariane e fazê-lo viajar até Las Vegas ou b) dirigir por mais três ou quatro horas até encontrarmos a mãe dela.

Eu acreditava — eu tinha que acreditar, na verdade — que Ariane sobreviveria. Não podia nem pensar o contrário. A ideia me dava calafrios. Porém, Ariane via aquilo com outros olhos. Seu desejo nunca foi pedir ajuda e, sim, se despedir da mãe que a abandonou no passado.

Os meus sentimentos por aquela garota eram inexplicáveis. Eram tão inexplicáveis quanto o fato de eu concordar com ela.

— Temos que ser rápidos — sussurrei, me levantando abruptamente. — Sem hesitar, Ariane.

Fechei as cortinas do leito e desliguei os monitores. Tirei os adesivos de seu pescoço e a desconectei dos fios e cânulas.

— Ai! — gemeu, quando eu tirei a agulha do soro de sua veia.

— Desculpe.

Estendi a sacola de papel.

— São suas coisas. Me entregaram mais cedo.

Ariane, ainda grogue, se sentou, pegando suas roupas dentro da sacola. Não queria demorar, então girei meu corpo, ficando de costas para ela enquanto se vestia.

— Vamos — falou quando ficou pronta.

Passei toda minha vida tramando planos, mas eu não tinha um naquele instante. Teria que improvisar.

Abri as cortinas e agarrei a mão de Ariane. Caminhamos, tentando disfarçar em torno dos leitos do Trauma até chegarmos ao corredor. Mal percebi quando começamos a correr. Fiquei receoso sobre o seu coração, contudo, não podia parar para verificar cada detalhe naquele segundo.

Ouvi uma enfermeira gritando, tentando nos deter, mas nem mesmo olhei para trás. Apertei o passo, pronto para pegar Ariane caso ela se desequilibrasse ou algo do tipo.

Quando passamos pelas portas duplas, fomos atingidos por um

vento frio. Continuamos correndo até chegarmos na vaga em que eu havia estacionado Edward. Ariane se sentou no banco do passageiro, tentando acalmar seu coração enquanto eu entrava no carro.

Talvez tudo aquilo fosse loucura.

Talvez tudo aquilo fosse errado e não valesse para nada.

Talvez tudo aquilo fosse nossa única escolha.

As possibilidades me deixavam inquieto.

Dirigi durante toda a madrugada. Ariane se cansou — ou se sentiu desconfortável — e se deitou no banco de trás para dormir.

Eu tinha medo do silêncio, então a acordava de dez em dez minutos.

— Ari?

Ela não se mexeu desta vez.

— Ariane? — Virei-me para trás, seus olhos estavam fechados e eu não tinha certeza se estava respirando. — Ariane!

— Não estou morta — arfou.

Suspirei em alívio.

— Você me assustou — consegui dizer.

Ariane não respondeu de imediato.

— Você age como se odiasse tanto o mundo, Miles — murmurou, sem forças.

Balancei a cabeça, querendo não continuar com a conversa.

— Guarda suas forças.

— É tudo encenação — ela continuou dizendo. — As coisas que você faz por mim é que te entregam.

E então voltamos ao silêncio.

Aquele assustador.

18

"Queria que você pudesse construir uma máquina do tempo. Assim, você poderia ver as coisas que ninguém pode ver. Parece que você está em pé no limite, olhando para as estrelas e desejando ser como elas."

- *Just Hold On*, Louis Tomlinson Feat. Steve Aoki.

Os primeiros raios de sol começaram a aparecer no céu e pouco tempo depois, chegamos a Los Angeles. Ariane ainda estava dormindo, então peguei seu celular e encontrei o endereço da casa de sua mãe nos "buscas recentes" do *Waze*.

— Ariane.

Ela se espreguiçou no banco de trás.

— Chegamos, Ari — chamei novamente, a acordando.

— Já?

Apontei a casa de sua mãe com o dedo indicador.

— Demoramos três dias. — Apesar de tudo, sorri.

— Eu não vou conseguir — declarou. — Não vou.

Discordei, mexendo a cabeça.

— É claro que vai. Eu estou aqui.

— Você me ajuda? — pediu.

Como se fosse possível eu *não* ajudá-la. Era tudo o que eu sabia fazer.

— Claro. — Pisquei, encarando-a com atenção. — Com o quê?

— A ficar apresentável. — Tossiu, passando as mãos pelos cabelos e pelas roupas.

— Está linda — admiti.

Sua boca estava um pouco sem vida, o que fazia seu rosto parecer pálido, mas fora isso, estava como sempre esteve. Incrível.

Ariane saiu do carro, gemendo baixo.

— Não vou conseguir, Miles — choramingou novamente.

— Vai dar tudo certo — insisti, pegando em sua mão e caminhando ao seu lado até a porta da frente.

Ariane respirou fundo enquanto batia duas vezes à porta de madeira branca. Uma garotinha de cabelos negros abriu a porta, nos examinando com atenção.

Notei que Ariane estranhou o ocorrido, mas não falei nada.

— Olá! — cumprimentou a garotinha.

— Oi — respondi quando percebi que Ariane não conseguiria.

Ela se remexeu ao meu lado, inquieta com algo.

— Desculpa, mas quem é você? — ela se direcionou à menina de oito ou nove anos, que estreitou os olhos para nós dois.

— Eu quem te pergunto — retrucou, batendo os pés.

Estava prestes a perguntar sobre o que estava acontecendo quando ouvi uma voz animada sobressair de dentro da casa:

— Ariane!

— Mãe... — sussurrou Ariane, recebendo um abraço de sua mãe.

— Que saudade, filha! — entoou, se afastando para olhar a filha e notando minha presença. — E quem é você?

Sorri para ela, assim como Ariane, que parecia radiante.

— Miles — falei, cumprimentando-a.

— Ah, claro... — a mãe de Ariane suspirou, nos fitando com aquele olhar de adulto, onde eles dizem que sabem de tudo, mas não sabem de nada.

Depois que ela nos convidou para entrar, admirei a casa por dentro. Era muito arejada e clara, como aquelas casas de Malibu nos filmes.

Nos sentamos nos sofás. Eu ao lado de Ariane e a garotinha que havia aberto a porta, ao lado da mãe de Ariane. A menina cutucou o braço da mãe.

— Ah, claro. Essa é Chloe.

— Oi, Chloe — Ariane cumprimentou, sua voz saiu doce.

— Me desculpe por ter sido grossa em sua entrada — suspirou Chloe. — Não sabia que você era minha irmã.

Arregalei os olhos. O quê?

— Chloe... — queixou-se a mãe de Ariane. — Não é assim que contamos uma notícia.

Foi como se Ariane tivesse parado no tempo, pensando sozinha.

— Irmã? — questionou depois de longos segundos, boquiaberta.

— Bem, sim. Quer dizer, quase.

Tá, eu estava bem confuso.

— Ela é filha do Fred.

Lembrei-me do Fred-sem-sobrenome e o associei no mesmo momento.

— Minha mãe morreu — falou Chloe com a voz rouca. — Pouco tempo depois, Raven, que agora chamo de "mãe", veio morar em nossa casa.

Notei o quão chocada estava Ariane e, por um segundo, quis sair dali correndo com ela no colo para que ela não precisasse ouvir o que não queria.

— Ah, já é tarde — suspirou Raven, que agora tinha nome. — Vamos tomar café da manhã.

Ariane puxou meu braço para perto de si, olhando as horas no relógio. Eram 8h45.

— Preciso conversar com você... — começou, se direcionando à mãe.

— Pode falar — assegurou Raven. — Tudo que você precisar.

— Eu preciso da sua ajuda.

Raven deu de ombros, como se dissesse "mães servem para isso, não é?", e voltou a falar:

— Eu te ajudo em qualquer coisa. Não importa o que for. Podemos conversar na cozinha enquanto coloco a mesa, estávamos arrumando algumas coisinhas e me esqueci do café.

Ariane fez que sim com a cabeça e a seguiu até a cozinha, me deixando sozinho com Chloe na sala de estar.

Não me importei. Sabia que ela precisaria de um bom tempo sozinha com a mãe depois de tudo o que passou. E ainda passaria, acrescentei com desgosto.

Não demorou nem quinze minutos. Elas não conversaram nem por quinze minutos.

Se fosse uma aposta, eu perderia.

Ariane chegou à sala de estar com o rosto vermelho e mal me notou. Queria perguntar o que havia acontecido, mas antes que eu o fizesse, ela saiu da casa.

— O que aconteceu? — perguntei alarmado para Raven quando ela apareceu.

Deu de ombros, sua expressão era limpa. Como se não tivesse culpa alguma quanto à reação de Ariane.

— Ela só não aguenta a verdade — falou simplesmente.

Minha mente dizia para eu me aprofundar no assunto e procurar saber mais sobre o que havia acontecido na cozinha, mas não dei ouvidos. Nem mesmo me despedi, apenas peguei minhas coisas e fui embora.

Ariane não estava no carro e muito menos naquela rua. Tentei pensar em lugares onde ela poderia ter gostado de estar, mas não consegui nada.

Ouvi o barulho das ondas se quebrando vindo de longe. Talvez ela estivesse na praia, então apertei o passo e corri até a areia bege. Ariane estava ajoelhada bem no começo da praia. Não tinha ido muito longe.

— Nunca mais faça isso comigo, por favor — cheguei falando, caminhando até onde ela estava.

Ela não me olhou.

— Como me encontrou?

— Procurei por lugares que se pareciam com cenas de filmes — expliquei, me sentando ao seu lado e contornando seu corpo com meu braço.

Como se fosse costume — um novo —, Ariane pousou a cabeça em meu ombro.

— Eu sinto muito. — Eu não sabia o que havia acontecido, mas imaginei ser algo ruim considerando sua fuga.

— Não precisa. — Ariane me fitou. — Estou bem.

Por mais incrível que parecesse, eu acreditei nela. Ariane realmente não parecia abalada ou algo do tipo, estava como sempre esteve. Normal.

— Você é tão corajosa — afirmei em seu ouvido. — Você passa por tantas coisas e ainda assim continua sorrindo e tentando encontrar uma forma de prosseguir. Me diz como não te amar?

A reação de Ariane me surpreendeu. Primeiro ela sorriu, depois se aproximou e me beijou.

Aquilo foi como uma descarga de adrenalina para o meu corpo, fazendo cada célula presente ali ricochetear energia, me acordando. Ariane era boa em fazer coisas desse tipo comigo.

— Não tem como não te amar. — Acabei interrompendo o beijo para dizer. — Eu faria qualquer coisa por você.

— Você tem que parar de fazer tudo por qualquer pessoa — brincou, um meio sorriso formado em seu rosto.

Franzi o cenho.

— Não é qualquer pessoa, é você... — Eu a beijei novamente, enlaçando seu pescoço com as mãos. — Aquilo que você falou no hospital...

Ariane levantou o olhar, curiosa.

— O quê?

— Sobre encontrar um coração. — Minhas mãos estavam pousadas em suas bochechas, uma da cada lado. — Você disse que é tão difícil encontrar um que conseguiu encontrar o amor primeiro.

Ela sorriu timidamente.

— Não é estranho como as coisas acontecem? — perguntou retoricamente. — Procurei por um coração, mas encontrei você.

Era quase a mesma coisa.

19

"O que você quer sentir? Vamos aproveitar a emoção. Vou assumir a direção, vou te dar o toque que você está sentindo falta."

- Get Low, Zedd Feat. Liam Payne.

Ariane praticamente implorou para dirigir e eu não tive como negar — eu nunca conseguia fazê-lo —, de modo que combinamos de revezar. Eu dirigia por duas horas e depois ela dirigia por mais duas. Isso funcionou tão bem que, antes mesmo que nós pudéssemos perceber, estávamos parando no Novo México para almoçar.

Paramos para descansar em Ohio e acabamos dormindo mais que o previsto dentro do carro. Dizem que as viagens de ida são bem mais demoradas do que as de volta. Eu podia confirmar isso agora.

Eram quase 21h30 e estávamos entrando em Indiana novamente. Meu plano era passar reto e continuar dirigindo, mas Ariane me surpreendeu:

— O que você acha… — começou, sua voz hesitante — de darmos uma passadinha naquela festa?

Franzi o cenho, sem compreender.

— Qual festa? — perguntei, olhando para ela, quando parei em um semáforo vermelho.

— Aquela do seu amigo — Ariane foi direta. — Gardner.

Quando eu morava ali, ir às festas de Gardner era tudo o que eu fazia e adorava isso, eu sentia falta daquelas festas. Porque, em Nova York, elas não tinham tanta graça quanto em Indiana — onde tudo era mais reservado.

— Ah! *Essa* festa. — Mas eu não estava animado para ir àquela. — Você não acha que devemos continuar dirigindo? Vamos chegar mais rápido.

Era óbvio que eu sabia que, quanto mais rápido chegássemos a Nova York, mais rápido eu perderia Ariane de vista. No entanto, embora quisesse passar mais tempo sozinho com ela, sabia que precisava de cuidados médicos que eu não poderia dar a ela.

— Na verdade, não — ela discordou.

Ri, preenchendo o vazio.

Ariane não tinha tempo de sobra para gastar com festas de desconhecidos. Ela precisava de um coração. Não queria lhe dar mais um motivo para ficar ainda mais doente.

Ela limpou a garganta.

— Está ficando tarde — recomeçou, mudando de ideia —, talvez a festa esteja acabando.

Eu já a conhecia bem demais para saber quando estava mentindo. Ela queria ir àquela festa, talvez porque soubesse que aquela poderia ser a sua última ou porque quisesse prolongar nosso tempo.

— Vai por mim, ela só está começando. — Coloquei um sorriso no rosto, virando o carro no cruzamento seguinte, em direção à casa de Gardner.

Meu amigo ficou animado demais quando nos viu chegando. Ele ainda estava recebendo as pessoas, então só nos deu "oi" e mandou que aproveitássemos, prometendo que quando tivesse tempo, nos faria companhia.

Ainda era cedo, 22h, mas já havia pessoas demais dançando e bebendo. Foi estranho porque nenhum de nós dois sabia dançar — não esse tipo de música agitada de festa — e nenhum de nós dois podia beber, já que ainda estávamos revezando no volante de Edward. Em compensação, comemos pra caramba.

As músicas foram tocando e levaram com elas o nosso tempo. A questão de tudo não era a minha total vontade de ir embora, mas sim, minha preocupação com Ariane, que estava ao meu lado, cantando alegremente todas as músicas — a da vez era *Roses*, do The Chainsmokers.

— O que foi? — Ariane perguntou em meu ouvido, mexendo o corpo no ritmo da música.

Balancei a cabeça, querendo disfarçar e mostrar que eu estava de boa com a situação, mas falhando miseravelmente.

— Por que está com essa cara? — insistiu, parando de se mover para

me encarar.

Eu precisava tirá-la daquela festa e levá-la para Nova York. Minha mente se lembrava da madrugada anterior, em Las Vegas, de cinco em cinco segundos e eu não podia ficar esperando que aquilo acontecesse mais uma vez.

— Estamos perdendo tempo — falei sobre a nova música da Taylor Swift.

Ariane franziu o cenho, não entendendo.

— Oi?

— Estamos perdendo tempo — repeti mais alto. — Você está com problemas.

— Como assim?

Respirei fundo, nervoso.

— Você está com problemas — insisti na frase.

Look What You Made Me Do tocava tão alto que Ariane não entendeu o que eu disse novamente.

Nunca sairíamos daquilo, sairíamos?

Eu detestava aquela música, detestava aquela festa e, acima de tudo, detestava o fato de saber que Ariane queria curtir a vida, mas não tinha uma para curtir.

— Você está morrendo, Ariane! — gritei a plenos pulmões.

Ela não reagiu. Piscou três vezes, abriu e fechou a boca, e foi só isso. Ariane ficou ali, me encarando, sem saber o que fazer.

Eu estava cansado de vê-la reagir daquela maneira, como se não se importasse com o fato de estar morrendo. Ela não dava a mínima para quem sofreria depois que se fosse. *Eu* não podia deixá-la morrer. No entanto, nada mudaria se continuasse ali, mudaria? É claro que não, eu precisava levá-la até Nova York e buscar por ajuda.

Segurei seus braços com as mãos e a arrastei pela multidão. Ela não protestou, ainda estava ali, atônita. Subi as escadas da casa de Gardner, puxando-a para cima até o último degrau.

— Me solta, Miles! — Ariane tentou de desvencilhar, mas eu não soltei. — Miles!

A carreguei pelo corredor, ignorando seus protestos.

— Me solta!

Bati à porta fechada do quarto de Gardner. Ariane parou de se mover,

desistindo. Nem mesmo olhei para ela. Alguns minutos depois, a porta se abriu. Uma garota saiu do quarto do meu amigo, arrumando os cabelos e, logo em seguida, um cara, abotoando a camisa.

Coloquei Ariane dentro do quarto e fechei a porta atrás de mim, abafando o som da música, desprendendo minhas mãos de seus braços.

— Vai se ferrar, Miles! — Ariane gritou, se afastando enquanto passava a mão sobre o local que eu havia segurado.

Não devia ter apertado com tanta força, ponderei.

Incapaz de dizer qualquer coisa ou, simplesmente, *encará-la*, comecei a andar de um lado para o outro.

Minha mente se contorcia em um turbilhão de pensamentos.

Ariane era única. Tão única. Droga, eu me apaixonei por ela no exato instante em que a vi. Eu não podia simplesmente assistir enquanto ela esperava que sua vida fosse embora.

O que me doía era saber que, se não fosse por mim, ela estaria em casa naquele momento e não no quarto de Gardner. Eu havia sugerido que ela procurasse a ajuda de sua mãe, eu havia dirigido o carro, eu a incentivei. No final das contas, tudo que Raven proporcionou para Ariane fora mais dor.

Era tudo minha culpa. Do início ao fim. E por isso eu tinha que, pelo menos dessa vez, fazer a coisa certa e tirá-la dali. Porque eu tinha dito a verdade alguns minutos atrás.

Ela estava morrendo.

E a culpa era minha.

— Não é mentira — murmurei sozinho. — Eu não estou errado, Ariane.

Tomei coragem e levantei meus olhos, fitando-a pela primeira vez desde que entramos naquele quarto. Ariane estava sentada na beira da cama de casal.

— Você tem pouco tempo — continuei dizendo, meu rosto doía toda vez que eu abria a boca. — Tem pouco tempo e está desperdiçando. Está precisando de médicos e nem mesmo se importa com isso.

— Você disse que eu estou morrendo. — Sorriu, irônica.

— Você está. — Engoli em seco com o poder das minhas palavras.

Porque eu queria acreditar que aquela era a verdade e que não havia nenhuma outra maneira para consertar as coisas.

— E a culpa é minha. — Fechei os olhos, me sentindo o maior culpado.

— Sua?

Ariane tossiu, não reconheci a expressão que decorava seu rosto. Eu assenti, derrotado.

— Se eu não a tivesse levado até Los Angeles, você poderia estar recebendo os cuidados que precisa — cuspi, com raiva. — Eu estou te matando.

O cenho de Ariane estava retraído, como se ela não estivesse entendendo minhas palavras. Mas ela estava, eu sabia que estava.

— E você sabe! — Eu me aproximei dela, ajoelhando em sua frente, segurando em suas pernas. — Sabe que eu estou te matando e sequer me impede.

A realidade da situação era ainda pior quando falada em voz alta. Era minha culpa. Única e exclusivamente minha. Como era possível eu estar matando a única pessoa que me importava na vida?

Minhas mãos estavam em seus joelhos, eu ajoelhado no chão, nossas cabeças na mesma altura. Estava tentando me desculpar.

Ariane não disse nada por um tempo, apenas me encarou, perplexa. Seus olhos passeavam pelo meu rosto, procurando por informações, marejados.

Como eu pude estragar tudo de uma vez?

— E agora eu estou te fazendo chorar — murmurei, torturado, limpando uma lágrima que havia escorrido por sua bochecha.

— Por que está dizendo essas coisas? — perguntou num soluço.

Balancei a cabeça, perdido. Eu só estava dizendo a verdade.

Ela ergueu as mãos, pousando uma sobre a minha, ainda sobre sua bochecha, e a outra em meu ombro esquerdo. Estranhei o contato. Ariane deveria me odiar e não tentar me acalmar.

— Miles...

Não me atrevi a olhá-la.

— Por favor, olhe para mim.

Sua voz era tão viciante. Eu não tinha controle sobre os meus movimentos quando estava com ela. Tudo era automático, por isso minha cabeça se levantou, fazendo-me encará-la. Seu rosto estava calmo, mas também tenso.

— Naquela noite do jantar, a primeira vez que você foi à minha casa. Eu tive uma crise e você gritou comigo, falando que eu não me importava

com as pessoas que estavam à minha volta e era por isso que eu tentava ignorar minha doença — Ariane se levantou, apenas para se sentar do meu lado no chão de carpete, eu não conseguia entender seus movimentos. — Era verdade. Tudo o que você me disse era verdade. Eu não tinha... Eu não encontrava motivos para viver.

Saber que Ariane não *queria* viver era torturante.

— Mas, então, eu te conheci de verdade — continuou, chamando minha atenção. — Agora eu *tenho* motivos para viver. Você me ensinou coisas que eu jamais poderia aprender sozinha e me disse coisas que ninguém nunca me disse.

Eu não podia acreditar no que estava ouvindo. Ariane estava me isentando da minha culpa.

— Você estava comigo quando eu precisei e está agora. A minha vida toda foi um borrão cinza, mas você chegou e coloriu tudo. — Ela engoliu em seco, respirando. — Então, não. Você não está me matando só porque me levou aonde eu queria estar, você está me salvando porque quando eu penso em desistir, você aparece e me faz mudar de ideia.

Lágrimas caiam ardendo pelo seu rosto.

— Ariane... — tentei dizer, mas ela me impediu.

— Por favor, nunca pense o contrário, Miles — agora ela soluçava. — Você me fez ver vida onde eu achei que jamais poderia existir. Deu-me uma infinidade onde eu só conseguia ver dias contados.

Trouxe sua cabeça até meu peito, abraçando-a.

— Calma, pare de chorar — pedi, desesperado.

— Eu... — Ariane se levantou, seus olhos dentro dos meus, sua voz trêmula. — Eu passei a vida sem sentir nada, Miles. Não podia nem mesmo sentir o vento no meu rosto. Agora eu posso. — Suas mãos tremiam debaixo das minhas. — Mas isso não é *nada* comparado ao que eu sinto por você.

— Ariane... — Eu queria falar que eu a amava pelo jeito que me via, mas ela me interrompeu com um beijo.

Eu poderia protestar e dizer que não, que ela não devia me amar porque todos os motivos apontavam para mim como o culpado de seu estado. Poderia protestar, mas não o fiz. Porque ela tinha pouco tempo. E bem, ali eu também tinha.

Ela ainda estava ali.

Comigo.

Pedindo por mim.

E eu pedia por ela.

Era tudo o que eu queria.

Ariane era tudo o que eu queria.

A puxei para meu colo, colando nossos corpos. Prendi uma mão em seus cabelos, puxando sua cabeça para trás e sustentei seu corpo, apoiando minha outra mão em suas costas. Seus braços estavam em volta do meu pescoço e minhas costas.

Eu a beijava tão intensamente, que chegava a ser desesperador.

E era.

Porque eu temia perdê-la.

Minhas costas estavam apoiadas no pé da cama e minha cabeça pendia para trás, aproximando-me do colchão quando Ariane me empurrou. Ela colocou uma perna de cada lado do meu corpo, ficando sobre mim. Puxei seus cabelos, beijando seu pescoço e sentindo seus pelos se arrepiarem. Tracei uma fileira de beijos até a sua clavícula, empurrando as alças de sua blusa pelos ombros, fazendo-as cair. E era ali que eu queria ficar. Sentindo seu cheiro e a absorvendo. Ariane passou as mãos por dentro da minha camisa. Seu toque era quente e eu queria senti-lo em todo meu corpo. Era viciante.

Não aguentava. Serpentei um dos braços por baixo dos seus joelhos e amparei suas costas com o outro, a levantando do chão para colocá-la sobre a cama. Fiz tudo isso sem afastar nossos lábios. Porque isso — me afastar de Ariane — era a única coisa que eu via como impossível em minha vida.

Ainda de pé, contemplei Ariane deitada na cama, seu peito subia e descia e imaginei seu coração batendo descompassado. Tirei minha camisa e a calça, deitando-me sobre seu corpo, uma mão sustentando meu peso.

Enquanto passava minha mão sobre suas pernas para sentir a quentura delas, Ariane desabotoou seu short jeans. Eu a ajudei, jogando-o no chão. Ela levantou, tirando a camiseta e vindo em minha direção.

A agarrei pela cintura, fazendo-a arfar. Depositei beijos por todas suas partes que sempre quis tocar, sem nunca soltá-la. Chegava a parecer ilusão, mas não era. Eu sabia que não era. Estava acontecendo, era real. Pousei minhas mãos, uma de cada lado de seu rosto, a admirando. Ela era tão linda.

Colei nossos lábios de novo, querendo provar novamente o sabor de Ariane, que era tão bom. Eu não queria que nada daquilo acabasse.

Poderia ficar ali para sempre.

20

"Eu prometo que irei te abraçar quando estiver frio e quando perdermos nossos agasalhos na primavera. Porque ultimamente estive pensando. Nunca te disse que toda vez que te vejo meu coração para."

- *Nervous. Gavin James.*

O relógio marcava 08h quando chegamos à Nova York. Estava cansado, só queria deitar e dormir por uns dois dias.

Ariane bocejou ao meu lado, fazendo-me lembrar na noite passada. Sorri sem perceber, assim como estava fazendo desde que saímos da festa de Gardner.

Meus planos se resumiam em: a) comer alguma coisa, b) ir até a casa de Ariane e explicar o motivo da viagem para o Sr. Sparks, c) tomar um banho, d) procurar um coração para Ariane e e) voltar a vida normal de sempre.

No entanto, não foi o que aconteceu.

Ariane teve outra crise. Bem ali, no carro, do meu lado.

Seus olhos se escureceram, ela perdeu o fôlego, buscou pelo ar que nunca chegou aos seus pulmões e sentiu dor. Peguei o seu remédio de emergência, mas ele não ajudou em nada. Ariane ainda estava sofrendo e eu não vi alternativa a não ser levá-la até o hospital.

Por sorte — se é que eu podia nomear aquilo como "sorte" —, não foi como da última vez, em Las Vegas, foi uma crise bem menor, mas ainda assim, horrível.

Assim como da última vez, os médicos a colocaram sobre uma maca e a empurraram até a emergência, me deixando para trás sem informação alguma. Eu expliquei para um interno que ela tinha Coronariana e que estava na lista de transplante e ele me garantiu que avisaria aos médicos titulares.

Fiquei sentado na sala de espera por apenas alguns minutos. Uma médica residente chegou, me cumprimentando e me pedindo os dados de Ariane. Lhe contei o que sabia e passei todas as informações que me pediu. Por último, a médica quis um contato para avisar os responsáveis por Ariane.

Eu tinha certeza de que quando o Sr. Sparks me visse, ele provavelmente arrancaria meu fígado. Ele devia estar me odiando e eu concordava com ele. Porque coloquei a vida da filha dele em risco.

E eu me odiava por isso.

Porém, quando o Sr. Sparks chegou, ele me cumprimentou.

— Eu sei que você deve estar se culpando, Miles — falou depois de um tempo sentado ao meu lado —, mas você não deve. Tudo o que você fez foi dar felicidade a ela.

Aquele papo estava muito fúnebre para mim e eu me recusava a achar que Ariane morreria, então tentei mudar de assunto:

— Onde está Rebecca? — me lembrei da irmãzinha de Ariane.

O Sr. Sparks deu de ombros.

— A Callie está com ela. As duas vão vir daqui a pouco — explicou.

Ficamos em silêncio de novo. Por um bom tempo.

Até o médico aparecer.

— Dr. Smith, oi, como ela está? — Os olhos do Sr. Sparks estavam alarmados, sedentos por notícias.

O médico anuiu com a cabeça.

— Estável — respondeu.

Eu odiava essa palavra. Não tinha significado algum.

— Entendi.

— Eu acredito que seja melhor deixá-la aqui, Josh — continuou o Dr. Smith. — Interná-la é a melhor opção agora. O coração de Ariane está muito fraco, mal pulsa sozinho.

Aquelas palavras me atingiram como um soco no estômago.

— Tudo bem, mas o que faremos enquanto isso? — O pai de Ariane cruzou os braços, ponderando.

O médico suspirou.

— Podemos torcer.

Ele estava falando sério?

— Torcer? — eu me ouvi questionar.

O Dr. Smith me direcionou o olhar pela primeira vez.

— Esse é o Miles — apresentou o Sr. Sparks.

— Ah! — arfou o médico. — Foi você que a levou para o outro lado do país enquanto eu disse que ela não podia se esforçar?

Engoli em seco, assentindo.

Aquilo não fazia sentido. Ariane não contou para ninguém sobre o transplante, só para mim. Ela queria ir ver a mãe, então eu a levei. Não era um pecado tão grande assim, era?

— Bom — retomou Dr. Smith —, eu vou voltar aos prontuários. Se eu tiver mais notícias, venho avisá-los. Mais tarde os *familiares* poderão visitá-la.

O médico deixou bem claro que eu não poderia entrar para ver se Ariane estava bem quando frisou a palavra "familiares".

Eu teria que pensar em alguma coisa.

Algumas horas depois, Callie chegou com Becky, que correu para me abraçar.

— Não acredito que você não quis me levar para Los Angeles com vocês — reclamou Rebecca, cruzando os braços enquanto ria. — Eu esperava isso da Ari, não de você, Miles.

Eu sorri.

— Desculpa. Eu te levo na próxima!

A garotinha parou de rir. Era como se ela sentisse que não teria uma próxima vez. Isso me causava calafrios. Porque, se Ariane não conseguisse sair daquela, eu não teria mais motivos para continuar, teria?

Callie se aproximou, me abraçando.

— Tudo bem? — ela perguntou.

Anuí com a cabeça, arfando.

— Fica tranquilo, Bennet. — Piscou. — A Ari já teve dias piores.

Eu queria acreditar nela, mas sabia que não era verdade.

Tentei me acalmar, pensar positivo... Eu até orei.

Mas nada me confortou. Sentei como se um pedaço de mim estivesse desaparecendo.

Nada mudaria até eu vê-la bem novamente.

O Sr. Sparks — ou Josh, como ele pediu para eu o chamasse — foi o primeiro a poder entrar no quarto de Ariane. Rebecca não pôde e ficou muito brava com a enfermeira que explicou o motivo: apenas pessoas acima de quatorze anos podiam visitar aquele andar.

Eu não tinha esperanças em visitá-la, sabia que podia até mesmo fazer uma cena, ninguém me deixaria passar. No entanto, quando as portas do elevador se abriram, Callie me olhou, caminhando até onde eu estava sentado.

— Ok, eu te odeio — foi a primeira coisa que ela me disse.

Franzi o cenho.

— Quê?

— Eu te odeio. — Deu de ombros. — Por roubar a minha melhor amiga.

Estava prestes a perguntar o que ela queria dizer com aquilo, mas não precisei.

— Eu subornei uma enfermeira para conseguir entrar no quarto da Ari e tudo que ela me disse foi: "Ah, por favor, sai daqui e traz o meu *boy* pra gente se beijar um pouco antes de eu morrer" — Callie riu, encenando com os braços. — Tá, não foram exatamente essas as palavras. Foi como: "Quero ver o Miles, faz alguma coisa", e depois, ela chorou.

Passei minha vida inteira tentando compreender Callie White. Ela falava muito rápido, chegava a ser histérica, tinha um humor que me dava nos nervos e transformava frases sérias em piadas sem graças, como "*pra gente se beijar um pouco antes de eu morrer*". Como assim?

— Você tá me olhando com cara de quem não tá entendo nada, Bennet — declarou Callie.

Enchi minha boca de ar e soltei.

Dizem que isso acalma.

É mentira.

— Eu não estou.

— Tá, vou desacelerar — ela falou mais devagar. — Eu subornei uma enfermeira para entrar no quarto da Ariane, entendeu essa parte?

Assenti.

— Então. Eu estava lá para falar com minha melhor amiga e perguntar se ela precisava de alguma, nem que fosse um abraço — continuou —, ela me respondeu que precisava só de uma coisa. Você.

Se estivéssemos em outras circunstâncias, eu tinha certeza de que estaria feliz por ouvir aquelas palavras.

— E é isso — concluiu Callie. — Pessoas de fora da família não entram e aquela enfermeira rabugenta não vai mais aceitar meus esmaltes em troca de quinze minutos com a Ari, então vamos ter que pensar em outra coisa para fazer você passar para o lado de lá.

Notamos que o movimento do hospital diminuía durante a noite e qualquer que fosse o caso que aparecesse, os médicos literalmente lutavam para pegar — mesmo que o negócio fosse apenas suturar um corte raso.

Era quase desespero. Os residentes eram desesperados por pessoas quase mortas e, quando não as tinham, ficavam felizes com pontos.

Quando o relógio mostrou 21h50, eu e Callie entramos no elevador prateado. Ela apertou o botão correspondente ao andar onde Ariane estava internada: 19º.

Assim que as portas se abriram, pude ver um grupo de médicos reunidos em um círculo, conversando e rindo sobre alguma coisa. Callie olhou para mim, como se dissesse "é agora ou nunca" e fez o que tínhamos combinado.

— Ah, meu Deus! — exclamou ela, gritando para os médicos ouvirem.

Eles nem mesmo se moveram.

— Ah, meu Deus! — gritou mais alto, fazendo um deles notá-la.

Quando Callie conseguiu a atenção que queria, forçou um revirar de olhos, tossiu algumas vezes e, simplesmente, caiu no chão em um desmaio falso.

Em toda a minha vida, nunca vi uma atuação tão horrível.

E eu assisti *Death Note* pela Netflix, então sei do que estou falando.

Para não chamar a atenção, andei com calma pelo corredor enquanto todos aqueles médicos foram socorrer Callie. Se eu fosse um deles, teria rido.

Não demorou até eu encontrar o quarto 198.

21

"Ela está gritando que me ama. Está segurando minhas mãos para que eu não vá embora. Porque ela não quer ficar sozinha. Ela diz: Eu só quero que você me abrace. Luzes brilhantes, mas ela está desaparecendo."

- sHe, ZAYN.

Bati à porta apenas uma vez, colocando minha cabeça para dentro.

— Posso entrar?

— Miles? — Ouvi sua voz antes mesmo de vê-la enquanto fecho a porta atrás de mim.

Aproximei-me da cama, observando seu estado. Assim como em Las Vegas dois dias atrás, Ariane tinha cânulas e fios ligados ao seu corpo, vários monitores calculando sua respiração, pulsação e saturação, e adesivos colados no peito e pescoço. Sua pele estava pálida, seus lábios, azulados.

— Você me parece bem, Sparks. — O problema era que nunca fui bom com mentiras. — Eu trouxe algumas coisas.

Aquiesceu enquanto coloquei a bolsa que Callie havia mandado no sofá.

— Eu não tenho nada de mais, pelo menos é o que me falaram. Vou ficar bem em breve. — Sua fala me surpreendeu, era mais como um tiro. Haviam mentido para ela?

Hesitei em responder, fitando o monitor cardíaco.

— Isso não te incomoda? — Eu me referi ao barulho da pulsação.

Pi, pi, pi.

— Um pouco... — ela foi rápida. — Miles?

— Sim?

Eu não conseguia encará-la como os outros encaravam. Eu tinha cem por cento de certeza de que o Sr. Sparks, o Dr. Smith e até mesmo Callie a

haviam tratado como alguém *quase* saudável, como se Ariane não corresse riscos. Eu não era capaz de fazer uma coisa dessas, por mais que quisesse.

— O que aconteceu comigo? — perguntou, hesitante.

Meu coração acelerou.

— Nada. — Era verdade.

Não havia acontecido nada demais. Ainda.

— Eu estou aqui e não vou deixar nada te acontecer.

— O que... O que aconteceu comigo? — Encontrei preocupação em sua voz.

Talvez o que Ariane dissera na noite passada, no quarto de Gardner, fosse verdade. Antes ela não se importava com nada, mas agora queria lutar para viver. Porque agora ela tinha motivos para isso. Então julguei como preocupação o fato de ela querer saber o que havia realmente acontecido.

Sentei-me na beirada da maca, estendendo minha mão para pegar a sua.

— Não foi uma parada cardíaca como em Las Vegas, Ari — decidi contar depois de um tempo. — Foi apenas uma crise mais grave. Mas os médicos estão receosos e querem ter você aqui. Por precaução.

A sua reação foi um balançar de cabeça.

— Não se preocupe, Ariane — pedi. — Vai dar tudo certo.

Ela me encarou, séria.

— Mas... por quê?

Eu sabia do que ela estava falando.

— É simples... você me completa. — Sorri, querendo passar um pouco de conforto. — Se algo te acontecer, acontecerá comigo também.

Vi lágrimas escorrerem pelo seu rosto e me assustei com a presença delas. Por que ela estava chorando?

— Ei! Não chore, por favor — disse em tom de súplica. — Não como ontem.

Ariane sorriu entre as lágrimas, tentando secá-las. Passei minha mão sobre seu rosto, a ajudando.

— Miles? — chamou novamente. — Obrigada!

Levantei-me, soltando sua mão. Queria me deitar ao seu lado porque quando estávamos próximos um do outro, tudo ficava melhor.

Os monitores cardíacos começaram a acelerar e os olhos de Ariane se arregalaram, como se quisessem falar algo.

— Calma, Ari. — Passei os dedos em seus cabelos, sabendo o que aquilo significava. Ela não queria que eu fosse embora. — Eu só vou me deitar com você. Não ia embora.

Como se eu fosse capaz.

Cheguei mais perto e me deitei na ponta da maca enquanto Ariane se afastou me dando mais espaço. Virei meu corpo, aproximando meu rosto do seu. O ar que respirávamos era o mesmo.

— Viu? Está tudo bem — assegurei, fazendo-a concordar freneticamente com a cabeça.

Eu a conhecia há tempo suficiente para saber diferenciar seus sentimentos. O que Ariane estava sentindo naquele momento era medo.

— Eu sei que isso pode parecer meio precipitado e... — comecei a falar, tendo toda a fala cravada em minha mente.

— Miles... — ela me interrompeu.

— Não! — falei por cima, porque era sempre assim. Ariane nunca deixava que eu falasse sobre o que estava sentindo. Dessa vez ela precisava escutar. — Me deixe terminar. Estou treinando para te falar isso há dias.

Sorriu.

— Tudo bem.

Recomecei:

— Eu sei que pode parecer meio precipitado e meio irresponsável, mas eu não consigo mais me controlar. Quando eu estou com você, não me sinto normal, sinto que sou capaz de fazer qualquer coisa. Você causa esse efeito nas pessoas, Ariane. Eu costumava viver como se só eu existisse, mas agora gasto meu tempo pensando em como posso tirar você da minha cabeça. Eu nunca realmente me entreguei, mas então você chamou a atenção, dando-me a sensação de ter sido atingido por um raio. Todo mundo está tentando ser alguém na vida, se tornar rico ou famoso, mas quando eu olho para você, não dou a mínima para isso, porque tudo que eu quero é ser alguém pra você.

O braço de Ariane estava sobre meu peito e havia um lindo sorriso em seu rosto, seus olhos brilhavam.

— Ontem você me disse que eu a estou salvando. Todos os dias, desde que te reencontrei, penso em como posso fazer isso — aproximei meu rosto do dela. — Ariane, eu te amo. Demorei a descobrir isso, mas não posso fingir que isso não existe.

Ouvi sua respiração entrecortada.

— Você já me salvou mais vezes do que eu posso contar — me beijou.

Sempre, desde o início, beijá-la, tê-la em meus braços e poder tocá-la era o meu céu na Terra. Nenhum beijo podia ser comparado a outro porque cada um deles era diferente, cada um expressando um sentimento diferente.

E isso não acontecia só com os beijos. Ariane era assim. Eu sentia que tudo que ela tocava se tornava como ela. Difícil de desvendar, mas incrível quando conseguimos.

Passei minhas mãos pelo seu corpo e meu único desejo era que estivéssemos tendo aquela conversa em outras circunstâncias, assim como aconteceu na festa de Gardner. Porque sempre era pouco e eu a queria por inteira.

— Cada segundo ao seu lado me faz perder o fôlego — murmurei, me afastando alguns centímetros. — Não vou deixar que nada te aconteça.

Ariane apoiou a cabeça em meu peito enquanto me envolvia num abraço e, alguns minutos depois, ela dormiu.

Acordei com apitos descontrolados.

No começo, achei ser parte de um sonho estranho, mas então percebi de onde vinha o barulho. Voltei para a realidade quando notei os monitores cardíacos de Ariane dispararem, descontrolados.

Levantei-me imediatamente, meu coração disparado no mesmo ritmo cardíaco que apitavam os monitores. Saí do quarto, correndo pelo corredor.

— Socorro!

Os enfermeiros de plantão me fitaram. Primeiro ficaram confusos e depois alarmados.

— Socorro! — gritei de novo, me aproximando da equipe, minha respiração entrecortada.

— O que está fazendo aqui? O horário de visitas já acabou! — anunciou uma enfermeira, vindo para meu lado.

Balancei a cabeça, a ignorando.

— Ela... Ela... — Busquei por palavras, apontando o dedo para o quarto 198, onde Ariane estava sofrendo. — Ela está tendo uma crise!

Dois médicos que passavam pelo corredor, se aproximaram quando notaram a movimentação.

— O que houve? — questionou a médica, que notei ser uma residente.

Engoli em seco. Era como se meu sangue estivesse petrificando em minhas veias. Eles tinham que agir rápido — mesmo que aquilo tudo estivesse acontecendo em segundos descompassados.

— Uma crise! Ela tá tendo uma crise — berrei.

— Quarto cento e noventa e oito, Dra. Wilson — a primeira enfermeira que falou comigo disse à médica.

Os olhos do outro médico, o que acompanhava a Dra. Wilson, se alarmaram, fitando-a.

— Eu estou com a *cardio* hoje — falou para ela, que entendeu no mesmo átimo, mas me deixou à deriva novamente. — Não é uma crise.

Os enfermeiros sumiram do meu campo de visão, voltando milésimos depois, carregando bandejas e arrastando carrinhos no chão ao entrarem no quarto de Ariane junto com o último médico.

— O que... O que tá acontecendo? — murmurei, meus olhos na Dra. Wilson. — Como... Como assim não é uma crise?

— É uma parada cardíaca.

Suas palavras me atingiram em cheio, mas não tive tempo para processá-las já que ouvi a voz do médico gritar do quarto 198:

— Wilson! — chamou, talvez pedindo ajuda. — Tragam o material de ressuscitação.

Aquela enfermeira tentou me tirar do quarto, mas eu não saí. Entrei junto com a Dra. Wilson e jurei para mim mesmo que só sairia dali quando o coração de Ariane estivesse batendo.

No entanto, tudo aconteceu em câmera lenta.

Dois enfermeiros entraram no quarto trazendo um desfibrilador sobre um carrinho cinza, cruzando o ambiente até a cama de Ariane, onde estavam os médicos.

— Saturação caindo, injete *Troponina* no soro, Cross — a Dra. Wilson gritou sobre os ruídos dos monitores cardíacos, anunciando o nome do outro médico.

— Pressão arterial: Duzentos e vinte e quatro por cento e quatorze — leu o Dr. Cross depois de aplicar algo no soro, assim como havia dito a Dra. Wilson. — Quatro miligramas de *Bromazepan*.

— Desfibrilador! — pediu a médica, destravando o topo da maca de Ariane, abaixando-a em cena plana.

O Dr. Cross virou o corpo de Ariane, esperou alguns segundos e a devolveu em seu lugar. Um enfermeiro apertou alguns botões na máquina enquanto outra entregava as placas do desfibrilador.

— Carregar em duzentos — pediu Cross.

— Afasta!

O corpo de Ariane se arqueou com o choque, o monitor ainda apitando continuamente.

— Carregar em duzentos e setenta. — A Dra. Wilson fitou os enfermeiros, suas mãos segurando as pás sobre o tórax de Ariane. — Afasta!

— Nada — murmurou o Dr. Cross.

A médica o encarou, mais brigando do que concordando, então pediu:

— De novo! Trezentos. Afasta!

Todos os enfermeiros e os dois médicos olhavam para o monitor, esperando pelo mínimo pulsar do coração. Eu estava implorando. Implorando por pelo menos alguns batimentos cardíacos.

A linha verde na tela tremeu, revelando uma onda rápida e depois outra, seguida de outra e mais uma. O barulho da pulsação voltou a tiquetaquear pelo quarto e eu ouvi os suspiros de alívio dos dois médicos enquanto se entreolhavam.

Ariane tinha voltado.

Os enfermeiros deixaram o quarto, levando os carrinhos e equipamentos para fora.

— Você não devia estar aqui — declarou o Dr. Cross.

— Eu...

— Apenas membros da família. — Os olhos da Dra. Wilson eram gentis.

— Ela é minha namorada! — argumentei, não sabendo se podia ou não nomeá-la desta forma, já que não tínhamos resolvido nada.

A boca da médica se abriu em um "o", fitando o outro.

— Ainda assim... — Cross quis insistir, mas ela o impediu.

A Dra. Wilson caminhou até onde eu estava, apoiando uma mão em meu ombro.

— Ninguém pode saber que está aqui, tudo bem? — disse, me observando com atenção. — Passe a noite com ela.

Engoli em seco, concordando uma vez com a cabeça enquanto os dois saíam do quarto.

Não é todo dia que um médico te permite coisas.

Aquilo não era um bom sinal.

22

"Sim, sempre estarei aqui por você, mas não posso mais ficar. Meu corpo ainda fica em estado de choque toda vez que eu ouço seu nome."

- Save The Draft, Katy Perry.

Seus cabelos estavam espalhados pelo travesseiro branco em uma confusão de fios castanhos. Suas bochechas, com um leve toque de rubor, apesar das circunstâncias, faziam com que aquele fino fio de esperança que havia dentro de mim ainda conseguisse existir.

Entrelacei nossos dedos e senti sua pele gélida contra a minha. Ela parecia tão frágil que eu temia apertá-la com força o bastante para quebrá-la. Me matava vê-la naquele estado. Deitada sobre uma maca de hospital, conectada a fios e tubos respiratórios. Me matava saber que sem aquelas máquinas, talvez, eu nunca mais pudesse sentir sua pele quente, ver seus olhos abertos ou seus lábios rosados. Me matava pensar que eu não era capaz de mudar as coisas.

Fechei os olhos e respirei com força. Me matava vê-la morrer.

Tivemos tão pouco tempo, por que as coisas tinham de ser assim? Por que são as melhores pessoas que acabam sofrendo no final?

Ela não mostrava que estava com medo, mas ficar sozinha era demais para suportar. Mesmo que todos dissessem que ela era forte, eles não sabiam que ela mal conseguia continuar. Porém, ela sabia que ficaria bem. Porque deixou que eu entrasse em seu caminho.

Às vezes as coisas podem ficar difíceis demais, mas podemos perceber que logo a névoa vai clarear.

Eu a amava de uma maneira que me fazia ficar vulnerável. Eu preferia sofrer tudo o que ela estava sofrendo agora só para vê-la bem.

Droga, tudo o que eu queria era ver seus olhos abertos. Tudo que eu precisava era ouvir sua voz. Eu a queria *viva*.

Achei que fosse forte o bastante para ela, mas não consigo esconder a verdade. Porque eu tinha certeza de que, se fosse realmente forte, eu não estaria simplesmente vendo-a partir. Parado, no escuro da noite, apenas ouvindo o barulho do monitor cardíaco, que apitava a cada batimento.

Apesar de tudo, aquele barulho contínuo dos batimentos cardíacos, era o que estava me fazendo sobreviver.

Se houvesse pelo menos uma maneira de salvá-la, eu o faria.

Eu não queria dormir, mas acabei o fazendo — por dez minutos —, acordando com a movimentação dentro do quarto. Olhei para o relógio na parede. Eram 06h05.

Havia, pelo menos, quinze médicos ali, todos com cadernetas e prontuários nas mãos. A Dra. Wilson também estava ali, conduzindo-os.

— Dr. Blake — chamou ela, tendo a atenção dos internos —, leia o prontuário.

O interno segurava um arquivo sobre os braços, ele ajeitou os óculos e começou a ler.

— Ariane Sparks, dezessete anos, coronariana — leu, infelizmente, me mostrando o quão real era a situação. — Deu entrada no hospital ontem pela manhã após uma crise de insuficiência cardíaca. Passou todo o dia internada, estável, mas apresentando sintomas de taquicardia. Nesta madrugada, teve uma parada cardiorrespiratória; a Dra. Wilson e o Dr. Cross a reanimaram. A paciente está na lista de espera por um coração e ficará internada até encontrarmos um.

— Muito bem, Blake — assentiu a médica, finalmente me encarando. — Desculpe, estou passando as rondas com os internos.

— Tudo bem — consegui dizer, minha mão ainda presa à de Ariane.

Ela ainda não havia acordado.

— Dra. Wilson — chamou uma das internas, sorridente, sua voz era irritante —, será que eu posso auxiliar no transplante cardíaco dela, quando acontecer?

Olhei para Wilson. Aquilo estava mesmo acontecendo?

— Pelo visto você ainda não entendeu como este programa funciona,

Dra. West — brigou. — E este caso não é meu, é do Dr. Smith, que, assim como todos os seres humanos, odeia internos chatos como vocês. Agora parem de tagarelar e voltem ao trabalho.

Se não tivesse acontecido o que havia acontecido nas últimas horas, eu conseguiria rir da situação.

Os internos e a Dra. Wilson estavam saindo do quarto quando começou novamente. Os monitores dispararam, gritando e chiando em meus ouvidos.

Não, não, não, não.

Não podia estar acontecendo de novo.

Por favor.

— Ah, meu Deus — murmurou a interna chamada West —, está fibrilando!

— Abram espaço — a Dra. Wilson falou alto, chegando perto da maca, destravando a parte de cima e deixando Ariane ereta sobre o colchão.

Com muito custo, soltei minha mão da dela, querendo facilitar e ajudar no trabalho da médica, que mexeu em algo no soro.

— Fibrilação ventricular, busquem o desfibrilador!

O primeiro interno, o que havia lido o prontuário de Ariane, saiu correndo e voltou quatro segundos depois — eu contei.

— Carregar em duzentos e vinte — a Dra. Wilson foi direta. — Afasta!

Não houve mudança. Meu coração parou.

— Chamem a cardiologia! O Dr. Smith — gritou, fazendo mais dois internos sumirem da sala. — Aumentar para duzentos e sessenta. Afasta!

O corpo de Ariane levou o choque, mas nada aconteceu. De novo. Comecei a me preocupar. Não podia estar acontecendo.

— Uma ampola de adrenalina, Blake, rápido! — Wilson se desdobrou sobre a cama, suas mãos sobrepostas no peito de Ariane, começando uma massagem cardíaca.

O Dr. Blake, que era o melhor interno, eu percebi, injetou um liquido na veia de Ariane.

— Saturação caindo — ele avisou à médica.

Ela balançou a cabeça, como se estivesse se recusando, ainda fazendo a massagem cardíaca.

— Vai! O desfibrilador. — A médica saiu de cima de Ariane, estendendo as mãos para pegar as placas.

— Mais uma vez, Dra.? — questionou Blake, receoso.

— Não enrola, Blake. Agora! — gritou, pegando as pás e posicionando sobre o peito de Ariane novamente. — Duzentos e sessenta. Carregar. Afasta!

Então ela repetiu. Fez massagem cardíaca, depois desfibrilou, aumentando gradativamente a carga. E repetiu. E de novo.

A descarga elétrica que perpassava por meu corpo era quase tão forte quanto a carga em trezentos no desfibrilador e doía tanto quanto. Eu estava vendo-a partir.

Ariane estava morrendo.

E eu não podia fazer nada.

— O que está havendo? — Ouvi uma voz reconhecida atrás de meu corpo.

Era o Dr. Smith.

Wilson ainda fazia massagem cardíaca em Ariane, impulsionando seu coração. O médico principal chegou mais perto de onde estávamos, tirando as placas do desfibrilador das mãos de Blake.

— Duzentos e oitenta — pediu, sério.

A Dra. Wilson não parou a massagem.

— Mas, doutor, nós já... — Blake hesitou. Ele estava desistindo.

Não, não podíamos desistir.

— Ela já está em fibrilação há quase dez minutos — voltou a dizer.

— Não quero saber! — gritou Smith. — Carregue em duzentos e oitenta agora ou saia daqui! Eu não quero médicos fracos perto da minha paciente, Dr. Blake.

O interno apertou alguns botões na máquina, sem reclamar.

— Afasta! — gritou o Dr. Smith, uma veia saltada em sua testa.

Eu sabia que não podia perder as esperanças. Não com Ariane, a garota que eu amava. No entanto, estava ficando sem escolhas.

Ela não reagia.

— Ariane, você não vai morrer agora — Smith murmurou, se afastando.

Blake caminhou três passos para trás, ao lado da Dra. Wilson, que arfava por conta da massagem.

Estavam apenas esperando.

Assim como da outra vez, os batimentos cardíacos de Ariane

apareceram na tela do monitor, irregulares e fracos, mas presentes.

— Obrigado — agradeceu o Dr. Smith, um sorriso no rosto enquanto a observava —, eu não cuidei de você por dez anos para deixá-la morrer sem testar um novo coração, Ariane.

Ela ainda estava desacordada, mas para mim, o que importavam eram aqueles apitos no monitor.

Pensei que o Dr. Smith me expulsaria do quarto, mas não o fez.

É claro que ele estranhou a minha presença, mas não disse nada. Talvez estivesse achando que eram minhas últimas horas com Ariane.

Eu não queria pensar nisso e, por sorte, a porta se abriu.

— Quando eu encarnei a própria Audrey Hepburn ontem, interpretando aquele desmaio digno de um Oscar, não era para você ficar a noite toda aqui, Miles. — Callie entrou no quarto. — Você parece cansado. Comeu alguma coisa desde que chegou?

Balancei a cabeça, negando.

Mas eu não estava com fome. Nada me importava se eu não podia fazer nada para ajudá-la.

— Eu trouxe para você. — Ela me entregou um copo de café e um saquinho com um pão salgado da Starbucks.

— Obrigado — falei sincero, bebendo um gole de café.

Callie se sentou ao meu lado, encarando Ariane com os olhos brilhando.

— Ela te contou a história sobre essa cicatriz no pescoço? — eu a ouvi dizer, apontando para o risquinho no pescoço de Ariane.

Sorri.

— Sim.

— Foi bem feio. E vergonhoso — esclareceu, rindo. — Depois disso, a Ari pegou um trauma de casamentos. Fez o maior escândalo, querendo faltar no do irmão mais velho.

— Eu imagino — me lembrei da noite em que estávamos em um posto de gasolina qualquer na estrada, brincando de viagens no tempo em um telefone público.

— A desculpa dela é que ganhou a cicatriz em uma viagem à Argentina — contou Callie, repetindo uma antiga fala de Ariane —, mas ela nunca nem saiu de Nova York... Quer dizer, agora saiu.

Arfei.

Era isso. Minha culpa.

Se eu não a tivesse levado até Los Angeles, talvez ela não estaria num estado tão crítico.

— Obrigada, Miles — Callie voltou a falar —, por fazer tudo o que fez por ela.

Neguei com a cabeça, irritado demais comigo mesmo para conseguir falar.

— Foi bom para ela.

— Bom? — Eu a encarei. — Ela está morrendo. E eu estou assistindo. Não foi bom para ela.

Callie suspirou.

— Você melhorou os dias dela, Miles. — Ela passou a mão em meu braço, querendo me confortar.

Não quis responder.

— Ligaram para o Tio Josh agora há pouco, dizendo o que aconteceu — comentou, seus olhos fixos em Ariane. — Ele me ligou, pedindo para que eu ficasse com Becky enquanto ele vinha para cá, mas eu não respondi. Vim direto. — A voz de Callie vacilou. — Agora ele está vindo. Rebecca, Matt, Brenda e os filhos também. Todo mundo quer... Você sabe, se despedir.

Olhei para ela.

— Se despedir?

Callie assentiu, triste.

— Ela não vai morrer — vociferei.

— Ela é a minha melhor amiga, Miles. Desde... Desde sempre. Somos praticamente irmãs. Eu sei tudo sobre ela e ela sabe tudo sobre mim. Eu... Eu passei minha vida inteira vendo-a sofrer com essa droga de coração. — Os dedos de Callie tremiam. — Ela está sofrendo muito. O coração não vai chegar a tempo.

Eu não queria acreditar naquelas palavras. Eu me negava a acreditar. No entanto, sabia que era uma hipótese.

Meu coração desacelerou.

O Dr. Smith não permitiu que eu e Callie ficássemos no quarto de Ariane, de modo que nos mandou esperar na sala de espera junto com Matt, sua esposa, Brenda, e seus filhos gêmeos enquanto conversava sobre o caso com o Sr. Sparks.

Eu queria as informações que o médico estava dando para o pai de Ariane, queria me inteirar quanto às notícias e pensar num plano.

Para mim o problema estava no doador. Ariane estava no topo da lista, o primeiro coração que aparecesse seria dela. No entanto, pela primeira vez, parecia que nenhuma pessoa nos Estados Unidos morreria a tempo. E, é claro que eu me sentia mal com aquele pensamento. Uma pessoa teria que morrer para que Ariane vivesse, mas isso era normal, não era?

Aquela pessoa a estaria salvando.

Era muito mais do eu estava fazendo.

23

"CONSUMINDO TODO AR DOS MEUS PULMÕES, ARRANCANDO TODA PELE DOS MEUS OSSOS; ESTOU PREPARADO PARA SACRIFICAR A MINHA VIDA, EU FARIA ISSO COM PRAZER ATÉ DUAS VEZES."

\- *Mercy, Shawn Mendes.*

Uma hora.

Levou só uma hora para Ariane piorar.

Como era possível?

O Dr. Smith chegou na sala de espera com uma expressão séria e algo em seu rosto me fez acreditar que não tínhamos mais chances. Mais uma vez, o médico só conversou e passou informações para o Sr. Sparks, que abaixou a cabeça, usando isso como única reação.

Eu tentei lutar contra o inevitável, mas minha mente só conseguia pensar que Ariane poderia estar morta durante os trinta segundos que se passaram a partir do momento que o Dr. Smith foi embora.

Mas não foi isso o que aconteceu.

Ao menos, naquele momento.

— Ele a entubou — explicou o Sr. Sparks para todos nós — Falou que, desta maneira, poderíamos ter uma vantagem sobre seu coração.

E foi só isso.

Era o fim.

E eu não tinha escolha. Precisava fazer alguma coisa.

Por toda a minha vida, me apaixonei apenas por uma garota.

Essa garota era a criancinha mais tímida e engraçada que já conhecera e, embora tivesse milhões de razões pelas quais não precisasse falar comigo, ela o fez. Porque tinha um coração maior do que ela imaginava ter.

Quando voltei para Nova York, não achei que tudo aquilo fosse acontecer. Praticamente implorei para minha tia me deixar ficar na casa de qualquer amigo meu em Indiana — o Gardner foi o primeiro a se apresentar — e até eu vê-la, aquela cidade não fazia o mínimo de sentido para mim.

Foi Ariane que me fez mudar de ideia. E ela nem mesmo sabia.

Me apaixonei no exato momento em que cravei meus olhos nela. Foi instantâneo.

Nunca acreditei em amor de verdade ou coisas do tipo, mas quando eu colocava meus olhos sobre ela, essa era a minha única verdade. De que, realmente, existia um amor. E o meu esteve jogado bem ali, em cima da mesa, apenas aguardando para ser pego por ela.

E então ela aceitou, me fazendo acreditar que teríamos tempo.

Existem... Existem momentos em nossas vidas que nos obrigam a desistir, mas quando eu pensava nela, era como se houvessem milhares de opções e eu pudesse ser capaz de fazer qualquer tipo de coisa.

Em minha cabeça, não fazia o menor sentido. Ariane era a melhor pessoa do mundo. Nunca fazia nada de errado, estava sempre do lado certo em causas e lia um livro por dia — Meu Deus, quem conseguia ler um livro por dia? No entanto, embora ela tivesse mais prós do que contras, estava morrendo.

E não merecia isso.

Não mesmo.

Ariane era o amor da minha vida e só ali, naquela sala de espera, percebi. Notei que nunca sentiria aquilo por outra pessoa. Porque ninguém tinha tudo o que ela tinha.

Depois que ela... que ela morresse...

Não faria sentindo.

Eu não queria que fizesse.

Minha cabeça latejava com a dor, mas o que se passava dentro dela

era uma boa ideia para mim.

Deixei Callie, Becky, o Sr. Sparks, Matt, Brenda e os filhos na sala de espera e entrei no elevador. As portas laminadas se abriram e, por uma fração de segundo, me perguntei se aquilo era mesmo uma boa ideia. Salvaria Ariane, então decidi que sim.

Avistei o Dr. Smith conversando com outra médica. Caminhei até ele quando a outra sumiu do meu campo de visão.

— Pensei que ficaria na sala de espera, Miles — o médico me repreendeu. — Já conversamos sobre isso. Apenas parentes.

Eu não consegui encará-lo nos olhos. Estava hesitante, mas depois de organizar as palavras, soltei:

— Quanto... Quanto tempo ela tem?

O Dr. Smith engoliu em seco.

— Você a ama?

Uma risada escapou da minha garganta. Não era óbvio?

— Mais do que imaginei — respondi.

Limpou a garganta.

— Algumas horas, eu acredito.

Aquelas palavras me atingiram de uma maneira impossível. Elas conseguiram fazer eu me sentir ainda pior.

Meu coração acelerou. Eu a estava perdendo.

— E... — Franzi o cenho, tentando raciocinar. — E quais são as chances de conseguirmos um coração?

Ele anuiu com a cabeça, negando.

— Não sei ao certo — falou, colocando as mãos nos bolsos do jaleco —, mas acho pouco provável conseguirmos. Ariane é a primeira na lista. Se algum doador morrer em qualquer um dos estados desse país, o coração será dela. Mas isso teria que acontecer nas próximas duas horas, e eu não sei se...

— Entendi.

— Eu sinto muito — disse o Dr. Smith, seus olhos pesados.

Abri a boca para falar e então a fechei. Com isso, o médico acenou com a cabeça e virou-se, se afastando.

O Dr. Smith já estava distante quando gritei:

— Pegue o meu!

Ele girou sobre os calcanhares, correndo até onde eu estava, seus

olhos em alarme.

— O que você disse? — questionou, perplexo.

Dei de ombros, desarmado.

— Pegue o meu coração.

— Você não pode estar falando sério — argumentou, sua boca se abrindo. — Não funciona dessa maneira, e mesmo se funcionasse...

— Eu não me importo — eu o interrompi. — Tudo o que eu quero é que ela viva. Uma vida feliz e clichê, assim como ela deseja toda vez que lê um novo livro ou algum filme assim. É tudo o que eu quero e, se para isso eu preciso dar meu coração a ela, é o que eu vou fazer.

O médico balançou a cabeça veementemente, sua mão sobre meu ombro.

— Filho, não é assim — tentou me acalmar, mas não ia funcionar. — As coisas não são assim. Você não pode doar seus órgãos dessa maneira e nem mesmo sabe se são compatíveis. Eu não vou permitir que você faça qualquer besteira.

— Você não entende. — Ergui as mãos, tirando as suas de mim. — Eu quero que ela *viva*.

— Eu também quero, Miles — murmurou —, mas...

— Não posso ficar assistindo. — Cerrei os dentes.

O Dr. Smith se sentou na cadeira de metal, seus olhos vagos.

— Como é possível você amá-la tanto assim?

Respirei fundo.

— Não achei que fosse amá-la tanta assim.

— Escuta, Miles, eu entendo o que você está querendo dizer. Realmente entendo. — Coçou a cabeça. — No entanto, não vou deixar que você morra para que ela viva.

— Eu não me import...

— Mas eu me importo! E não vou deixar que você faça uma coisa desse tipo sobre os meus cuidados — gritou, esvaecido. — Não funciona assim. Você está entendendo? As coisas não acontecem dessa maneira e, se for preciso, eu te coloco sob custódia dos seguranças para que eles garantam que não vai se matar.

Não respondi. E bem que tentei.

O médico arfou, então se virou e foi embora, me deixando sozinho no corredor.

Ariane estava morrendo em algum quarto daquele andar e eu não podia fazer nada para ajudá-la.

Não me despedi de ninguém. Peguei minhas coisas e entrei no carro, batendo a porta com força. Eu era um covarde por estar fugindo. Mas, se não fugisse, o que mais eu poderia fazer? Eu não seria capaz de deixá-la morrer e se não havia nem mesmo uma maneira de salvá-la, preferia estar bem longe daquele hospital quando o pior acontecesse.

Eu não queria aceitar aquelas condições, no entanto, também não podia querer mudá-las.

Apertei ainda mais fundo o acelerador de Edward. Já estava dirigindo a 150 km/h. Mal conseguia entender como aquele carro estava aguentando tanta velocidade, mas não queria perder meu tempo pensando em coisas idiotas.

Eu sabia exatamente para onde ir.

A minha pior lembrança estava tatuada em minha mente e o ambiente onde ela se passava era aquele. Aquela estrada desértica, nos limites da cidade. A única diferença era que não haviam outros carros — tampouco caminhões, assim como o que atingiu Edward dez anos atrás e matou minha mãe.

Meus olhos ardiam, meu pulso estava acelerado, eu sentia gosto de sangue na boca e minha mente estava tomada por minhas melhores lembranças ao lado de Ariane. Era exatamente a única coisa que eu gostaria de ver naquele átimo.

Os flashes de Ariane sorrindo, me beijando, me abraçando... Eram demais para mim. Eles conturbavam minha mente e, por um longo tempo, me vi sem ar. Eu sentia as gotas de suor escorrerem pela minha pele e as lágrimas, turvando minha visão. Havia um nó em minhas garganta, impossibilitando minha respiração.

E aconteceu rápido.

Perdi o controle sobre a direção do carro, o volante girou sem minhas mãos e ouvi os pneus cantando enquanto rodava desgovernado no meio da estrada.

Senti cheiro de fumaça, escutei meus ouvidos assobiarem como apitos e gosto de sangue se intensificar em minha boca. Meu coração estava descontrolado dentro do peito e eu sentia todas as células do meu corpo pegando fogo. Era como se cada átomo ali tivesse vida própria.

Meus olhos estavam pesados, piscando demoradamente. Eu não conseguia entender direito o que havia acontecido. Percebi que estava de cabeça para baixo e senti uma dor excruciante em minhas costelas quando notei enormes cacos de vidro fincados em meu corpo. Minha respiração ficou pesada e minha mente conturbada. Cheias de imagens de Ariane. Viva.

E então era assim? Aquilo era a morte? Se a minha morte era ver Ariane viva, então eu gostaria de pedir outra dose.

Engasguei com algo que não reconheci, sem ar, e então acabou. A dor parou, o barulho cedeu e Ariane desapareceu.

Jurei ter ouvido sirenes e ter visto borrões de luzes vermelhas, mas mortos não fazem isso, fazem?

A dor era tanta que eu mal conseguia lembrar meu nome e o motivo da minha existência — se é que eu tinha um.

Escutei algumas vozes, mas não tive forças para compreendê-las. Eu não queria. No fundo, eu sabia que estava naquela situação por um motivo e queria cumpri-lo.

Senti meu coração bater forte uma vez e, então, desacelerar, gradativamente.

24

"QUERIDA, ME SEGURE EM SEUS BRAÇOS COMO FEZ NA NOITE PASSADA E NÓS VAMOS DEITAR AQUI POR UM TEMPO. COM SEU CORPO PERTO DO MEU, NOSSOS CORAÇÕES VÃO BATER COMO UM SÓ."

- *Afire Love, Ed Sheeran.*

Minha boca tinha um gosto estranho e minha cabeça girava. Tentei me levantar, mas alguns fios me impediram, fazendo-me deitar novamente. Meu corpo todo pesava.

Abri os olhos, piscando várias vezes para me acostumar à claridade. Franzi o cenho sem entender por que minha perna estava engessada e levantada sobre um suporte de apoio. Olhei em volta, notando paredes brancas, cortinas leves e equipamentos médicos. Havia um monitor com os meus batimentos cardíacos, cânulas e fios conectados ao meu corpo.

Um turbilhão de lembranças invadiu minha mente, tornando-a lúcida. Ariane tendo uma parada cardíaca, médicos a reanimando várias vezes, eu implorando para que o Dr. Smith desse meu coração a ela, eu me desculpando por amá-la tanto... E, então, o acidente, ambulâncias chegando.

E era tudo.

Meu coração bateu acelerado dentro de mim, o monitor cardíaco começou a ecoar pelo quarto.

Quando tempo eu havia passado apagado?

Antes de eu sair do hospital, Ariane tinha apenas algumas horas restantes. E se... Se tivesse ficado inconsciente por tempo demais e ela...

Eu não pude salvar Ariane.

Tentei me levantar novamente, mas não encontrei forças suficientes para erguer meu corpo. Estava prestes a gritar de raiva quando alguém entrou no quarto. Eu a reconheci. Era a Dra. Wilson, a médica que havia

trazido Ariane de volta naquela madrugada.

— Que bom que acordou — falou, um sorriso fraco no rosto.

Não encontrei palavras.

— Sente alguma dor? — Chegou mais perto, verificando meus reflexos com uma caneta de luz em meus olhos.

Neguei com a cabeça.

— Mova os dedos dos pés — pediu, erguendo o lençol e exibindo meu pé bom, o que não estava engessado.

Mexi meus dedos, fazendo-a assentir para si mesma.

— Eu... — encontrei minha voz. — Eu cheguei tarde, não foi?

A médica cerrou os olhos.

— Como?

— Ariane... — Foi como um soco. — Ela... Ela está...

A Dra. Wilson abriu a boca, surpresa.

— Ah, meu Deus, não — falou, erguendo a mão direita. — Ela está viva.

Uma lufada de ar preencheu meus pulmões. Era como se eu pudesse respirar pela primeira vez desde que acordei.

— Ela está bem — assegurou a médica.

Então eu franzi o cenho. Ariane estava bem?

Tipo, bem mesmo?

— Como assim? — questionei, com medo de ter esperanças demais.

— Você não tem noção do que aconteceu enquanto você esteve apagado, Miles — garantiu a Dra. Wilson. — Eu vou chamar o Dr. Smith e ele te explicará. Aguente firme.

Meu coração galopava contra minhas costelas.

Eu não estava entendendo nada.

Ariane estava bem. Eu estava vivo.

O que aconteceu?

Quando o Dr. Smith passou pela porta, sorriu.

— Oi — falei, querendo me levantar.

O médico não disse nada. Ele caminhou até minha cama e se sentou na poltrona bege, ao meu lado.

— Eu disse para você não fazer o que fez, Miles. — Sua voz estava áspera. — Olhe só para você.

Por reflexo, me examinei. Minha perna estava engessada, meu corpo todo doía e havia vários cortes pelo meu corpo, todos suturados.

— Ariane... — sussurrei.

— Ela está bem — garantiu, sendo capaz de fazer meu coração parar de bater. — Sedada, mas bem.

Encarei o médico.

— Sedada? — perguntei. — A Dra. Wilson me disse que ela estava muito bem. O que...

O Dr. Smith ergueu as mãos, pedindo para eu parar de falar.

— Eu vim explicar o que aconteceu. É... É bem complicado — ele falou, coçando a cabeça.

— Tudo bem.

O médico respirou fundo, como se estivesse pensando em seu ponto de partida.

— Eu vou falar de uma só vez. Porque é longo e não quero ocultar nenhum detalhe — disse, fitando-me de cima. — Depois que você me procurou, dizendo que queria doar seu coração para Ariane, liguei para o banco de órgãos. Eles me garantiram que Ariane era a primeira na lista de receptores e que, caso qualquer pessoa compatível morresse, o coração seria dela. Nessas circunstâncias, eu não posso deixar um paciente sozinho, então, se conseguíssemos um coração, outro médico teria que viajar para buscá-lo. Até aí tudo bem. O problema começou com você. Avisei para não fazer o que fez, Miles.

“Eu estava indo até o quarto de Ariane, verificar seu estado, quando um dos meus residentes me parou, dizendo que acontecera um acidente de carro horrível e que, talvez, poderíamos usar o coração. Caso fosse compatível. Quando cheguei à Ala do Trauma, te vi. Estava em estado crítico, você teve uma concussão, múltiplas fraturas por todo o corpo e cacos de vidros perfuraram seu peito. Não aguentaria por muito tempo.

“E não aguentou. Você morreu. E eu... Eu não sei, naquele momento tudo se encaixou e eu tentei. Simplesmente tentei. Porque era a nossa melhor chance e eu não poderia deixar isso passar.

“Te esquentamos e levamos para a sala de cirurgia junto com Ariane. Te ligamos a maquinas, que simulavam o trabalho de um coração, o que fez seu sangue continuar circulando e seu cérebro continuar ativo, elas fizeram com que seu corpo não morresse mesmo sem ter o coração. Eu queria garantir que, depois do transplante, eu poderia usar seus outros

órgãos para salvar outras vidas e, para isso, seu corpo ainda teria que estar funcionando, por isso as máquinas. Tiramos seu coração e colocamos em Ariane, que o recebeu muito bem. Vocês, por alguma razão, são cem por cento compatíveis.

"Quando eu estava terminando a cirurgia em Ariane, uma enfermeira entrou no centro cirúrgico, gritando. Estava dizendo que o banco de órgãos havia trazido o coração que deveria ser doado à Ariane. E aí tudo começou a complicar.

"Ariane já estava a salvo ali, não precisava daquele coração. No entanto, você... Bom, você já estava com o peito fechado atrás de mim, só esperando para doar seus outros órgãos. Eu não sei porque fiz o que fiz, só sei que agi automaticamente porque me recusei a fazer parte daquela história, onde você morreria por amá-la.

"Eu tinha um plano.

"Um coração não dura muito tempo fora de um corpo. Leva, no máximo, de cinco a seis horas até que ele não tenha mais função fora de um organismo. Aquele coração, o que deveria ter sido de Ariane, já havia viajado por três horas, já que o doador era de outro estado, e se eu o mandasse de volta, ele não teria mais significado. Não salvaria nenhuma vida. Portanto, decidi que, se fizesse o que tinha em mente, pelo menos tentaria reaproveitar aquele órgão.

"No entanto, não foi tão fácil. Esse procedimento é completamente raro, eu li pouquíssimos artigos sobre ele. Você estava morto e a sua atividade cerebral só continuava porque as máquinas ainda estavam ligadas, simulando o trabalho do coração e levando oxigênio para seu cérebro. Resfriamos seu corpo até chegar a um nível de hipotermia, fazendo a decomposição do seu cérebro desacelerar, então implantei o novo coração em você.

"Foi uma atitude errada, mas, mesmo assim, coloquei o coração que deveria ter sido de Ariane em seu peito. E deu certo. Como você é compatível com a Ariane, o coração que deveria ser dela, também serviu em você.

"Agora vocês, praticamente, têm o coração um do outro. O coração que bate no peito de Ariane é o seu e o que bate dentro de você era dela, por lei. Vocês trocaram.

"Embora tudo isso tenha dado certo, ainda assim, para o conselho médico, a minha decisão foi uma escolha precipitada e perigosa. E eu

concordo com eles. Por isso eu vou me afastar das cirurgias e da medicina por um tempo, apenas fazendo algumas consultas particulares. Eu perdi a minha licença cirúrgica.

"Eu quis explicar tudo isso nos mínimos detalhes para você, Miles, porque isso nunca aconteceu antes. E, acima de tudo, para mostrar que o que vocês dois têm é sorte. Coincidências assim não acontecem todo dia. Você só está vivo por acaso."

Ok, eu estava totalmente perplexo.

— Calma aí — pedi, sentando-me. — Eu morri?

— Por algum tempo.

— Caramba — foi a única expressão que eu encontrei.

Caramba! Eu morri. E não morri.

— Como eu disse, foi sorte. — Apesar de tudo, o rosto do Dr. Smith estava relaxado. — Isso não acontece.

— E... — Custei a falar. — Ariane está com o meu coração.

— Seu antigo coração — corrigiu.

Tudo bem.

— Isso quer dizer que ela vai sobreviver? — Meu coração errou uma batida.

O médico sorriu.

— Sim, quer dizer que ela vai sobreviver — falou.

Levei as mãos até meu rosto.

Era quase inacreditável.

— Mas você disse... Disse que ela está sedada?!

O Dr. Smith arregalou os olhos.

— É, tem isso — voltou a dizer, limpando a garganta. — Acontece que quando Ariane acordou da anestesia hoje e nós contamos que o transplante tinha dado certo, ela perguntou pelo doador. Eu não tinha ensaiado minha fala então falei que o coração que batia dentro do peito dela era seu.

Ah, não...

— E ela entendeu o que todos entenderiam, se estivessem no lugar dela — continuou —, Ariane pensou que você estivesse morto, por isso, se alterou. Ela tentou tirar os acessos venosos e, por pouco, não me deu um soco. Precisei sedá-la essa manhã. Ela... Ela não parava de chorar e eu tive medo de isso fazer mal ao novo coração.

Eu não sabia se ria ou me desesperava.

Ariane acreditava que eu estava morto — bom, eu realmente estive, mas... — e estava sofrendo por isso.

— Vou voltar ao quarto dela agora para tentar explicar tudo isso novamente, usando palavras melhores, dessa vez — garantiu o médico. — Enquanto isso, pense no que fez, Miles. *Você a salvou.*

O Dr. Smith saiu do quarto, fechando a porta atrás de si e me deixando sozinho com minha perna engessada e meu novo coração.

Passaram-se algumas horas, mas pareceram anos.

Quando a porta se abriu, uma enfermeira a empurrou sobre uma cadeira de rodas e eu precisei me concentrar.

Respirei fundo. Demorei umas duas ou três respirações profundas antes de tentar entender o que estava acontecendo.

Ela estava ali.

Viva.

Suas bochechas estavam rosadas, seus cabelos penteados para trás e seus olhos brilhavam em algo que eu achei ser encanto. Porque era mesmo. Chegava a ser encantador o fato de que tudo aquilo acontecera e que, mesmo assim, estávamos ali, um para o outro.

Olhei para onde ela estava.

Ela sorriu.

Abertamente.

— Ariane. — A palavra era como um batimento cardíaco.